花地文丛

陈桥生　主编

心灵驿站

梁力　编

广东高等教育出版社
Guangdong Higher Education Press

·广州·

图书在版编目(CIP)数据

心灵驿站/梁力编. —广州：广东高等教育出版社，2021.12
（花地文丛/陈桥生主编）
ISBN 978-7-5361-7164-0

Ⅰ. ①心… Ⅱ. ①梁… Ⅲ. ①故事–作品集–中国–当代 Ⅳ. ①I247.81

中国版本图书馆CIP数据核字（2021）第249839号

出版发行	广东高等教育出版社
	地址：广州市天河区林和西横路
	邮编：510500　　营销电话：（020）87553735
	网址：www.gdgjs.com.cn
印　刷	广东海沣印刷有限公司
开　本	787 mm×1 092 mm　1/16
印　张	30
字　数	465千
版　次	2021年12月第1版
印　次	2021年12月第1次印刷
定　价	58.00元

前　言

本书是《羊城晚报》副刊栏目"心灵驿站"的文章选本。

驿站，指古代专供长途跋涉者中途住宿、补给、换马的处所。因此，"心灵驿站"从字面上解，即"灵魂的寄托处"。这是一个宏大的意旨，实非一个小小的版面所能容纳，然而，办一个能给人心灵以某种触动、思索、濡润的版面，倒是编者所希冀的。

为什么要办这样一个版面呢？最近几十年，在"致富光荣"大旗的召唤下，中国人在经济建设和财富追求中一路急奔，取得了斐然成绩，最直观的体现是在GDP数据上。2018年，中国的GDP首次突破90万亿元，和1978年改革开放之初相比，增长了245倍，居世界第二。

然而，在自豪之余，人们也发现，疾驰前奔的社会变得像多棱镜，交会着众多撕裂错位、亦正亦反的镜像。例如，GDP攀升的另一面，是基尼系数的居高不下；中国制造遍布世界之际，却是雾霾锁城之时；学术成果繁盛的背后，则是打假呼声阵阵急；那些在"不能输在起跑线"指挥棒下培养出来的孩子，总摆脱不了巨婴心态……这一切，让人心绪复杂，滋味难言。

为什么呢？答案并不难寻。一言以蔽之，就是汹涌翻滚的变革浪潮，在推动社会物质文明极速发展的同时，并未能把人之所以为人应有的敬畏、坚守、信念同步强化和丰富。换句话说，就是那些经过人类社会千百年来扬弃而升华、为全人类广泛认可的世界观、价值观、人生观，并没有真正内化为人们的行为准则和指南，诸如法治比人治好，尊重比歧视好，平等比特权好，自由比奴役好，宽容比偏隘好，和谐比争斗好，理性比极端好，仁爱比冷漠好，多彩比单调好，从容比浮躁好，等等。

我们以为，重树信念，普及常识，在"万变"中讲述和普及那些"不变"的道理，是媒体人的责任。因此，亲近灵魂，发掘人性中的真善美，张扬人类普遍认同的行事处世准则和为人待物之道，成为"心灵驿站"追求的目标。

那么，我们是如何去传播这些"不变"的道理的呢？当然是采取读者最易于接受的方式了，如具象、纪实、隽永等，因为故事的情节最能吸引人，纪实的力量最能打动人，禅机的锋芒最能点拨人，随性的渗润最能开导人。

"心灵驿站"自创办以来，深受读者的欢迎，也得到同行的认可，见报稿件始终保持着极高的转载率，特别是以学生和年轻人为主要阅读对象的《读者》《青年文摘》等刊物转载尤多。

另外，全国不少地方的语文中考卷和日常的语文考卷，都喜欢从"心灵驿站"选文，用于作文题及问答题的素材。

最让我们感到欣慰的是，由教育部拟定的"新课标高考语文卷"作文素材，三次从"心灵驿站"选文。这三篇文章（已选入本书）分别是：《顺手修补与救人一命》（2012年高考，河北、河南、黑龙江等11个省、自治区选用了这套考题），《不知道价值手才不发抖》（2013年高考，陕西、山西等四省选用了这套考题），《飞机装甲装在哪最优？》（2018年高考，重庆、辽宁等11个省、自治区、直辖市选用了这套考题）。

编　者

2020年8月2日

目录 CONTENTS

第一章 人的教育

美国十佳幼儿园都教些啥?　　3
孩子逆反和闯祸怎么办?　　7
美国小学为何重视培养孩子的好习惯　　13
民国老课本之美　　16
培养孩子对失望的忍耐力　　19
日本小学生的快乐午餐　　20
郑渊洁这样对孩子进行性教育　　24
一位日本孩子在规矩面前……　　26
美国中学的"文武百官"　　28
美日孩子的家教　　31
可恨与可鄙　　34
美国加州理工学院的黑板和时钟　　35
为何世界名校课堂上禁用手机拍摄?　　38
我接触过的美国富二代　　40

我祝你交坏运气并痛苦	43
到美国大学听讲座的老太太	45
美国大学教育为何鼓励"对牛弹琴"？	47
"没有什么比给孩子们上课更重要"	52
斯坦福校长都忙些啥？	55

第二章　生活玄机

顺手修补与救人一命（外二则）	61
不知道价值手才不发抖	64
飞机装甲装在哪最优？	65
股民为什么会如此健忘？	67
为何德国人特别重视仪式感？	69
头羊命大的诀窍	71
淘金路上	72
车展为何总美女如云？（外二则）	73
狮子的恐惧（外三则）	75
没甚不好意思（外一则）	78
麻雀的自由（外六则）	79
耐心等待你的饭菜	82
苹果树一生都在做减法	84
三棵树的梦想	85
生活如握剑（外一则）	86
万物的姿势（外二则）	88
为国王打伞（外一则）	90
业绩与办公室大小	92
掷骰子前为什么要吹口气？	94
对魔鬼的看法（外一则）	96
非暴力（外四则）	98
风平浪静时祈祷（外七则）	100

男孩和魔鬼（外一则） 104
一个秘密的地方（外一则） 106
参天红杉树为何都长在山谷？ 108

第三章　章法有度

两场刺刀见红的"考试" 113
不要总拿国人素质说事 117
从德国的三个故事看人格力量 120
大厦里的刀把形小楼 123
不让"输的鱼"流泪 125
50万元存款，给父亲治病还是给儿子留学？ 127
王菲演唱会天价门票过分吗？ 130
道理最大 133
为什么惩罚我？（外一则） 134
妈妈和女友先救谁答案正确吗？ 135
诚信造就优秀 138
德国企业为何如此诚信？ 142
韩国高铁为何不验票？ 146
信誉值千金：在美国申请信用卡的经历 147
捉与放背后的法与情 151

第四章　至爱亲情

大江健三郎：父子当共生 155
地铁里的男中音 157
选择留下谁 159
无声胜有声（外一则） 161
我要跪一跪（外一则） 162
双双对对 163
巴黎遭恐怖袭击你最担心谁？ 165
日本：父母与子女的关系是这样的 168

说说美国人家庭成员间的界限感 　　　　171
先戴好自己的氧气罩 　　　　176

第五章　尘世和弦

教我英文的义工老师——布劳雷先生 　　　　179
孙杨的心疼和福原爱的道歉 　　　　184
盗贼说：我也怕你一人害怕 　　　　185
民国侠义风 　　　　187
巴顿发袜子 　　　　189
这里离天堂最近 　　　　191
我们的世界里有没有他人 　　　　192
48万人尝过的意大利面 　　　　193
罗马最温暖的"口袋书" 　　　　195
流浪汉的需求 　　　　197
专门接济穷人的食品银行 　　　　199
在英国乡村感受远亲不如近邻 　　　　202
美国人这样处理人际关系 　　　　205
日本的医患这样相处 　　　　210
搭顺风车公约 　　　　213
让每一片叶子都长孔洞 　　　　214
不给老年人让座不道德吗？ 　　　　215
喧嚣的"七日村庄" 　　　　218
待在自家树上的豹子 　　　　221

第六章　工匠精神

人一辈子，能做很多事吗？ 　　　　225
"茶水阿姨"杨容莲 　　　　227
好弓一年成 　　　　229
使命感 　　　　230

白岩松演讲中的医德　　　　　　　　　　232
日本人的"匠人气质"　　　　　　　　　234
日本小学校长每天向学生问好800次　　　238
德国人为何敢把马桶水箱镶嵌入墙？　　240
英国人如何配眼镜　　　　　　　　　　244
当捕猎的主动权不在手里　　　　　　　245
学划船先练游泳　　　　　　　　　　　246

第七章　海阔天空

人类历史上第一次成功驾驶飞机　　　　249
电影发明于富豪的一场打赌　　　　　　254
世界上第一位计算机程序员　　　　　　258
发明微波炉的故事　　　　　　　　　　262
世界上最早的履带式拖拉机　　　　　　264
曹冲称象与阿基米德洗澡　　　　　　　268
迪拜是从沙漠里造出来的城吗？　　　　270
英国人为何喜欢自己动手？　　　　　　273
这些世界著名公司都起家于"车库"　　277
　假如乔布斯和盖茨当了公务员　　　　283
乔布斯的创新三原则　　　　　　　　　286

第八章　大智大勇

爱尔兰这样对待苦难记忆　　　　　　　291
血腥的星期六——一张影响中国抗战进程的照片　294
用183公里长的胶片拍摄世界的银行家卡恩　298
阿帕拉契亚小径上的盖特伍德奶奶　　　301
美国计划生育先驱玛格丽特·桑格　　　302
美国摩托车女王　　　　　　　　　　　306
江湖棋客　　　　　　　　　　　　　　310

我为什么不背氧气罐登珠峰？　　　　　　　312
　　第一个乘飞机的美国总统　　　　　　　　314
　　故宫前，请总统下车　　　　　　　　　　316
　　一时事与千古事　　　　　　　　　　　　318
　　不赴"总统宴"的塞林格　　　　　　　　319
　　有个"马云爸爸"我们会更快乐吗？　　　321
　　非洲水牛群与狮子相遇　　　　　　　　　323
　　村人谈死如同谈生　　　　　　　　　　　324
　　老布什葬礼悲痛中也有微笑　　　　　　　326

第九章　质朴从容

　　丰子恺儿子眼中的逃难　　　　　　　　　331
　　国家"发达"的突出特征　　　　　　　　333
　　遵从本性（外一则）　　　　　　　　　　335
　　溥仪的本领（外二则）　　　　　　　　　338
　　我喜欢刘备　　　　　　　　　　　　　　340
　　幸福的均衡器　　　　　　　　　　　　　342
　　选择在外面（外一则）　　　　　　　　　344
　　质　朴　　　　　　　　　　　　　　　　345
　　古茶园拒客（外八则）　　　　　　　　　347
　　为什么偏偏是你得病　　　　　　　　　　351
　　有灵气的动物　　　　　　　　　　　　　352
　　农家汉子认错　　　　　　　　　　　　　354
　　假如人生可以一次享尽　　　　　　　　　356
　　漂亮女生的一封信　　　　　　　　　　　358
　　《管锥编》序言里的说明　　　　　　　　360
　　老了，就该优雅了　　　　　　　　　　　362
　　里约奥运开幕式：强调创意而非奢侈　　　364

美国人的钱都花在哪? 367
欧洲人为何如此淡定? 372
德国的富豪到底有多低调? 374
乔布斯的家什么样子? 379
日本美女主持为何很少嫁企业老板? 382
芭芭拉的项链 385

第十章 东张西望

从卡梅伦搬家说到首相府 391
村山富市退休之后…… 394
荷兰首相骑车觐见国王 397
美国副总统拜登的家底 399
两份晚清重臣的遗嘱 402
奥巴马自费与写信给他的民众聚餐 404
跪着办案的日本警察 406
摔一跤获赔750万美元 407
国务卿没铲门前雪被罚款 408
都是临时工（外一则） 410

第十一章 人与自然

保护荒凉才是生态文明的要害 413
杭州西湖告诉世人的"常理" 417
你受得了听取蛙声一片? 419
因有屎壳郎才有天堂 421
野性英国 422
大树哪去了? 424
人鸟传奇 426
羊上树 428
纽约最后一场马戏表演 430

为什么到东南亚旅游不该骑大象？	434
美国大学的节水教育这样做	437

第十二章 经营之道

德国决策模式低效吗？	441
日本企业家为何不喜欢去银行贷款？	443
70平方定律	445
吼叫式与安静式"欢迎光临"	446
戴上眼罩，万众瞩目	448
放弃外来游客的徂徕山	450
放下身架的社长夫人	452
让工程师坐进儿童推车	454
檀木箱子里的瓷器	455
郭台铭买早餐	456
和所罗门王较劲的经济学家	457
在日本当老板为何这么轻松？	459
智去"手杖"	462
为何被冰雹砸伤的苹果卖得好？	463
通缉一条"金鲤鱼"	465

第一章 人的教育

美国十佳幼儿园都教些啥？

石毓智

一个来自美国十佳幼儿园的小孩转学到新加坡一家普通幼儿园，被老师认为是有学习障碍的孩子而遭排斥，这背后反映了东西方教育理念的深刻差别，值得每一位华人父母深思。

招生一视同仁，百万富翁也不例外

附属斯坦福大学的"斌斌培育学校"是美国的十佳幼儿园之一。实际上，这个幼儿园是斯坦福心理学系的"实验学校"，心理学系的教授和博士生以这个幼儿园的小孩为研究对象，来探讨少儿心智发展的规律。

斯坦福开展了全世界其中一项最好的儿童心智发展研究，深刻影响着欧美国家的幼儿教育。所以说，"斌斌培育学校"并不是一家普通的幼儿园，他们所采用的教育理念和方法是基于最先进的少儿心理研究而制定的。

这个培育学校如此有名，竞争自然十分激烈，可是它的招生既不考试，也不趁机抬高学费，而是根据报名的先后以及与大学的关系选择，所以我们这些穷博士生的孩子也有机会进去学习。要知道，斯坦福镇是美国百万富翁最密集的地方之一，硅谷的大老板就多住在此，比如乔布斯一家那时就是在这个镇上居住。假如这所学校一切为了钱，即使一年的学费再高，也会有很多富人送孩子来上。但我们当时送女儿上这个学校的时候，一个学期也就几百美元的费用，主要用于小孩在学校的零食和活动用品的购买，有困难的家庭还可以减免学费。

1996年,我们一家从南加州来到斯坦福,那时晶晶已经两岁多了,就先给她报了个名。等到晶晶满三岁的时候,接到学校通知可以去上。开始的几次,幼儿园鼓励父母留在学校陪小孩玩,等小孩熟悉环境后,父母就不再需要陪伴了。

我对晶晶的学习过程进行了仔细观察。老师不教他们任何文字、数学,也没有教材,更不让他们买什么书,就是给这些小孩提供各种材料做手工,引导他们种花种草、喂养动物、玩游戏、排节目。与此同时,老师还创造各种机会,引导小孩用语言表达自己。

我每次去接晶晶,她要么是兴致勃勃地在做自己的工艺品,要么是与别的小孩玩得兴致正高,都要等上一阵子才能把她哄走。总之,晶晶给我的一个感觉是,在学校很快乐,很喜欢学校,甚至都不愿意回家。两三个月下来,晶晶就能说流利的、地道的美式英语,让我这个在美国混这么多年的老爸自叹不如。

认为美国幼儿教育只让小孩玩耍是个错觉

很多人认为,美国的幼儿教育只是让小孩玩耍,其实这是个错觉,他们并不是放羊式地让小孩随意玩耍,而是让小孩在"精心设计"的各种环境中,通过动手做东西或者游戏玩耍来培养他们的发现能力、独立能力和交际能力,从而直接或间接地获得知识和技能。

这所学校给我留下的深刻印象是,即使对于三四岁的小孩,老师也开始注意培养孩子的自尊心和社交能力。老师不强制孩子们一定要做什么,教室里摆放着各种手工制品的原材料,让小孩子自己去选择自己爱做的事。每个小朋友选择的原料不一样,做出的东西也不一样,很能反映孩子的想象力。所以,半天课下来,小朋友做出来的东西五花八门,大人孩子都很有成就感。老师只是在一旁引导协助他们如何做好一件东西,并不一定要教他们什么。所以,这学校没有教室,没有黑板,也没有一排排的凳子。小孩子们各自忙各自的,不需要静静坐下来听老师讲知识。

学校的主要教育目标就是培养小孩天生的好奇心和自发的学习

兴趣。学校的活动注重两个方面，一是鼓励孩子自己想做什么就做什么，二是老师引导小朋友做活动。所以，老师没有事先规定好的教学任务，更没有什么教材，而是在幼儿园的教室内外精心设计布置各种各样的道具、玩具、材料，让每个小朋友都能发现自己感兴趣的事情。室内有制作手工艺品的材料、戏剧道具服装、音乐、书籍、字母塑料造型等；室外则有沙子、水、塑料砖块、园艺工具、攀爬的玩具甚至还有小动物。每个孩子都能发现自己的乐趣，而且可以做各种花样翻新的事情。

一切看分数的教育，会让小孩输在起跑线上

然而非常遗憾，晶晶只在这个学校待了一年多，因为我毕业到新加坡工作，就不得不离开这里。晶晶在这个学校到底学了多少知识和技能，我也看不出来，只觉得她非常快乐，非常喜欢那里的老师和小朋友。离开美国之前，老师还跟小朋友们一起为晶晶举办了一个送别派对。那时晶晶还小，很多事情还不明白，不知道这是跟小朋友和老师的最后快乐，不知道这也意味着"告别"了自己快乐的童年，要到一个只重视读书识字的华人社会生活。

来到新加坡那年，晶晶已经四岁了，我们就在住处附近的一个居民小区找了一家普通的幼儿园。到幼儿园报到的第一天上午，老师就对晶晶进行"智力"测试。先是让晶晶拼写英语单词head（头），因为英语是新加坡的官方语言，所以老师首先关心的是小孩子的英语能力。晶晶第一个字母"h"都写不出来，老师用鄙视的眼光看着晶晶，然后用十分不耐烦的口气说："那你就把你的英文名字写出来。"晶晶在纸上划拉了半天，自己的名字也写得丢三落四。老师又问了晶晶一些算术问题，晶晶也茫然无所知。就这样，晶晶被认为是"智力发展有问题的孩子"进入了这家幼儿园，时常被老师冷落在一边，老师似乎已经看出这孩子将来没什么前途。

你可别说，新加坡这小小的一家幼儿园，老师配备倒是很齐全，英文、中文和算术各有不同老师承担，他们给小孩子正式上课，每天

的课程都是排好的，还布置家庭作业。而斯坦福的"斌斌培育学校"则没有分科老师，一个班只有一个老师负责，外加一些心理学系来做儿童心理研究的博士生一起带着那帮小孩。

华人世界还有一个特点，就是从幼儿园起就开始树立"榜样"。晶晶班上一个长得漂亮可爱的小女孩深受老师喜爱，有些女教师还专门给这个小女孩单独买礼物，目的是鼓励其他小朋友向这个女孩学习。结果，其他小朋友都羡慕得不得了，一帮小孩天天都围着这个小女孩转。这个小女孩认为晶晶说的英语很奇怪，跟她的不一样，说："你不会说英语，我不要跟你做朋友。"其他小朋友跟着一个个孤立晶晶。我们想，反正一年多后晶晶就该上小学了，也不太在意这些，只希望晶晶白天有个去处就行。然而，孩子从那时起，已经与童年的快乐渐行渐远了。

在教育上，新加坡是一个比中国还要传统的地方。这里秉承儒家的传统，很重视教育，从小就让小孩子读书学习，一切以分数评判小孩子的优秀与否，比中国是有过之而无不及。这里的小孩从两三岁起就被拔苗助长，被早早地灌输了各种知识，也不管这个年龄段的孩子是否能够理解，更不会考虑他们是否感兴趣，所以很多新加坡的小孩根本读不到研究生，早就不想学习了。即使大学提供奖学金让新加坡的学生读研究生，也很难再提起他们读书的兴致，因为小孩在起跑线上已经输了。

然而，新加坡有不少人都对自己的教育体制感觉良好。就普通公民教育来说，也许他们的这种良好感觉是有道理的，然而在提高创造力和培养出大师方面，新加坡离世界前列的距离可能比中国更远。

华人教育的共同特点是，忽略对儿童的独立性、自尊心和交际能力的培养，特别是压制甚至扼杀了他们天然的好奇心、兴趣爱好和自我发现的习惯，从小让孩子过着从书本到作业的枯燥无味的生活，使他们丧失了童年的快乐。由于忽略了"从动手做事中领悟知识"，所以培养出来的多是只会做作业考试的"书呆子"。

新加坡的幼儿教育情况是中国的一个缩影，值得每一位华人父母思考。

孩子逆反和闯祸怎么办？

杨佩昌

"妈妈，我想要一块巧克力糖！"孩子大声叫喊。

"嘘，这里是公共场合，不要大声说话，会影响到别人的。这星期我们计划要买的东西已经全在这里了。"说着，这位德国妈妈指了指购物筐，"如果你有能力为自己买一块巧克力糖的话，你可以去买，如果没有，那你就只能放弃了。"孩子眨了眨双眼，无奈却顺从地跟随着妈妈去了收银台。

这是在德国超市发生的一幕。德国家长习惯于将自己的孩子作为一个独立的个体来看待，德国的孩子们也不像我们的孩子那样将哭闹作为自己达到目的的"武器"。在德国，无论是公共场合还是在家里，都很少出现家长责骂孩子或者孩子哭喊的现象，你能听到的，只是他们平等的、互相尊重的对话交谈。

孩子哭闹怎么办？

孩子哭闹，这对很多家长而言是件很头疼的事情。不少中国父母采取的办法是大声喝止，有的家长则听之任之，假装听不到、看不见，甚至把耳朵塞上。溺爱孩子的父母会走过去说："亲爱的宝贝，我可以为你做什么呢？你需要什么，我帮你去买。"

然而，上述做法的负面效果是显而易见的。喝止孩子的哭闹，给孩子心理造成的伤害不容低估；对孩子的哭闹不管不顾，孩子的反应是更加使劲地大声喊叫；而采取顺从的做法，孩子从此知道："我想要什么，可以通过喊叫来得到。"

在德国人看来，还可以有更好的办法。首先应该告诉孩子："喊叫本身是一个很好的东西，这是你需要具备的一个重要能力。"其次要告诉孩子："哭喊需要分清场合和对象。在紧急情况下可以喊叫。比如一个人在外面，陌生人把你拉走的时候，你需要喊叫。但在正常情况下，尤其是面对父母，喊叫是不合适的。你想要什么，只要问我就好了，不用大喊大叫。"

这样的教育方式让孩子知道喊叫的意义，也知道在哪种情况下不应该喊叫。于是，孩子就会学习到有用的行为，他会知道，要把行为用在正确的时间和地点，这样才有意义。通过这种行为选择，他有意识地构建了新的行为模式。孩子长大后，他就会成长为一个能选择多种行为方式的人，因为他已经学会了什么行为方式适用于什么样的环境。

其实，德国的教育也经历了不同的发展过程。二战后流行强制性的教育，家长管教非常严格，对孩子设立了很多限制，这个不许、那个不可以，是非常强权的教育方式，其结果是孩子长大后意识里全是"必须、压迫、条例、规则、不允许"这样的词语。他们大都缺少自我价值感，很多事情不敢去做，行为模式僵化。但物极必反，从20世纪70年代开始，德国人的教育方式突然反过来：孩子做的都是对的，没有不对的行为和不对的孩子，只有不对的家长。于是形成了反强权的教育，结果是孩子长大后没有规则意识、约束力，以自我为中心，社会的凝聚力大为下降。

经过二战后至今的反思，德国教育正进入一个新的阶段，那就是：用新的方法来教育孩子，给孩子更多的行为选择，让孩子在不同的情景下选择不同的行为，通过平等理性的沟通来改变孩子。

孩子画花了新粉刷的墙壁怎么办？

举个例子：你刚买了一套房子，经过几个月的装修，全家搬了进去。孩子很兴奋，他在新粉刷的墙上画了很多画，很高兴地告诉你并拉你去看他的作品。

多数家长看到这一情景都蒙了。这时，你有一种选择，把他痛骂一顿："你为什么把墙弄脏了？"当然，家长愤怒的心情可以理解。但是，把孩子骂完后，他学到的是什么呢？他可能会想，通过画画来取悦别人是不对的，画画是一件不好的事情！这是孩子被骂后学到的东西。

或者你是反强权方式教育的父母，你认为反正那是他个人的房间，里面像猪圈一样也行，让他自己去睡吧！我无所谓。这样的教育方式则会使孩子什么都没有学到。

父母应该怎么做更好呢？

聪明的父母会把孩子的行为与某种框架联系起来，让孩子从中学到知识。他会告诉孩子："你要是画在纸上，可能会更好看，我也会更高兴。"这时孩子就知道，如果我在纸上画画，父母会非常高兴。于是他就不会继续在墙上作画了，他马上就学会了这种行为方式。父母要做的工作就是这样：给孩子找到关联的情景。

当然，有时候找到关联的情景对于普通的父母来说并不是一件容易的事情。很多父母会让孩子解释，他这样乱画画的好处是什么？其实不用这么麻烦，孩子有时候比大人想象的要聪明得多。你可以问他：还有什么地方适合去画画？于是他就会想，也许在室外、在黑板上、在森林里等。孩子通过这样的方式，学到了在其他地方画画而不必在墙上乱画的可能性。

孩子比成人可能更有创造力，他们总能找到答案。如果你想不出答案，就可以去问孩子，这样他就能学会选择更多的行为方式。

青春期的孩子与你对着干怎么办？

处于青春期的孩子大都比较逆反，也需要用新的方式来对待。阿德勒是弗洛伊德的学生，他发明了一种非常有意思的理论：每个人都是少数派，都有少数派的感觉，因此每个人或多或少都有种卑微感。比如孩子小的时候，学习到或者感知到的只有一样东西：成年人的权威。他们知道，家长可以决定他能玩什么，不能玩什么；家长可以骂他或者不骂；家长给他吃的东西，所以他得靠他们，他不会自己去买东西，他也没有钱买东西。

　　孩子每天都感知到自己对于成人的依赖，这就给孩子一种卑微感。当然这不是卑微情结，卑微情结是一种病态。

　　当孩子感觉到卑微的时候，脑子里会衍生出来一种潜意识：我要长大，我要脱离我的父母！这就是孩子青春期逆反的由来之一。这种卑微感慢慢成为孩子发展、成长的动力，他们会模仿成年人做的事情，想复制父母的行为。因此他们会训练自己扮演爸爸妈妈，玩过家家的游戏。孩子的目的就是想不再依赖父母，他自己能够做事情。这个理论告诉我们，过分强权的父母可能会造成孩子的卑微感，仿佛在告诉孩子：你太小了，你还不行，你还不会，你还不够大！在这种背景下长大的孩子可能会走向一种极端，就是从不反对父母和他人的意见！他的一生永远是失败的。他从来不会主动去做事情，从一种失败走向另外一种失败，他会越来越差劲，因为他不太相信自己。

　　另外一种极端是，虽然孩子的经历和刚才所说的一样，但他们会努力追求成就感，从一个成就到另外一个成就，永不满足，目的是为了证明给父母看：我就是行！他们一生都处在这种加满油的状态，一生不会享受到成就感，一生都在不停地追求成功、事业和金钱。表面看来，他们好像非常成功，但实际上非常可怜，因为他们得到的都是虚幻而遥远的东西。比如他们开一辆奔驰车，不是因为车很好、很漂亮、很舒适，他们只是需要这种车来定位自己，只是想让人看。这些人从外表给别人的感觉好像是非常自信的，别人会说："这人好自信！"但只要稍微把他的外皮剥掉一点，就可以看到他的内心只是一个受过伤害的孩子。但是他不会允许别人这么做，因为这是非常痛苦的一件事情，他会给自己一层一层地戴上面具。

　　因此，在孩子进入青春期，当大家觉得他们已经长大可以独立的时候，却突然发现孩子变得非常极端，与父母格格不入！为什么呢？答案也非常简单，这就是孩子在这个阶段必然要做的事情：他们想把父母所给予的信息都反馈回去，一定要跟父母对着干，这样才能完成与父母的最后脱离,然后走进自己的生活之中。

不管你是一个什么样的父母,孩子在青春期的任务就是反对你,父母必须忍受这个阶段。这时父母要做的不是把门关上,而要让门有一丁点开着。不要一吵架就把交流的门关上,就算是他做了什么事让你一点都不能理解,甚至想把他从家里扔出去,但你都要告诉自己:孩子还没有真正长成,他只不过在试验而已。这时候的父母,很重要的一点是要让孩子意识到:无论你做什么、说什么,你还是可以来找我。这就是孩子需要的感觉,即使他对你说:"我根本就不需要你。"

别担心!孩子长到二十一二岁的时候,他们又想回来和父母在一起了。这时大家的思想都非常合拍,因为孩子已经走上了自己的道路,他们会突然开窍,开始发现父母所做的事情有些还是对的。他们会想:那件事情其实我爸爸妈妈说得对,他们当初这么教育我,也没什么坏处。

所以,作为父母一定要放松,这是无法改变的自然规律。当孩子有不恰当行为的时候,我们要学会将行为与情景联系起来,让孩子自己去发现改进行为的方式。

德国孩子的玩具

曾经看到过这样一段文字:外国的小女孩也像中国小女孩一样喜欢玩布娃娃。布娃娃对于中国父母而言,无非是在孩子哭闹时用来安抚他们的工具,而在德国,我却看到了我从小就熟悉的布娃娃竟然有另外一种"玩法"。

我的德国邻居有一对很可爱的双胞胎女儿,他们总是喜欢到我们家来"串门子",每次来还都是一人推着一个小婴儿车,车里睡着一个芭比娃娃。我心想,两个才刚满三岁的小毛孩儿,自己不坐婴儿车就已经不错了,谁想竟然还一人推了一个假娃娃,真不知我的这个邻居是怎么想的。

有一次说起了这事儿,孩子们的妈妈笑着对我说:"这个芭比可不是光用来给她们玩儿的,而是让她们从小就要有关心和照顾他人的习惯。在照顾芭比的同时，她们自己也会更加严格地要求自己，按时起床、睡觉，按时吃饭。照顾芭比的这件事会使她们更有责任心，也更加自律。"看着两个话都还说得不是很清楚的小不点儿，一边给小娃娃盖被子，一边给小娃娃讲刚从幼儿园里学来的童谣，我和她们的妈妈相视而笑。同样是一个玩具，德国的家长却选择了这样的方式来教育子女，让孩子从被照顾的对象成为去照顾他人的人，如此的角色转变，让孩子在快乐中得到成长。

  角色的扮演，使孩子不仅自我融入其中，而且乐在其中。聪明的德国家长，早已把游戏和教育有机结合起来，这样，孩子长大后，不但对家长的要求有了更多的认同感，也有利于责任意识的培养。

美国小学为何重视培养孩子的好习惯

方柏林

多年前,我进了一家公司,从事翻译工作。第一次出差去做口译。口译之前我并不知道这次要译些什么。当时我是新人,不知道公司办事规则是什么,以为别人不告诉我,或许是有保密需要。

途中,我和公司执行董事一起坐车赶往客户所在地。路上执行董事问,项目组有没有告诉你项目的具体内容?我说,他们没有人告诉我。他说,项目组不告诉你,那是愚蠢的做法,可是你不知道的话,你可以问啊。我一想也是,如果我问了不告诉我,是他们的责任。我不去了解,就是我的失职了。

执行董事那一句话可以说是我最好的入职培训,我至今铭记在心。从此以后,不管做什么事情,我都会先做足功课:不知道我会去问,不明白我会去查,不理解我会设法学习。

不要认为这是一个新入职人员的疏忽,这是工作习惯问题。遇到一件事,主动发问,主动搜集信息,提前充分准备,这是各行各业和日常生活中都需要的一个态度。

后来在美国管理协会做培训课程设计,接触了一门课程,叫"个人领导力",它的基本依据来自《高效能人士的七个习惯》这本畅销书。这本书中说的第一个好习惯,便是积极主动。我本人也在看这本书和开发这门课程中获益匪浅。比如这本书中还提到,要"要事优先""以始为终""双赢思维""知彼知己""统合综效"和"不断更新"。

这些好习惯，都是从人性和现实的需要出发，让我们在自己的生活、工作和学习当中，时刻记住分清主次，在事情开始的时候，先想好各种结果。在和人交往的过程中，不要秉持你赢我输、你输我赢的零和思维，而是寻求理解对方，找到最大公约数，力求让所有人得益。一天下来，我们完成了所有重要事务，懂得早点休息，或看点电影，接着精神饱满地开始新的一天。所有这些好习惯，确实能够让我们的人生更有成效。

后来孩子在美国上小学，学校居然也使用《高效能人士的七个习惯》来开展小孩的素质教育。当然他们的说法并非"素质教育"，而是称之为"领导力"。的确，训练孩子在生活和人际交往上形成好习惯，以后他们的人生路子就会顺畅很多。

我们首先要树立起一种意识，也就是在人的成长过程当中，我们不要只关注孩子的大脑，只想着怎么样提高他们的语文、数学、英语、物理、化学、生物、地理等这些知识领域的成绩，孩子们的自我领导力的培养，一点不容忽视。

看到中外孩子不同的时候，我们有时候只看到结果，知其然不知其所以然。西方所谓君子风度，不只是"喝汤不发声"，说"谢谢""对不起"这么简单，背后有更多对自己的积极管理，和对他人的理解和负责，这些不是孩子基因上有什么不同，而是后天学校和家庭教育与训练的结果。

如果说学科的学习属硬知识的话，那么这些技能就属软要素，要怎么培养这些软要素呢？我上面说美国小学会主动教这些，而一些社会机构，也一样在注重训练这些技能。美国有个成立于1902年的机构，叫4H（训练青少年动脑、用心、动手以及保障健康的能力）。该机构训练儿童成长的各个方面，包括很多软技能和素质。

另外一些社会机构，比如美国的跆拳道馆，我去观察，发现教练也同样训练一些积极的态度，包括对人的尊重、对自己的自律等。一些黑带高手彬彬有礼，而一些"半瓶醋"倒是吊儿郎当。概因前者在搏击技艺训练与升段的同时，也接受了其他方面的一些训练。

我女儿在美国参加的课外乐队，除了平常需要刻苦训练之外，老师在每次演出前后，都会让乐队成员自己安装、拆卸所有设备，所有人一起动手，老师也和孩子们一起做事。演出后，自己收拾东西，不给他人"留尾巴"。

我有几次要去帮忙，他们都不让，老师也是借此训练孩子们的敬业、负责和团队意识。这么做，也是训练平等精神。这种事情如果是安排一个杂工去做，孩子们会无形当中认为自己高人一等。这种训练不是苦训，孩子们一起做事，有说有笑，感觉轻松愉快。

学习可分为知识、技能和态度三方面。态度上的事，特别是坏的习惯，小的时候好改，大了就难了。对于我们的孩子来说，多给他们一些态度训练，会让他们少走弯路。政治家弗里德里希·道格拉斯曾言："培养一个孩子，胜过修补一个成人。"

民国老课本之美

子沫

看民国老课本很偶然，是在《读库》上先看了一个小长篇，细细读下来，只觉津津有味，清心润肺，用一个比喻：清泉石上流。很是奇怪，民国的小学教材，成年人读起来也能如此余香满口，不禁对那时编教材的人心怀敬意了。好的东西其实是不分年龄的，它是一种大美。

《陪座》一课："座上客/远方来/父陪客/食午饭/饭后出门/与客闲眺/前有青山/旁有流水。"

短短几句，一碗一筷，一坐一眺之间，人情冷暖，绿水青山，亦静亦动，栩栩如生。语言简洁而有活气，婉转之间，意会无穷，真好。一如丰子恺的小画。

看过一篇小文，《一站一坐一生》，一个人62年间每年拍一张照，举手投足之间，一生就过去了。沧海桑田，时间静悄悄地流过，年轮百般之味也许就是通过最简单的方式呈现出来的吧。

"钮儿在家/客访其父/父适他往/儿邀客入/请客上坐/己在下位陪之/客有问/则谨答之/客去/儿送至门外/及父归/以客所言/告之于父。"

短短数句，行事做人有礼有节的道理就很明了。小学二年级就开始教礼仪，小儿待人接物之间，才是家教所在，所谓礼节，不是送礼，而是说话行事的细节。这种和风细雨的教育如今是很少见了，连很多成年人都不懂了。

再看《果园》一课："吾家有园/遍种果树/培土甚勤/一年之间/先后开花/开落/结为果/累累满树/及熟/摘而食之/较买诸市中者/味尤鲜美。"

配的插图是加厚白纸彩印的，过去几十年了，色彩仍然鲜明耐看，行内人说是用的天然矿物颜料，精细制版而成。教育不是硬教，而是教会一种顺应天时，四季分明，开花结果，种瓜得瓜，做足功夫的态度。用邓康延的一句话来说，民国老课本是满园的世界观。

再看《镇定》一文："王戎七岁/与人同观虎/虎忽大吼/观者皆惧/戎独不动。"

小小人儿学会镇定自若，不露声色，真是难得，三岁看老，这也是教育的一种。不从众，不人云亦云，会分析，笼中虎，叫也不怕。这种教育让小小人儿心里有数，无须过多笔墨。

还有这首《郊行诗》："芳草如碧玉/野花如黄金/不用一钱买/采来衣上簪/青天净如洗/晚霞红似烘/始知天工巧/变化真无穷。"

乡野的天然，原始的滋味，泥土的芳香，不花钱的快乐，开阔的世界观，朴拙的美感，种种都有了。

再读《食笋》："园中有竹/春日生笋/摘笋为羹/其味鲜美/我甚喜食之/父谓我曰/园蔬野菜/胜于鲜鱼肥肉多矣。"

啧啧，父子之间的家常对话，节气，常识，饭食，价值观，童趣，一蔬一食之间，天然妙物婉转流淌，盈盈之间如雨后春笋。

真喜欢这种民间的种种曼妙清简。

又有《牧童》一课："放学归来/在途中/遇一牧童/骑牛背/吹短笛/唱山歌/状甚快乐。"

在交响乐狂轰滥炸时，倒更愿意听一支牧童短笛，犹如天籁。那时候，什么事都不会用力过猛，一曲民谣，就是审美。多希望孩子们受到这种早期教育，把一生的审美都浸润在自然四季中，而不是认几个字，读几篇文。现如今，音乐变成了钢琴几级考试，变成了技巧，独独失去了天然韵律。演奏音乐的人早都没了音乐的情境和心境，没有内心流淌的诗意，音乐早就不是音乐了。

还有这样有趣的一课《蝴蝶与花》："百花开/蝴蝶来/百花香/蝴蝶忙/百花零落/蝴蝶寂寞/蝴蝶无事做/终日恋花朵/一旦春去花落尽/寂寞光阴如何过。"

这种烂漫翩翩的篇章只能出现在民国的课本里，因为那时候的审美观是现代人不能理解的，大好春光，蜂飞蝶舞，各司其职，简单，形象。季节更替，寂寥感，代谢感，轮回感，花开一季，草木一秋，想象空间都有了。小孩子理解能力暂时有限，但审美想象力留在那里了，谁说不是福泽？

民国老课本，我爱读的篇章太多了，好的东西是最朴实简单的，也肯定是美的。

又如这篇《老梅树》："小窗外/有梅树/方开花/我欲折之/干大枝高/手攀不及/母谓我曰：此树乃汝父所种/比汝大数岁/故甚高也。"

一幅窗前的树荫图，小儿和母亲，关于种树和做人，道理都有了。

还有这篇《天然之美》："邓氏姐妹性情不同/姐喜清洁谓清洁为美/妹喜装饰谓装饰为美/二人争论不决，乃问于母，母曰：清洁为天然之美，且有益于卫生/装饰为人工之美/复近奢侈/吾以清洁为佳。"

普通的家常话，没有结论，只是引导，大美是一种天然，审美观的引导是多么重要。

教育真的是来源于日常生活中的点点滴滴，审美力是儿时慢慢堆积的，很多成年人无审美力，也直接影响了下一代。

培养孩子对失望的忍耐力

［印度］拉马司瓦米·拉朱　文
陈荣生　译

有一次，一位东方圣人到了一个国家，他在那里看到这样一个情景：孩子们说他们饿了，他们的母亲就为他们做早餐，然后把早餐放到他们面前。

孩子们刚把食物放到嘴边，一群粗鲁的男人冲了进来，把早餐全拿走了。母亲们不动声色地看着这一幕，没有一句抱怨，而孩子们也没吵闹。

圣人感到很惊讶，就问孩子们的母亲，这一切是什么意思？

她们说："先生，我们恳求你再多观察一会儿。"

这时，孩子们站了起来，四处去寻找他们的早餐。一阵忙乱之后，他们找到了，然后填饱了肚子。原来那些男人将他们的早餐藏在了某处。

母亲们转向圣人说："先生，在我们国家，我们就是这样在孩子还年幼的时期就培养他们耐心的美德。因为真正引领人们事业成功的，是在职业生涯早期中忍受失望的能力，我们就是这样培养我们孩子的这种能力。"

心灵驿站

日本小学生的快乐午餐

孙开元

前不久，现居美国的环境活动家、纪录片摄影师佐竹敦子，跟踪拍摄了一则日本埼玉县（东邻千叶县、南接东京）针谷小学孩子们午餐生活的视频。

针谷小学的校长向佐竹敦子介绍说："孩子们的午餐时间为45分钟，这既是午餐时间，也是接受教育的时间，就像数学课或阅读课一样。"

在五年二班的教室里，敦子问孩子们："你们喜欢学校的午饭吗？"孩子们眉开眼笑，异口同声地回答："我们喜欢！"

接着，镜头切换到另一个场景。三岛唯是五年二班的学生，上午7时45分，她背着一个粉红色书包，离开家去上学。除了书包，她还拿着一个饭袋，饭袋里面装的会是什么宝贝呢？

三岛唯像变魔术似的一样一样向敦子展示：一块四方餐布、装在筷匣里的一双筷子、一把牙刷、一个刷牙缸、一条擦嘴用的手帕。随后，她把饭袋挂在书包一侧，背起书包出发了。

针谷小学一共六个年级，有682名学生。三岛唯所在的五年二班有38名学生，由一位年轻的男老师做班主任。

针谷小学的教学楼旁边，有一片农场，里面种着各种蔬菜和水果，因为根据日本文部省颁布的《小学教学指导纲要》的规定，学校要承担种菜和养小动物的责任。在针谷小学，六年级的孩子负责种植学生们午餐食用的土豆。

学校食堂一共有五位厨师，他们每天要在三个小时内做出720份饭菜。

厨房里，两位厨师正在为土豆去皮；一位厨师则将梨汁浇在炸好的鱼块上，这是孩子们特别喜欢的一道菜，名叫炸鱼浇梨汁。

一口大锅里煮着蔬菜汤，里面有五种蔬菜。另一口大锅里煮着用学校农场种的土豆打成的土豆泥，一位厨师将煮好的土豆泥盛在一只只桶里。

饭菜做好后，厨师们将饭菜盛入大餐盒，摆放在餐车房里的几十辆餐车上。每个班都有自己班的餐车，餐车上标着各班名称，比如"五年一班""五年二班"。

餐车分为两层，上面一层是饭菜、餐盘和碗，下面一层是牛奶和蔬菜汤。到了开饭时间，高年级各班的孩子会来取自己班的餐盒；低年级的孩子则不用下楼抬餐盒，由厨师用电梯把餐车送到楼上。

12时25分，上午的第四节课结束了，孩子们向老师鞠躬致谢，接下来就是45分钟的午餐时间。孩子们收拾好文具，在课桌上铺上餐布，摆放好筷子、牙刷、牙缸。

今天轮到三岛唯担当"给食值班"，即午餐值班，她和另外几名值班的孩子系上洁白的围裙，戴好餐帽和口罩。"我们要把头发拢在帽子里。"三岛唯一边说，一边拢好了头发。

班主任宣布："现在对'给食值班'的同学进行卫生检查。"

"给食值班"的几个孩子并排站好，一个孩子拿着单子询问："你们有没有腹泻、咳嗽或流鼻涕？"

"没有！"

"你们穿戴好了吗？"

"穿戴好了！"

"你们认真洗手了吗？"

"是的。"

之后，"给食值班"的几个孩子在自己的手上喷洒了消毒液，由班主任领着，去餐车房取餐盒。

到了餐车房，孩子们站好后齐声对厨师们说："我们是五年二班的，谢谢师傅们给我们做美味的饭菜。"

厨师们回答："不客气。"

接着，五年二班的孩子们两人一组，开始往教室里抬餐盒。

低年级的孩子则等在楼层的电梯前。同样，在取饭菜前，孩子们要向厨房师傅鞠躬致谢，然后用推车将餐盒推回教室。

在五年二班，全班同学都系着围裙、戴着口罩，坐在课桌前等待开饭。"给食值班"的几位孩子中，一个负责发牛奶，一个负责发面包，另外几个负责盛饭打汤。

发完了，"给食值班"的一个孩子问："餐盒里还剩下多少东西？"

值班的孩子依次报告："剩下两罐牛奶""剩下两个花卷""剩下五个面包""剩下一份鱼""剩下五份土豆泥""剩下很多汤"。

接着，两个"给食值班"的孩子向全班同学介绍食品的来源："土豆是六年级同学在校园农场里种的，炸鱼浇梨汁用的梨子是从附近农场买的。"

随后，班主任对孩子们说："六年级同学今年为我们种了土豆，明年三月轮到我们，七月就能吃到我们种的土豆了。"

说完，班主任宣布："现在开始吃午饭！"于是，孩子们齐声向"给食值班"的同学和厨房师傅道谢。然后，班主任和孩子们摘下口罩，一起吃午饭。

拍摄纪录片的佐竹敦子问三岛唯："你喜欢今天的饭菜吗？"三岛唯笑着点了点头。她的托盘上放着炸鱼、土豆泥、蔬菜汤、面包和牛奶。

土豆泥吃完后，她见餐盒里的土豆泥剩了不少，便去盛了第二份。

吃完饭后，有几个男孩表示还可以解决餐盒里剩下的那份炸鱼，于是，孩子们用自己的办法来决定谁能得到。"石头、剪刀、布"之后，最终获胜的一个男孩领到了那份炸鱼，他开心得跳了起来，看来孩子们真的非常喜欢学校的饭菜。

接着，孩子们将各自喝完的纸质牛奶盒拆开、铺平，以便回收。

接下来是刷牙时间，孩子们拿起牙刷，蘸着清水刷牙，班主任也不例外。

随后,"给食值班"中负责发牛奶的孩子将一堆全班同学拆开的奶盒叠好,送到水池里,用清水冲洗一遍,放入筐里晾干,准备第二天送到回收站。"给食值班"的其他孩子,则收拾好大家吃饭用的碗盘,放入盒中,搬回厨房的洗碗池。低年级的孩子则只需将碗盘用餐车推回至电梯门口,由厨房师傅运回即可。

下午1时10分,到了每天20分钟的打扫卫生时间。孩子们有拿抹布的,有拿扫帚的,为教室、走廊、门口、楼梯、卫生间和体育房做清洁,然后打扫教师的办公室。

45分钟的午饭时间,针谷小学的孩子们不仅吃得高兴,同时也学习了合作和劳动,懂得了一饭一菜来之不易的道理。

打扫干净之后,孩子们整理桌椅,休息一下,然后就要准备下午上课了。

郑渊洁这样对孩子进行性教育

孙香我

看到一篇外国报道，题为《中国的性教育问题》，开头说："'我从哪里来？'或早或晚，每个孩子都会这么问父母。但是在视性为禁忌的中国，家长们常常是完全回避这个话题。在中国中央电视台最近的一则新闻片段里，一名记者询问成人们他们第一次知道性是什么时候。尴尬地笑过后，很多人承认他们的父母在谈到他们从哪来时并不那么坦率。一个女人说她在成长过程中一直认为她是从她母亲胳肢窝里生出来的。"

从网上亦看到有关报道："日前，武昌教工幼儿园的大班老师精心为孩子们准备了一堂幼儿性教育课。"但是，"记者随机采访了20名家长，有11名家长认为从幼儿园开始开展性教育课程非常必要，但是对于应该讲到什么程度，仍有担忧。此外，有6名家长认为，现在的孩子过分早熟，太早接触性教育并不好。而面对记者的问题，有3名家长直接扭头就走，并不愿意谈论这类话题"。

童话作家郑渊洁一次接受采访，谈到他对儿子的性教育："他3岁时，有一天北京电闪雷鸣，他就问我为什么先看见闪电，后听见雷声。我说这个不重要，我现在告诉你一件重要的事情：你是怎么来的。然后我就详细地告诉他，爸爸身上有个什么东西，放到妈妈身上的什么地方，然后派过去千军万马，最后你是优胜者，大概就是这个意思。我记得当时是拿了一根香蕉和一个面包圈来演示给他看。全部说完以后，他说了一句话，他说现在你可以告诉我，为什么先看见闪电后听见打雷了吧。他上网也很早，那时候我就不担心他被网上涉及性的东西影响，因为他知道这事，他不好奇，只有不知道的人才急于了解，削尖脑袋往里钻。"郑渊洁的儿子叫郑亚旗，如今已是一位事业有成的青年才俊。

在中国有两样东西，自古以来就被搞得神秘兮兮的，一是政治，一是性，都是"不可使知之"。性和政治，其实都不过那么大点事，你就敞敞亮亮摊开来，天大概塌不下来的，怕什么呢？一根香蕉一个面包圈，就把窗户纸捅破了，大人和孩子都亮堂堂的了，好像还是郑渊洁聪明一点。

一位日本孩子在规矩面前……

唐辛子

这还是我的女儿Mii刚刚上中学时发生的两件事。

第一件事：周六我照常有一节下午的中文课，女儿Mii也照常上午要去学校上课。

下午2点多的时候，Mii突然打电话给我，原来她忘记带家里的钥匙了，进不了屋子，只能待在院子里。我要Mii来我上课的地方，因为一个人饿着肚子待在室外，实在不是件舒服的事。除了乘车券，她身上也没有带钱。

但Mii居然说什么也不肯到我的中文教室来，理由只有一个：她穿着校服，必须按学校规定下课后直接回家，不能在外绕道。Mii在电话里对我说："如果我穿着校服去学校以外的地方，不小心被学校的同学和老师看到，违反了校规，我会失去大家的信任的。"

我无法说服Mii，因为"诚实"对她而言比什么都重要。在她的概念中，人活在这个世界，是"因为大家都守规矩，才能拥有自由"。所以，最后我选择尊重Mii的决定：从下午2点到家，一直到傍晚6点多我下课赶回家，她一直饿着肚子一个人在院子里等着我。

第二件事：周日和Mii一起出门，无意中发现几个月前她购买的一张小学生乘车券，还剩下680日元没有使用完——几个月前，她还是小学六年级学生，可以享受小学生的半价待遇。

但4月9日她参加完中学的入学式之后，已经是中学生了。作为一名中学生，还使用小学生的半价乘车券，对Mii而言是件羞耻的事。但680日元的乘车券就此报废，Mii觉得太可惜了。最后，这个13岁的初一学生对此事的处理方法是这样的：她用那张半价乘车券进了电车站，然后在出站时，自己找到车站乘务员，说明缘由，要求补票。但车站乘务员听完Mii的话之后，并没有帮Mii补票，而是要她就使用半价乘车票出站了。

Mii觉得非常不可思议，不明白为什么可以这样，但还是听从车站乘务员的话出了站。出站之后，我们走了大约50米远时，那位车站乘务员又跑过来追上我们，说："那张小学生乘车券，还剩下的金额，就这么用掉吧。再乘电车时，也不必补票，用完为止就好。"车站乘务员在说这几句话时，眼睛里全是笑意，笑容非常温暖。我和Mii一起鞠躬感谢了他，并满怀歉意地对他说："实在是很对不起。"

这些生活的细微，令我再次思考：为人父母，对于自己的孩子，最大的责任究竟是什么？我想并不是教育。因为我始终觉得：任何大人其实都是没有资格教育孩子的，这就像一片被污染的叶子不能去指导一朵洁净的花蕾该如何保持干净纯粹一样。孩子的心灵是洁净的，质朴纯真，如同未遭污染的自然。直到他们长大，洁净渐失。

我想，父母对孩子最大的责任，应该是呵护好他们与生俱来最为洁净的品质，令上面的尘埃尽可能沾染得少一点，令他们在不得不变成一种叫"大人"的俗物的时候，能俗得稍许可爱一点，不至于让人感觉太恶劣。

美国中学的"文武百官"

方柏林

开学后,儿子上七年级了。我去参加他们学校的接待日活动。这中间得一个教室接着一个教室地跑。美国小学一般是有固定教室的,同一个老师坐镇授课。到了中学,老师也有固定教室,也是宅在教室,而学生则走马灯一样轮流过来,分批上课。学生选的课不尽相同,同一年级的孩子们的时间表通常只有部分重合。例如早晨第一节课,有的学生去打网球,有的去参加乐队。结束后,他们再跑到下一个班级,上英语、数学等等。

学校是封闭的,里面犹如巨大的迷宫。学生们往往第一节课在东侧,下一节课在西侧。可以抄近路的过道,老师还用橙色路障挡了起来。来回跑,好的是可以消耗初中生的旺盛精力。但这么赶,课间就没法休息,这让我等友邦人士莫名惊诧。这未必可取,过去我们上中学,课间打打乒乓球,踢踢毽子,追追打打,也是"此情可待追忆"的嘛。

我在国内上初中高中的时候,除了极个别选修课外,一直在同一间教室里。学生不动老师动。学生从早到晚在一起,于是形成了"二〇一班""二〇二班"之类的集体。因为有固定的班级,便有基于班级的班干,如班长、副班长、学习委员、文娱委员、体育委员、劳动委员、团支书和各学科的"课代表"。这些干部起到了维持班级秩序、协助老师的一些作用,比如收发作业。这一切也是社会组织的缩影。班长也是长,是个小干部。孩子当上了班长或副班长,家长总归是要发朋友圈吹嘘一下,以示教子有方的。

美国中学既然是铁打的营盘流水的兵，学生成不了固定集体，班级秩序和杂务一天到晚处理下来，老师还不累死？也不是。整个学校有学生会，学生会有竞选，大家可竞选主席、副主席、财务总管、秘书等。而一些特殊的班是学生一起上的，如弦乐。这些班管理也更复杂：老师除了教学外，还要组织演出、安排义卖。我女儿曾当选为该组织的主席，为其策划T恤衫设计、义卖物品安排等。由于班级比较散，学生社团的作用比较大，比如学校有机器人兴趣社团、花名册设计社团等。

落实到具体的班级，班干部没有，不过各种"职务"则多如牛毛。我在几个州的家长接待日上都观察到，很多班级有值日表。上面写着各种"工作"。老师让学生"找工作"（get a job）。孩子们可以把自己的名字写在一个便条上，根据自己对工作的喜好，插入相应的口袋里。由于班次多，同样的工作有不同的孩子认领。

到底都有哪些工作呢？我看了很多中小学老师分享的自己班级的"工作"，觉得可以分为这么几种——

一种是"教学助理"型工作，比如直接叫老师助理，也有负责具体事务的，我们不妨对应国内的班干说法来翻译一下：体育委员、技术委员、邮件委员、作业委员等。学生分桌子围坐，每个桌子有时候还有桌子队长，相当于我们的小组长。有的职位非常细致，比如布置周记，督促学生完成的周记委员。有的学生帮助老师维持教学秩序，不让大家喧哗，这种学生叫声控委员。有的学生负责班级日历，确保大事小事不遗漏，他们是日历委员。这些职位，老师也有一些工作指引，让负责的孩子不至于无所适从，比如为了控制噪声，老师说有时候可以用"外部声音"，有时候必须用"内部声音"，有时候需要安静。

换言之，这是把我们"班长""副班长"的职责切分、细化了。这些"职位"直接可以帮助老师的教学。我们过去常把"班长"翻译为"monitor"，并无大错，只不过无"长"的意思。一个班级很多monitor，我就统一说成"委员"。

还有一些职位和教学似乎无直接关联，而属于社会性事务，维护秩序和纪律，或是让上下课衔接整饬有序。如问候委员、发生冲突时的维和委员、对国旗宣誓时的宣誓大员、组织去吃饭时的午餐总管、排队时的龙头大哥和殿后大员，给大家开门的守门大将。还有垃圾检查委员，负责保持教室环境整洁，无乱扔杂物行为。老师需要复印，

作者儿子所在学校墙上贴的"我要工作"公告，从中可以看到同学们各自选择的工作

或是去办公室讨要某物，会有勤务委员，有些老师课上还有一些特殊的安排，比如让某人报天气预报或者新闻，于是又有"气象委员"和"新闻委员"。

最后一种属中国"劳动委员"的工作，这里叫班级清洁工。同样负责后勤工作的还有文具管理员、设备管理员、卫生管理员、回收管理员。有的工作没有把职位说明，而是按照事情本身细致部署，如走后关灯的"光经理"、发放洁手液的"消毒总监"，其他诸如擦桌子、下课后架椅子、负责管理急救用品等工作都有专人负责，甚至有负责浇班花班草的"护花使者"。我儿子的科学课老师教室里养了两条蛇，学生还会自告奋勇去喂养。

这些"工作"具体而有趣，孩子们可以自己报名参加，也可以轮换。老师列出职位，可以用写了名字的晒衣夹子、短木条、即时贴等贴在墙上，让孩子们自己找事做。每一个孩子都可以找到自己想做的事。

这种做法就眼前来看，能让班级管理有效。长远地看，这些安排会增加孩子主动做事的习惯，强化劳动光荣思维，增强职业平等意识。无论从发展的远虑，还是教学管理的近忧上看，这些做法都颇有可取之处。

美日孩子的家教

方柏林

我一直在美国生活，最近我们一家人出去度假，邻居家小孩海顿要跟我们一起去。于是我们捎上他一起过去。这孩子父母离异，他平时按法庭规定，在不同时间，分别和爸爸、妈妈、爷爷奶奶、外公外婆四户人家过。等到了12周岁的时候，再选择到底跟谁长期过。虽然监管复杂，但是他跟我们出门，只要当时的监护人（我们的邻居、海顿的外公外婆）同意即可。

通过和海顿相处，以及对平时其他美国小孩来留宿时的观察，我发现美国家庭很多生活习俗和我们不同。比如我们是晚上洗澡，他们多早上洗澡，这个各有利弊。另外一个差别，是我们家的人早饭前刷牙，他们早饭后刷牙，到底哪一个更好？还盼健康等方面的行家赐教。

海顿这孩子跟我们在一起，特大大咧咧，非常不拿自己当外人。事实上，我女儿说得很搞笑，说这次旅行，海顿不是我们邀请的，而是"他自己邀请自己的"。他非常有趣，非常放得开，在峡谷野炊的时候他自己用手机放音乐跟着跳舞，自娱也娱人，玩的就是心跳。

白天出门，晚上看过一场户外演出，回宾馆之前就已过了半夜，但大家下午吃得迟，晚饭附近没有外卖，我们只是吃了点零食，于是我们去了半夜还开门的快餐店Abbys的驶入式窗口（Drive-in）点东西吃。这时候大家都已经十分疲惫，我们自家四个人每人随便点了个汉堡。偏偏Drive-in处的声音效果又不好，几次传话都被听错，我都快气疯了，但是海顿一点不马虎，也没有"客随主便"，而是慢条斯理地叫他平时喜欢的汉堡，详细地告诉点餐的人他不要西红柿、生菜等等。

这孩子到哪里都活得好好的。对于自己的权利和喜好，不会苟且。不过他也有他的规矩。一旦我们对一个问题说不，比如不许他晚上再玩，应该去睡觉了，他也很尊重，不胡搅蛮缠。美国家庭教育孩子时说一是一，说二是二，界限感明确，效果还是非常明显的。一些稍大一点的决定，比如他要用随身携带的钱去书店买书，他就打电话征求他外婆的意见，而不是像我们常说的"不懂事""没规矩"的小孩一样，纠缠他人给他购买。

回来之后，学校有一个夏令营，来的是日本某高中的学生。学校安排他们去我们教职工家中体验生活，我们家为此也接待了两个日本女孩。两个人英语都不大好，我们说的话她们似懂非懂，动不动拿出一个什么电子字典来查单词给我们看。若不问问题，她们就不说话，安静而规矩。任何东西，我们不说她们就不要，比较拘谨。我以为日本小孩一定成天手里拿着手机在玩，结果除了临走时候拿出来合影，我一次都没有看到她们在用，而是客客气气，客随主便，我们怎么安排她们怎么听。我们家小狗跑上楼去，也不知道她们喜欢不喜欢，就让小狗在上面睡。第二天临走的时候，我看到她们把我楼上的房间收拾得整整齐齐，甚至比当初更整洁。

次日，学校安排营员和接待家庭烧烤聚餐。户外炎热，大部分人都坐在树下的位置上。我们拿完吃的，那边好像已经没有座位，于是我们坐到烧烤亭子下的一张桌子边。这边上便是烧烤的地方，有些热。但是我们接待的两个女孩看见我们一家坐在这边，便离开自己的日本同伴，端着自己的盘子向我们走过来，不让我们落单。后来有人腾出地方，让我们搬到树下，可是椅子不够，两个孩子又主动给我们搬椅子。在各种细节上，能看出这些小孩虽然内向安静，但是心思细腻，愿意为他人考虑。

美国人说到沟通的时候，常见的分类有的是比较冒进，有的是比较被动，最好的是那种维护自己利益又不去冒犯他人、不卑不亢的那类。套用这一说法，粗略地看，日本小孩比较被动，但是她们的纪律严谨、待人接物礼貌周全，尊重他人，让人印象深刻。美国小孩介于比较冒进和比较被动之间，非常随和，也颇为有趣。

到别人家做客，能享受和他人相处的体验，让人感觉愉悦，又不冒犯他人，这平衡术也是一种本事，是要培养的。各国大环境只是一个方面，家庭与家庭之间的差异更大。有些好的品德和习性或许只是各自家庭的家教而已。成长中，监护的人总要用点心。人长期关注的东西，往往能成为孩子日后的长处。长期疏忽的东西，或许就会演化为他们日后的恶习。我们自己教育小孩，也别说大道理，就是预备一下，当我们的小孩去他人家做客的时候，会是什么局面？这样的境况，就是日后他们离开父母独立生活的实际演习。

可恨与可鄙

孙香我

当年在《古史辨》第一册自序中,顾颉刚对现代教育制度很是看不起:"为的只是教员的薪金和学生的文凭,大家假借利用,捱延过多少岁月。"乃至到了咬牙切齿的程度:"他们在那里杀青年真可恨,青年们甘心给他们杀也可鄙!"

若看到现今高考制度下的众生相,顾颉刚怕会有更难听的话说出来吧。电视上记者采访一位母亲,问为何要给即将升初中的孩子择校,得到的回答是:"如果现在不给孩子选择一所好学校,他以后就考不上重点高中;考不上重点高中,将来就考不上好的大学;而考不上一所好大学,他这一辈子就全完了!"说得很是吓人。"全完了"的怕不仅是孩子吧。

好像每年都有报道,说某个考生的父亲或母亲去世了,家人就在考前瞒着,只为了不给孩子高考有一点点影响。今年又有,一位女孩子的父亲意外出事故去世,考前全校老师和其他同学都帮着家人一起瞒着她,女孩子高考结束回到家,才知父亲已永远离开她多日了。人情、人性、人伦,在如今的高考制度下统统都泯灭了,文凭那一张纸比什么都重要。

这样的教育制度,叫人看不起也就不奇怪了吧,我们的痛心和顾颉刚是一样的:"他们在那里杀青年真可恨,青年们甘心给他们杀也可鄙!"

美国加州理工学院的黑板和时钟

石毓智

在美国《时代周刊》的"世界大学排行榜"中,加州理工学院最近连续五年名列第一。我手头有一本2010年的美国大学研究生教育评比刊物,加州理工学院的物理和化学这两个学科名列第一,数学名列第六。迄今为止,这个学校的教师队伍中已经有21人获得过诺贝尔奖,在他们培养的毕业生中则有17人获得过诺贝尔奖。要知道这个学校的规模很小,教师只有两三百人,本科生和研究生加在一起也就是2 000多人。

加州理工学院为何能获得如此骄人的成就?个中的奥秘很难一下子说清楚,就让我带领大家到这个校园直观感受一下吧。去年的秋季,我利用学术休假的机会又回到加州,其间专门开车探访了这所大学。

我来到数学系和物理系大楼,走进一个教室,只见正前方的墙壁上装有六块黑板,上下可以滑动,所有黑板上都用粉笔写着密密麻麻的公式定理。其实,这种情况并不是加州理工学院独有的,斯坦福大学也是这样。之前我在该大学访学期间,听过多门数学、物理和统计学方面的课程,没有一个老师用课件或者幻灯片,一次都没有,全部是粉笔板书,上课时老师把公式推导和语言表述都写在黑板上,学生在下面跟着记笔记。课堂上老师讲解和学生提问的内容,也常被写在黑板上。他们根据学科的特性,仍保留"手写"的传统教学方法。

是否采用传统的板书教学方法，取决于教学内容的特性。像数学、物理这些学科，不仅有大量的抽象符号，而且基本是定理证明和公式推导，如果使用课件或者幻灯片，就不会给学生留下什么印象，学生也很难理解公式定理的推导过程，自然也就无法掌握好这些课程。

还有，美国名校这些老师采用板书的教学方式，都不拿着书本往黑板上抄写，他们均在课前把上课内容记得烂熟于心，边讲边写。拿我在斯坦福上的数论课和现代代数课来说，老师一堂课50分钟平均要写十几个黑板的字，而且教案和课本都不看一眼，要知道上课也是一种高强度的智力和体力相结合的劳动呀！当然学生在下面记笔记也不轻松，他们通过手写来加深对课堂内容的理解。这是很多世界知名大学坚守的教学理念，只有学生和老师都辛苦才能学好这些学科。

加州理工学院有一种黑板装置很独特，我在其他大学没有见过。我走在数学物理系大楼的走廊上，发现这里任何装饰品都没有，只有墙壁上镶嵌着一块长长的黑板，旁边放着粉笔和黑板擦。我定睛一看，黑板上写着数学矩阵公式。走廊里的布置朴素得不能再朴素，除了一块黑板，啥也没有；黑板上的内容单纯得不能再单纯，除了数学推导，不见任何乱七八糟的字迹图案。从这个地方很能反映这个学校老师和学生的心态，说明他们的师生心里只装着一件事，就是一心只考虑本学科的问题。

教室的六块黑板都写得满满的

走出数学物理系的大门,往旁边一栋大楼的上方望去,只见墙壁上镶嵌着一个时钟。这也是加州理工学院校园文化的一大特色,多处的墙壁上都装有时钟,走不多远就会看到一个。我想,这不仅仅是一种校园装饰,它始终在提醒着年轻的学子时不我待,要珍惜光阴。

加州理工学院不在面子上做功夫,不好大喜功,而是下"笨功夫"。该校始建于1891年,当初就是一所职业技术学校。即使今日已经成为一所世界知名大学,他们仍然保持着原来的校名不改,还是叫"学院"。而且他们也不扩招,不在办学规模上与人比高低,始终坚持小班教育。他们坚守一个信念,只有小班教育才能培养出科学大师,因为他们懂得科学大师是精雕细刻出来的,只有技术人员才可以批量生产。

在校园,走不多远就会看到一个时钟

为何世界名校课堂上禁用手机拍摄？

石毓智

手写是一种不可替代的重要学习方法，然而随着电脑的普及，特别是智能手机的大众化，这种学习方法受到了严重的威胁。下面以我自己的经历和学习经验谈谈手写学习法的重要性。

现在的手机也是相机，很多人就用手机代替手写，把它作为一种记录信息的工具，看起来手机的"记录功能"准确无误，而实际上严重威胁学习成效。

自从有了电脑以后，人们用手写的机会就越来越少了。现在不少学生课堂上用手机拍摄教学内容，不想用笔记。但很多世界知名的大学有明确规定，课堂上禁止用手机拍摄教学内容。

斯坦福大学的计算机系雄冠全球，学校位于世界IT行业的心脏——硅谷，苹果公司的总部就设立在这里。学校教室里现代化教学设备应有尽有，然而很多学科的教学完全不用电脑，仍然坚持传统的教授方式，就是老师在黑板上用粉笔板书，学生记笔记。在一些课上，老师明确规定，只能以手写方式记笔记，不能用笔记本电脑记录，更不允许用手机拍照。我于2011年在斯坦福访学期间，旁听了数学系、统计系、心理学系、计算机系和物理学系的十几门课程，除了心理学系的课程用PPT教学外，其他课程全部都是采用100%传统的教学方式。

斯坦福的老师为什么要坚守传统？这是由学科的性质决定的。像数学这种课程，要使用大量的抽象符号，而且内容大都是定理公式证明推导，如果老师只展示事先准备好的PPT，学生就没有机会领悟推导过程，再加上自己不动手抄写，上课内容成了过眼云烟，脑子里留下的印象会很浅，结果根本无法掌握好这些学科。

老师过度依赖PPT也会影响教学效果。黑板板书也强迫老师不能偷懒，每次上课都要认真备课，如此才能温故而知新。我非常佩服斯坦福的教授，他们大都能把教学内容烂熟于心，一堂课50分钟，要写十几个黑板的板书，很多老师常常是不看一眼教案。斯坦福教室的黑板也设计独特，通常是多层的，还可以上下左右移动，便于这种传统式的教学。试想一下，假如老师用PPT，只用准备一次，然后年复一年地用，老师自己是轻松省事了，但结果可能不是熟能生巧，而是与教学内容越来越隔膜、越来越陌生。

手写是美国当今仍然非常流行的一种重要教学模式。沃尔特·莱文是麻省理工学院知名的物理学教授，他的课非常受学生的欢迎。在网络上，我系统地看了他三门课的教学实况录像，包括物理学入门、电磁学、振动原理等，全部都是手写。

最近我遇到一位来自纽约州立大学的老师，说他们学校得到一大笔的捐款，盖了一栋数学大楼，每个教师都有上下左右滑动的多层黑板，就是为了适应数学的教学特点。杨振宁就是在这间大学工作的。这个大学的数学、物理很厉害。前几年我在斯坦福大学访学时听了两位来自这所大学的教授的学术报告，他们的报告内容全部是临时在黑板上手写的，既没有讲义提纲，也不用PPT。

我现在有一个习惯，看书时手里一定拿支笔，随手把一些重要的内容划出来，特别是把当时出现的一些观点记下来，这些灵光一现的想法很珍贵，往往是事后写文章的题材。这些读书时的灵感如果不及时写下，过后可能烟消云散，再也想不起来了。同时，手写还可以激发积极思考，从而提高读书效率。

学生要体验"学而时习之"的快乐，必须放弃手机拍照而手写。老师要做到"温故而知新"，也要少用PPT而多板书。

现代科技的发达为学习提供了巨大便利，同时也威胁着行之有效的学习方法，不可不慎。

我接触过的美国富二代

常青

如今,"富二代"在中国是一个很时兴的词了,很多中国富二代的种种让人啼笑皆非的表现真是举世罕见。在美国,我也见到了许多中国的富二代,都是拿着父母的钱在美国毫无顾虑地花费的留学生(以高中生与大学本科生为主)。父母有钱了,花一部分在儿女身上,让儿女的生活不再像自己过去那样辛苦,这在国人看来是理所当然的,也是很多中国父母的努力方向。但这样让自己的孩子不劳而获是否可取呢?

2001年至2005年,在我攻读博士学位期间,曾有不少美国同学成为我的好朋友。与我联系最多的是一位金发碧眼的女同学,名叫杰西卡,当时年仅二十七岁。在我的四年学习时间里,有三年时间与杰西卡是语言交流的伙伴。通过这三年的交流,我也了解了不少她的个人生活与家庭背景。

杰西卡的父亲是一家电脑公司的老板,在首都华盛顿有自己的公司与为数不少的员工。人常说"穷学生",是因为人在读书时,不但没有收入,还要花费学费。不过中国的富二代根本不必为此发愁。然而,同样身为富二代的杰西卡自从高中毕业后,在经济上就好像完全与家里分开了。虽然每年节假日时会回家看望父母,但基本无法从父亲那里得到任何经济援助。

杰西卡说,她大学本科四年的费用是通过她父亲的担保,由她自己向美国政府申请教育贷款得到的。本科毕业后,她接着又读了硕士与博士研究生,生活条件好了许多,因为可以在学校给教授们当教学助理,半工半读。但我很清楚,教学助理的工资也就是每月一千美元左右，她要自己租房子，还要付所有的生活与学习费用。好在她的学费被学校免了，因为她是教学助理。这样下来，每月的一千美元到月底也基本上花完了。有好几次我们在一起交流时，听她直叹气，说"下个月的房租还没有着落呢"，说她正等着学校发工资，来交下个月的房租。对于自己的未来，她说："毕业后争取能立即找到工作，好去还大学四年借政府的贷款。"她那时不仅没有多余的钱，还欠着一屁股账，更不必说在自身打扮上下功夫了。中国的富人们谁舍得让自己的女儿受这份罪呢？

杰西卡的父亲没有帮助过她吗？确实帮助过，但完全是中国人想象不到的所谓帮助。一次，杰西卡日子都快过不下去了，就假装去看望父亲，希望父亲能给她一些资助。她自己不好意思提，父亲问她："你需要我的帮助吗？"她回答："太需要了，你要是能给我一些钱就好了。"没想到父亲却说："我不能给你钱。你如果需要钱，可以为我们公司干活儿挣钱。"杰西卡学过电脑软件制作，于是父亲就把公司需要的一些电脑软件让她做，做好后，合格了，才发给她一些工钱，以救燃眉之急。但这种工作并不常有。

一次，杰西卡开车来见我，高兴地说："我有新车了，是我爸爸给我买的。"我很惊奇，因为我们以往见面时她开的一直都是一辆又破又旧的二手车。她兴高采烈地介绍完她那辆极普通的韩国产的新车后说："这次回家，爸爸送我一辆新车，说是自我高中毕业后到现在的所有生日礼物。"但就是这个生日礼物还是有条件的。原来她爸爸虽送了车，但车的保险、保养费、养路费等，都要杰西卡自己来付。对一个学生来说，这也是一笔不小的开支。与中国的富二代一到美国留学就买宝马或奔驰车相比，美国的富二代也太穷酸了吧！

杰西卡的故事是不是个案呢？非也，这样的情况在美国具有普遍性。单举住房一例。美国几乎所有父母都不给自己已经成年的儿女买房子。儿女的工作、结婚、买房都要靠他们自己。

我有一对美国年轻夫妇朋友，丈夫博士毕业，刚刚有了工作，也刚刚结婚，但他们还买不起房。为了省点钱，就与父母商量，想再回去与父母住在一起。结果，他们只被允许住在地下室的一间小屋里，而且还是临时的，并且一切生活习惯都要听从父母。一旦条件允许，他们必须立即搬出去。

半年前，我曾去过他们家，他们住的地下室与父母住的宽大居室真是一个地下、一个天上。据我所知，像这样寄居在父母家中地下室的年轻夫妇在美国可有不少。这与中国的父母宁可自己住小屋而把大房子让出来给儿女们结婚的现实，形成了鲜明的对比。

中国富二代衣来伸手、饭来张口的日子，是无法培养起他们的自主、自律意识与社会责任感的。他们中的一些人也许可以接上一代的班，但如果以同样的做法再去培养富三代呢？中国人很喜欢让自己的子孙不劳而获，认为这是自己的本事，但从来没有想过，这样做反而会害了自己的下一代。

中国有句俗语叫"富不过三代"，而且屡试不爽。《红楼梦》里的宁荣二府就是毁在第三代身上的。为什么会这样呢？因为到了第三代，后代就更不会有责任心了，更觉得上辈给自己提供任何东西都是应该的。他们所能做的就是安心享受父祖辈留下来的家产，而享受的方式也以低级趣味居多，于是吃喝嫖赌也就样样俱全了。长此以往，到了第三代之后，能不败吗？

所以，严格地说，美国少有中国那样的富二代。他们的致富，大都是靠自己的努力。

我祝你交坏运气并痛苦

孙开元

每年的毕业季,美国大学和中学都会邀请一些社会名流在毕业典礼上做演讲。2017年6月3日,美国新罕布什尔州卡迪根山中学初中生的毕业典礼,邀请的演讲者是美国联邦法院首席大法官约翰·罗伯茨。他的儿子,就是这所初中学校的应届毕业生。

罗伯茨早年就读哈佛大学,以第一名的成绩毕业。2005年,由当时的布什总统提名,成为美国两个世纪以来最年轻的首席大法官。

在这次演讲中,这位大法官没有祝福孩子们前程似锦,一帆风顺,而是希望他们能够经历不公,遭遇背叛,感受寂寞,遇到坏运气。

他是这样说的:

一般来讲,毕业典礼上的演讲者会祝你们好运,还有其他美好祝福,我不想那样说。我想说的是,在今后的岁月里,我祝你们会受到不公平的对待,那样你们就能知道公正的价值。我祝你们会受到别人的背叛,那样你们就会懂得忠诚的重要。我祝你们有寂寞的时候,那样你们就不会把友谊视为理所当然的事。

再者,我祝你们时常遇到坏运气,那样你们就能意识到"机遇"在生活中扮演的角色,就会理解成功不是理所应得的,别人的失败也不是完全应得的。你们失败的时候,我希望你们的对手会在你们面前幸灾乐祸,这是你们理解体育精神的重要性的一种方式。我祝你们有被别人忽视的时候,这样你们就能知道倾听他人声音的重要。我祝你们能遭受一点痛苦,从而学到同情心。

不论我是否祝愿你们,上述这些事情都会发生。古希腊哲学家苏格拉底曾经说:"未经审视的人生是不值得过的。"你们是否从中取得了收获,要看你们从磨难中发现启迪的能力。

学子们通常会希望演讲者能给出一些建议,一般来说,他们提出最多的建议就是让你们"活出自我"。这种众口一词的说法，你们可能会觉得是老生常谈，但我认为，你们就应该"活出自我"。不过，你们应该知道这句话的真正含义，它的意思是说除非你已经是个完人，否则，在某些时候，你们不应成为自己，你们应该努力成为更优秀的人。

人们对你们说"活出自我"，是他们不希望你们按照别人给你们定下的标准生活，但是如果你们不知道自己是谁，就无法活出自我，而且只有静下心来思考，你们才能知道自己是谁。

……

在演讲的最后，罗伯茨说：

大约在50年前，美国诗人、音乐家鲍勃·迪伦（2016年诺贝尔文学奖获得者）巡回演出期间，很是想念他的4岁儿子杰西，于是写了一首诗送给杰西。这首诗充满了父母对于儿女的希望，诗中表达的愿望是美好的，是永恒的。下面，我就朗诵这首诗，作为演讲的结束：

愿上帝的庇护与你同在，
愿你的美梦都能成真。
愿你与人为善，也获人相助，
愿你造一把通往繁星的云梯，
你可以攀登到每颗星星之上，
愿你永远年轻。
愿你长大后正直无私，
愿你懂事后真诚善良，
愿你永远知晓真理，
所到之处都有光明照亮方向。
愿你勇敢无畏，
百折不挠，意志坚强。
愿你总是忙碌充实，
愿你脚步永远轻盈敏捷。
愿你有一个坚强信念，
暴风雨来临时，
你的心中总是洋溢着快乐，
愿你的歌曲永远为人传唱，
愿你永远年轻。

到美国大学听讲座的老太太

石毓智

2011年2月9日,我参加了斯坦福大学数学系举办的一场讲座,演讲者是哈佛大学教授、菲尔兹奖获得者丘成桐教授。在这场讲座中,给我印象最深刻的是,演讲将要开始之前,一位90多岁的老太太坐着轮椅进来了,因年事已高,头都无法直起来,但还是坚持听完了一个多小时的报告。我们所见的追星族一般都是十几岁的年轻人,而且追的都是歌星、影星,然而一个90多岁的追星族追的是学术明星,这种现象在国内并不多见。

上面讲的这位美国老人,并不是个别现象,斯坦福的很多学术会议都能见到类似的场景。

2010年的秋季学期,斯坦福大学的统计学系举办了一场纪念活动,纪念科普作家马丁·加德纳。参加的有大学生、研究生和教授,还有从附近社区来的七八十岁的老人和十几岁的中学生。大家都从各自的成长过程来怀念这位作家对自己的影响。

这种纪念活动没有人组织观众,参加者完全是自愿自发的。很难想象国内某个高校举办任何一个种类的学术活动,会有这样的不同背景和年龄相差这么大的人自觉自愿去参加。

再补充一个高德纳(Donald Knuth)教授讲座中的一个花絮。高德纳教授是斯坦福大学计算机系的元老,他的工作对计算机革命产生了巨大的影响,被誉为"算法分析之父",得过几乎所有计算机行业的大奖。

听这个讲座时,我坐在第一排,坐在我旁边的是一对老夫妻,老太太的牙都掉光了。老太太似乎有点儿老年糊涂,在讲座中间,她大声地吆喝:"声音大一点儿!声音大一点儿!"我想,讲者有扩音器,整个大厅堂的人都没提意见，老太太坐在第一排还听不清楚，很可能是自己的耳朵已经背了。这种小细节反映的是一个国家平常老百姓的价值观和社会风尚，也说明了一个道理：这些高尖人才的背后存在着一个深厚的群众基础。

我在斯坦福旁听的课中，有五门课的老师年龄都在70岁以上。其中信息论课的老师，手都打战了，说话也不那么利索了，满头银丝，可能有80岁了。讲到这里，有一点需要说明一下，斯坦福大学的终身教授是真正的"终身"，你只要自己不说退休，没有人逼你，可以一直干下去。

有不少教授选择70岁上下退休，主要是为了把自己从教学任务中解放出来，有更多的时间做研究，特别是可以自由出国搞科研。

前边说到的"算法分析之父"高德纳教授，他在73岁高龄时出版了两本大部头著作。工程学院授予他"斯坦福工程科学家英雄"称号，并于2011年5月12日请他回来做一次讲座，在这次讲座中他讲了一句令我印象深刻的话："写作完这两本书，如同完成了一次心灵与时代的对话。"如对学术执着不够，对人生的感悟不深，是不可能说出这样的话的。要说高德纳教授早就功成名就，有花不完的钱，有享受不尽的荣华富贵，但他还孜孜不倦地在自己的学术领域耕耘着。

这些人一辈子把生命都放到学术活动中去，他们对自己的学术研究真正达到了孔子所说的"好之""乐之"的境界，这样的风尚中，能不出大师吗？

高德纳教授还给我们一个启发，做严肃的研究之余，可以做些有趣轻松的东西。所谓的"寓教于乐"，这是针对学生的，"寓研于乐"，这是针对学者的。

西方学者不仅善于从严肃到轻松的转换，而且也能把轻松的上升为严肃的。概率论就是从赌博开始发展起来的。斯坦福大学数学系开设了两门课，一是"围棋中的数学"，二是"打结的数学"。像下围棋、打毛衣这类活动，咱们远远比美国普及，而且水平也高，然而没有听说谁在研究这里面的数学问题，更不知谁会把这搬到大学的数学课堂上来。

把学术看得过于严肃，带来两个负面的效果：一是体验不到做科研的乐趣，二是不容易从游乐活动中悟出科学道理。

美国大学教育为何鼓励"对牛弹琴"?

石毓智

一个人说话不看对象,跟一个不可理喻的人讲道理,汉语里专门有个成语"对牛弹琴",就是为这种人准备的。然而,美国教育却鼓励"对牛弹琴",美国大学教育处处可见有意识的"对牛弹琴"现象,结果是很多人最后变成了"牛人"。

"对牛弹琴"是一种能耐

美国教育鼓励"对牛弹琴"这种理念是有其科学性的,这对"弹琴"者来说是一种挑战,因为它让学者从极不相同的视野来呈现自己的专精知识;而对"听琴"者则是一种巨大冲击,这两者的碰撞往往会导致思想突破,最后造就出创新型人才。

2010年,我借学术休假的机会又返回母校斯坦福大学访学一年。一天中午,我到大学商业中心的一家餐厅吃饭,这里是大学最热闹的地方,一天到晚都是熙熙攘攘的人流。我看到餐厅门口的院子里有许多贴着五颜六色图纸的大画板,每个画板前都站有一个学生,不时有人会驻足观看一下,那些学生就比画着给围观者讲解。我走到跟前才搞清楚,原来是工程学院某个班级的高年级大学生在做活动,他们把自己的实验成果制成大幅的彩色图纸,并附上简单的文字说明,给路过者耐心地讲解他们的实验内容、意义和实用价值。

我也读了一二十年的书,而且工作一直没离开过大学,还曾到访过世界许许多多的大学,然而斯坦福大学工程学院的这种学生活动我还是头一次碰到。当时我非常好奇,就先买好了一份饭,走到他们的展区边吃边看。

这些学生一见有人走过来，就热情地给我讲解。当时我只是条件反射地不住地连连点头，其实我啥也没听懂，就是凑个热闹。当时心想，围观者中间有不少是像我这样文科出身的人，绝大多数是没有工程科学背景的，这些大学生在吃饭的时候做讲解不是瞎耽误工夫吗？而后我逐渐悟出个中的奥妙，这种活动的背后蕴藏着另一种教育理念，挑战这些学生的能力，学会如何把高深而抽象的科学道理用通俗的语言说清楚，让各种各样的门外汉们也能理解。如果一个学生能做到这一点，不仅是一种能耐，还可以从中获得成就感。

这次回斯坦福访学，因为没有了昔日攻读学位的压力，就有了看路边风景的心情。我给自己制订了一个学习策略，专门听那些以前没接触过的系科的课，就选择了数学、物理、统计学、心理学、计算机等系的课。听课之前，需要征得任课教授的同意，我就给有关教授发一个电邮告知我的来意。几乎所有的欧美教授都不问我是什么背景，都很爽快地答应了。

斯坦福大学博士论文答辩有个在我们看来很特别的规定，答辩委员会主席必须由一位非专业的教授担任，而且此人必须提至少一个问题，让博士生回答。这就好比答辩现场突然闯进来一头牛，非常考验一个博士生的应变能力，看你能不能找到一种创造性的方式，运用浅显易懂的语言，让一个外行听懂你博士论文的内容。

我的博士论文是关于语言演化机制的，当时我的答辩委员的主席是来自历史系的一位教授，他是十足的语言学门外汉。现在回忆当时答辩的过程，本专业的语言学教授所提的问题，我现在全忘了，根本不记得哪个教授提了什么问题，也记不清楚我又是如何作答的，唯独记住了这位历史学教授的问题。他问我："如果一位唐代的人来到你面前，你们的语言交流会出现什么问题？"提这个问题需要创意和想象力，而且本专业的教授是不会这样问的，我回答这个问题也很兴奋很激动，我认为是整个答辩过程中我回答得最精彩的一个问题，所以迄今记忆犹新。从那以后我就认识到，对牛弹琴还真能弹出让人意想不到的美妙乐章。一个人能对牛弹一次琴，会终生难忘。

"对牛弹琴"弹出的大科学家

要提倡对牛弹琴教学法,不仅要有合适的文化氛围,而且还要有配套的政策措施。美国大学的考试制度极具有弹性,对于同一门课学生可以选择不同的考试方式,那些选择五分制等级者需要参加考试或者写研究报告,而那些选择"通过/不过"者只用听课就行了。这样就允许各种各样学科背景的学生,都可以来选修这门课,不用担心会不及格而在自己的成绩单上留下污点。

这样的考试制度,就导致了在同一个班级上课的学生中,有的是这门学科的高才生,有的则是一窍不通的"傻牛",这帮人争论起来,那真是险象环生,什么意想不到的事情都可能发生,"乱弹琴"肯定是避免不了的。不过这种课堂氛围,老师乐见,学生也习惯,而且能够造就杰出的科学家。就我所知,起码两个数学菲尔兹奖的得主都是得益于这种教育体制。

诺贝尔奖不授予数学家,数学界的国际最高奖是菲尔兹奖,迄今为止只有两个华裔学者获得过这项殊荣,其中一个就是哈佛大学丘成桐教授。我在斯坦福访学的这一年,丘教授应邀来讲学,我听了他一次面向大众的讲座。

当时丘教授谈到自己的求学经历,他是在加州大学伯克利分校获得博士学位的,他的专业是数学系,他选修了一门物理系的课。丘成桐回忆道,刚上这门课时感到很痛苦,整个教室的那么多学生可能就他一个最懵懂,开始啥都听不懂,一学期下来才勉强弄懂一个概念。他没想到,后来在数学研究上的突破就是受这个物理学概念的启发而做到的,由此他获得了数学界的最高荣誉。

试想一下,如果没有富于弹性的考试制度的话,丘成桐大概也不敢冒着不及格的风险来修这门自己专业之外的课,那么很可能就没有一个姓"丘"的菲尔兹奖得主。

丘成桐成名以后,自己也很推崇"对牛弹琴"这种教育理念。丘教授的数学成就极高,可是它属于高深而又抽象的数学分支。他不想让自己的理论一直"阳春白雪"下去,决定走出孤芳独赏的小天地,让"下里巴人"也能理解一二,所以就与一位科普杂志的编辑合写了一本《大宇之形》(*The Shape of Inner Space*)。丘教授找这么一位非数学家的期刊编辑来合作,大概就是为了先让这位外行合作者咀嚼消化一下他的理论,寻找更好的方式来呈现给大众。

丘成桐讲座的礼堂外边,有售这本书,怀着对丘教授崇敬的心情,我也买了这本书,并恭恭敬敬地让丘先生签了名。因为这本书写得非常通俗易懂,我也确实能看出一些门道。我相信,丘教授这种面向大众的努力,说不定会启发某个人日后也在科学上做出重大突破。

让学人既做"琴师"又做"傻牛"

在我访学的这一年里,斯坦福大学还请来了普林斯顿高等研究院的爱德华·威滕教授,他也是菲尔兹奖得主,被誉为是"活着的爱因斯坦",而威滕的研究领域则是理论物理。就是说,威滕教授是物理学界芬芳,数学界开花。他还被普林斯顿大学校长评为"七个在世的影响世界的思想家"之一。

威滕的求学经历则更加传奇,他的本科是在美国一所非常普通的大学念的,而且学的是语言学和历史学,属于文科生。可以想象,在他的求学生涯中,不知有多少场合会遭遇"对牛弹琴"的尴尬,他需要多大的勇气,才能一次次突破自己。正是因为他这样被"对牛弹琴"多了,所以最后才成就为一个世界级的"超牛"。显然,没有美国这种教育机制,就不可能造就威滕这样的杰出科学家。

在斯坦福大学的教育管理中,处处体现出"对牛弹琴"的理念。斯坦福要求,每个被邀请来的"大牛"都要"给牛弹一次琴",即面向全校乃至附近社区的民众做一次大众演讲。这也是一种值得借鉴的学术交流方式,既能提高大众的科学素养,又能激发人们的灵感。

科学突破最易发生在不同学科的交叉地带,思想的火花多来自不同知识背景者之间的交流。斯坦福大学的管理策略就是鼓励交叉学科,从人力和财力上支持交叉学科,想尽一切办法创造不同学科人员相互合作的机会,从而保证了大学的成功与活力。

2010年我重返斯坦福访学期间，参加了一个"复杂系统研究组"，旨在探讨各种各样复杂系统之间的共同规律。人类的生存环境，是由各种各样的复杂系统组成的，诸如食品、交通、医疗、物理、化学、生物、气象、政治、文化等都是一个复杂系统，很自然地这个课题组吸引了各个学科背景的人。这样不同学科的人走到一起，每个人都兼有"琴师"和"傻牛"这双重身份，谈自己学科知识时是"琴师"，听别的学科人讲话时则成了"傻牛"。一个新学科很有可能在这种"对牛弹琴"的氛围中酝酿而诞生。

让"对牛弹琴"成为一种文化

要做到对牛弹琴，首先要克服文化心理障碍。弹琴者应该改变态度，不怕嘲讽挖苦，能给牛弹琴，既是一种能耐，也是一种智慧。更重要的是，人们都要有一种敢于当"牛"的勇气，接受并不是自己专长学科的东西，最终成为"牛人"。

"琴师"和"牛"的角色是在不断变化之中的，一个人在一种场合中是"琴师"，在另一种场合则可能就是头"傻牛"，这两种角色是可以互换的。能经常变换这两种角色者一定不是一般人。

"高山流水遇知音"故事中的伯牙，以为听懂其琴声的只有钟子期，实际上，天下能听懂他琴声的，肯定不止这么一个砍柴者。敞开心灵，善于沟通，人们会发现世界上的知音比原来想象的要多很多，而纠结于"觅知音情结"，只会导致思想封闭。

思想交流，是积德，是造化，也是快乐。一个人能把自己珍藏在心灵深处的东西拿出来与人分享，会有意想不到的收获。

人生的意义不在于是否有别人知道自己，更不必讲究"士为知己者死"，因为生命只有一次，而知己者则可能有很多个。让自己所信奉的理念，变换一种方式，站在对方的角度来理解，是一种大智慧大境界，人生的价值必然会得到提升。

一个国家、民族要具有活力和创造力，必须让"对牛弹琴"成为一种文化。

"没有什么比给孩子们上课更重要"

唐若水

2018年10月8日，2018年度诺贝尔经济学奖得主在瑞典皇家科学院揭晓。美国耶鲁大学时年77岁的威廉·诺德豪斯教授和他的同袍保罗·罗默教授，因对"创新、气候和经济增长"的卓有成效的研究而分享了这一举世瞩目的奖项。当然，获奖本身便是表彰他们在长期宏观经济分析方面的杰出贡献，尽管两人的研究方向并不完全重合。

实际上，在颁奖前几天的一个秋雨飘洒的晚上，诺德豪斯教授在家里已经接到过来自诺奖评委会的电话，通知他已正式获得本年度的诺贝尔经济学奖。消息来得如此突然（可见评委会的"保密"工作做得天衣无缝），以至于一开始老教授还以为对方拨错了电话。他礼貌地要求对方再说一次——这倒不是因为他怕自己过于激动而听错，而是因为作为一丝不苟的科学家，他一向遵循着"重要事情须重复说两遍"的好习惯。其实，在接到获奖信息后，他依然心静如水，说话的语气依然和往常一样平和舒缓。原因很简单：在此之前他从来没有想过有朝一日他会获得诺奖，尽管在经济学圈子里，他早已是教父级的人物了。

众所周知，诺德豪斯教授是美国最有影响的50名经济学家之一，也是全球研究气候变化经济学的顶级分析师之一，一直被誉为全球环境经济学的领军人物，还被形象地形容为"守望绿色经济"的伟人。

令人稍稍感觉惊奇的是，身为20世纪80年代耶鲁大学的教务长和90年代耶鲁大学的副校长，诺德豪斯教授数十年如一日，和许多普普通通的教师一样，在耶鲁大学主讲经济学原理等基础课程，这就意味着：他的大多数学生是本科生，甚至是刚刚开始叩击经济学大门的低年级学生，而非硕士、博士研究生。

不过，不论在西方还是东方的大学里，他的大名对经济学专业的学生来说可谓如雷贯耳，因为他与老前辈萨缪尔森合著的经典教科书《经济学》几乎人手一册，而且已被翻译成了17种语言，印数超过500万册。他的理念在经济学王国广为传播，并越来越深入人心。

尽管诺德豪斯教授很低调，但喜讯还是像飒爽的秋风吹遍了耶鲁大学校园的每个角落，接着通过媒体很快传遍整个美国。各大媒体纷纷派出记者采访诺德豪斯教授，耶鲁大学也立马着手组织一次规模空前的记者招待会。不过，令校方和媒体大跌眼镜的是，诺德豪斯教授十分认真甚至有点执拗地表示：记者招待会必须推迟，因为这一天他还得上课，而他认定"没有什么比给孩子们上课更为重要"。

当老教授迈着沉稳、踏实的步子步入他熟悉的宽大教室时，学生们全体起立，向他们荣获诺奖的敬爱的老师致意。祝贺声、鼓掌声、欢呼声、欢笑声甚至口哨声此起彼伏响成了一片。老教授的表情抖动了一下，因为在一向庄严肃穆的课堂上，如此热闹、喜庆、奔放的场面在他一生中可是从未出现过的！

作为世界经济学界顶尖的大师，学生们对诺德豪斯教授崇拜有加：他的勇于创新和开拓，他治学的严谨，他时时修正自己失误的勇敢和自信，他永不言老的勇气，他跟晚辈合作时的循循善诱和虚怀若谷……而作为学生们几乎每周都能见到的师长，更是令人感到可敬可亲：他上课时的旁征博引，他年年都在翻新的教案，他给大家分析经济大势时的犀利目光，甚至他在周末教他的几个胆小的女学生"滑雪如何预防摔跤"时的耐心和体谅……

这一切，加上学生们的"口口相传"，让老教授最终成了学生们心中的超级偶像。

老教授走上讲台，首先对学生们的祝贺表示了诚挚的感谢。接着他留意到门边一侧堆放着一束束鲜花，其中有的分明不是来自花店，而是从野外随意摘来的。他猜想有些学生知道消息晚了，没有时间上花店买花，便沿路顺带采摘了些，之后就直接赶来上课了。老人瞥了一眼野花，目光中漾满了温馨和感激，接着会意地笑了起来。

　　接着他又发现，教室另一侧竟然"潜伏"着一群记者，长枪短炮正瞄准着他，等候着他！他轻轻皱了皱眉，动作之轻微连近在咫尺的学生们都没有察觉，但最后他脸上还是恢复了他特有的庄重的微笑。接着他既坚定又优雅地做了个"请"的手势，意思是要求记者朋友们统统撤离，等上完课，你们才是主角。

　　等记者们乖乖地又很不情愿地撤退后，老教授意外地宣布，今天上课破例允许学生们开着手机。欢呼声和感叹声由此又一次热烈响起。

　　等学生们终于平静了下来，他不无幽默地开始解释说："为了记录下这短短的美好时光，本人斗胆代表诺贝尔先生，批准你们在上课之前5分钟拍摄照片或视频，而标题不妨定为'上课更重要'。"

斯坦福校长都忙些啥?

石毓智

校长像个隐居的修道士

斯坦福大学的行政办公楼在什么地方?不要说一般的游客或者做短期访问的学者不知道,就是在这里读书多年的学生绝大多数也不清楚。我是因为一次偶然的机会才发现学校领导是在哪里办公的。

赖斯在出任美国国务卿之前,是该校政治系教授,兼任大学的教务长。那时,我多次见她进出教堂后面的一个偏门,心里好奇,一问学校的老教授,才知道那里就是学校领导办公的地方。楼门口没有挂任何"校长办公室"的牌子,一天到晚只见里边的灯亮着,有人在静静地办公。

斯坦福校长的办公之处神秘、静谧、低调,与紧连的高大教堂相比,校长办公的地方只是低矮的平房。不明就里的局外人很可能认为,在这间房子里工作的人是神职人员。

说斯坦福校长像校园里的隐士,不仅他的办公地方像,他的行为更像。除了毕业典礼和迎新仪式外,一年到头几乎见不到校长的踪影。

与大学校长个人学术兴趣无关的学术活动,不管演讲者有多"牛",校长从来不单纯为了"给面子"捧场。大学校长不用考虑要给谁面子,演讲者也不会觉得来现场的领导地位越高就越有面子,因为他们压根儿都没有这种面子观,双方都省了大量的时间和心思。

不看重排名评比

很多大学校长把学校在各种排行榜上的名次看得很重,因为大学排名的升降往往被看作是一个校长管理效绩的指标。因此有些大学校长组织专门团队,配合各种评比机构,以期得到一个好名次。

20世纪90年代初期,斯坦福大学就有两次在校教授一年两获诺奖的成就,也曾连续3年被评为全美大学排名第一。可是到了90年代后期,斯坦福大学一度滑落到了全美大学排名的五六名。这时舆论压力就来了,一些师生、家长和校友怀疑斯坦福的教学质量是不是下降了,学校的管理是不是出了什么问题。当时我正在那里读书,时任校长卡斯帕专门为此向全校师生做了回应。

卡斯帕校长讲,大学的教学质量和科研水平不是物价,不应该今天涨明天降,而应在一个相当长的时期内保持稳定。大学排名的变化不是大学综合质量波动了,而是有关机构的排名标准在不断变化。斯坦福大学将不配合任何排名机构,不浪费管理资源,不提供相关的数据,大学要坚守自己的理念,走自己的道路,专心于自己的教学和科研。

在我看来,正是因为卡斯帕校长没有为外来的舆论压力而乱了方寸,不跟着各种排行榜起舞,不做那些华而不实、哗众取宠的事情,才有新世纪以来该大学的骄人成就。新世纪以来,斯坦福大学有11人获得诺贝尔奖,1人获得菲尔兹奖,获奖数名列世界大学榜首。

校长忙于三件大事

大学校长肯定是全校压力最大、工作最忙的人,他们平时少露面、不应酬,其实是专注于做对大学发展真正有意义的事情。2016年7月卸任的亨尼斯校长在其任职的16年间为斯坦福的发展做出了杰出的贡献,他的业绩可以概括为以下3个方面。

第一,为学校筹款。美国大学校长的第一职责就是得走出校园,联系企业,开辟财源,为大学筹措资金。有钱好办事,对于大学来说更是如此,只有这样学校才能资助大型的尖端科技研究,留住已有人才,吸引杰出人才加盟。亨尼斯校长在任期间共为斯坦福筹集到130亿美元。

在亨尼斯任校长期间,美国大学经历了半个多世纪以来最严重的经济危机。特别是2008年前后那几年,斯坦福大学陷入了缺乏充足资金运作的严重经济困境。此时亨尼斯校长以身作则,率先减掉自己10%的工资,其他大学管理者纷纷仿效。可是节流并不能解决根本问题,关键还得开源。亨尼斯校长本身是研究计算机科学的,他的研究成果在企业界被广泛利用,学校所在的硅谷又是大型IT企业的聚集地,所以他就发挥自己的专业优势,与大财团大企业联系,为学校筹措到足够的资金,使得斯坦福能够先于其他院校渡过财政危机。

斯坦福大学的学费为每年5万美元左右,算是相当高的。但是学校每年收的学费只够学校运作费用的29%左右。在经济危机的那几年,老师不再根据通货膨胀率而加薪,大学的管理经费也大幅度紧缩,但是给学生的奖学金反而增加了,以确保有才华的学生能安心读书,不让经济危机影响到学生的学业。

亨尼斯校长甚至还推出优惠政策,给家庭年收入低于10万美元的学生免除学费,还给家庭年收入低于6万美元的学生免费提供住宿。对学生慷慨,是斯坦福大学的传统,他们日后事业成功,自然就会回报母校,这也是斯坦福能够成功渡过经济危机的原因之一。

第二,净化美化校园环境,提高学生的艺术修养。2016年6月号的斯坦福校刊专门发文介绍亨尼斯校长的业绩,共列出了十余种数据说明其管理业绩,其中有这么几项引人注目:通过改建能源设施,使得学校的废气排放量减少了60%;校园里骑自行车来上班上课的人比以前有显著的增加;学校的安德森艺术博物馆又收藏了121件珍贵的艺术品;大学的图书馆、体育馆等建筑重新改造美化;新增加了学生视觉艺术活动中心;等等。

第三,打破学科之间的藩篱,促进交叉学科的发展。亨尼斯认为,科学探索是没有止境的,学科之间是没有边界的,他特别重视推动学科之间的协作与交叉。这也是斯坦福大学的一个传统。为了促进跨学科之间的交流，打破种种藩篱，亨尼斯校长可以说是煞费苦心，在斯坦福大学内部促成了很多跨学科的项目。最大的一个跨学科项目叫"X-生命科学（Bio-X）"，其中一个研究课题是由音乐系与神经科学系合作，研究音乐对脑部的磁共振成像图的影响等。

斯坦福大学在推进学科间的交流时有种种举措，这里我只举一个他们是如何安排学生宿舍的例子来说明。斯坦福有个专门给博士生的奖学金项目，这个项目集中了各个专业中最优秀的博士生，学校为增加他们相互交流的机会，专门安排他们住在同一间宿舍一年，以让这些来自不同系科的学生，在每天面对面的环境下，相互交谈接触，以碰撞出思想的火花，从而做出有突破性的科研成果。

顺带说一句，中国大学的学生宿舍一般都是同一专业的人住在一起，这样便于管理，但不利于不同学科学生之间的思想和学术交流。斯坦福大学的做法，值得中国大学管理者借鉴。

第二章 生活玄机

顺手修补与救人一命
（外二则）

李冬梅　编译

　　船主请一个修船工人来给自己的小船刷油漆。这个工人刷油漆的时候，发现这条小船的船底出了一个小洞，就顺手给修补上了。刷完油漆后，他从船主那儿领到工钱就离开了。

　　第二天，船主一大清早就跑到这个修船工人家里来了。

　　"师傅，给您修船的钱。"船主边说边把一个鼓鼓囊囊的钱包递了过去。

　　"为什么？"这个修船工人感到很奇怪，"您已经给过我工钱了。"

　　"对，"船主说，"但那是刷油漆的钱，而这是给您的修船报酬。"

　　"就为那么点小事儿您要给我这么多钱？"油漆工更加迷惑，"堵那么个小洞也不费什么事儿，举手之劳而已，我根本就没打算跟您要钱……"

　　"但就是您说的这件小事儿却救了我孩子们的命，"船主激动地说，"我忘了船底有洞这事儿了，付了您的工钱后，我就忙别的去了。可我的孩子们却划着那条船到海上去了。我当时就绝望了，觉得他们肯定回不来了。等他们平安回来后，我明白，是您救了他们一命。"

　　对于一个普通人来说，每天做的大多都是一些小事，但怀着一颗善良之心去做，也许不经意间就改变了某个人的命运。

　　（2012年，由教育部拟定的"新课标高考语文卷"将此文选为作文素材，陕西、云南、河北、河南、黑龙江、吉林、宁夏、山西、新疆、海南和内蒙古等省、自治区选用了这套考卷）

失败者和房子

有一个人一直运气不佳,屡屡失败,于是他对众人发誓说,他一旦功成名就,就卖掉自己的房子,卖房所得都捐给穷人。

过了一段时间,他的命运真的出现了转机,他很快就飞黄腾达了。他想起了自己的誓言,但他并不想失去那么多钱,一番冥思苦想后他终于想出了一个"妙计":他打了一则售房广告。广告中称,他欲出售房屋一套,但要和一只猫一起捆绑出售。房子售价一个银币,猫售价一万个银币。很快就有一位买主上门了,买下了那套房子和那只猫。售房所得的一个银币,他捐给了穷人,而卖猫那一万个银币他则心安理得地收入了自己囊中。

生活中,如此君者并不罕见!

母鸡和燕子

有一次,一群燕子在飞往南方的时候,落在一棵树上休息,他们边休息边谈论着南方的风景是多么美丽,气候又是多么怡人。树下正好有一个鸡舍,燕子们的这些话恰巧被树下的一只母鸡听到了。燕子们飞走后,母鸡有了一个想法:"我也要去南方看看。我比他们差什么啊?我也有翅膀,有腿,该有的都有。"于是她下定决心去南方。鸡舍里的其他鸡得知这个消息后都聚拢了过来,组成了一支庞大的啦啦队,提建议的提建议,打气的打气,因为这可是鸡类历史上前所未有的大事件。

在大家的鼓励下,这只母鸡鼓起勇气,先跳到栅栏上,头朝南方大喊一声:"出发!"然后她使出全身力气,借着风力真的飞了起来。她全力以赴,飞过了邻居家的院子、一块小空地和一条公路,最后实在是体力不支,轰然落到了一个苹果园里。她站稳身子后定神一看,眼前简直就是天堂,一行行苹果树枝繁叶茂,挂满了又红又大的苹果。突然,一个看园人闻声匆匆走了过来,母鸡急忙惊慌失措地离开了。

这只母鸡回到家后，逢鸡便大讲特讲自己难忘的"南飞之旅"，俨然已经是一位旅行家了。

第二年，那群燕子南飞时又落到这棵树上休息，又谈论起了南方。当鸡们听到燕子讲南方有广袤无垠的大海、陡峭险峻的悬崖和一望无际的沙滩时，再也听不下去了，他们异口同声地说燕子是胡说八道，是撒谎骗人，而他们有一只鸡已经亲历过南方了。这时，那只以旅行家自居的鸡也踱着方步走了过来，半睐着双眼讲起了自己亲眼见过的"南方"：公路、果园、苹果树，还有那个可怕的看园人。燕子们疑惑地笑了笑，什么也没说，抖抖翅膀继续朝自己心中的南方飞去了。

心灵驿站

不知道价值手才不发抖

西 梅 编译

　　有一位商人在南非用不菲的价格买下了一块罕见的钻石，这块钻石晶莹剔透，大如蛋黄。但美中不足的是，钻石中间有一道裂纹。商人带着心爱的钻石来找一位著名的钻石切割师帮忙。那位切割师看过钻石后大加赞赏，说："这块钻石虽然有一道裂纹，但完全可以切割成两块，而且切割完后，每一块钻石的价值都会超过原来这块。但问题是，一旦切割失败，这块钻石就会四分五裂，而破碎成很多小块钻石后，价值就会大打折扣，甚至可能一文不值。我不想冒这个风险，所以我无法帮您。"

　　后来商人经商时，相继又去了几个国家，遍访了多位钻石切割师，但都同样遭到了拒绝。商人的一个朋友得知情况后，推荐他去荷兰的阿姆斯特丹找一位老切割师，据说这位切割大师技艺了得，手法精湛，经验特别丰富。商人来到阿姆斯特丹，找到了那位大师。

　　大师用显微镜仔细观察了一番钻石后，开始给商人讲解切割时可能带来的风险。商人打断大师说，这些已经有人给他讲过无数次了，他早就清楚了。但让商人感到意外的是，这位大师并没有拒绝，表示愿意帮忙，并且马上报出了服务费用。商人同意了报价。这时，大师叫过来一个看上去非常年轻的小徒弟。这个小徒弟在他们交谈时一直远远地坐在自己的操作台前，背对着他们忙自己手里的工作。

　　小徒弟接过那块钻石，按照师傅的吩咐，抡起手里的小锤一下子就把那块价值连城的钻石击成了两块，然后看也没看，把钻石递还给师傅，又去接着做自己的工作去了。

　　商人惊讶得目瞪口呆，问大师："他在您这儿工作很长时间了吗？"

　　"没有，才三天。但就是因为他不知道这块钻石的价值，所以手才不会发抖，动作也准确果断。"

　　（2013年，由教育部拟定的"新课标高考语文卷"将此文选为作文素材，河南、陕西、山西、河北4省选用了这套考卷）

飞机装甲装在哪最优?

岑嵘

亚伯拉罕·瓦尔德是一名犹太人,有着出众的数学天赋,在纳粹迫害犹太人的岁月里,他移居美国,在哥伦比亚大学担任统计学教授。在二战的大部分时间里,瓦尔德都在哥伦比亚大学的统计研究小组工作,当时美国的数学精英都汇集在那里,有的研究敌机的飞行曲线,以便让自己的战斗机更好地击落敌机,有的研究战略轰炸规程。

统计研究小组有一天遇到一个问题,军方不希望自己的飞机被敌机击落,因此需要为飞机披上装甲,但是装甲会增加飞机的重量,这样飞机的机动性就会减弱,还会消耗更多的燃油。防御过度不可取,防御不足又会带来问题,因此军方希望这群数学家找到一个最优方案。

美军飞机在欧洲上空与敌机交火返回基地时,飞机上常会留有弹孔,但是,这些弹孔分布得并不均匀,机身上的弹孔比引擎上的多。军方的想法是,如果把装甲集中装在飞机受攻击最多的部位,那么即使减少装甲总量,对飞机的防护也不会减弱。

然而,瓦尔德给出的答案和军方恰好相反,他认为需要加装装甲的地方,不应该是留有弹孔的部位,而应该是没有弹孔的地方,也就是飞机的引擎。

瓦尔德认为,飞机各部位受到损坏的概率是均等的,但是引擎罩上的弹孔却比其他部位少。瓦尔德相信,这些失踪的弹孔被留在了未能返航的飞机上。大量的飞机被打得千疮百孔但仍能返航,但是一旦引擎被击中,飞机就不能返航,这个事实说明,如果飞机需要加装装甲,最需要的部位,恰恰就是飞机引擎。最终,军方认可了瓦尔德的说法。

对数学家而言,飞机上的弹孔分布问题,是一种叫作"幸存者偏差"的现象。比如你去战地医院看看，就会发现腿部受伤的病人比胸部中弹的病人多，其原因并不是士兵的腿部最容易受伤，而是当胸部中弹后人很难存活。

今天我们在投资领域也常常能见到这种"幸存者偏差"现象。比如美国的大盘混合型基金在1995年到2004年增长了178.4%，年均增长率为10.8%，这看上去是个令人满意的增长率。

然而我们仔细研究就会发现，在这十年中，有些大盘混合型基金蓬勃发展，有些则清盘消失，但是那些消亡的大盘混合型基金并没有被统计进去，如果算上这些清盘的基金，那么大盘混合型基金的年均收益率则很一般。

再比如我国网贷行业（P2P）在2016年综合收益率达到10.62%，这个数据也存在"幸存者偏差"，事实上这个行业有不少的企业跑路和停业，如果这些被计算进去，P2P的收益率就大打折扣。

企业经营中也存在着"幸存者偏差"。吉姆·柯林斯是企业成功学畅销书专家。他和他的团队分析了上百家企业，从中挑出11家经典企业，柯林斯认为这11家公司的经营理念很值得借鉴，因此倡导其他公司复制他们的成功经验。他的《从优秀到卓越》也成为畅销书，销售超过百万册。

牛津大学的教授杰克尔·邓雷尔对此提出一个疑问：如果采用高风险战略，将公司所有资源集中一处，押上全部赌注，复制这些公司的成功经验进行经营，难道不是有些公司有幸赌赢了，有些却会不幸满盘皆输，血本无回吗？同样的战略，可能导致完全不同的结果。

邓雷尔说："两家公司采用同一战略，一个侥幸成功了，另一个不幸倒闭了。因为我们是从成功的结果中取样，而不看过程如何，所以我们就觉得那些战略一定是好的……我们没有向倒闭的公司取经，因为他们已经不复存在。不然的话，我们会发现同样的战略，带来的不是成功而是失败。"

（2018年，由教育部拟定的"新课标高考语文卷"将此文选为作文素材，内蒙古、黑龙江、辽宁、吉林、重庆、陕西、甘肃、宁夏、青海、新疆、海南等11省、市、自治区选用了这套考卷）

股民为什么会如此健忘？

岑 嵘

当股市处在熊市的时候，股民往往会遭遇巨大亏损，于是一个个都诅咒发誓：只要一旦回本就再也不碰股票了，可是一到形势好转赚了钱，顿时又喜笑颜开，把之前被套的痛苦忘得一干二净。所以有人说，鱼的记忆只有七秒钟，股民的记忆只有三个月。

股民为何会如此健忘呢？美国经济学家尤里·格尼茨等人曾做过一个实验，他们让一些学生解答一些相对简单的谜题，然后评估一下自己的答题能力。结果发现学生大多只记得自己成功的例子，而忘记自己失败的答题经历。在实验中，学生除了要对自己的能力进行评估，还要对自己能否成功解答下一题的概率进行下注，由于这种健忘导致的自负，学生普遍会夸大成功的概率。

从行为经济学来说，当人们做出一个诸如购买股票的决策时，会产生自尊效应，"我买这个股票可是我仔细研究过的"，"这个消息可是我最铁的哥们从内部打听到的"……人们对自己的决策往往自信满满。如果股票涨了，会进一步强化这种自尊，而一旦亏钱了，人们不会认为是自己的决策出了错，而是普遍会给自己的错误找理由开脱，诸如"个股的选择是没问题的，谁也想不到大盘会跌成这样"，"明明要涨的，一定是庄家在搞鬼"。

我们对成败的反应主要为情感反应，相对应的是愉悦感或挫折感，这些情感的反应最后都成为我们的记忆，而人的记忆是有选择性的，普遍都是重视生活中的正面事件，而忽视负面记忆。而我们评估他人时，往往较为准确，比如配偶往往会更清楚对方的炒股能力，能准确地说出对方去年亏了多少，而我们本人却会乐于修正记忆，只记得自己赚到钱的投资经历。

那么这种对不愉快事件的健忘在生物学上有什么意义？当我们的祖先千辛万苦走到一片树林，结果不但没有猎物而且连野果都没有，我们的祖先不是该牢牢记得这种沮丧的经验，从而避免再次来到这个可能挨饿的地方吗？

以色列经济学家埃亚尔·温特说，尽管选择性遗忘会造成一定的伤害，但是遗忘负面的经历而产生的自负却有几个重大优势。首先，自信的作用类似孔雀的尾屏，可以提高自己在社交场合的吸引力。从进化论的角度来说提高了最重要的交际——即找到伴侣的可能性。其次，在资源和领地的竞争中，自信也能为个人带来优势，因为自信的表现可以威吓敌人，在实力均衡的状态下，往往更有自信的一方才能获胜。再次，自信可以促进乐观情绪的形成，客观促进行动，而行动有益生存。

美国古生物学家莱昂内尔·泰格尔说，当早期人类离开森林成为猎人后，许多人经历了伤残和死亡，所以培养乐观情感对人类来说是一种生物适应性，毕竟，抓住一头乳齿象（一种巨大的类似大象的史前生物）是需要很大勇气的。

当面对疾病等可怕消息时，乐观主义者比悲观主义者处理得更好，生存时间也更长，因此，乐观可能是一种极佳的生存策略。人类在艰辛的进化过程中，有目的地遗忘负面事件是一种生存优势。

当这种进化的痕迹来到股市，就成为股民对亏钱的健忘。选择性遗忘对生存在野外的猎人或许是有用的，但是到了资本市场，却常常容易被看不见的猛兽吃个精光。

为何德国人特别重视仪式感？

程丹梅

有些人说仪式感最早从宗教来，但是生活本身的习俗有时就是一种仪式，比如说中国人过年的贴窗花、穿新衣和发压岁钱等。从民俗来说，现在我们对仪式感已经不太在意了。然而，德国人始终对仪式感保持着高度的敬意，仪式感可以说是无所不在。

你若跟一个朋友约好了喝下午茶，那么她告诉你的时间准保是下午的三点半到四点之间。而且，你到她的家里时，她的桌子已经铺了浆好的桌布，摆好了祖传的瓷器和银器，甚至连蜡烛也点燃了，那气氛本身就是告诉你，下午点心的仪式开始了。

等到吃的时候，那就更是一道一道的了：咖啡或者茶，冰糖或者砂糖，自制的蛋糕或者饼干，细心的话，你还会发现餐巾纸的选择和折放也是有所针对的。如果是春天，就有鲜花图案，是冬天就该有雪花，夏天是耀眼的向日葵，秋天便是红叶和果实。你会说，那是讲究和审美，不是仪式，但德国人会说，这是规矩和形式。但是，没有这些，茶和咖啡的味道就不那么地道，蛋糕和饼干也不那么美味。德国人有句俗话叫"眼睛跟着吃"，这话很有心理学的味道。仪式也如此，没有那些讲究和程序，你过的年就不像年。

我去过一个叫丽丝的女艺术家的餐室，那里是我见到的最有仪式感的餐室了。首先，里面布置的全是祖传家具，桌子是樱桃木的，棕紫色，椅背很高，扶手上有雕刻出的曲线，而丽丝家的茶具就像是哪个博物馆里的收藏品，它们让盛在里面的咖啡和各种各样的茶都显出超凡脱俗的风度来。再看墙角处，那架丽丝常弹的老钢琴盖上嵌有的烛台，蜡烛已经点燃。老式样钢琴丽丝家有两架，另一架就放在二楼走廊的转角里，那儿像是维也纳歌剧院的一个带围栏的包厢，地毯是红的，衬着深褐色的老钢琴，有着高贵和古旧的气氛。那次，我就坐在丽丝家的挑花沙发上，听她给我弹莫扎特和舒伯特。据说谁到她家喝下午茶，都必有这些节目。那熟悉美好的旋律将这个下午茶的景象烘托得愈发美妙。

仪式感使普通变得不普通，使平常变得有趣。因为有仪式感，孩子会给家养的小动物举行隆重的生日庆祝仪式。一个叫里奥的孩子每年都会到兔子棚里给他心爱的兔子菲利普唱生日歌，还带上他画的生日卡。德国其他的各种生日庆祝也很重视仪式，人们不一定去高级的饭馆，也可以在自己的餐室或客厅里进行。但是德国人的生日要有主题。

70岁曼琪的生日总是要求女士们头戴不同类型的装饰前来，有时是羽毛，有时是花朵，有时是礼帽，而且作为歌剧发烧友的她，总会带领来宾唱上一首，她还会指挥高低音的分部合唱。年轻人的生日上则必须有人讲话，有时不是父母，而是你最好的朋友，而且要有趣好玩儿，甚至揭你的老底。至于礼物呢，不用贵重，但是要有讲究，有好看的包装。

德国人都有这种孩童的情怀，他们是那么不厌其烦地四处采购，不厌其烦地用好看的包装纸包装。那打开色彩斑斓花结的过程，显然就是一个个精美的仪式。而婚礼的仪式就更是花样繁多了，但德国人说了，那不属于日常生活，只能属于特殊日子。

通常，入学的仪式也是特殊的。不是学校做什么，而是孩子们每人都要抱一个纸壳做的大铅笔筒，里面除了糖果外，装的都是长辈送的上学用的铅笔、削笔刀、橡皮等文化用品。最穷的孩子也必须有，而且入学时，除了孩子的父母，爷爷、奶奶、姥姥、姥爷也要一同参加入学典礼。

不仅如此，周末也有不同的仪式。一个叫海尔歌的女士说，她小时候，每个周末都要穿最好看最讲究的衣服隆重地散步，无论刮风下雨，都要出门，回家后准时吃下午点心。到了现在，你在星期五傍晚的花园栅栏旁边依然会听到邻居在议论这个周末的安排。若是夏天，花园聚会里的固定烧烤就更是很有程序的了。尤其是我家对面的福格尔太太，她会给自己的花园聚会冠之以"仲夏夜"的名称，而且过程是：客人朗读自己最喜欢的诗句，看她和先生旅行的幻灯，自助餐和高举酒杯的祝福……年年如此。

德国人为何重视仪式感呢？我觉得，因为德国人都明白：仪式或形式，从某种角度讲，就是内容。

头羊命大的诀窍

武宝生

我出生于吕梁山区一个小山村,11岁时才上学。从6岁到11岁,我一直放羊,是村里小有名气的小羊工。

那时,我放羊的诀窍是,哄好头羊。那只头羊,脸上长着两片黑毛,我叫它花脸。花脸比别的羊聪明,能听懂我的话。我让它上山,它就带着羊群上山;我让它下坡,它就带着羊群下坡;我让它停下,它就带着羊群停下。头羊听话了,羊群就好放。所以,放羊6年,都没有出过什么大事。

每年秋后,羊儿膘肥体壮,县屠宰厂就会开着大卡车来收购肥羊。头一次将肥羊赶进车厢,用了几个小时也没能成功。

"这些羊怎么也怕去死啊?"人们议论着。

我想了想,提议:"要不,让花脸引死吧!"

"哪能让头羊进屠宰厂啊?"有人反对。

我说:"没听清吗?我说的是引死!引死不等于去死!"

大家终于听明白了我所说"引死"的含意。于是都赞同我的提议。我亲自牵着头羊,进入车厢。很灵,只见其他将被宰杀的肥羊,十分顺从地跟着头羊进入车厢。为了让这些将要挨刀子的肥羊安静下来,我与头羊没有下车,一直送至屠宰厂。而后,我带着头羊返回山村。

后来,每当送肥羊去屠宰厂,就让花脸去"引死"。6年间,花脸一共"引死"肥羊300多只,花脸成了别的羊儿的"勾魂鬼"!但它却活得好好的。

头羊不死,是因为它会"引死"。

头羊命大,是因为人类利用了羊群对它的迷信。

淘金路上

刘植荣

照片由乔治·坎特维尔摄于1898年3月到4月间,照片上绵延不断的淘金队伍在爬越美国与加拿大交界的奇尔库特山口。1925年上演的卓别林自编、自导、自演的电影《淘金记》,片头背景就是该照片。

1896年8月16日,美国人乔治·卡迈克在加拿大西北部育空地区克朗代克发现金矿,消息传开后,世界各地的淘金客蜂拥而至。为纪念这一历史事件,加拿大育空地区把每年8月的第3个星期一定为"金矿发现日"。

到克朗代克的路是山路,漫长冬季气温低至零下50摄氏度,淘金客拖家带口,还要携带一年的口粮,路上的艰辛可想而知。淘金热让马匹价格蹿升,即便一匹劣马也能卖到700美元(购买力相当于2017年的21 300美元)。走海运的淘金客,由于船只超载,不少沉没。

淘金路上

在1897年至1899年间,有10万人涌向克朗代克(70%是美国人),最终只有3万多人抵达,不少人死在淘金路上。发财梦让很多不懂金矿开采技术的人加入淘金大军,连西雅图市长威廉·伍德也辞职下海,组建运输公司运送淘金客。

截至1898年7月,政府发放金矿开采执照1万个,其中只有几百人通过淘金致富,绝大多数淘金客家庭破产,一贫如洗。10万淘金者总投入约1亿美元(购买力相当于2017年的30.5亿美元),总投资超过开采出的黄金总值。

金矿区的道森在1896年是个人口只有500人的小村庄,到1898年春天,人口增加到3万多人。淘金热过后,道森很快破败下来,到1912年仅剩下500人,一切又回到原点。

车展为何总美女如云？
（外二则）

张珠容

近些年来，各式各样的车展层出不穷。车展吸引人们眼球的，不仅仅是豪车，还有那模样可人、身材火辣的模特。于是有人问：为何有车展就会美女如云？豪车旁不站美女不行吗？站了到底有什么作用？

有个心理专家团队曾做过这样一个测试：在一个场地同时展出相同品牌、型号、款式、颜色、性能的两辆车，第一辆车旁不站美女，第二辆车旁站着一个高挑的美女，然后让一批观众给这两辆车打分。结果专家发现，人们普遍给站了美女的那辆车打了较高的分，说它显得质量更好、性能更可靠，开起来更帅。

站着美女的豪车更好，这其实是典型的"晕轮效应"。所谓晕轮效应，是指月亮被光环笼罩时产生的模糊不清的现象。此理论最早由美国著名心理学家爱德华·桑戴克提出。

车展中，美女把她的美投射到了车上，她的晕轮已经覆盖了车，爱屋及乌的人们，就会觉得美女旁边的车也特别顺眼。

在我们的生活中，这种现象极多。当你打开一盏灯时，灯就像天上的星星一样光华闪耀，非常漂亮。但当你关掉它，上前仔细看，就会发现灯的表面其实落有不少灰尘，脏兮兮的。同样，一个作家一旦出名，以前压在箱子底的稿件，虽然稚嫩不成熟，但发表已全然不愁了，这也是晕轮效应的作用。

晕轮效应告诫我们，晕轮炫目，易藏缺点。所以，我们应该时刻保持头脑清醒，不要被光环迷惑，否则，失去了应有的理智，就会认物不清，识人不明。

酒是拿来品的，不是拿来醉的

一位旅行家受邀到法国各大酒庄参观学习，他十分欣喜，但有一点担心：自己不胜酒力，若品酒时喝几杯就倒，岂不丢人？后来，他发现自己的顾虑完全是多余的，他甚至在酒庄创造了"千杯不倒的奇迹"。

原来，在各酒庄，每个调酒师在给旅行家倒酒的同时，也递给他一个比酒杯稍大的容器。第一次见到这个容器时，他问调酒师这是拿来干什么的？调酒师说："你不用每杯都饮尽，你愿意吞下就吞，不愿意吞下就过一下嘴，品尝品尝，吐出来的酒，就装到这里。不必让酒强留在胃里！"

旅行家问："你们给我品尝的可都是上好的酒啊，吐掉不是很可惜吗？"

调酒师说："酒再好，都是拿来品的，不是拿来醉的。只要能品尝到我们酒庄的酒的香醇就行，下不下肚子，全凭你的意愿，这便是最好的分享。"

陈寅恪找位置

中国现代学术史上的泰斗之一陈寅恪早年到日本、德国、美国等国家留学长达13年之久，精通多国语言。不过，他虽然了解西方文化，但从国外带回来的却是东方学。一次，几个学生上门拜见他。陈寅恪的父亲陈三立刚好也在，于是家里出现了两种关系，父与子，师与生。陈寅恪因此遇到了一个棘手的问题：谁该坐着谁该站着？

父亲肯定得坐着，但自己和学生怎么办？全部坐下显然不行，按当时的礼节，作为儿子，无论年龄有多大，学问有多深，在父亲的面前永远是儿子，是不能平起平坐的。当然，自己也不能让学生站着，因为他们都是客人。

陈寅恪想了一会儿，最后让大家都坐下来，自己则站到了父亲的身旁。学生们看了他的举动，一下子就明白了两个道理：作为晚辈，必须尊重长辈；作为主人，则应遵守中国人的待客之道，让客人坐着。

既为人子，又为人师，家中的陈寅恪很快找到了自己的位置。

狮子的恐惧（外三则）

邓 笛 编译

有一只狮子，胆子很大，但只怕听到公鸡的叫声。它每次听到公鸡打鸣，就忍不住腿脚颤抖，浑身的毛都会惊悚得竖立起来。

一天，它将自己心中的恐惧说给大象听，谁知大象听了哈哈大笑。"公鸡打鸣有什么好害怕的？"大象说，"好好想一想吧，难道公鸡叫一嗓子就能伤害到你吗？"

就在这时，一只蚊子飞了过来，在大象的头顶飞旋，大象吓得又躲又闪。"如果蚊子钻进我的耳朵里，我就死定了！"大象一边惊叫，一边甩动鼻子驱赶蚊子。

现在轮到狮子哈哈大笑了。

我们都知道，许多忧虑和恐惧其实都是没有必要的，但是事关自己时我们就不这样想了。

露珠的世界

晨雾渐渐褪去，火红的太阳撩开了面纱，一颗露珠终于可以看清楚它的世界了。这是一个美妙的世界，朝霞闪着耀眼的金光，花草叶瓣儿上的露珠伙伴们，像一粒粒晶莹的珍珠，惬意地享受着朝阳的华彩。这颗露珠和它的露珠伙伴们一样，对这样的生活非常满足，它们有着各自的生活，彼此自力，互不干扰。

然而，一阵风吹了过来，几颗露珠不由自主地从叶子上滚落，掉进了一个神秘莫测的未知世界。这颗露珠努力稳住自己，心里不禁害怕起来。"我不想离开这片美妙的地方，"它想，"我活得很好，很舒服，我愿意一辈子这样活下去。"

它想不动，可风却不止。

它快抵抗不住风的力量了，滚到了叶子的边缘。叶子下面，深不见底，漆黑一团。这太不公平了，好日子刚刚开始，末日就来临了。它拼命挣扎，但它哪能奈何得了风的推力和地球引力的牵引，它终于脱离了叶子，往下跌落。

正当它闭起眼睛默默等待灾难降临时，只听滴答一声，它感到可怕的旅程结束了。它睁开眼睛，只见自己溶入了一个宁静的水潭中，周围是它激起的一圈圈波纹。它再也找不到原先那个小巧玲珑、晶莹剔透的自己了，但它并没有消失，也没有被毁灭，而是与一汪波光粼粼的辽阔水域成为一体。这真是一种前所未有的快乐的感觉，它想知道，这个世界究竟有多大，还有多少惊喜等着它去发现？

掩藏

一位美国摄影师想在远离美国的地方拍摄一些颇具异域风情的照片。

有一次，他去了不丹的一个偏僻、贫穷的村庄。在那里，他从一个专业摄影师的视角拍摄了很多照片。忽然，他突发奇想，如果把相机交给这些当地人，他们会选择去拍摄什么呢？

当他看到当地人拍的那些照片后，发现一个很普遍的现象，即大部分以人为拍摄对象的照片都没有拍下那些人的脚。"一开始，我认为这些当地人不会取景，"他说，"但是后来我了解到，在这里光脚是一种穷的标志。尽管这里的人大多数都不穿鞋子，但是他们还是想掩藏这一点。"

你若想了解一个人，就看一看他想掩藏什么。

酸甜苦辣 不多也不少

由于工作关系，我经常在天上飞来飞去，也就经常会在机场看到亲人或朋友分别的场面。

其中，让我印象最深的是一对父女。

他们在安检门前相拥。这位父亲应该有70多岁了，他对要离别的女儿说："我爱你，祝你不多不少。"女儿也回应道："爸爸，我会想您的，我也祝您不多不少。"

一直等女儿进了登机口后，这位父亲才转身。也许我的好奇写在了脸上，让这位父亲看见了，不过他似乎很愿意与我分享他们的亲情。

"请原谅我的好奇，"我说道，"你们分手时说'祝你不多不少'是什么意思呢？"

他笑了起来。"这是我们家族好几代人一直沿用的祝福语了。"他停了一会儿，像是沉思，然后接着说道，"我们希望自己的家人遍尝人间的酸甜苦辣，每种滋味不能太多，也不能太少。"

我不太懂，又问："对待家人，难道不应该予以美好的祝福吗？比如，祝健康，祝幸福，祝顺利，为什么还要祝酸和苦呢？"

老人家注视着我的眼睛，然后一字一句地对我说了起来，像是吟诵一首诗："我祝你沐浴阳光，不多不少，刚好会保持开朗的心态；我祝你遭受风雨，不多不少，刚好会懂得感谢阳光的温暖；我祝你喜逢人生乐事，不多不少，刚好会让心灵获得健康的滋润；我祝你经受痛苦，不多不少，刚好能学会从生活的小事中找出人生的大快乐；我祝你有所获得，不多不少，刚好能让你获得成就感；我祝你有所失去，不多不少，刚好能让你学会珍惜拥有；我祝你与亲朋相聚，不多不少，刚好能让你经受住最后的告别。"

朋友们，在此，我借用他老人家的话，对你们也说一声："祝你们不多不少！"

没甚不好意思（外一则）

且 庵

况周颐《餐樱庑随笔》里有一则《没甚不好意思》，记的是清朝康雍年间，苏州有一户张姓人家，祖上曾富甲一方，后来子孙衰落，唯其中一人自夸有秘术，越来越富。全族人便纷纷来请教秘术，他倒也痛快，说你们摆酒演戏请请我，我就将秘术告诉你们。要求不高，众人照办。酒喝过戏看过，众人将他团团围住，打躬作揖，请他快快传授秘术，哪知他只一句话："吾术只六字诀耳：没甚不好意思。"

这位老兄可真不是开玩笑。只是如此秘术，也就是在从前还算得秘术的吧，放到现在，术还是术，秘怕是早就不秘了。如今世上知之并行之者，真不知多少呢。要发财，要当官，要上讲坛，要扮大师，要做成功人士，要成社会精英，如今怕都是要靠这个的吧：没甚不好意思。

没甚不好意思，还有另一种说法，更精练，就三字：不要脸。

尊重欲望

在凤凰网上看到一篇写香港的文章，里面一个香港人对作者说："香港这个地方，尊重人的欲望，给你谋生的空间，让你玩。"看到这里我有点感动，就为这一句"尊重人的欲望"感动。

我们常会对人家说，请尊重我的人格，请尊重我的自由，我们肯定不好意思请人家尊重我们的欲望。我们不是圣贤，更不是神，我们是凡夫俗子，是尘世男女。我们有各式各样的欲望，且一些欲望不高尚、不纯洁，甚至不那么干净，如果连我们这种种欲望都能得到尊重，这样的社会，是不是更宽容、更和谐，也让我们感到更温暖呢？反过来说，只要我们的欲望没有以伤害别人为条件，那么我们就可以说一句：请尊重我们的欲望。

麻雀的自由(外六则)

黄小平

麻雀飞得不高,常常在矮墙上、低檐下、树枝间飞来飞去。按说,麻雀是最容易被人捉住的一种鸟,可麻雀却是最自由的一种鸟,它栖落在人前人后,或啄食,或梳理羽毛,自由自在,没有一点惧意。人呢,不去捉它,也不去侵扰它,任其自由来去。

而麻雀的自由,是用生命换来的。如果有人捉住了麻雀,把它关进笼里,麻雀便不吃不喝,直至饿死、渴死。于是,捉过麻雀的人,再也不去捉麻雀了,因为他们知道麻雀是"养"不活的。一小部分麻雀,以生命为代价,换取了麻雀世世代代的自由,换取了麻雀群体的自由。

鹅眼与马眼

鹅喜欢攻击人,是因为鹅眼看到的物体要比其本身小很多,所以鹅眼看到的人,都是一些"小人"。面对低矮的"小人",鹅怎么会惧怕呢,怎么不会发起攻击呢?只是因为鹅的这个错误判断,在攻击人的时候才有了屡屡被人踢的教训。

高大的马,为什么能温顺地让人骑呢?是因马眼看到的物体比其本身大1.5倍左右,所以马眼看到的人,都是2米多高的"巨人"。面对高大的"巨人",马也就不得不驯服了。只是因为马的这个错误判断,才让马世世代代成了人胯下的工具。

只有对事物先有正确的认识,才能对事物做出正确的判断和决定。

一棵树值钱的道理

有的树值钱,是因为它的叶子值钱,比如大红袍茶树的叶子;有的树值钱,是因为它的花朵值钱,比如桂花树的桂花;有的树值钱,是因为它的果实值钱,比如红松树的松果;有的树值钱,是因为它的树皮值钱,比如杜仲树的树皮;有的树值钱,是因为它的木材值钱,比如沉香树的沉香木;有的树值钱,是因为它的树根值钱,比如红豆杉的树根。

作为一棵树,很难做到什么地方都值钱。但只要一个地方值钱就行,一个地方值钱,整棵树也就值钱。其实,人也是一样的。

骨小成刺

吃鱼得当心鱼刺,一不小心,就会被鱼刺所伤。鱼刺即鱼骨也,猪有骨,牛有骨,为什么吃猪肉、牛肉,不用担心其骨呢?因为猪骨、牛骨大,容易发现,容易防范,容易剔除。而鱼则不同,鱼骨小,骨小成刺。小的东西,才不容易发现和防范,人才会在不经意中被其所伤。

生活中,刺伤我们的,常常是那些鱼刺似的小东西。

防小人

一个年轻人问我:"人们都说小人难防,我们如何来防小人呢?"

"小人平时最喜欢做的事是什么呢?"我问年轻人。

"小人平时都喜欢从背后说人。"年轻人说。

"但我们自己看不到自己的背后啊!"我叹道。

"你是说,我们看不到自己的背后,背后是我们最疏于防范的地方,所以说小人难防?"年轻人问。

"我说的还不是这个。其实,小人难防,最难防的是我们自己,正因为我们看不到自己的背后,所以背后才是我们最疏于检点的地方,最容易出现缺点、毛病和不足的地方,这才有了小人说我们坏话的话柄。防小人，最要防的，是我们自己身上的漏洞。"

差两只手的千手观音

朋友爱好收藏。一日，在朋友家，见一尊千手观音像。"这千手观音像，真的有1 000只手吗？"我好奇地问。

"其实，这像中的观音，只有998只手。"朋友说。

"名叫千手观音，为什么当时的塑像者没有给观音像塑1 000只手，而少塑了两只呢？"我问。

"也许，真正的千手观音，必须再加上朝拜者那虔诚朝拜的双手，才是千手观音。也就是说，千手观音之所以会伸出1 000只手来帮你，那是因为，那1 000只手里，有一双你自己的手在帮你自己。"朋友说。

没腿的不倒翁

小时候，我很喜欢玩不倒翁。父亲给我买了很多种不倒翁，据我观察，这些不倒翁都是没腿的。

有没有一种有腿的不倒翁呢？一次，我问父亲。父亲说，不倒翁有了腿，就不是不倒翁了，它就会被人推倒。为什么不倒翁有了腿，就会被推倒呢？父亲说，行走的人哪有不跌倒的？不倒翁的"不倒"，是以失去双腿、行走和自由为代价的啊！

从这以后，我渐渐失去了玩不倒翁的兴趣。

耐心等待你的饭菜

[美国] A. 弗仁德 文
夏建清 译

我来到一家餐馆，侍应生招呼我坐下，拿菜单给我点菜，我点了几样自己喜欢的菜。等了约莫有二十分钟吧，见一群青年男女进来，围坐在我旁边的一张桌子上，七嘴八舌地点完了菜。

有侍应生端菜来了，却是上给邻桌的，我见他们兴高采烈地吃起来，心里可不是滋味，而且我甚至还听到他们之中有个家伙吹牛，说他与餐馆里的哪个熟，我听了有一种被嘲弄的感觉。

我决定离开，我实在难以忍受这一切，于是我叫侍应生过来。

侍应生平静地告诉我："您点的菜是特品，正由我们的大厨给您精心准备。"接着他压低了声音说："邻桌的菜都是由见习生做的，见习生多，又是一般的菜，做起来自然快。"接着他又恢复了正常音量："请您喝点儿果汁，再耐心地等一小会儿！"

我平静下来，喝了一口果汁，耐心地等。

真的就一小会儿之后，有六位侍应生排着队给我上菜。

原来，是我一直被蒙在鼓里，开餐馆的老板竟是我的一位失去联系的老朋友，他看见我进来，却没有声张，他想给我一个惊喜。

他把我点的几样家常菜换成了特品菜。我瞥见邻桌一帮人惊讶地看向我这边，他们当然惊讶，因为连我自己都惊讶不已。

接着，他们开始议论纷纷，七嘴八舌地问为什么他们没有这样尊贵的服务和这样的特品菜。

生活就是这样！有些人赶在了你前头，现在就在吃着呢，笑着你，吹嘘着自己有多活络，熟识的人有几多，运气多好，多有钱，生活多美满……

而你却在疲惫地等待，不知自己还要等多久才可能有所突破，你忍受着嘲笑和羞辱。

也许你想过自杀，经历过抑郁，遭受过严重的精神焦虑，可是请你不要担心！说不定造物主已经看见了你，不想让你像那几个嘲笑你的年轻人一样吃简单的饭菜。你等得久，是因为你的饭菜是特品，要花更多的时间做，只有掌勺大厨才能做。

所以，耐心等待你的饭菜。

苹果树一生都在做减法

金沙滩

在我小时候,村里有片果园,种植了许多苹果树,我常常看见果农们在树上忙碌。

苹果树枝刚刚泛绿到冒新芽时,生意盎然,果农们却用剪刀剪掉了很多树枝。我问:"为什么要剪掉一些树枝?"果农说:"为了长又大又好的苹果。"

苹果树吐蕾开花的时候,粉丹丹的一片,煞是好看。然而,果农们掐掉了很多正在绽放的花朵。我问:"多可惜啊!掐掉这么多花,不就少结苹果了吗?"果农说:"只有少结,才能长出更大更好的苹果。"

苹果树开始坐果了,每条枝上都一嘟噜一嘟噜的,虽然果子还很小,但已压弯了枝条。累累幼果,多么喜人啊!可是,果农们硬是摘掉了很多刚结的果子。我不解地问道:"好好的小苹果为什么摘掉啊?这样,苹果不就减少了吗?"果农说:"就是要让它减少。如果贪多,舍不得摘掉一些,就长不出更大更好的苹果。"

为什么?为什么?当时,我不懂得。长大后,我才明白,果农们做的工作叫剪枝、疏花、疏果。

当然,不是随便剪、随便疏的,果农们有着丰富的经验。他们说,只有剪掉过多的枝条,掐掉过多的花蕾,摘掉过多的幼果,才能改善通风透光条件,减少养分消耗,保障剩下果实的营养供给,以达到除弱扶强的目的。

虽然看起来结果的数量减少了,但是长出来的苹果又大又好,品质上乘。否则,果树不但结不出好果子,还会因劳累过度,造成来年持续减产。

苹果树一生都是这样做减法的。因为舍弃了很多,所以品质高贵,一直受到人们的喜爱。

三棵树的梦想

[美国] 托马斯·尼尔森 文
邓　笛 译

从前有三棵树,它们都有各自的梦想。

第一棵树想成为一只聚宝盒,里面装着金银珠宝等世界上一切珍贵的东西。第二棵树想被建造成一艘雄伟的大船,上面载着帝王将相达官贵人。第三棵树想长成世界上最高的一棵树,这样便能离上帝更近。

许多年过去了,来了一群伐木工。

第一棵树被砍倒,伐木工说:"这棵树看上去很结实,我要把它卖给木匠。"这是一个好消息,因为木匠会做聚宝盒。第二棵树被砍倒,伐木工说:"这棵树看上去很结实,我要把它卖给船厂。"这也是一个好消息,因为船厂会做大船。第三棵树看到伐木工走近自己的身边时,非常害怕,因为只要伐木工将它砍倒,就意味着它的梦想破灭了。但是,它还是被砍倒了,伐木工说:"我暂时还没有想到用它干什么,先砍倒再说吧。"

第一棵树和第二棵树有没有梦想成真呢?第一棵树被木匠做成了马槽,用来装马的饲料。第二棵树被船厂做成了渔船,用来给渔民出海打鱼。它们的结局和第三棵树一样,离梦想很远。

然而,有一天,马槽边来了两个人,是一对夫妻,女人生下了一个男孩,男孩无处安放,就放在了马槽里。第一棵树忽然明白,对这对夫妻而言,男孩便是世界上最珍贵的宝物。

几年后,有几个人爬上了搁置在海边的渔船。从他们的谈话中,第二棵树了解到,这些人当中有一个是刚刚打了败仗的国王。因为有了这条渔船的相救,后来国王东山再起,成为史上最伟大的国王之一。

而第三棵树则在当地建教堂时被做成了十字架,教堂是人世间离上帝最近的地方。

生活如握剑（外一则）

木 梅

主演过《布拉德船长》《侠盗罗宾汉》等影片的好莱坞著名影星埃罗尔·弗林，曾是一名优秀的奥运会击剑手。成功转战影视圈后，在他的一次新片发布会上，有一名记者突然请他谈一谈成为一名优秀击剑手的秘诀是什么。

这个跟新片毫无关联的提问，完全出乎弗林的意料，但并没有难倒他。

弗林这样回答说："一切取决于你如何握剑。"

"此话怎么解释？"记者追问。

弗林一边做起了握剑的动作，一边回应道："如果你握得太紧，那么你的动作就会僵硬，就非常容易被对手猜出剑的去向，因此很容易被他打败！"

"反之，如果你握得太松，对手就能轻易地把剑从你手中击落！"

记者当即明白了："你的意思是，握得既不能太紧，也不能太松？"

"对！"弗林点了点头。

可记者并没有罢休，而是又问："那怎么握才能做到既不紧又不松呢？"

"这取决于当时发生了什么！"弗林不慌不忙地说道。

这真是一个智慧的妙解！

老弟，你想多了

唐·舒拉是20世纪美国著名的橄榄球教练，从事过30多年教练生涯的他，创造了多个橄榄球联赛的最佳历史纪录。他曾带领迈阿密海豚队9次打进"超级碗"的总决赛，并6次捧走冠军杯，赢得了一个个冠军神话。

舒拉也因此成了美国家喻户晓的明星级人物，尤其是在南佛罗里达州，几乎没有球迷不认识他。

有一年，舒拉带着自己的家人在新罕布什尔州的一个偏远地区度假，一天晚上，他和家人来到当地一家老式电影院里看电影。

走到影厅门口，舒拉本想到后排去找一个空座位，然后悄悄地坐下来看电影，可没想到，当他一出现，里面的观众便立即不约而同地站起来，向他热烈鼓掌，掌声持续了好几分钟。

"即便在如此偏远、灯光昏暗的地方，我也不能保证不被人认出来。"得到掌声的舒拉，颇有些得意地对妻子说道。

电影结束后，舒拉一边向外走，一边和当地的一名观众聊了起来，他说："当我进入影厅时，你们起来并为我鼓掌，我很惊讶，你们居然能认出我来？"

谁知，那人疑惑地回应道："老弟，你想多了吧？我们不知道你是谁呀，当时电影院里只有8个人，可我们知道如果不到10个人的话，电影院是绝对不会放影片的！"

这番回应，顿时让舒拉羞得满脸通红，恨不得找到一条地缝钻进去。

后来，舒拉被选入"美国名人堂"，在庆祝仪式上，他自曝其丑忆起这件事，并感慨道："天资是上帝给的，请保持谦卑；名望是别人给的，请心存感激；自负和狂妄是自己给的，请小心！"

万物的姿势（外二则）

王国华

香蕉被摘下来以后，脱离了母体，似乎是死了，但其实没有彻底死掉。如果你不随手把它扔到桌子上，而是将其挂起，摆出像在香蕉树上一样的姿势，它就以为自己还在树上，会认认真真地活下去，每天东张西望，居高临下地打量世界，直到老去。

衣服也要挂起来。外套扔在床头，仿佛没有骨头的人瘫在那里，皱皱巴巴，无精打采。若是挂着，衣扣都系上，板板整整的样子，那么，衣服就有了精气神儿，再穿到身上时，就会跟你紧紧贴在一起，走到哪里都恩恩爱爱，人衣合一。

那是它们的常态。万物都有与生俱来的姿势，就如人要站立着，才像一个人。

刀子呢？一把锋利的小刀，你要让它一直处于砍下去的状态吗？砍谁？

其实刀子应该放在刀鞘中。它的光芒不在砍下去的一刻，而在刀鞘中的温和。它散发着逼视，但除非特殊情况，从不大呼小叫，做呼之欲出状。它或许永远都保持着这种睡眠的姿势，亦是直到老去。

就像一些话，永远封存在心里。挂满了锋芒的小聪明和慷慨激昂的陈词，都保持着封存的姿势，直到老去……

彝族人喝酒

彝族学者吉友阿古讲，在彝族传统文化中，敬酒是不能连敬三杯的。敬第一杯是亲家，敬第二杯是冤家，第三杯就成仇家了。敬完一杯，休息一会儿，吃点菜，再接着敬一杯是可以的。他们通过这种方式节制饮酒。现在全乱了，都说彝族人能喝酒，其实彝族人喝酒很有讲究。

椰子为何不会砸到人

到海南，看到人行道上的椰子树，不由怕怕的，担心椰子随时掉下来。那么硬，万一砸到人，或者鲜血直流，或者脑浆迸裂。据本地人说，这么多年，好像从没听谁说过椰子砸到人，倒有砸到路边饭桌上、脚后跟处等，让人吓一跳的事情。在深圳，也没听到过芒果砸到人的事。有人说这些水果有灵性，等没人的时候才跳下来。也许吧，神要惩罚人，办法很多，何需一个水果。

为国王打伞（外一则）

孙道荣

2017年3月1日，沙特阿拉伯国王访问印度尼西亚，适逢大雨，随从赶紧为国王打伞，一共7个随从为国王撑了7把伞。结果是，国王缩着脑袋，浑身被淋得湿漉漉的。

7把伞，都挡不住一场雨，可见这场雨蛮大。当然，这不是主要原因。我们来看看那7个随从，都是怎么为国王打伞的。紧挨国王身边的那个随从，他所撑的伞几乎全是为国王打的，其实这把伞已基本上为国王遮挡住了雨水。但是，国王身边还围着另外6个人，他们也努力地为国王打伞，并且，为了能挡住雨水，一把伞比一把伞高，于是，就形成了这样一个局面：撑得最高的那把伞上的雨水，沿着伞骨滑到了第二把伞上，第二把伞上的雨水加上从第一把伞上滑下来的雨水，又一起落到了第三把伞上……另外6把伞上的雨水，最终全部汇聚后落在了第一把伞上，在国王的身边，便形成了一道壮观的雨帘。国王避无可避，被淋得透湿。

一朵鲜花插在哪最好？

年轻的小K，忽然收到了一束鲜花。正在聚精会神摆弄手机的小K，随手将鲜花插进桌子上一个盛满了水的杯子里。一旁的同学失声尖叫："小K，那是我刚刚给你倒的一杯热开水，你怎么把鲜花插在了开水里？"

这不是笑话，是我在微信朋友圈里看到的一个真实故事。小K是我的一个朋友。她还配了那束花的图片。看起来，花已经有点蔫了。

可怜的鲜花。它恐怕是世界上最悲催的被插错了地方的鲜花了。

鲜花被摘下之后的命运，与插在哪里，似乎关系很大。

一朵鲜花，能被插在一只精致的花瓶里，大约是最好的归宿了。

一朵鲜花，倘能插在美人的发髻上，锦上添花，也是一桩美事。

我看见一个孩子，将不知道哪儿折来的鲜花，插在了路边的泥土里，他还用双手掬了些水来，浇在上面。他也许觉得，这样鲜花就能活下去，继续在风中摇曳，并散发芳香。

在很多人看来，最倒霉的鲜花，是被插在了牛粪上。那么美艳的鲜花，与臭烘烘的牛粪混在了一起，成了人世间最不堪的事情。"一朵鲜花插在了牛粪上"这句话，也成了最悲情的比喻，常常被拿来形容不般配的爱情和婚姻。

我觉得，一朵花，一旦被从枝上摘下来，插在哪儿，无论是花瓶，还是牛粪，无论是泥土，还是开水，它都成了摆设，都是悲剧。

是否还美丽，不重要；是不是般配，不重要；多久会枯萎，也不重要。重要的是，无论插在哪儿，它都不可能再结出果实了。而一朵不能结果的鲜花，就算是被插在了再好的花瓶里，又有什么意义呢？

业绩与办公室大小

流 沙

但凡读书人,都想拥有一个大书房,一张大书桌。我也这样想过,购房至少三室一厅,其中一室摆上一张硕大的书桌,靠墙站一排书柜,里面有码得整整齐齐的书籍。

但书房大了,书未必读得好,文章未必能做大。

H城引进创作人才,人人配备的是别墅式的大房子,环境幽静,价值不菲。照着人们的逻辑,在别墅式的房子里,肯定能创作出"别墅式"的品质好文章。

但创作规律,真的不是这样的。

看看莫泊桑、巴尔扎克、塞万提斯……如果真是这样,那么他们该住多大的房?

美国有位作家名叫斯蒂芬·金。也许很多人并不知道他的名字,著名电影《肖申克的救赎》就改编自他的小说。

斯蒂芬·金傲居美国图书排行榜多年,版税收入非常可观。他有过换个大书房、换张大书桌的想法。但他发现,自己一旦坐到大书桌前,创作灵感全无,他不得不使用他的小桌子。这张小桌子一平方米左右,只能放下一盏台灯、一台笔记本电脑,还有几本书。

斯蒂芬·金说,他写出那么多的畅销书,最重要的心得就是用小桌子写作。

也许你会把他的心得当成一个笑话,但是斯蒂芬·金的"小桌子理论"真的可以证明,好文章与大房子、大书桌毫无关系。

咱们的传统文化向来讲尊卑和等级,在行政系统中,从办公室大小、汽车排量大小等，须一路排列下来，井然有序。在实业系统中，大老板拥有大办公室，开大排量豪车，也是老板大小的标签。

事实上，一个官员办公室大小，乘的车子排量大小，与政绩大小毫无关系。老板，自然也是如此。

微软公司，大致可以称得上是人类历史上，截至目前最成功的公司之一。在微软，员工是没有专用的办公室的。譬如中国南方某微软分公司，298名员工，却只有154个办公座位。因为公司经过测算，如果设置298个办公座位，而大部分技术、管理人员并不会在办公室，就会造成五成以上的空置率。在微软办公，上班前需要预订座位，你旁边的同事今天可能是A先生，明天就可能是B女士，后天可能与老总坐在一块。

不要以为这是微软"抠门"，没有专属办公室的企业运行系统，其实这极其实用和高效率，你可以整整一天不出现在办公室，但公司交给你的任务必须完成好。

员工没有办公室的微软，成了神话级的全球大公司，但它并不另类，它只是告诉大家，如果人人配一个办公室，关起门来自成一体，守着自己那点利益，结果可能是"屁股决定脑袋"。

业绩真的与办公室大小、书桌的大小无关。一个官员开始追求大办公室、大排量豪车时，也许该为他或者民生感到悲哀；一个作家追求大书房、大书桌时，也许该担心他是否能再出精品，是否文笔仍健。

掷骰子前为什么要吹口气?

岑嵘

我们在掷骰子时,通常都会对着骰子吹口气,希望掷到自己想要的点数。那么这种吹骰子的习俗是怎么来的?

从经济学来说,这种行为其实是由于"控制幻觉"引起的。控制幻觉是指在完全不可控或部分不可控的情况下,个体由于不合理地高估自己对环境或事件结果的控制力而产生的一种判断偏差。

控制幻觉这一概念是由美国心理学家艾伦·兰格率先提出的。她认为,控制幻觉就是个人对自己成功可能性的估计远高于其客观可能性的一种不合理的期望。兰格说,人们在日常生活中经常面对两种情境:第一种是技能情境,在这种情境下个体可以通过练习和努力获得想要的结果,是个体可以控制的;第二种是不可控或随机情境,在此情境下个体的行为与结果之间没有因果关系。

但是这两种区分并不总是被人们意识到,个体在不可控情境中,也会相信自己能控制某个事件的结果,因而产生幻觉。

最常见的控制幻觉就是购买彩票。彩票通常分为机选彩票(随机派发)和自选彩票,那些真正的老彩民几乎都采用自选彩票,选用的数字要么用自己的幸运数字,要么通过各种演算,要么来自各种启示(如看到的第一辆红色汽车的车牌号码等),那么他们为何会这么做呢?

其真正原因就是老彩民会通过这些行为,认为自己可以对彩票的结果进行控制。这个彩票数字不是随机来的,而是自己经过精心计算(或者是自己的幸运数字)得来的,那么彩民就会认为它比随机数字有着更高的中彩率。

在美国，最早的彩票销售都是像口香糖销售机一样，塞进硬币，出来一张彩票。直到20世纪70年代在新泽西州出现自选式彩票以后，彩票的销售量才节节上升，因为这种自选的方式让购买者感觉拥有了更大的控制权。

最经典的要算老虎机了，本来图案滚动的结果是程序设定的，对赌客来说是不可控的，但是有了拉杆或者按钮，就让赌客在操作中感觉有技能因素的参与，将结果和自己拉拉杆的动作联系起来，由此产生了控制幻觉，使得他们对老虎机的赌博行为产生了成瘾性。

我们再说说掷骰子吹气到底是怎么回事。人们在掷骰子时希望掷出大的点数就会大力扔，而希望掷出小的点数就会轻轻地扔，事实上掷出多大点数我们并没办法控制。在掷骰子之前想着某个数字吹一口气，这是控制幻觉的表现，以此对不可控制的事件产生可控幻觉。这种行为在体育比赛中也常常会碰到。乔治·格梅尔希是旧金山大学的人类学教授，他研究棒球运动中的迷信行为长达数十年（比如球员相信往新球棒上吐口水，可以保持好运）。他说，那些要决出胜负的体育竞技，运动员其实是在借迷信行为增强自己的信心。

他还表示，迷信行为在不确定性高的场合更加流行，譬如学生生涯中的一次大考等。说到底，这些行为其实和掷骰子吹气、玩老虎机使劲地拉拉杆的道理是一样的。对于不确定性越高的活动，人们越希望能够通过某些方法增加控制权，所以，那些掷出骰子时吹口气的人，感觉或许会好些。

对魔鬼的看法（外一则）

陈荣生　编译

一位老太以善良闻名，从未与任何人说过一件不好的事情。

在她的一生中，她有着一种不可思议的能力，无论是谁，她至少能说出其一个优点，即使这个人曾经对她不友善过。

一天，俩邻居看到这位好心的老太在街上行走。

一人说："我敢打赌，你说不出任何一个人能让索斯比太太说不出其好话的。"

另一人答："我接受你的打赌。"在索斯比太太走到她们面前的时候，她与她打招呼："你好，索斯比太太。我能问你一个问题吗？你对魔鬼有什么看法？"

"嗯，"老太笑着说，"你得承认，他一直都在坚守岗位！"

最悲惨和最幸福的一天

两位徒步旅行者在山上露宿过夜，一个雷鸣般的声音将他们从睡梦中唤醒。该声音说："这将是你们一生中最悲惨的一天或最幸福的一天。"接着，该声音让他们收拾行李，前往一条河，将河中的石头捡起来装进背包中，但要到天亮之后才能看那些石头，然后继续赶路，再也不要返回该河。

两位徒步者按吩咐去做，在黑暗中跌跌撞撞地朝河边走去。河里满是冰冷潮湿的石头，他们有些木然地往背包里塞，然后小心翼翼地沿着弯曲的小道，离开大山。

日出后不久，他们到了一个山谷，就决定搭帐篷歇一会。他们把背包往地上一丢，便急着翻看他们从河里捡来的都是些什么石头。

背包打开后，他们大吃了一惊，原来，河里的石头实际上是钻石，是稀世之宝。两位徒步者被眼前的财宝弄得不知所措，坐在那里默不作声。

过了好一会儿，一位徒步者说："现在我知道为什么这是我们一生中最悲惨的一天了。我们应该多捡一些石头！"

另一位徒步者说："你一定是开玩笑吧！这是我一生中最幸福的一天。我们只是利用了一个上天提供的机会，就轻易地获得了它们。"

非暴力（外四则）

[印度] 安东尼·德·梅勒　文
孙开元　译

有个村子里有一条蛇咬过很多人，没人敢再去地里。大师出于对人的慈悲，告诉那条蛇不要再咬人，而要采取非暴力原则。

不久之后村民们就发现这条蛇不再伤人了，于是他们胆子大了，开始拿石头砸这条蛇，揪着它的尾巴拖来拖去。

一天夜里，这条皮破肉烂的蛇爬进了大师的院子，向大师诉起了受折磨的痛苦。

大师说："朋友，你不再恐吓人了，你错了！"

"但是您告诉我要采取非暴力原则。"

"我告诉你不要再咬人，但是没告诉你连牙都不呲一下！"

有而不执

大师很有童心，对现代发明具有浓厚兴趣。他看到了一台小巧的计算器，饶有兴致地端详着，许久之后，大师意味深长地说："现在很多人好像都有这样的计算器，但是他们的口袋里没有多少东西值得计算。"

此后的一天，有人问大师教给了弟子们一些什么，大师回答："我教会了他们认识事情的轻重：可以有钱，但不要整天计算它；可以有一些经历，但不要武断定义它的对错。"

被抑制的光

大师在病床上躺了几个星期,一直昏迷着。一天,他突然苏醒过来,睁开双眼,看到他最喜欢的一个弟子正站在床前。

"这些天你一直没离开我的床边,是吗?"大师轻声问。

"是的,我不能离开您。"

"为什么?"

"因为您是照亮我生命的光。"

大师叹了口气,说:"我的光就那么刺眼吗,让你到现在也看不到你自身的光?"

安贫若素

一天,一位弟子问大师:"什么样的人最有资格当您的弟子?"大师回答:"那些即使穷到只有两件衬衫,也会卖掉其中一件,用换来的钱买花儿的人。"

果实

一个年轻人问大师:"您说过,生活如同一棵长满果实的大树,每个人都能获得幸福的果实,但是我为何至今仍两手空空?"

"那是因为你没有勇气去摇动那棵树!"大师回答。

风平浪静时祈祷（外七则）

夏殷棕 编译

苏格兰北部设得兰群岛有一条一日游线路，一位退了休的老船长负责运送游客。

一天，船上坐满了年轻的游客，起航前，老船长对着大海祈祷，好多人看到此情此景，禁不住笑出声来。这也难怪，当时天空万里无云，大海风平浪静。

然而，船行不久，狂风大作，波涛汹涌，船疯狂颠簸，游客们被吓得面如土色，有些人开始祈祷，也有人要求老船长跟他们一起祈祷。

老船长说："我在风平浪静的时候祈祷，而波涛翻滚之时，我只能把精力都放在看管好我的船上。"

纳西鲁丁的微笑

阿拉伯国王苏丹越来越喜欢纳西鲁丁了，到哪儿都要带上他。有一次，国王率队出行，穿过一片沙漠时看到远处有一个小村庄。

不知什么原因，国王对纳西鲁丁说："朕很想知道这个小地方的百姓认不认识朕。不如这样，我们把车队留在这儿，朕与你徒步进村，这样朕就知道他们是否认识朕了。"

于是，国王和纳西鲁丁下了马车，沿着一条路向村子走去，一路上遇到一些村民，这些村民都朝纳西鲁丁点头微笑，但对纳西鲁丁身边的国王却视而不见。

国王很生气，对纳西鲁丁说："这儿的人好像都认识你，却没有一个人认识朕。"

"陛下，他们也不认识我。"纳西鲁丁说。

"那么，他们为什么只对你点头微笑？"国王问。

"因为我对他们微笑了。"纳西鲁丁微笑着说。

涨价了

埃塞尔是一位老太太，满面笑容，一直待在中鑫大街街角售卖玫瑰，以此为生，一枝玫瑰卖一英镑。莫里斯是中鑫大街一家银行的职员，工作干得不错，风生水起。

莫里斯每次下班看到缩在街角售卖玫瑰的埃塞尔，就禁不住在心里泛起可怜之情，于是每回都会给埃塞尔一英镑，不过从来没有拿过她的玫瑰，这样持续了两年，而两年中，两个人竟从来没有说过一句话。

有一天，莫里斯像往常一样给埃塞尔一英镑时，她开口对他说话了："我很欣赏你，你是我的最佳顾客，不过，我不得不指出来的是，如今一枝玫瑰的价钱已经涨到一块五英镑了。"

有钱人成功的一个理由

一个人要到欧洲谈生意，在去机场之前，他开着劳斯莱斯来到市中心的纽约城市银行，要求申请5 000美元贷款，用劳斯莱斯抵押。信贷部经理听了吃惊不小，但又不便多问，于是接过这个人手里的车钥匙，将车小心地开到银行的地下停车场，回来后给他办理了贷款手续，这个人拿着5 000美元走了。

两个星期后，这个人来到银行，申请还贷款，将车赎回。信贷部经理审核了相关资料，办完了手续，说："本金5 000美元，利息15.40美元。"这个人掏出信用卡，将钱刷给银行，拿着自己的车钥匙，起身离开。

只听见经理说："先生，请稍等！我有一事不明，希望您指教！我查找了您的相关资料，您是敝行的优质客户，而且您本人是亿万富翁，请问您为什么要借区区5 000美元？"

亿万富翁笑着回答："小伙子，我问你，在曼哈顿，只花十几美元到哪里能找个停车场，停一部劳斯莱斯两个星期，还能保证车子毫发无损？"

大家都是兄弟

一乞丐曾经向国王马克西里米安一世请求施舍，国王只给了他一枚小额硬币。

乞丐看着这枚硬币很不高兴，说：

"殿下，您贵为一国之君，只给我这么一点点钱，您太小气了！殿下您可别忘了，我们都是同一个祖宗传下来的后代，我们都是兄弟呀！"

马克西里米安一世狡黠地笑了笑，说：

"我的好兄弟，要是你的每一个兄弟都像我一样的慷慨，你瞬间就会成为富翁，比我不知有钱多少倍呢！"

与畜共处

"我急需帮助，否则我无疑会发疯。"弟子对大师说，"我们住在一起，妻子、孩子还有孩子的外婆外公，我们大家都神经紧张，相互叫喊，我们家简直就是人间地狱。"

"你能答应我按我所说的话去做吗？"大师严肃地问。

"我保证按你说的去做。"

"很好。你家有多少牲畜？"大师问。

"一头奶牛、一头羊和六只鸡。"

"把这些动物都关到你们住的屋子里，一个星期后来找我。"

弟子听了吃惊不小，但是因为保证过了，还是按大师说的去做了。

一个星期后，弟子回来找大师，失魂落魄、身体虚弱，说："我真要崩溃了，你难以想象那个肮脏！那个恶臭！那个吵闹！家里每个人都快要崩溃了！"

"回去吧，"大师说，"把动物赶出去。"

弟子回去了。第二天，又来到大师处，这回他精神焕发，满心欢喜地说："生活多么美好啊！牲畜出去了，家里简直就是天堂，那么宁静，那么干净，那么宽敞！"

希望自己在车上

有一对情侣在山区旅行,他们到了要去的地方,就叫司机让他们下车,下了车后,他们看到车向前开去,突然山上滚下一块巨石,正好砸中大巴,大巴摇晃着滚落山崖,一车的旅客无一人生还。

惊魂未定的情侣,说出来的第一句话却是:"我们希望自己在车上。"

路过的其他人听后大惑不解:"你们应该庆幸呀!"

情侣的解释令人震惊:

"如果我们不要求下车的话,车子就不会耽搁,山上滚落的巨石就不可能砸中汽车。"

恒河猴实验

实验者将五只恒河猴关在一只大笼子里,笼子中间放了个梯子,梯子顶端挂着一大串香蕉。

一只猴子看到香蕉,就去爬梯子,它刚爬了一级,冰冷的水从天而降,浇在所有猴子身上。这样的事一再发生,只要有猴子去爬梯子,冰水就会浇下来,想躲都躲不掉。

结果呢,只要有猴子想爬梯子,其他猴子就会揍它,阻止它的行为。

之后,实验者将其中一只猴子拿出来,放入另一只。这只新来的猴子看到香蕉就去爬梯子,其他四只猴子就来打它。

之后,实验者又换了一只新猴子进去,这只新来的猴子看到香蕉就去爬梯子,其他四只猴子就来打它。

到最后,五只猴子全都被换走了,也就是说,现在笼子里的五只猴子没有一只曾经被冰水浇过。

这时,实验者又换了一只新猴子进去,这只猴子看到香蕉就去爬梯子,其他四只猴子冲上来就打它。事实上,它们都不知道为什么要阻止这只想爬梯子的猴子,它们从未被冰水浇过。它们只知道不能爬梯子,却不知道原因。

男孩和魔鬼（外一则）

[巴西]保罗·科埃略 文
孙开元 译

有一天，一个男孩出去买面包，在大街上恰好遇到市长正在穿过马路。

"你知道他为什么能当那么大的官吗？那是因为他和魔鬼有过约定。"一个女人这样告诉男孩，男孩听了似懂非懂。

过了一会儿，男孩要去乡下的一个镇子，他在半路上看到了路旁有几块玉米地，地里的玉米长得又大又好。他问路旁的人："这几块玉米地的主人是谁啊？"

"这些地都是一个农场主的，我敢说，是有魔鬼帮了他一手。"路旁的一个农人回答他。

还是在这一天，一位相貌美丽的女人从男孩身边经过。这时，有位牧师也看到了这位漂亮女人，牧师大声说道："那个女人是魔鬼派到这世上的！"

从那天起，男孩就下决心要见识一下这个魔鬼，终于有一天，他面对面地看到了它。

"听说你能让人有权、有钱、有一张美丽的面孔？"

"我告诉你实话，没有那回事。"魔鬼回答道，"不过，那些说这些话的人一直在给我这种力量。"

花瓶与玫瑰

禅院住持决定把衣钵传给徒弟。一天，他把禅院里所有的僧众都召集过来，以便决定把衣钵传给谁。

"我将给出一个问题让你们来解决，"住持说，"第一个解开这个问题的人将是禅院的新住持。"

简单地交代完后，住持端出了一个小托盘，托盘上放着一个据说价值不菲的瓷花瓶，花瓶的做工极为精致，里面插着一束红玫瑰。

"这就是我出的问题。"住持说。

僧众们看着这只精美绝伦的花瓶和里面的美丽玫瑰花，然后面面相觑，如坠云雾之中，个个心中疑惑：这个花瓶象征什么？我们应该怎样回答？这里面暗藏着什么玄机？

过了许久，见无人出声，住持叹了口气，准备暂时放弃传衣钵。这时，一位徒弟从地上站起身，他看了看住持和身旁的师兄弟，然后走上前，拿起花瓶，猛地把它摔在了地上，花瓶碎了。

"你就是新住持了。"住持对僧众们宣布。

众僧不解其意，纷纷问住持："师父，您为什么把衣钵传给他？"

住持说："我已经说得明白，我有一个问题要你们来解决。现在，不管这个问题是多么玄奥或是难解，他都给解决了。"

一个秘密的地方(外一则)

邓 笛

我找到了一个地方,那里的草是绿色的,天是蔚蓝的,水是清澈的。

在这个地方,我可以坐着或躺着不做任何事情。

这个地方为我专有。

我可以任意对它进行装饰。

这儿干净、安静、私密、美好。

每天,辛苦工作之后,这个地方是我最好的去处。

心中有苦,可以在这儿诉说;心中有愿望,可以在这儿祈求。在这儿,我结交到了一辈子的朋友。

你也能找到这样的一个地方。事实上,每个人都能找到。但是,真正拥有这个地方的人并不是很多,这也是它多少会带上一点神秘色彩的原因。

这个地方是秘密的,你不需要告诉别人。

但是,别人可以从你的脸上发现你是否拥有它。

因为,通往这个地方的路,无影无形,藏匿于你的内心深处。

你坐在一张椅子上就可以到达那儿。

你可以在那儿呆几秒钟、几个月或者几年。

但是,我必须警告你,这个地方需要精心维护,否则它可能会消失,也可能会让你痛不欲生。

这个地方有一个名字——灵魂。

文明的标记

曾有人问美国人类学家玛格丽特·米德:"在您的发现中,第一个象征人类古老文明的标志是什么?"询问者心里想着,玛格丽特的回答或许会是一件工具或是一件类似衣服的东西。然而,玛格丽特给出了一个令他始料未及的答案:"一个愈合的股骨。"

玛格丽特解释说,在古老的年代,如果有人断了股骨,就无法生存。这些断了股骨的人,除非他们得到别人的帮助,否则就不能打猎、捕鱼或逃避敌人的伤害。因此,一个能被发现的最早的愈合的股骨,表明了我们的人类至少从那个时候起,就开始帮助别人,而不只是明哲保身,放弃需要帮助的人。

参天红杉树为何都长在山谷？

石毓智

美国加利福尼亚州的红杉树是世界上长得最高大的树种。我来到加州的斯坦福大学读书，学校后面就是崇山峻岭，漫山遍野都生长着红杉树，加州政府在那里开辟了一个红杉树公园。从学校到公园，开车大约要两个小时，从高处盘旋而下，来到一个山谷里，那里就是公园所在地，一块可供游客参观旅游的原始森林风景区。

因为多次往返在这条山路上，我就发现了红杉树的生长分布规律。从山顶到山谷，红杉树是越来越大。山顶上的树木一般都长不大，最大的树都是在山谷低洼处。

山谷里，十几个人都抱不拢的红杉树也随处可见。抬头从树干望向树梢，这时才真正知道什么叫"参天大树"；低头看树下的土地，是常年落叶集成的厚厚的腐殖质，黑黑的湿湿的直流肥水，就知道这里树木的生长环境是多么优越！

走在森林的小道上，如果发现一棵巨树，它的附近通常还有同样大的树，因为这里的生态环境最适合树木生长。不少大树因为年代久远，树干中部已长空了，里边可以站十几个人甚至走一辆汽车。不看加州的红杉树，就不知道什么是树王。

红杉树的生长给人们这样一个启发，同样一个树种，或者说同样的种子，并不是在所有地方都能长得这么大的，生长环境决定它们能长多大。为何山顶上的红杉树一般都长不大？因为它们在暴风雷电中首当其冲，最容易受到狂风摧袭，最容易受到电闪雷击，容易遭受森林大火，土地被雨水冲刷，不仅养分流失，而且水分不足，结果土地贫瘠干燥。

大树都集中在低谷地区，因为高山上的养分随着雨水流到了低谷，令这里水分充足，土质肥沃，而且不易受风雨雷电的侵袭，在遭遇森林大火时生存概率也高。

当然，参天大树之间也有竞争，也有拼杀，但那是在优良的大环境下的正常催发和促进；而那些生长于常年受暴风雨折腾的山顶和山坡上的树木，通常来说是难以成为树王的。

第三章 章法有度

两场刺刀见红的"考试"

梁 力

撒谎造假,是全球人所憎恶的事,但对其危害的认知和容忍程度,各国有异。下面是发生在国外的两起学术打假案例,发人深省。

一起是发生在日本的"小保方晴子造假事件"。

2014年1月29日,日本的年轻博士小保方晴子在世界最权威的《自然》杂志同时发表了两篇论文,称发现了STAP细胞。这是生物学上的重大突破,是获取诺贝尔奖级别的发现。

在女科学家短缺的日本,这一成就引起了极大震动。然而,还没等日本人真正兴奋起来,美国生物学权威保罗·诺福勒就隔洋喊话,直指成果涉假。接着,保罗·诺福勒等人在自己的实验室,按小保方晴子所说的方法反复实验,证实小保方晴子的结论不能重现,并将这个发现刊登于《自然》杂志新闻栏里。

这个结果,让日本各界一下子懵了,他们认为小保方晴子令日本蒙羞。于是,谴责之声震天响起。

一马当先的当然是媒体了,那种穷追猛打的劲头,单看报道的数量就让人窒息。从事件曝光到2014年年底,日本媒体的质疑、起底、讥讽等报道和评论就达三四十万篇之多,像著名的《产经新闻》,平均每天就有两篇相关报道。

面对日本民众和各界的责难,小保方晴子供职的日本理化学研究所羞愤不已,迅速成立一个6人联合调查委员会,对事件展开调查,并立即封闭实验室,不让当事者进入,以防其做手脚。

2014年4月1日,日本理化学研究所的调查结果就出来了,认定小保方晴子在STAP细胞论文中有篡改、捏造数据等造假问题，属于学术不端行为，认定她是一个缺乏研究伦理，不谦虚，不诚实，也不合格的学者。她"歪曲了科学本质，玷污了'研究'二字，并且严重伤害了大众对研究人员的信任"。

曾参与此项研究的日本生物学权威若山照彦教授，这时也站出来承认，在没有晴子参与的情况下，自己的研究团队做不出来她说的那个结果，并向社会各界深表歉意。

从日本人对事件反应之强烈程度，便可得知弄虚作假在他们眼中，是怎样的一种丑恶行径。

这时，一直保持沉默的小保方晴子，却在记者招待会上含泪申辩说："STAP细胞确实有，自己已经成功制出了200次以上。"

对此，日本理化学研究所根本不理会，坚持认为这是学术造假，并再次宣布，一个月后公布对她的处理结果。小保方晴子则反驳说她的发现有效，提出不服申诉。双方各执一词，僵持不下。

2014年6月4日，双方达成妥协：小保方晴子同意将两篇论文从《自然》杂志撤下，而理化所则同意让她回到实验室，重复完成她认为成立的实验，但条件是：另为她开设实验室，并在实验室入口处和室内安装三个摄像头，做全天候的监控，并指定第三方人员做现场公证。此外，细胞的培养仪器将上锁，出入实验室实施电子卡门禁管理。实验到11月份结束。

无疑，实验室已成了监督严密的"考场"，小保方晴子在这里，或洗白自己，或万劫不复。

最终的实验结果让人心碎。2014年12月18日，日本理化学研究所对外宣布，小保方晴子未能再现万能细胞，实验终止。随后，小保方晴子黯然辞职。

"考试"方式虽然残酷，但公允透明，它让假的真不了。

此次事件还引发了一场"血案"。小保方晴子的导师笹井芳树，在8月间突然自杀。他在给传媒的一封电子邮件中称，自己"被耻辱感淹没了"。他是以死来向社会谢罪。

2015年2月10日,日本理化学研究所宣布对事件的处罚结果:小保方晴子"应予以解雇处分",若山照彦教授等相关人员则给予停止上班、严重警告等处分。另外,日本理化学研究所再次宣布,要求小保方晴子退还研究费中的约60万日元论文投稿费用,但不提起刑事诉讼。事件最终了结。

日本人以一场"考试"和一宗"血案",演绎了惊心动魄的学术打假实例。有人问,日本人为何能在几十年间取得20多个诺贝尔奖?答案很明白:较真精神起了决定性作用。

我们再说说另一起发生在法国的"罗丹代表作《青铜时代》涉嫌造假事件"。

1876年,著名雕塑大师罗丹创作了一尊裸体男青年青铜雕塑,名为《青铜年代》。由于作品精准地抓住了人物瞬间的表情动态,仿如真人再现,在巴黎官方沙龙展出时,引起极大轰动。

然而,由于作品太过逼真传神,加之尺寸(1.74米)与真人所差无几,一些心怀叵测和不明真相的评论界人士便在报纸上指责说作品是"从真人身上翻下来的模子浇铸的"。一时间,引起众怒,"艺术骗子"和"伤风败俗的流氓"等指责声四起。巴黎官方沙龙陷入尴尬境地,只好勒令《青铜时代》搬出展厅。

面对各种恶毒的责骂,罗丹百口莫辩,迷茫无助。

最终,巴黎官方沙龙想出了一个辨别真假的办法:派出五名雕塑家为评审,让罗丹即时创作一件作品,以见证他的实力。罗丹一听,马上爽快答应,因为这是最好的洗脱造假指控的方式了。

在"考试"现场,罗丹凭借平时夜以继日的基本功训练和对人体解剖知识的精准把握,在不用模特儿的情况下,《青铜时代》的躯干和双腿很快就被塑出来,和原作几乎不差丝毫,在场的雕塑家目瞪口呆,提前终止了评审……

真相大白后,罗丹的超人才华震惊法国,名声大振。之后,作品重新展出,并被法国政府收购。

罗丹的"赴考",自证了才华,拨去了迷雾;小保方晴子的"赴考"，虽说是自取其辱，但我们还应感谢她的"勇气"，因为这场"考试"让一切昭然若揭。

对于欺骗造假，我们应有这样一个识见：刨根问底，只问黑白，不问是非。不然，"打假人人喊，繁荣依旧在"的尴尬局面就不会消失。

不要总拿国人素质说事

刘植荣

最近几个月,"共享单车"成了国内媒体的"重头戏",也成了百姓茶余饭后的热议话题,如共享单车乱停乱放、被盗、上私锁或放到家里占为己有,以及把共享单车扔进河里等恶意损坏问题层出不穷。对于这些不良现象,有人撰文称"共享单车是国民素质的照妖镜"。

拿国人素质说事,现在似乎成了某些人说事的习惯,每当中国社会发生某些不尽如人意的事情,他们总是以此来找因由。但是,值得玩味的是,中国一家共享单车企业近期在英国曼彻斯特投放的1 000辆共享单车,其命运与国内的相比也好不到哪里去,短短十几天的时间,有把共享单车藏在家中或上私锁的,有拿石头砸的,还发现两辆共享单车被扔进河里。于是,又有人拿照妖镜照英国人,说"共享单车成了英国人素质的照妖镜"。

实际上,不管是西方还是东方,也不管是发达国家还是发展中国家,都有好人也有坏人,有素质高的人也有素质低的人。人类进入文明时期,一直努力通过各种方式规范人的行为,提高人的素质。

有人呼吁通过道德方式规范人的行为,但不同民族、不同阶层或受不同文化熏陶的人的道德标准不同,一个人认为是道德的,另一个人可能认为是不道德的。

举个例子。一个穷人家庭,年迈的母亲患病无钱医治,儿子在药店偷药给母亲治病,儿子会认为,偷药给母亲治病是为了尽孝心,对此他不但没有负罪感,医好母亲的病以后还满怀喜悦的心情,认为自己是个大孝子。会有人对该事件评论说，一个家庭穷到没钱治病，这是社会出了问题；但也有人认为，不管出于何种目的，盗窃就是盗窃。

有人认为共享单车满大街都是，很多堆在那里一直没人骑用，自己占用一辆并不会给其他人骑用带来什么影响，因此就心安理得地把共享单车骑回家留作私用。如果一个人发现有共享单车堵住了人行道，出于对不文明行为的愤慨，他可能会把人行道上的共享单车踹两脚，或搬起来扔到一边，他会认为自己的行为是正义之举。

正因为道德标准存在差异性，用道德约束人的行为并不能奏效。

也有人主张通过宗教方式规范人的行为，但宗教的约束只对虔诚的教徒有效，对没有宗教信仰或不虔诚的教徒来说，就不存在宗教的约束。

可见，通过道德方式或宗教方式都无法规范整个社会的人的行为，规范人的行为只有靠规章制度。

美国纽约市早在2013年就推出了共享单车，最初几年也丢失严重。2015年8月25日的《华盛顿邮报》报道称，纽约共享单车在2014年被盗300辆。后来调查发现，被盗的自行车大都是因为用户还车时没有锁好，被人顺手牵羊骑走了。于是，纽约共享单车运营商修订了与用户的协议，新协议篇幅有6 000多个英文单词，对用户使用共享单车的各个环节进行了详细规定，不断提醒用户如果因没锁好自行车导致其被盗，用户必须要原价赔偿1 200美元。

与此同时，运营商加大了对各桩站的检查力度，及时把没有锁好的自行车锁好。制度健全了，管理跟上了，自行车被盗现象得到了有效遏制。根据运营商提交给纽约市交通局的报告，2017年5月，运营的10 000辆共享单车中没有一辆被盗，被人为损坏的只有10辆。

投放共享单车的企业与用户之间是契约关系，在要求用户规范用车的同时，企业也要尽到自己的各项服务义务。为确保用户骑车安全，纽约共享单车几百人的运营队伍每天调配、检查、维修自行车，并每月对所有桩站和自行车清洁两次，发现自行车有缺陷立即"召回"，用质量可靠的新自行车替代，在2016年就一次性"召回"了数千辆问题自行车。目前，纽约共享单车完好率接近100%，用户几乎遇不到有故障的自行车。

各行各业都是如此，规章制度好比是建造大厦的蓝图，规章制度设计得好，就能建造出巍然屹立的雄伟大厦；规章制度设计得不好，大厦在建造过程中就坍塌了。

如果把纽约共享单车的管理制度搬到中国或英国曼彻斯特，中国和英国共享单车的使用素质就会提高。所以说，当社会上发生不尽如人意的事情，不要总拿国民素质说事，而是要检视一下规章制度设计是否有问题。

从德国的三个故事看人格力量

杨佩昌

第一个故事：

德国教练技术学院院长施密茨博士在课堂上讲了这样一个故事：一位男孩很喜欢吃糖，父亲想尽各种办法制止，但都没有效果，于是孩子的父亲决定请附近一位德高望重的老人劝说孩子。

父子二人来到老人的家里，表明来意后，老人感到很为难，因为他自己亦很喜欢吃糖。他想了想，请这位父亲一个月后再带儿子过来。

一个月后，父子二人再见到老人时，老人已经戒掉吃糖的习惯。他对小孩说："亲爱的孩子！你可否以后不要经常向父亲要糖吃？因为吃糖太多对牙齿不好，尤其对成长期儿童的身体健康不利！"小孩听从了老人的劝告，从此不再向父亲索要糖果。

孩子父亲奇怪地问："为什么您不在一个月前叫他停止吃糖？"老人回答："当时我自己也爱吃糖，怎能叫他不吃呢？我用一个月时间，自己先戒掉吃糖的习惯，才有资格劝导你的儿子。"

这个孩子就是施密茨博士。我们问他，老人的建议很平常，可你当初为何就听他的建议了呢？施密茨博士回答：在他的身上有一股让人敬畏的、不可抵挡的力量。

第二个故事：

一天，德国首富、阿尔迪（ALDI）公司创始人阿尔布莱希特兄弟路过当地一家商店时，发现进出购物的人络绎不绝。

出于好奇，他们浏览了店门前的促销广告，其做法是：购物时附赠优惠券，年底凭优惠券可按原累计购物金额的3%免费领取等值商品。原来，人们是冲着年底的赠物而来的。

但是，兄弟俩很快意识到，这种做法对客户并不真正公平和诚信：如果年底物价上涨，顾客手中的优惠券就会贬值。如果客户忘记或没有时间去兑现，优惠券何异于空头支票？这涉及了商家深层次的信用问题。

他们经过深思熟虑，决定推出更讲信誉的即时让利的对策，即凡店内出售的商品在当地最低价格的基础上再减价3%，并承诺，如达不到上述价格水平，可向商店索回差价，并提供奖励。阿尔迪还提出，在原来价格水平上，只要成本下降，就继续对顾客让利销售。他们宁可承受存货高价低卖的损失，也要兑现让利于客户的承诺。

阿尔布莱希特兄弟对诚信可以说到了痴迷的程度，其做法已经无法用遵纪守法和珍视信用来加以解释。他们对诚信的热衷已经深入到骨髓，不仅不欺诈客户，还主动纠正客户尚未意识到的诚信问题。由于阿尔迪的存在，就连著名的沃尔玛和家乐福在德国都难以生存。

第三个故事：

两个孩子正在清晨的阳光下快乐地玩耍，母亲康妮亚过来对他们说："亲爱的孩子，今天有一位富有的朋友要来我们家做客。"

下午，朋友如约而至。金环在她手臂上闪烁着耀眼的光芒，手指上的戒指闪闪发光，脖子上挂着金项链，发髻上的珍珠饰品则发出柔和的光。

弟弟感叹地对哥哥说："她看起来如此高贵，我从没有见过这么漂亮的人。"哥哥说："是的，我也觉得是这样！"

他们羡慕地看着客人，又看看自己的母亲。母亲只穿了一件朴素的外套，身上没有任何珍贵的饰品。但是她和善的笑容却照亮了她的脸庞，远胜于任何宝石的光芒。她金棕色的头发编成了一条长长的辫子，盘绕在头上像是一顶皇冠。

"你们想看看我其他的珠宝吗？"富有的女人问。两个孩子点了点头。

这位女士打开一个盒子，里头有一堆像血一样红的红宝石，像天一样蓝的蓝宝石，像海一样碧绿的翡翠，像阳光一样耀眼的钻石。这对兄弟呆呆地看着这些珠宝："要是我们的母亲能够有这些东西该多好啊！"

客人炫耀完自己的珠宝之后，自满而又怜悯地问："告诉我，康妮亚，你真的什么珠宝都没有吗？"康妮亚坦然地笑道："不，我当然有珠宝，我的珠宝比你的更贵重。"客人睁大了眼睛："是吗？快拿出来让我看看吧！"

母亲把两个男孩拉到自己的身边，她微笑着说："他们就是我的珠宝。难道他们不比你的珠宝更贵重吗？"

这两个男孩，特贝瑞斯和卡尔斯永远不会忘记他们母亲当时脸上骄傲的表情以及深深的爱意。数年后，他们成了伟大的政治家，但他们仍然常常忆起当年的这一幕。

真正的财宝不是在口袋里，而是在内心，有了爱就有了骄傲和自信。这位伟大的妈妈在把爱传递给孩子们的同时，也改变了他们的命运，让他们知道了从来就没有什么乞丐，只要内心发生改变，每个人都是心灵的富翁。

这让我想起了一个亲身经历：2007年我帮助中国一所中学寻找德国学校进行对接，因为他们要组织夏令营到德国。出发前我叮嘱中方负责人，一定要带点小礼物过来，但不必贵重。礼物虽然带来了，但下车忘了拿出来。由于大巴不好停车，司机把车开走了。

没有办法，只好将就。活动很成功，学生不仅参加了手工制作，还旁听课程、与德国学生一起踢足球、举办露天音乐会等。临走时我遗憾地告诉校长，很抱歉，礼物放在车上了。他爽朗地说："您不是把最重要的礼物给我带来了吗？孩子就是最珍贵的礼物。"

这件事情让我久久不忘，也一直想念这位不仅能教书，而且还会育人的德国中学校长。

三个故事各有侧重，第一个故事说的是言行一致、身心合一。只有让自己的身体和心灵达到统一，才能赢得他人的尊重和信任。第二个故事说的是诚实、诚信，主动纠正可能存在的诚信问题，即便客户还没有意识到。第三个故事说的是自信和欣赏。每个人都是独一无二的宝石，看你是否有发现的眼光。

身心合一、言行一致，诚信与善良，自信和看人之大，铸就高贵的品格。

大厦里的刀把形小楼

常青

2000年我在华盛顿做访问学者,常去中国城。那里有许多中餐馆与中国礼品店,主要服务于中国游客。其中的一家中国礼品店由两个中国男子经营。那是一栋三层小楼,楼主把楼租给了这两个中国男子。

那年,该小楼所在的其他街区均被一家公司购买了,准备建一座大楼。这座小楼正位于该大楼的东北角处。如果该公司不能买下这座小楼,他们未来的大厦将是一个刀把形,不得不拐进去一个角,不但浪费极大的空间,而且极不美观。

于是,公司就与这位楼主商谈,想买下这座小楼,以便修建一所像样的大厦。楼主想借此机会多赚一些,于是就提出了比市面上高得多的价钱,让这家公司无法接受。最后,谈判破裂,小楼仍留在原地,新建的大厦将是一个极不美观的刀把形。

楼主在大厦修建的过程中,合理地提出了一些要求,其中包括不能让他的小楼有任何损伤。于是,我亲眼见到了这家公司是如何在掘地基时努力保护这座小破楼的。我与这家礼品店的两个中国男子认识,常去他们店玩,基本看到了上述全过程。

2006年,我去华盛顿出差,特意过去看看那里的情形。只见新的刀把状大楼早已建成,山墙上印有一个大红十字的那个小破楼仍在那里,仍被用作中国礼品店。大家可以从图中看看,那种情形和谐吗?

图中的景象虽不和谐,但美国人的做法却给他们带来了和谐的社会。美国在1787年制定的宪法就明确规定"私人财产神圣不可侵犯"。从那时起,美国就没有出现过由政府或政府支持的强行拆迁民居的例子。

法律也规定人民有带枪保护自己生命财产的权利。当人民的生命财产受到来犯者的威胁时,如遇到非法闯入家门者,就可以正当防卫,由此产生的一切后果均由非法入侵者负责。

小户主遇到大公司拆迁时,具有同等的商谈地位,因为小户主的房产与地皮均归本人所有,任何人不经户主允许,不能侵占。因此,如果小户主不同意,再大的就算是能通天的公司,也是徒劳,连总统也没有办法。于是,我们就看到了那个不和谐的刀把形新大楼与一个小破楼并立在美国首都市中心。除非是那位楼主同意,谁也别想把那个小破楼拆掉。

此外,美国人修公共设施,都是私营财团出面,都会出高价来购私人房产,有谁不愿意被购呢?

山墙上印着大红十字广告的,就是仍留在原地的小楼

不让"输的鱼"流泪

查一路

几年前,我大外甥要去美国。其实,他算是IT精英,就职于国内某大型企业,年薪二十多万元且单位提供食宿。

当时,我姐姐和姐夫想让我劝劝外甥:这么好的工作,还出去干什么?说不定是骑马找驴呢。我外甥当时说了一句话,给我的印象很深。他说:"我宁可输在公平的规则下,也不愿意赢在不公平的规则下。"

当时这句话把我给绕糊涂了。年轻人真是有思想。后来,我一直在想这句话,越想越觉得有道理。

大小规则,如水银泻地般渗透到生活的每个细节中。有秩序的社会中,人的生活都在规则下运行。规则公平与否,决定规则下人的命运沉浮与价值实现。

什么叫不公平的规则?这里有个例子,古罗马一位皇帝叫康茂德,他爱好在角斗场与人格斗,亲手杀人无数。格斗的游戏规则是由他自己制定的:他自己凡上场都是手执利刃,而对方只能持木制的武器。借助这个规则,他手起刀落,如砍瓜切菜,或如虎入羊群,杀得对手连滚带爬,哭爹喊娘,直至毙命。与他搏斗的奴隶中也不乏真的猛士,有一身气力和武功,可面对康茂德时,手里没有家伙,又能如何?

不公平的规则,只对制定者或者拥有特权的一方有利。据说,他还喜欢与大象搏斗。在康茂德的规则之下,连大象也不是他的对手。大象被牵到角斗场,他坐在那儿,用铜铃般的大眼睛瞪着大象。大象见了他,就开始流泪,环顾四周,向众人求助。怎奈有规则在,康茂德的兴趣就是要凭借规则，"勇"杀大象，并且他还制定了这样的规则：每次上场他都可以从国库中领取一笔巨额的"出场费"。

我曾经看过一个绘本——《公平的游戏》，一条被钓上来的鱼，掉下了硕大的泪，这泪大得惊人，下面有一句话：是因为痛吗？还是怨恨这是一场不公平的游戏？如果钓鱼的人嘴里也含着鱼钩来博弈，输的鱼是不会流泪的。

第一次看这个绘本，有种心痛的感觉。生活中寻常的事隐含了不公平的规则，突然揭示出来让人直面，心中蓦然有一种震颤和愧疚。

反过来说，什么是公平的规则？公平的规则，可以让输的鱼不流泪。更为直观地说，美国出了比尔·盖茨和乔布斯，英国出了苏珊大妈，他们当年都赤手空拳出来闯世界，无背景、无靠山，想出人头地，只能靠公平的规则和自身的能力。

我猜，在这种规则下，即使他们输了，也不会流泪。

50万元存款，给父亲治病还是给儿子留学？

刘植荣

一位经济学教授在微博称，社会福利应多给孩子，少给老人，理由是老人不创造价值了，而孩子长大后可以创造价值。我对这则微博评论道："你这是典型的功利主义。如果你有50万元存款，你父亲有病住院需要这笔钱，你孩子出国留学也需要这笔钱，你该如何选择？"

功利主义者认为，追求快乐是人行为的唯一动机；让人快乐的事情就是善，让人痛苦的事情就是恶；为追求快乐最大化，可牺牲少数人的快乐换取多数人的快乐。

1884年5月19日，英国一艘小型游船从南安普敦港起航驶向澳大利亚悉尼，船上有船长达德利、大副斯蒂芬斯和船员布鲁克斯，还有一名17岁的船童帕克。7月5日，游船在好望角西南2 600公里处遭遇暴风沉没，四个人上了救生艇，当时的位置距最近的岛屿也有1 100公里。四个人靠带到救生艇上的一点食物和后来抓到的一只海龟维持到7月17日。没有淡水，他们不得不喝自己的小便。船童帕克因饥渴难忍喝了海水，在7月20日病倒了。7月24日，四个人已经几天没进食了，船长达德利建议四个人抓阄，决定谁让其他三个人吃掉自己，因为不这么做，四个人都要饿死。这一建议遭到船员布鲁克斯的拒绝。

第二天，达德利与斯蒂芬斯便把昏迷中的帕克杀死了。三个人喝掉帕克的血，并在此后的几天里吃他的尸体，直到7月29日被路过的一艘德国船只救起。回到英国后，几经周折，达德利和斯蒂芬斯被以谋杀罪判处死刑，但后来得到维多利亚女王的赦免。

如果这个案子让功利主义者审判，一定会判达德利和斯蒂芬斯无罪。因为杀帕克是为了紧急避险，吃掉一个人可挽救三个人的生命，况且被吃掉的是孤儿，没有家庭负担，而活下来的三个人是有家室的人，这三个人活下来会照顾更多的人，让更多的人快乐，这是当时情境下的功利最大化。功利主义者的价值判断是纯经济上的算计，把与人有关的一切事物都计算出数字来，通过比较数字的大小决定取舍，完全忽视道德价值的存在，而道德价值是无法计算的。

康德对功利主义进行了无情的批判。他认为，功利主义把人当作工具而不是目的，为获得更大的幸福可以剥夺他人享有幸福的权利甚至生命。但人是自由和平等的，任何个人追求幸福的权利都不能被他人剥夺。杀人就是杀人，任何理由都不能成为杀人合法的借口。

市场经济下追求经济价值无可指责，因为有经济价值的事情才有人去投资、去经营，但我们也不要忘记"君子爱财取之有道"，市场经济绝非是"丛林法则"，它必须建立在道德基础上。这就是那些实行市场经济的国家里社会上有很多慈善组织，有很多人投身于对自己来说毫无经济价值的慈善事业，而政府也大搞社会福利帮助那些处于困境中的国民的原因。

一些人总拿斯密的《国富论》论证市场经济就是"自由放任"，为不道德的市场行为提供理论依据。其实，《国富论》是斯密道德哲学体系的一部分，他写《国富论》也是站在道德的高度，试图改革被权贵阶层垄断的经济制度，把广大人民群众从政治专制和经济压迫下解放出来，获得从事经济活动的自由，实现共同富裕。《国富论》开篇写道："社会大多数人境况的改善，对社会只有利，没有弊。大多数人陷于贫困的社会，绝不是一个繁荣幸福的社会。"实际上，斯密对他的另一部著作《道德情操论》的重视程度远远高于《国富论》，不读《道德情操论》就看不懂《国富论》。

那么，何为道德？简言之，道德就是由自己的良心发出的责任。在危难时刻，让儿童、妇女、老人优先逃生，这是被人类普遍承认的道德价值；如果用经济价值来衡量，则应该让身强力壮的男人优先逃生，因为青壮年活下来可以创造更多的价值。

不少癌症是不可医治的，但几乎所有家庭在有人患癌时，宁可倾家荡产也设法为之治疗，这也体现了道德价值；如果从经济价值来考虑，这完全是一种傻瓜行为，何必要人财两空做这种没有任何回报的事情呢？

以人为本首先要尊重人的存在，人人平等首先是人的存在的平等，自由也是在人的存在前提下的自由。

所以说，我们追求经济价值，但绝不是要排斥道德价值。正因为如此，一些老牌市场经济国家已建成福利国家，实现了全民免费医疗和免费基本养老。

我们再回到本文开篇提到的那个经济学教授的观点上来。如果家里有50万元，只能在让孩子留学和为父亲治病之间二选一，道德的选项一定是把这50万元给父亲治病，因为孩子尚小仍有其他机会，而不给父亲治病父亲很快就会死亡。一个道德的家庭是这样，一个道德的社会也是这样。社会福利是给最需要的人的，而不是给最能创造价值的人，更不是给有权势的人。

总之，追求经济价值不为过，但我们不要忘记道德价值，我们要经常扪心自问：我还有良心吗？我有哪些责任？我的道德价值在哪里？

王菲演唱会天价门票过分吗?

刘植荣

我无缘现场观看王菲2016"幻乐一场"上海演唱会,但通过网络视频直播欣赏了全程演出。王菲在色彩斑斓的舞台上孑然一身,显得有些孤单,整场演出除了歌词没吐多余的一个字,虽没有舞动但不乏灵动,好似在云端为上帝歌唱。有人谴责王菲贪婪,甚至谴责看演唱会的人挥金如土,应把门票钱赠给食不果腹的穷人。

王菲这场演唱会票价分1 800元、5 800元和7 800元三个档次,平均票价5 133元,创下中国个唱会票价纪录。我们看看其他大腕的演唱会门票对比一下,2017年梁静茹情人节上海演唱会票价399~1 299元,张惠妹"乌托邦·庆典"巡回演唱会北京站票价380~1 520元,张学友"A CLASSIC TOUR 学友·经典"世界巡回演唱会上海站票价680~2 080元。

2016年外国超级歌星演唱会身价最高的当属英国歌星阿黛尔,她的顶级场次平均票价708美元,约合4 920元人民币,比王菲的票价低213元人民币。这是超级歌星的演唱会,对普通演出而言,欧美等发达国家的票价是当地居民平均月收入的3%至5%。如果阿黛尔在美国纽约演出,纽约的法定最低小时工资是9.75美元,纽约拿最低工资的人看一场她的演出要工作73个小时。而上海的法定最低小时工资是18元人民币,上海拿最低工资的人看一场王菲的演出需要工作285个小时。欣赏一场超级歌星演唱会上海人付出的劳动时间是纽约人的近4倍。

可见,王菲的本场演唱会在世界上也算是"天价"了,这才让有些人预测演出会"崩盘"。但从演出现场看,能容纳18 000人的奔驰文化中心座无虚席，可见"菲迷"队伍之强大。那么，王菲演唱会门票高就该受到谴责吗？

举办本场演唱会的公司开支惊人，不说别的，仅舞台造价就高达5 000万元，设备全部从国外运来。按平均票价计算，本次票房收入1亿元上下，其中的一半用于舞台，如果王菲的出场费高于5 000万元，那举办单位就要赔本。所以，高票价后是高投入，观众在欣赏到王菲天籁般歌声的同时，也欣赏到了美妙绝伦的舞台灯光艺术，感受到了现场的狂热气氛。

即使王菲果真赚了一个亿，那又怎样？王菲的身价是市场定价，不是政府用纳税人的钱给她支出，既然天价票仍售罄，说明"天后"就值这个价，现场观看王菲的演出得到的享受就值一两个月的工资。如果复出后的王菲仍受消费者的青睐，她的下一场演唱会票价可能会更高；当然，如果她演唱水平下降，自然会失去很多歌迷，将来再办演唱会票价就要下调。

有人质疑，王菲站在舞台上吼几嗓子就得到这么多的报酬，难道她创造的价值超过科学家吗？

职业没有高低贵贱之分，不同职业也很难比较其创造价值的多少，我们不能说造导弹的人创造的价值一定比卖鸡蛋的多，百姓可以没有造导弹的人，但离不开卖鸡蛋的人。有人甚至用"戏子"蔑称自由艺人王菲，这是不道德的，难道只有在文工团或剧团里工作的艺人才能算是艺术家？

市场经济的优势就在这里，大家在同样的规则下竞争，只要没有权力的干预，市场定价就是公平的，即使人的非理性消费有时会扭曲价格，但市场无形的手会自行修正，重新让价格回归均衡。劳动报酬也是如此，在真正的市场经济中，一个人的劳动报酬是根据他自身的素质和市场需求定价的，如果自身素质高而市场又对他有迫切需求，他的劳动报酬就高；反之亦然。你说你有本事，应该给你高工资，但必须经过市场的检验，是骡子是马要拉出来遛遛。很多国家的公务员工资标准参照私营部门的工资，就是因为私营部门的工资是市场定价的，是比较公平的。

有的艺术家有很高的艺术造诣，但如果没有进行市场运作，就无法获得丰厚的经济利益，所以，我们不能根据身价评价艺术家的水平。沈文裕被誉为"中国钢琴三剑客"之一，沈文裕9岁举办钢琴独奏音乐会，10岁到南非巡回演出，获得多个国际钢琴比赛大奖，但在市场运作上，沈文裕远远不及其他的同行。沈文裕爱的是音乐，不是金钱，因此，他把主要精力放在练琴上，认为频繁的演出和广告宣传会占用他太多的练琴时间，但他积极参与音乐教育公益活动，并录制了大量钢琴弹奏视频传到网上，供琴友免费观摩学习。

至于是看王菲的演出还是把钱捐给穷人，这完全是个人的选择，只要钱来得合法，花得合法，自己想怎么支配就怎么支配，别人无权干涉，这与道德和政治无关。解决贫富差距是制度设计问题，那是政府的责任。

娱乐就是娱乐，开心就好。举世瞩目的维也纳新年音乐会每年把老约翰·施特劳斯的《拉德茨基进行曲》作为压轴戏，演员与观众互动，让节日欢快的气氛达到高潮，谁还会纠结，这首曲子其实是歌颂奥地利侵略者拉德茨基元帅的。

道理最大

且 庵

《梦溪笔谈》中记有一事:"太祖皇帝尝问赵普曰:'天下何物最大?'普熟思未答间,再问如前,普对曰:'道理最大。'上屡称善。"这里的太祖皇帝是赵匡胤,赵普就是那个"半部《论语》治天下"的赵普,当时的宰相。

一问一答间,君臣二人都蛮叫人佩服的。当着皇帝的面,被皇帝一再追问,赵普就是不肯说皇帝最大,倒有几两骨头。听了赵普的回答,赵匡胤没有不快活,反而连连叫好,说明他肚量也不小。君临天下为皇帝,知道天下是道理最大,也知道自己这个皇帝没有道理大,这样的皇帝其实也蛮大的。相反,以为天下唯朕最大,朕比道理大,或者朕就是道理,这样的皇帝就很小了,天下会看他很小,历史也会看他很小。

我忽然想起老舍《茶馆》里常四爷的一句话:"咱们老百姓盼啊,盼啊,就盼着谁都讲理!"谁都能和我们老百姓讲理,一个社会上上下下都讲理,多好呢。天下人心,其实也只服一个理,不服其他。

为什么惩罚我？（外一则）

[巴西] 保罗·科埃略 文
陈荣生 译

霍斯劳二世年轻时跟一位大师学习，这位大师想让他成为各科目都优秀的一位学生。

一天下午，大师无缘无故地对他进行了严厉的惩罚。

数年后，霍斯劳继承了王位。就任后，他所做的第一批事情之一，就是派人去叫来他童年时的大师，让大师解释他曾经做过的不公正行为的原因。

"你为什么无缘无故地惩罚我？"他问。

"当我看到你的智慧时，我立即就意识到你将会继承你父亲的王位。"大师回答，"所以，我决定向您展示不公平会怎样影响一个人的人生。我希望你永远不会无缘无故地惩罚任何人。"

为所有人祈祷

一位农民带着他患病的妻子，请一位僧侣为他们做祷告。该僧侣开始做祈祷，他祈求上天治愈所有的病患者。

"等一下，"那位农民说，"我请你为我妻子做祷告，而你却为所有的病患者祈祷。"

"我同时也在为她祈祷啊。"

"是的，但你是在为所有人祈祷。这样一来，你最终会帮助了我那位患病的邻居，而我根本就不喜欢他。"

"你一点儿也不懂得康复的道理，"僧侣说着就站起身来，"通过为所有人祈祷，我将我的祈求加入到那数以百万计的其他病患者的祈求之中。所有这些祈求加在一起，那些祈祷的声音吵闹到达上天，从而让所有人都受益。如果这些祈祷分开了，它们就会失去力量，哪里也到不了。"

妈妈和女友先救谁答案正确吗?

刘植荣

自小时候起,就常听到这样一个让人难以回答的问题,那就是"如果妈妈和女友同时落水先救谁"。尤其是恋爱中的男女,女方向男方提出这个问题,似乎要检验男友对自己爱的程度。

近日,有媒体报道称,武昌工学院"经济法"老师袁岑,在课堂上从法理的角度对"如果妈妈和女友同时落水先救谁"给出了答案:子女具有救助父母的法定义务,而男女朋友在结婚之前只有"爱情"没有义务,所以"先救女友"是一种违法行为。"这道世纪难题终于有了答案"。然而,这个答案正确吗?

《中华人民共和国刑法》规定,"对于年老、年幼、患病或者其他没有独立生活能力的人,负有扶养义务而拒绝扶养,情节恶劣的,可依法判刑"。《中华人民共和国婚姻法》规定"禁止家庭成员间的虐待和遗弃",遗弃其实就是不尽抚养义务。笔者并未查考到中国有哪部法律规定了"子女具有救助父母的法定义务"。即使有法律规定子女具有救助父母的法定义务,但本文的场景是妈妈与女友同时遇到同样的危险,在这种情况下就要具体问题具体分析了。

世界许多国家(尤其是大陆法系国家)刑法规定公民对处于危险中的人有救助义务。法国刑法规定,当他人遇到危险而没有提供必要的救助,可被判处6年监禁和约70万人民币的罚款。2017年9月18日,德国法院判处3名见死不救的人以罚款,最高额度为3 600欧元,这3名公民在银行见一老人躺在地上昏迷不醒,却没有采取救助措施。

中国尚未对普通公民的"见死不救"入刑,但袁岑老师给出的答案在道德层面上也解释不通。我们不妨换一个场景。假如自己的儿子和几个同学放学后到水库边玩耍不慎落水，父亲得到消息后赶到水库，见几个同学在距岸边很近的水里挣扎，而儿子则在距岸边较远的水里。按照袁岑老师的逻辑，父亲没有义务救这几个同学，而是要放任他们溺死，自己游到远处救儿子。儿子得救了，但几个同学溺亡了。如果他先救离岸最近的几个同学，就算救儿子时间迟了一些，儿子溺亡，但这种救助行为最大限度地减少了伤亡。两种救助行为，哪种更合乎道德？

我们不妨再设置一个场景。地震了，楼房倒塌，如果一个人的母亲和同楼的人都被埋在废墟里，母亲被埋在底层，如果说此人只对母亲有法定救助义务，那他就可以一直向下挖掘瓦砾寻找母亲，对身边被埋的人置之不顾，任其死亡。他本来可以救助数人，结果为挖掘母亲，一个人也没救助成功。我想，袁岑老师所给的"法理"实在既不合情，也不合理，更违背道德。

相信不少读者看过电影《泰坦尼克号》。"泰坦尼克号"沉没前，船员高喊"让妇女和儿童先上救生艇"，危难关头，先救助弱者，并不是先救助亲属，就是船员的老爸或兄弟也不能安排他们先逃生。根据统计，船上425名妇女中有316名得救，占74.4%；船上109名儿童中有56名得救，占51.4%；船上1 690名男人中有338名得救，占20%。遇难的妇女儿童大都是在救生艇上冻死或逃生过程中死亡，死在"泰坦尼克号"上的妇女儿童极少，而男人大多死在船上。

我们再回到本文开始的场景。如果妈妈和女友同时落水，而且两人在一起，此时先救妈妈毫无道德瑕疵，因为妈妈年纪大，相对女友是弱者，但这并非出自法律上的义务，而是道德使然。如果女友就在自己身边而不施救，任其溺亡，非要游到远处救妈妈，他虽然会被某些人看作是"孝子"，但这种行为必然会受到道德的拷问。

公平正义是调整社会关系的最高准则。人的生命是平等的，救助要一视同仁，以最大限度减少伤亡为原则，不能为了一个生命放弃更多的生命。

我们不否认关爱的义务是有血亲关系层次的，正如德国哲学家黑格尔所讲，首先是家庭，然后是市民社会，最后才是国家。也就是说，先关爱家人，有余力再关爱邻里社区，还有能力就要把关爱扩展到整个国家。

生命权是人的最基本的权利，在公民生命面临危险时，全社会都有义务救助，并非只有儿女才有义务救助。2017年5月18日，挪威奥斯陆市政府因对一名老年人疏于照顾致其死亡，被法院处以150万挪威克朗的罚款。

下面一个广为传颂的故事也说明了全社会对捍卫人的生命权都具有义务。1935年的一天，纽约市法庭审理一起偷盗案。一老太偷了几美分的面包要回去喂养饿了两天的孙子。当法官裁决老太可以在罚款10美元和拘役10天之间选择时，老太选择了后者，因为她拿不出10美元。此时，坐在旁听席上的纽约市长拉古迪亚站了起来，脱下自己的帽子，放进10美元，接着对旁听者说："请每人另交50美分的罚金，这是我们为我们的冷漠所付的费用，以处罚我们生活在一个要老太太去偷面包喂养孙子的城市与社区。"一个人为挥霍偷钱，这个人有罪；但一个人为生存偷面包，这个社会有罪。

诚信造就优秀

石毓智

没有信任，缺乏诚信，规章制度再好，法律条文再严格，结果也会事与愿违。有无诚信关系着教育改革的成败，影响着优秀人才的培养。下面以我个人的亲身经历，来看看世界一流大学里，信任和诚信在培养杰出人才上的重要性，供人们反思中国当今的社会现实。

没有监考老师的"荣誉考试制度"

美国有少数几所名牌大学实行"荣誉考试制度"，斯坦福大学是其中之一。这种制度规定，不用老师监考，完全信任学生。考试的时候，老师把考卷发完就离开考场。办公室远的老师，搬个凳子坐在考场门外，学生有问题就出来问。办公室近的老师，就回到自己的办公室，学生有不清楚的地方就去办公室找老师。

学生可以带任何自己的东西到考场，包括作业本、教材、词典等，没有任何限制，而且你爱放哪儿就放哪儿，搁在自己的考卷旁边也行。考试中间，学生想上厕所或者到室外透透风，不需要向任何人请示。做完考卷后，把它放在桌子上就可离开，到时候老师会来收卷子。

很多人会想，这不是乱了套吗？其实，这种做法在诚信较好的社会里，比有监考老师、有摄像头监视还可怕，给人的压力还更大，让你觉得周围的考生都是"监考官"，任何不轨的行为都会招来鄙视的眼光。

"荣誉考试制度"就是充分信任学生，认为每个学生都是诚实和优秀的。那么，每个学生也要用行动来维护自己的尊严和名誉。我在斯坦福读博士期间，经历了很多闭卷考试，没有遇见作弊的事，也没有听说有人作弊被学校通报处罚的新闻。

同一张考卷连考五天，没人会泄露考题

我在斯坦福读书期间，要读三年的日语，所以参加闭卷考试最多的就是日语课，每星期一小考，三个星期一中考，期末还有一个大考。日语班是本科生和研究生合起来上的，我的同学大部分都是20岁左右的本科生，我这个有家有口过了30岁的博士生要跟本科生的小年轻一起学一起考试，压力非常大。学校对这种语言学习的班级有人数规定，一个班不超过10个学生，多了就再开设一个班，所以同一门课要分成好几个小班。

期末考试一个年级就一张考卷，完全一样的试题，考试时间从星期一到星期五都有，每个学生可以根据自己的情况选择一天去考就行。那么，考试早的人是否会把题目泄露给那些还未参加考试者呢？我就此问过一些同学，他们均用奇异的眼光打量着我说，从来没有出现过，因为大家想都不会这样想。就我来说，在斯坦福读书期间，就从来没遇见过有人泄露题目和打听题目的事。

考场答不完考题可以拿回家继续做

读博士期间，我上了一门法语阅读课，只有一个学期的课时。期末考试的方式是：老师在一本法文书上选择3页法文原文，让学生借助词典把它翻译成英文。考试的日期是固定的，时间是两个小时。我原来没有法文底子，心里很紧张，担心做不完。没想到考试的时候，老师把题目一发，告诉大家今天做不完可以拿回家做，只要第二天上午10点之前交到他办公室就行。这样我才松了一口气，在考场上做了个把小时，就把考题拿回家，该吃午饭就吃午饭，该睡午觉就睡午觉，

到了晚上再抽出时间来完成翻译，最后顺利过关了。

斯坦福大学不仅考试的场合很灵活，而且考试的时间也很有弹性。一般人会想，有些学生难道不会找别人帮忙吗？斯坦福的学生都"很傻很单纯"，谁也不会往这个方面想。大家平时都是老老实实学习，考试的时候也就实实在在地来证明自己。这种看似平淡的事情，却有非凡的效果，让每个人在轻松愉快的环境中把自己的能力发挥到极致。

考试场地和时间由学生自己选择

2010年，我在斯坦福访学期间，修读了数学系的一门"现代代数"，是本科生课程。这门课有一个期中考试，然而根本不占课堂时间。老师提前一个星期就在学校教学网络上把考题公布出来，学生可以自己任选一个地方，用两个小时把题目做好上交就行。到了规定的那一天，学生把答好的考卷交给老师就好。

这次访学期间，我还修读了计算机系开设的"信息论"。这门课没有闭卷考试，仅根据三次大作业评定成绩。学生交作业那天，教这门课的教授把所有题目的答案打印好，厚厚的一摞子放在讲台上。当学生到齐后，他宣布：今天交作业的同学可以拿一份答案回去，而今天不能交作业的同学则下次再拿答案。

课间休息时，学生自行将作业放到讲台上，同时也拿份答案回去对照。学生完全凭自觉，老师根本就不在跟前，你若要对着答案来修改作业内容，没人管你，但没人这样做。

那些当天交不了作业的同学，就下个星期交作业时再拿答案。老师也不担心那些未完成作业的学生借同学那一份答案回去抄，学生也不会想到这个点子。这是一种信任的契约，它是师生心目中最神圣的东西，谁也不会去违背。

教授为了给我写一封推荐信而通读了我一本书

我在访学期间，语言学系的保罗·凯巴斯基教授是我的指导老师。凯巴斯基是语言学系最资深的教授，是斯坦福大学的"学院教授"，比一般教授的级别高很多。其间我请他给我写一封推荐信，保罗就说为了把推荐信写得具体一些准确一些，让我把自己的英文专著送他一本看一看。

保罗拿到我的书后，花了整整一周的时间细细阅读，然后写出一封3页纸长的推荐信。

美国教授是不随便给不了解的人写推荐信的，更不会为人情而写推荐信。他们爱学生是表现在认真负责和有一说一上，所以学生要想得到一封好的推荐信，就必须靠平时的努力来证明自己，这也是督促学生努力的一个方面。

博士论文无须外审，自己导师说了算

斯坦福大学不仅信任学生，还信任老师。这突出表现在博士生论文的质量把关上。按照斯坦福大学的规定，只要本校有三位教授认为论文合格（其中一位是自己的导师），就可以毕业拿到博士学位，无须请外边专家审阅。由于美国老师都很敬业，从来不会给自己的学生放水，所以导师同意了，其他两位老师一般也不会反对，论文就可以通过。

信任和诚信的氛围，对斯坦福始终保持世界一流大学的水准起到了非常重要的作用。

德国企业为何如此诚信？

杨佩昌

德国四分之三人口的信用有据可查

德国人和德国企业的诚信有口皆碑：严守合同、不欺客、不宰客、不投机取巧，他们的某些做法甚至到了不可理喻的程度。即便在困难的情况下，企业也要想方设法满足客户需求，按时交货。这方面的例子可以说比比皆是。

2002年，广州地铁与德国庞巴迪公司签订了购车合同。按合同要求，车辆必须在广州新的一条地铁投入运行前到货。按正常情况下，这是没有问题的。但不巧的是，当年德国遭遇特大洪水，部分地区的公路、铁路均被淹没，无法把地铁车厢运往港口。

交货期日益逼近，怎么办？推迟交货当然有充足的理由：不可抗力因素。但是，庞巴迪公司并没有做出这样的选择，而是主动克服困难，按期交货。为此，德国人毅然决定由水路运输地铁车厢改为空运。此举使公司支付了高于水运10倍的运费，多花费300万美元。其实，"德国水灾"可以让庞巴迪找到延期交货的正当理由，中国客户也能理解对方遇到的困难，但是德国公司视诚信为生命，没有找任何借口，而是竭力维护合同的严肃性，他们的做法使广州的合作方大为惊讶。

那么，德国企业为何能做到如此诚信呢？答案多种多样，公认的说法是德国有严格的法律，如果个人不守法，代价巨大；企业不守法，也同样如此。只要被对方以充足理由告上法庭，败诉是可以预见的，不会出现执行难的问题，更不会发生托人找法官说情的情况。

严格的执法使企业在签订合同的时候特别谨慎，他们会充分考虑履约的可行性和各种可能性，如果没有把握履行协议，他们宁可不做这笔生意。从这个意义上看，法律的严肃性毫无疑问是德国企业诚信的基石。但如果只谈法律,无法解释庞巴迪公司在法律上允许延期而依然按期交货的内在动因。

除了对法律的敬畏,还与德国庞大而可靠的信用体系有密切关系。德国信用保障机构名为SCHUFA,这是一家德国全民信用数据存储与公示的民间机构,于1927年在柏林成立。截至2010年底,SCHUFA的数据库里拥有6 620万自然人以及150万法人的信用记录,也就是说德国全国四分之三的人口的信用都有据可查。

除了个人,这套信用体系也针对企业。这套系统的信用数据对于个人和企事业单位都完全公开,可以随时在网上查看或者打电话查询。每天SCHUFA会接到大约27万次的信誉查询请求,其中91%的询问都会得到所需的信息记录。

德国的信用像玻璃窗一样,透明公开的信息查询系统为个人和企业提供了双向的信誉保障。

除了为银行等企业提供评定个人信用之外,该系统还能够帮助个人挑选有信誉的商家和合作伙伴。商家只有通过诚信经营,避免登上信用系统的黑名单,才能赢得更多客户的青睐。因此,信誉体系的约束力也是双向的,一个没有信用的企业很难在市场上生存,因为贷款需要看信用、签订合同前要看信用,甚至是否打交道也要看信用。

德国的首富对诚信到了痴迷的程度

法律和信用的威严使企业不敢轻易作假,很多德国公司都建立了公司诚信条款,要求所有员工严格遵守。久而久之,德国人和德国企业便养成了诚信的惯性。但是,这依然无法解释德国人对诚信非一般的热衷,毕竟热衷来自于人的主动性而不是依赖外力的约束和被动接受。

为了回答上述问题,让我们来看看德国首富的故事。德国首富既不是来自闻名遐迩的宝马汽车公司的克劳藤兄妹,也不是大名鼎鼎的克虏伯家族,而是名不见经传的阿尔迪(ALDI)公司创始人阿尔布莱希特兄弟。阿尔迪公司虽然是德国最廉价的中小型超市,但在欧美诸多国家拥有超过一万家连锁店。由于阿尔迪的存在,一些世界著名超市连锁店在德国甚至无法生存。

在全球富豪排行榜中，德国零售商阿尔布莱希特兄弟曾以230亿美元和181亿美元的资产分列第3和第14，并蝉联德国的首富。那么他们是如何苦心经营，变为海内外赫赫有名的零售巨商的呢？成功的因素多种多样，但最重要的一条原则是诚信。

阿尔布莱希特兄弟把商品质量视为对客户诚信的第一关键，几乎到了自我苛刻的程度。他们规定，阿尔迪店内连外观稍差的商品也不允许拿出来摆放，像顾客挑剩的水果、蔬菜、面包等，每天打烊后均作为垃圾倒掉。如果顾客对所购的商品不满意，不用任何解释，阿尔迪均予以退款或退货。

只有客户赢、供货商赢，自己才能赢

阿尔迪公司不仅对顾客诚信，而且对上游的供货商也不例外。在与供货商的关系上，阿尔迪尽量做到诚信和公平。阿尔迪选择供货商的标准是比起价格更重质量。凡厂商的供货，阿尔迪均定期提交给德国质量监督权威机构"商品检验基金会"检测，除得分良好的予以认可外，其余即使得分合格也不会得到订单。

新产品接受订货后，首先要在部分商店进行至少3个月的试销，得不到顾客赏识，同样会被除名。商店平日注重对商品的抽样检查，经常让品尝师蒙上眼睛品尝出售的食品，发现问题立即对厂商提出警告。质量纰漏严重的，阿尔迪则解除收购合同并索赔损失，因而供货商不敢在质量上有丝毫懈怠。

有人会问，一分钱一分货是经商的铁律，阿尔迪作为廉价超市，它是如何在商品质量与经营利润之间取得平衡的？总的来说，德国并不信奉价廉物美，而是价高物美，阿尔迪是特例。他们能做到平衡的原因是减少员工，降低成本。如何才能减少员工呢？他们首创了一个方法，就是把商品一箱箱码起来，而不是像一般商店那样散着摆放。这样，员工就可减少劳动，节约时间。如此，就不需要太多员工。德国最贵的不是商品，而是员工的成本，把员工成本降低了，商品价格也就降了下来。

当然，其他零售商也在向阿尔迪学习，比如利德。但是，阿尔迪毕竟是低价战略的"祖宗"，所以，阿尔迪依然很强大。那么，到了现在，阿尔迪还有什么竞争优势呢？第一是品牌效应；第二是超市的规模都不大，维护成本低、人员少，总成本自然就低；第三是供货商固定，质量可靠。

这里还要说说阿尔迪另一个重要的经营策略，就是取信于供货商。对于大多依赖阿尔迪生存的供货商，阿尔迪同样以诚相待。除了对质量稍显"苛刻"外，没有任何额外的要求和追加协议，而且从不拖欠货款。因而，阿尔迪与供货商的关系是建立在相互信任的基础上的。这样，在阿尔迪购物时没人会考虑质量和价格问题，与阿尔迪交易同样不用担心违约。久而久之，公众和供货商对阿尔迪的普遍印象自然是诚实公道、可信度高。

阿尔布莱希特兄弟懂得这样一个道理：诚信不仅是一种无形资产、道德资源，也是一种生产和经营要素。正如一位经济学家所言："企业的无形资产有时甚至比有形资产的意义更加重要，资本价值的核心不是工厂的成本，而是公司的商誉。"

成功的路径有万千条，但只有一条路是真正的阳光大道，那就是诚信。成功的企业家往往具有一定的共性：视产品质量为生命，站在客户的角度思考问题并善待供货商等。阿尔布莱希特兄弟的成功得益于他们把客户、供货商视为一个密不可分的生态链，只有客户赢、供货商赢，自己才能赢。让各方多赢的局面来自于诚信，换言之，诚信创造多赢。因此，德国首富的多赢思维才是诚信的终极动力。

韩国高铁为何不验票？

[韩国] 金宰贤

近期回韩国待了一段时间，大部分时间待在首尔，上周六回了老家一趟。我的老家马山位于韩国南部，靠海边，距离首尔较远，于是我通常会坐韩国高铁——KTX去马山。在乘坐KTX回家的旅程中，我发现了韩国高铁与中国高铁最明显的不同之处。

首先，在韩国坐高铁时不需要火车站发售的火车票。我是在韩国铁道公社的网站订票的，然后在网上自己打印了火车票，该火车票设计也比较简单。上周六坐高铁时，我拿着这张票到首尔火车站，离出发时间只有5分钟时我才进去对号入座。

从2009年起，韩国铁道公社取消了检票程序。这也是最近几年间我在韩国发现的最大变化之一。在大概持续3个小时的乘坐过程当中，没人要求看我自己打印并带来的火车票。

这让我想起2006年在欧洲旅游的经历。那时我在欧洲坐过几次高铁，除了在法国、德国看到的子弹头般的流线造型火车头等设备外，让我印象更深刻的是没人要看我的火车票。我不禁产生疑问：难道这里根本没有不买火车票抱着侥幸心理的坐车人吗？后来才知道，这其实反映了一个社会信任的程度。欧洲发达国家经过了几百年的发展之后形成了现有的社会信用体系，并且这样的信用是基于互相信任的。当年旅行时我就发现，发达国家与欠发达国家之间的最明显的差异在于社会信用体系，换言之，能不能信对方。

发达国家的社会运作成本都比较低，因为大部分人都会遵守规则，所以没必要监督所有人的行为，所以会降低管理成本。经历了30多年的经济发展之后，中国已经开始展现出看得见的发展成果，高铁就是最具有代表性的例子。然而当今的中国更加需要看不见的发展成果，就是社会信用体系的建设，这也许是更艰难的过程。

信誉值千金：在美国申请信用卡的经历

常青

没有建立起个人信誉，申请信用卡很难

在美国，用途最广的是两张卡——驾照与信用卡。相比而言，信用卡的用途更广，因为它有时候还可以当身份证件使用，如在机场领取电子票时，就可以刷信用卡来识别你的身份。

故此，在美国生活，如果没有信用卡，会十分不便，但要获取一张信用卡，在没有建立个人信誉记录之前，并不容易。对此，我深有体会。

我是1999年10月来到美国的。一开始，我的任何消费还习惯于用现金，这是从中国带来的习惯。但我很快就发现，还是有一张信用卡方便。于是，我就动了申请信用卡的念头。

当时，有不少信用卡公司向我的住处寄来信用卡申请表，我天真地认为他们都主动找上门来了，申请信用卡肯定很容易，但我想错了。由于我当时并没有建立起任何信誉记录，我向信用卡公司寄出的申请表，总收到拒绝的回信。原来，人家在接到我的申请后，就去查我的信誉档案，发现是零，当然要拒绝了。

没有办法，只好向已在美国居住多年的华人朋友打听怎么办才好。朋友说，像我这种情况，有两种办法申请信用卡：一是先给信用卡公司打入一定的款项，消费自己的钱，以建立最初的信誉。二是信用卡公司有一种先收取年费，然后给你信用卡的服务，但这种信用卡

每月能刷的金额很低，一般在500美元以下。等你逐渐建立起信誉，年费或许能取消，每月可刷的金额也会逐渐上升，但提供这种服务的通常是小信用卡公司，不是常能遇到，需要碰机会。

在美国待了近半年后，我终于收到了一份信用卡申请表，上面写着"先交年费50美元，被批准后每月能刷500美元"。这就是我朋友说的那种信用卡。于是，我立即填写申请表，随同一张50美元的支票一起寄出。说真的，当时我在美国当访问学者，经济十分紧张，白白送出这50美元，我十分心疼，要知道那可是我两个星期的伙食费啊！

不到一个月，我的第一张信用卡就寄到了。之后，我就开始使用这张信用卡，由于我每个月都能按时偿还刷卡所欠的款，信誉很快就建立起来了。

每月刷卡额从1 000美元到12 000美元的变迁

领取到第一张信用卡后不到半年，美国三大信用卡公司之一的发现卡（Discover）公司，就给我寄来一份提前被批准的信用卡申请表，上面写明我每月可刷卡的金额为1 000美元，而且没有年费。

我高兴坏了，急忙填表寄出。一个月不到，我就有自己的第二张信用卡了。

原来，美国各家信用卡公司所收录的客户信誉资料，都会被收录在全国性的互联网数据库内，各家信用卡公司便经常在这个数据库中查询一些信誉好的人，即按时还款的人，将其争取为自己的客户。对于这些人，信用卡公司通常是发去提前批准的申请表。所谓提前批准的申请表，就是在表上写明你已被批准使用他们公司的信用卡，并告诉你每月的刷卡金额。只要你填写申请表寄出，就能得到该公司的信用卡。

之后的一段时间，我就一直使用第二张信用卡，它伴随着我在华盛顿当了两年访问学者以及在堪萨斯读了四年博士。当时，我每月刷卡金额也就几百美元。

2006年，我来到纽约做博士后研究工作。这时，维萨（Visa）信用卡公司主动给我寄出一份提前批准的信用卡申请表，注明没有年费，每月可以刷3 000美元。于是，我领取了第三张信用卡。

使用第三张信用卡不久后，我又有了第四张卡。大约在2008年，我收到一份提前批准的信用卡申请表，是花旗银行寄来的万事达卡（MasterCard）公司的信用卡申请表，同样没有年费，每月可刷8 000美元，还可以积分。就是说，为了鼓励我使用他们的信用卡，他们采用奖励积分的方式，即我消费了一定数额的钱后，他们就给我积分，每100分可折算为1美元。这些钱可以去他们指定的商店或超市消费，或是在他们公司的网站购买机票与订住酒店。我一看有此优惠，又申请了。

这张信用卡还真的给我带来了优惠。2015年，这张信用卡上的积分值就超过了1 000美元。于是，我就用这个积分在他们的网站上买了机票，出外游玩了一周。

到美国9年之后，美国三大信用卡公司的信用卡我都拥有了。后来，我还拥有一张来自美国银行的Visa信用卡，每月可刷12 000美元。

实际上，自从我得到第一张信用卡后，大大小小的信用卡公司提前批准我使用他们信用卡的申请表，就源源不断地寄到了我的住地。由此可见，建立良好的信誉，在信用卡的申请上是何等重要。

我被讨债公司"追债"的一次经历

前面说过，在美国生活，如果没有信用卡很不方便，下面我就说说我租房与买房的经历。

租房子时，房东一般要查看你信用卡里的信誉积分，如果记录不佳，他们往往会拒绝把房子租给你。那些老赖，就常常租不到房子。

再一个是买房子。如果你用现金付款，当然没有信誉方面的问题，但大部分美国人不会有那么多存款，他们通常要从银行或贷款公司贷款，但能否获得贷款，良好的信誉是关键。2009年，我想在佛罗里达州买一套房子，便向一家贷款公司提出贷款申请。随即，这家公司查了我三张信用卡上的信誉，发现全在700分以上，算是很不错的信誉了，便爽快地答应了贷款。但最后由于其他原因房子没买成。

信用卡上的信誉积分，除了来自持卡人能否按时偿还刷卡欠款外，还有其他的渠道，例如持卡人在其他地方赖账，公司或个人都可以把其赖账不还的情况通报给信用卡公司，你的信誉积分就会降低。我就有过这样一次经历。

2011年，我在密苏里州买了我到美国后的第一栋房子，就在办理退出原来租住的公寓的手续时，碰到了麻烦。

一般来说，在美国租住公寓，是要多交付一个月的租金作为安全保障金的，以保障房东在碰到有东西被租户损坏或弄脏时，手里有用于维修或清洁的押金。但碰到这种情况时，房东必须与租客当面协商赔偿金额，并在一个文件上互相签字。

我在租住公寓时，也按惯例多交了一个月的房租——600美元作为安全保障金。在公寓居住的两年中，房子的墙壁和地毯被我不小心弄脏了。我心里清楚，退租时需向房东支付一定的费用作为清洁的补偿。

但我没想到的是，房东在没有与我协商并签署文件的情况下，就直接估价要我支付1 200美元的清洁费，并在不向我说明的情况下，就让讨债公司（美国有许多帮人讨债的公司）向我追讨600美元。

当我接到讨债公司的电话时，我就对他们说："房东没有按规范程序来做，我不与你们谈。如果想要钱，让房东来找我商量。"

然而，房东一直不来找我，而讨债公司的电话仍不断打来，我气愤了，每当看到是讨债公司的电话，就直接挂断。最后，他们不再打电话来了。

到了2016年，我搬家到了德克萨斯州，准备用贷款买一栋房子，谁知贷款公司突然问我："你有一项赖账记录，说是不支付租房的维修清洁费，你可否解释一下？"

我大吃一惊，没有想到房东把这件事向信用卡公司报告，说我赖账。好在我从来没有欠过信用卡的账，信誉良好，经我解释后，贷款公司表示理解，并很快给我贷款。如果真是老赖，在这种信用制度下，生活将变得举步维艰。

捉与放背后的法与情

晓 路

2014年，发生在美国密苏里州的一件法外之情的案子引起了公众的注意及讨论。罪犯安德森原本应服刑13年，但却不知何因没有入狱。十多年后狱方发现疏忽遂将他再次逮捕要他补刑13年，律师屡次为他上诉、数万民众为他请愿，法官最终因他在犯案后奉公守法、表现良好将其释放。主审法官布朗在裁决前对安德森说："你是个好父亲、你是个好丈夫、你是密苏里州的好纳税人。这使我相信你变了一个人，变成了一个好人。"

案件的大致经过是这样的：1999年8月的一个夜晚，密苏里州圣查尔斯市的一家"汉堡王"快餐店经理丹尼斯正准备将约2 000美元现金存到银行去，但却遭到安德森与同伙的抢劫。事发后，有目击证人记下了安德森的车牌，警方循此线索在两个月后将其逮捕，法庭以"持枪抢劫罪"判其入狱13年。此后安德森获准保释并提出上诉，2002年上诉被驳回，保释作废，法院再次发出逮捕令，但不知是何原因，一直没有人前来抓安德森服刑，让他"逍遥法外"了十多年。

在这十多年中，安德森一直没有更改姓名、没有更改驾驶执照，也没有搬到其他地方去，没有任何证据显示他试图逃避服刑，只不过一直没有任何执法人员前来捉他而已。在此期间，安德森洗心革面、重新做人，不仅结婚成家，养育了4个孩子，还自己造了房子，成为屋主。与此同时，安德森成立了建筑公司，生意经营得不错，有一份稳定的收入，从不偷税漏税，成为一个安分守法的公民。他经常参加社区的各种活动，定时上教会做礼拜。在他人眼中，安德森是典型的

"模范丈夫"。

2013年7月，狱方准备在刑满后"释放"安德森，却惊觉他从来都没有入狱，于是下令将他重新逮捕，并要他服刑13年。安德森的被捕，不仅震惊了他的家庭，也震惊了社区。安德森从佛罗里达请来了律师为他上诉。律师的上诉基于两个理由：第一，经过了13年的等待，要让安德森再服刑13年，等于加倍服刑，于理不合；第二，13年后补刑不合法律程序。

代表密苏里州应对安德森上诉的州总检察长科斯特认为，律师的上诉是不会成功的，因为有许多类似的法律诉讼案件即使上诉到最高法院，都会被驳回，许多罪犯的案情比安德森还要轻。有趣的是，科斯特虽然代表州政府抗诉，但他也很同情安德森，因此建议安德森的律师向政府请愿，要求将安德森在狱外的表现折合成服刑期计算，这样既兼顾了法律的严肃性，又照顾到安德森的具体情况。

安德森的案件在上诉时，得到众多媒体的关注，地方及全国性传媒都报道了这个案件，许多群众自发在网上请愿，要求州政府法外施情。到安德森被释放那一天，签名者已有3.5万人。

在媒体报道这一案件时，被害人丹尼斯曾接触过传媒，希望传媒听听他这个当事人的想法，他表示自己因为这宗抢劫案，身心都受到过很大伤害。但当他的女儿问他对于这个案件的看法时，丹尼斯则表示安德森不应该重新坐牢。

2014年5月5日，主审法官布朗在案件听审时，裁决安德森已经服够了刑期，因此当庭将他释放，并对他说："回到家人那里去吧，继续做一个好父亲、好丈夫、好纳税人。"听完法官的裁决，安德森一家喜极而泣，互相拥抱，参加庭审的所有人都为他们一家高兴。布朗法官裁决后，州总检察长科斯特对结果表示满意，他说判决兼顾了法与情。

安德森的捉与放，从一个侧面为人们提供了法治的具体案例。

第四章 至爱亲情

大江健三郎：父子当共生

尚九华

很多人都知道，大江健三郎是日本当代著名作家，诺贝尔文学奖获得者，但鲜为人知的是，他还有个智障儿子大江光，父子俩共同生活已有50多年了。照顾并引导光，已成为大江健三郎每天必须要完成的事。

28岁时，已名满日本的大江健三郎，生下了有智障的小儿子光。医生说，大江光存活下去的概率极小，大江健三郎也一度无比忧伤，认为儿子是活不下去的。

两个月后，他去了一次广岛，看到很多核爆幸存者将逝去亲人的名字写在灯笼上，让其漂流到黑暗的对岸去。完全没信心的他，也将儿子光的名字写在了上面。

大江健三郎的母亲得知此事后大为惊讶，她说："这不是一个父亲应做的，你得与光共生！"

大江健三郎想起了儿时，有一次他患重感冒，担心地问母亲："我会死去吗？"母亲坚定地告诉他说："不会。我不会放弃你的，即使你死去了，我也会把你再生出来。"

他又问，那他是不是另一个孩子呢？"还是你，"母亲回应道，"我会把你知道的所有事情和读过的所有书都教给那个孩子。"

母亲的批评和儿时的那段经历，让大江健三郎从绝望中走了出来，他决心让光活下去，和他一起共生。

光几乎不会说话，也不与外人交流，大江健三郎就在儿子的房间里播放莫扎特、肖邦等音乐家的古典音乐，光竟然渐渐地对这些音乐有了反应，并在6岁时开口说出了人生的第一句话。

此后，大江健三郎送光去学钢琴和谱曲。他发现儿子虽然语言表达不行，但却能通过谱曲把自己的所思所想表达出来。

光在父亲的关怀下，心态变得积极起来。有一次，大江健三郎带着他回老家，离开时，光对奶奶说："我要打起精神来，以便好好地去死。"一周后，他又改口告诉奶奶："对不起，我说错了，应该是打起精神好好地活下去。"

虽然家里的房子很大，而且有好几层，但大江健三郎始终跟光生活在一个房间里，他阅读和写作时，光则在一旁听音乐和谱曲。大江健三郎从未想到去一个安静的房间里。他说，这样光一抬头便能看见我。为了光，他做出了很多牺牲和奉献。

付出终有了回报，现在的大江光，已经成了日本最著名的作曲家之一，他能记住他听过的任何乐曲。他第一张CD《大江光的音乐》获得极好的销售纪录，并得到日本黄金唱片奖。随后的作品也屡获大奖。

光也开始反哺父亲，除了作为大江健三郎的写作对象被写进小说外，他还挽救了父亲——大江健三郎患有忧郁症，每隔两三年就会发病一次。发作时他无法入睡，只能靠喝大量的威士忌和啤酒来麻醉自己。

后来，大江健三郎通过反复听光的CD，成功地克服了忧郁症。他说："光的音乐，让我找到了一种安宁的感觉。"

大江健三郎说，自己的一生中，三分之一的时间用于阅读，三分之一的时间用于写作，还有三分之一的时间给儿子，每天必做的是，等光睡下时，用毛毯将他盖好，早上再把光叫醒，让他去卫生间……这对他来说，已经成了一种仪式。

大江健三郎说，自己对待光的方式，跟他对待小说是一样的——每篇小说都不厌其烦地修改多次。他说："临死前，会将没修改好的手稿全烧掉，因为未修改好的稿子，不是我的作品。如果我不对光负责，那么光并不是我的儿子。在这个世上，我首先得是一个负责任的父亲，然后才是一个作家。"

地铁里的男中音

尚九华

威尔是伦敦地铁环城线安本克门特站的一名站务人员,不知从何时起,他发现站台上几乎每天都会上演奇怪的一幕——一个白发苍苍的老人,总会坐在站内的候车椅上,满怀期待地等待着一趟趟地铁进站。每当一趟车进站时,她总会显现出异样的表情。但奇怪的是,老人从来都不走入车厢,从不乘坐地铁。

刚开始,威尔觉得老人可能患有老年痴呆症,所以才会这样,也就没去过问。

这样的一幕持续了很久之后,威尔实在是憋不住了。一天,他走到老人身边,轻声地问:"您要去哪?为何不进车厢?""我哪也不去,"老人回答道,"我是在这里等着跟丈夫相会的!"

"可您丈夫呢?"威尔更不解了,感觉老人在演一部瘆人的恐怖片。"他就在这里呀,你听!"老人指了指一列即将打开车门的列车。

"Mind the gap"(小心间隙),伴随着一句浑厚的男中音提示语,车厢门缓缓打开了。"难道这'提示语'是您丈夫的声音?"威尔试探着问道。

"是的,就是他。"看着威尔满脸的不解,老人主动解释。原来,她叫玛格丽特,她的丈夫叫奥斯瓦尔德·劳伦斯,是毕业于英国皇家戏剧学院的一名戏剧演员,那句"小心间隙"的提示音是他四十年前录制的,一直被沿用下来。

十年前,劳伦斯因病去世了,失去丈夫的玛格丽特陷入巨大的悲痛中,丈夫在地铁里的"提示音"成为抚慰她的精神良药。"我和他最初相遇在地铁里,他对我说的第一句话便是'小心间隙'。"

老人还告诉威尔,自己每天来到离家最近的安本克门特站,只为能听到丈夫的声音。只要听到丈夫的声音,她就感觉他还活在自己的身旁。老人的故事让威尔感动不已。自此,他成了老人的好朋友。

一年后的某一天,老人突然慌慌张张地找到威尔,急促地说:"我丈夫的声音不见了,这是怎么回事呀?"威尔一听,"小心间隙"的提示语果然变成了一个女声。威尔赶紧去地铁管理局询问原因。原来,地铁广播系统升级,用了四十余年的男声被替换掉了。

得知实情后,玛格丽特老人伤心极了,她觉得这辈子再也不可能在地铁里听见丈夫的声音了。无奈,她让威尔带她去伦敦地铁管理局,想要回一张记录丈夫声音的光碟作为留念。

伦敦地铁管理局的负责人在听完老人的故事后,大为感动,当即拍板决定在安本克门特站恢复使用劳伦斯的声音,让老人可以继续每天都跟丈夫相会。

"老了,我们可能会忘记很多事和人,唯独不会忘记的是与自己牵手一生的爱人。在这个世界上,最动人的情话不一定是'我爱你',它也可以是'小心间隙'。我们会让劳伦斯一直陪伴着玛格丽特的!"伦敦地铁管理局的负责人解释道。

选择留下谁

莫小米

一群孩子被召集做实验。

实验人员发给他们每人一张偌大的白纸和一捆彩笔,让他们描画出各自心中最想去的地方。一会儿,纸上出现了雪山、温泉、大海、阳光、青草地……

不同的美景,相同的是美景中的人,爸爸、妈妈、弟弟(或妹妹)、我,一个不少。

画毕,让孩子蒙住双眼,再睁开,面前出现了几张卡片。

"这是可以飞到世界任何地方的魔法飞机票。你们填上名字,就可以出发了。"孩子们兴奋地大呼小叫。

填了自己,填了弟弟(或妹妹)。咦,不对呀,怎么只剩一张机票了?填爸爸,还是妈妈?颇费踌躇。能不能把自己和弟弟的名字填在一张机票上?被告知,不能。

啊呀,孩子失望极了。

隔壁房间,孩子们的父母在观察。他们都是普通人家,一年大约会有一次家庭旅行。

窥看孩子们的取舍,父母们表情紧张,他们会选择谁留下呢?不自信的爸爸说:"平时跟孩子接触少,估计淘汰的是我吧。"

一个孩子陷入了深深的苦恼,妈妈肯定很想去,爸爸也一直说想去旅行……不过我也真的很想去啊……怎么办?

表情豁然明朗,他用橡皮擦去了机票上所有已经填好的名字:还是下次再去吧。

另一个孩子则说:"等我攒下零花钱买一张,四个人一起去。"

最小的女孩说:"如果不是全家人一起去,那就一点也不好玩了。"

隔壁的爸妈们忍不住落泪。

看视频的人,也感动到"泪奔"。如果换作成人,多半不肯错过机会,妈妈或许会谦让,爸爸更可能高风亮节,让平时辛苦的太太带小孩去。小孩呢,受过良好教育的中国孩子,可能会"孔融让梨"吧。

上述的视频,是日本制作的一档节目的内容。

我要说的则是最普通的一个中国家庭,也是一家四口,从农村来到杭州,住出租房。儿子、女儿分别在上中学、小学,男人开个自行车修理铺子,女人早出晚归帮人带孩子。

杭州G20峰会期间,男人的铺子停业半个月,儿女也正放暑假,他们希望一家人出去旅游一次。

女人向东家请两天假,主妇不允,你请假,我家小孩谁来管呢?于是有了这样的对话:

"难得的机会,让你老公和儿女去好了,时间也宽裕。"

"他们要我一起去。"

"那平时长假你们可以去呀。"

"我老公的修理铺一年到头都开门,没有休息日。"

"你和儿子、女儿三个人不能去吗?"

"少一个人,就不想去了。所以来杭州十多年,我们全家人一次也没有旅游过。"

主妇想了想,最后还是准了假。

无声胜有声（外一则）

子沫

我看过池莉的一篇短文，非常感慨。她的大意是，语言并没有多重要。她说有个朋友嫁到德国，语言不通，她们当时都觉得夫妻之间损失了许多交流的乐趣。很多年后去德国见到那个朋友，却让她意外，朋友的状态非常好：大花园、漂亮的混血孩子、自己画的油画，没被生活的风霜侵蚀的女人，活得顺适妥帖。那位朋友淡淡地对她说了这样的话："语言并不重要，有时眼神的交流和动作更重要。"真应了那句话：在不理解你的人身边，你磨破嘴皮也没用；在懂你的人身边，你不用开口，你的存在便是一种语言。

突然想起不知谁说过一句话："两夫妻，要无声胜有声。"哈默修依在一本画册中，画了他妻子各式各样的背影，色彩单一，却极传神。空荡荡的家，青灰的色调，窗边、门边、低头、转身，那是他表达爱的方式，一种寂静的传递，根本无须语言。

种种都好的《甜蜜蜜》

《甜蜜蜜》修复版上映，拍于1996年的影片，已过去近二十年，还是很好看。之前看过影碟，它是我的珍藏电影之一。带着朝圣的心情去看这部已经看过两遍的电影，有几个镜头还是让人落泪。大时代，小背景，音乐，人物的饱和度，生命的更迭，首尾呼应，此起彼伏，情感情怀，种种都好……放在今天，丝毫不落伍，比起那些只有俊男靓女和华服堆砌的苍白影片，《甜蜜蜜》沉淀太多。

我要跪一跪（外一则）

孙香我

天冷了，把围巾翻了出来。围巾旧了，早就旧了。1977年我高中毕业，那年冬天父亲替我买了这条围巾，"红梅"牌的，开司米的，是很便宜的处理品。一晃，整整30年了，我没买过第二条围巾，年年岁岁，都是靠这条围巾过冬，有一年最冷的天去哈尔滨，也还是围着它。

围上围巾，就要想到父母亲，想到一些琐碎的往事。父亲80多岁了，母亲则去世12年了。小时候有一次父亲带我去吃面条，替我买了一碗盖浇面，他自己则是一碗阳春面，那时盖浇面好像是一毛八，阳春面只要八分钱一碗。又记得有一年回家，我都30多岁了，为了一点小事和妈妈闹别扭，几天没和妈妈说话，我是父母唯一的儿子，从小惯的，脾气坏。如今常常想起来这些事，心里很难过。今年清明给母亲上坟，我对妻儿说，你们鞠躬吧，我要跪一跪。

这条围巾真的很旧了。多年前家人就说，换一条吧。前些年，同事从内蒙古回来，送我一条好的羊绒围巾，我随手就丢在家里，从没围过。30年的围巾，还是那样暖和，舍不得丢。

父和子

《万象》上有篇文章《寂寞的打锣人》，写的是台湾作家黄春明的"乡土历程"。作者尉天骢亦为台湾乡土作家，且与黄春明为五十年的老友，文章自然就写得亲切有味。其中有一节我最喜欢，写黄春明和他儿子的事：他的朋友，有很多不知道他有糖尿病，常不时地送些巧克力、花生酥之类的甜点过来。他的小儿子国峻就很快把它偷偷吃掉。他一看冰箱的甜食没有了，以为国峻爱吃，便买了一些放进去，国峻检查冰箱，又再次把它吃光。于是他又买了一些放进去。

几次之后，他对国峻说："想不到你这么爱吃甜食？"这下国峻火了，大叫："我哪里爱吃？还不都是为了你。"看到这里，我丢下杂志笑个不停，笑着笑着，眼泪忍不住流了下来——这样的父和子。

双双对对

莫小米

我所在的写字楼举行麦霸大赛。

人才济济,美声民族通俗,汉语英语韩语……轮番上场,都像模像样。

等到他俩上场,评委们惊住了。

"十五的月亮升上了天空哟……"大本嗓女声,清脆无一丝杂质,类似在玉龙雪山的牦牛坪听过的那种,音要高到云端去了。

鼓掌声中,歌者手持麦克风出来,我们看清了她,四十岁上下,矮胖身材,滚圆面庞,婆婆头梳得溜光水滑。有人认出来,她是写字楼的保洁工。

一段唱完,男声出来。他一手推着自行车,上台,唱得比女声稍逊,但也过得去。

他们像是排一个小剧,中间还有些对话:"老公下班了?""是啊老婆。""我们回家吧。"老婆跳上了自行车后座:"只要哥哥你耐心地等待哟……"男人推车隐入幕后,歌声飘远。

就像吃了很多大鱼大肉,忽然来了"翠花,上酸菜",清口又开胃,评委一致给了高分,最后这一对得了二等奖。

他们真的是一对夫妻。

双双对对,在一处上班,虽是保洁工,收入不怎么高,比起那些各自忙碌成日见不着面的夫妻,却还有几分浪漫吧。

有天中午我在食堂遇到了另一对保洁工夫妇,女壮实,男瘦弱,且面有菜色。

我们员工,一般打三小碗菜,一荤两素,汤免费,饭五角一碗,可添。

我看他俩，光打饭和汤，添了好几次，菜是自家做了带来的，装在一个瓶子里，另有一小瓶辣椒酱。汤里有少许鸡蛋丝儿，女的一根根挑出来，放男的碗里。

我脱口说，哎呀，你好贤惠。女的很实在，说，他生过癌，只有半个胃。我很吃惊，那干活吃得消吗？女的说，是啊，要不是我跟他搭档，他一个人出来干活我是不放心的，这样我会看着他，不让他干重活。

她告诉我，这里的保洁工，夫妻档很多，而且都是成双成对地搭档干活儿。

后来我路过大厅走廊，经常看见男人爬高擦拭，女人在下面扶梯子搓抹布，男人干力气活，女人干精细活，配合默契，家乡话交谈，我们也听不懂。歇息时，一个茶杯，你一口我一口地喝茶。

我佩服他们主管的思路，在现代化都市，这样的双双对对，是对他们艰苦生存的一种安慰，也有几分男耕女织的遗风吧。

巴黎遭恐怖袭击你最担心谁？

刘植荣

2015年11月13日夜间，法国巴黎遭到连环恐怖袭击。翌日，法国官方确认该恐怖袭击造成129人死亡、352人受伤，其中99人重伤。不少中国人得知巴黎遭恐怖袭击后的第一反应就是"有没有中国人遇难"。其他国家的人也是如此，危难关头首先想到的是自己的同胞，而不是其他国家的人。

某地发生天灾人祸，其他地方的民众为灾民捐款赠物，媒体总爱用"大爱无疆"这个词形容人的无私的爱。作为鼓励人们行善积德的词，这样用当然没问题。但事实上，爱是有疆界的。不然，为什么在巴黎遭恐怖袭击后，我们不首先问"有没有美国人遇难""有没有越南人遇难""有没有肯尼亚人遇难"？

英国哲学家休谟认为，人只对与自己有密切关系的对象产生确定的情感。人的血缘关系越近，情感就越深厚；反之，人的血缘关系越远，情感就越浅薄。这一哲学命题并不难理解，一个人对家庭成员的爱胜过对邻居的爱，对邻居的爱胜过对社区内其他成员的爱，对社区内其他成员的爱胜过对本国其他地区的人的爱，对本国其他地区的人的爱胜过对外国人的爱。所以，外国发生灾难，国人必然要问"有没有中国人遇难"；国内某一地区发生灾难，某个社区的人就会问"有没有本社区的人遇难"；自己的社区发生灾难，首先想到的就是自己的家人有没有人遇难。这是人之常情，没有人认为这是自私的表现。

爱必然伴随着义务。你爱你的子女，就要对未成年子女尽到抚养义务；你爱你的亲友，就要对贫困的亲友尽到救济义务，如此等等，随着血缘关系的疏远，爱也越来越淡漠，所承担的义务也越来越稀少。孟子讲的"老吾老以及人之老，幼吾幼以及人之幼"说的就是这个道理。爱和义务是有先后次序的，先把自己的父母赡养好，有余力再去赡养别人的父母；先把自己的孩子抚养好，有余力再去抚养别人的孩子。母亲不奶自己的孩子而去奶邻居的孩子，儿子不赡养自己的父母而去赡养别人的父母，丈夫不亲近自己的妻子而去亲近别人的妻子，这可谓"大爱无疆"，但这种畸形的"爱"不会被社会文明所推崇，因为它会搞乱家庭、社会伦理关系，甚至让家庭这个社会的细胞破裂，影响到社会的和谐与稳定。

按照爱和义务的层次行事就符合道德要求。一个人先照顾好自己的家庭成员，然后再向社会行善，这符合道德要求；一个国家自己的人民富裕了，然后拿出一部分财富让不富裕的外国人民分享，这符合道德要求。很多国家的社会福利只提供给自己的国民，这在道德上也无可指责，因为社会福利是靠本国居民的纳税支撑的，不能让外国人轻而易举地占用。就是继承遗产也"内外有别"，美国对本国公民配偶免除遗产税，而外国人配偶就不得享受此项免税。

法国启蒙思想家卢梭说，如果一个国家给自己的国民的待遇和给外国人的一样，那它还怎么让自己的国民爱国呢？可见，由爱产生的义务是相互的。国民爱国，就要尽爱国的义务，为维持国家机构的运转就要纳税，遇到外敌入侵就要服兵役保卫国家；国家爱国民，也要尽到爱国民的义务，如给国民提供社会安全和国防，为残疾、贫困国民提供各种救助。国家尽到了对自己国民的义务，把自己的国民照顾好了，有余力再去照顾外国人，这是符合道德要求的。

爱和义务的由近及远层次也符合德国哲学家黑格尔提出的伦理精神的三个范围：首先是家庭，然后是市民社会，最后才是国家。但是，爱和义务的层次有时也会发生冲突。

美国内战爆发之初，林肯总统想任命罗伯特·李为联邦军指挥官，况且李自己也反对奴隶制，反对南方各州脱离联邦。可李再三考虑后拒绝了林肯总统的任命，因为李的家乡弗吉尼亚州加入了南方邦联（美国内战时，北方叫"联邦"，南方叫"邦联"），这相当于让他亲手攻打自己的家乡、杀害亲人和孩子。他无法逾越道德这道坎，最终政治还是让位于道德。李辞去在联邦军队的职务，回到南方为保卫自己的家乡而战。当作为南方军总司令的李向联邦军队投降时，他为南方军的将士们争取了最好的待遇，被允许带走私人马匹和武器，以便回家后好播种耕田继续生活。作为叛军总司令的李，在投降协议上签字后，骑上马逍遥地回到家乡当校长去了，既没有被定为战俘，也没有被关押。李作为败军之将，战后声望不减反增，他的道德品质和人性光辉赢得了美国人民的爱戴，其受尊敬程度几乎与华盛顿齐名。在美国，他的塑像到处可见，甚至还坐落在国会大厦内，许多道路、学校都以他的名字命名。

可见，当爱和义务的层次发生冲突时，按"家庭—社区—国家"的先后次序尽义务是符合道德要求的。没有对家庭的爱，没有对自己所在社区的爱，"爱国"也只能是一句空洞的口号，正所谓"一屋不扫，何以扫天下"！

人活着，一定要有个永恒的东西贯穿始终，这个永恒的东西就是道德，它不被利益所诱，不为权势所屈，不受政治所扰。把道德植入你的心灵，你就过上了有德性的生活，成为一个内心自由的人。

日本：父母与子女的关系是这样的

徐静波

日本父母与子女的关系，属于一种"相互依存的关系"。

日本人生下孩子后，不会有公公婆婆或者外公外婆帮忙养，因为养孩子是父母亲自己的事，不是上一代人的事。所以，许多的公司白领在结婚后，要么推迟生孩子，要么生了孩子立即辞职。日本社会许许多多的专业家庭主妇，就是这么产生的。

日本人也有望子成龙的思想，但是不会刻意地去要求孩子一定要出人头地，也就是说，日本的教育，不是竞争教育，幼儿园没有小红花，中小学没有名次榜。在东京等一些大城市，除了一些明星和富家子弟，很少有人会刻意地把自己的子女送往私立学校去读书，绝大多数的孩子，都是在就近的公立学校上学。

日本也有一年一度的全国统一考试，类似于中国的高考。但是你会发现，在高考的日子里，警察不需要出动，因为很少有父母亲在校门外陪考，都是孩子自己坐电车或者骑自行车去参加考试。大学毕业以后找工作，也是孩子们自己的事情，爸妈找关系都没用。

丰田汽车公司创始人的孙子丰田章男，大学毕业后要进入丰田汽车公司工作，也是隐姓埋名和所有的大学毕业生一样，去参加考试参加面试，最终才进入自己家族经营的公司，而且进去以后，就被分配到一个小城市去卖汽车，一卖就是5年。

日本也有许多大龄未婚青年，孩子们的婚姻问题也是令许多父母亲操心的问题。但是，日本年轻人会自己搞相亲会，或者找婚姻介绍所，父母一般不会介入。

在日本，孩子结婚是不需要父母亲准备房子的。东京都大学生生活协会做过这样一个调查，二十到三十几岁年轻人结婚，租房子结婚的比例高达85%，还有10%是在单位宿舍里居住或者与父母同住，只有5%的人是买房结婚。从这一个调查数据中我们可以看出，在日本租房子结婚是十分正常的事情，也就是说，孩子结婚时，婚房不是双方父母亲必须考虑的一大问题。孩子有多少收入，就租什么档次的房子，量力而行。

当然，日本的税金制度，也限制了父母给孩子买房。因为，根据日本的税金制度，父母亲买一套房子送给孩子居住，是属于"赠予"行为，这一种行为跟遗产继承一样，需要支付高额的税金，叫"赠予税"。例如，价值超过1 000万日元，也就是63万元人民币的房子的赠予税金是50%。

按照这一个概念，你在上海花了500万元人民币给孩子买了一套房子，那么你还得去税务局缴纳250万元人民币的赠予税，一套房子的总价就变成了750万元。

有朋友会说，房子由父母亲的名义买，买好后让孩子居住，不就行了吗？在日本，那孩子得给爸妈付房租，不然的话，父母亲就犯了"偷税罪"，那事情就大了。日本的税务官比警察还精，企业和个人偷税漏税金额如果达到60万元人民币以上，是要遭逮捕的。

所以，日本人的家庭关系，有两个"清清楚楚"，第一个清清楚楚是钱，第二个清清楚楚是时间。父母亲的钱是父母亲的钱，孩子的钱是孩子的钱。如果孩子想用父母亲的钱，那得写借条立字据。日本法律规定，只要是用于孩子教育的钱，用多少都不征税。但是如果孩子成年后，与孩子之间产生的大额金钱关系，那就得向税务局说清楚，不然就有麻烦。

时间上的清清楚楚，一个最大的标志，就是父母亲有自己的生活时刻表，孩子不应该占用父母亲太多的时间。譬如说，你在日本的幼儿园也好，小学门口也好，到放学的时候，很少发现有老人接送孩子，基本上都是妈妈接送。这就是说，日本老人不承担养育第三代的责任。他们可以去养花、外出旅游、摄影和参加各种老年人登山等体育活动，子女不能拿第三代绑架老人的生活。

　　日本人家庭的这种清清楚楚，看起来，使得父母与孩子之间的关系变得相互客客气气，如同邻居一般生疏，没有像我们中国人家庭那样缠绵在一起的亲密。但是，这一种生疏真的让日本的父母与孩子的感情变得冷漠了吗？我倒是没有这种感觉。总体来说，孩子在成人之前，日本的父母亲啥都要管，妈妈甚至要辞职回家当家庭主妇，专门养育孩子。但是孩子成人之后，父母亲会对孩子放手，让他们一个人出去闯荡。如果成年男子还与父母一起生活的话，反而会被邻居们认为不可思议。

　　成年以后的孩子，如果在外地工作，他一年至少有两个假期可以回家看望父母，一次是新年期间，还有一次是8月中旬，也就是盂兰盆节，类似于中国的清明节，也有一个星期的假期，可以回老家祭祖，与亲人团圆。日本的公共交通十分发达，一般坐上三四个小时的新干线，或者两三个小时飞机，都可以回到家。

　　日本一年中还有四个孝敬父母的节日，母亲节、父亲节、中元时节、岁末时节。遇到这四个节日，孩子们都会送一点礼物孝敬父母。而父母亲也常寄一些孩子喜欢吃的家乡特产给远在外地的子女。不少在地方城市生活的母亲，甚至常做一些孩子希望吃的饭菜，委托物流公司保鲜送给在外地读书、工作和生活的孩子品尝。

　　对于父母与子女的关系，多数日本人有这样一个观点：年轻人不能总躲在父母的大树底下，靠转嫁自己的生活压力来获取幸福，必须自己去奋斗，自己去努力。只有这样，你才能知道：一个人的一生，不能依靠索取获得所有，必须通过自己的艰苦努力才能拥有一切。

说说美国人家庭成员间的界限感

常青

让每个家庭成员有自己的私人空间

我在美国定居近16年了,很少听闻因家庭不和而引发的纠纷和案件。究其原因,我觉得这是因为美国人注意保护家庭成员之间彼此的生活风格、自由空间,很少将自己的意志强加给其他家庭成员。也就是说,在家庭成员之间保持着一种界限感。这也是中国人常常认为美国家庭不如中国家庭关系密切的原因。

我认为,美国家庭的这种界限感,既是对自己私人空间的保护,也是对家庭其他成员自由的尊重。因为虽是一家人,但每个成员也是需要有个人的自由空间的。如果不给家庭成员个人空间,家庭关系就会大起大落:好的时候如胶似漆,坏的时候就易磕磕碰碰,甚至剑拔弩张。

父母与年幼子女的关系:平等相处

美国社会盛行一句话:"孩子第一!"即父母有养育子女的义务,全社会有保护孩子的责任。在美国的马路上,最威风八面的车,不是总统的车,而是接送孩子们上学放学的黄色校车。校车一停,孩子上下车,所有来往车辆都要停下来。如有违反,所接受的处罚比无照驾驶还严重。

对一个家庭而言，儿女与父母之间不是一种隶属或绝对服从的关系，而是一种平等的关系。如果父母认为孩子有错而动手打孩子，是一种犯罪行为，任何人见了都可以报警。一旦接到举报，警察就会立即上门，轻者坐牢，重者将失去孩子的监护权，强制改由政府办的福利机构来抚养监护。所以，打孩子的后果很严重。

在教育孩子方面，美国家长绝不会把自己的意志强加给孩子，不会觉得孩子的学习成绩与自己的颜面有关，更不会在孩子身上弥补自己人生中的缺憾。

美国父母愿意给孩子自由想象、学习、发展的空间，不论孩子将来当教授也好，当老板也好，当木匠也好，父母都会为孩子的成就而高兴。因为在美国人的心里，没有卑贱的职业，只有心灵卑贱的人！

我在美国不是富人，但我有中国艺术史的知识，常有极其富有的美国收藏家请我吃饭、向我请教。他们非常平易近人，穿着普通，开的车也很一般，走在街上，与普通人没有什么不同。

有的收藏家在某个市中心拥有巨大的写字楼与产业，但我们一起吃的饭往往就是每人20美元左右，而且没有酒，与一个美国穷人进一家餐馆的花销差不多。

美国人最瞧不起的，是没有技能与自己的收入，一辈子啃老的人。所以，有没有独立生活能力，是美国家长真正为孩子操心的事情。

美国父母还特别重视培养孩子的公德心，极有耐心地教育他们懂得如何尊重他人与遵守社会公德，因为这与孩子今后在社会上发展得顺利与否有极大关系。

2007年我在北卡大学工作时，常乘该大学免费的公共汽车上下班，不时会在车上遇到一位母亲带着自己的三个孩子乘车。大孩子七八岁，懂得如何乘公共汽车。两个小的也就三四岁的样子，不懂如何乘车，而是想在车里到处玩耍。那位母亲就不厌其烦地说：坐在座位上不要乱动！不能在车厢里走动！不能拉要求停车的拉线！不能站在座椅上！等等。当她说这些话时，那两个小孩子显然没有注意听，而是想着如何玩。

我每次乘车，只要遇见他们，那位母亲几乎都在反反复复说着那些话，语调平和，更没有动手打过孩子。就是因为这种耐心教育，美国的小孩极守规矩，在公共场合很少大吵大闹或到处乱跑，都能静静地跟随着父母参加各种大人们的活动。

父母与成年子女的关系：各自独立

美国父母与成年孩子的界限感主要表现在：孩子在18岁以后，就要开始他们的独立生活，基本不再靠父母了。在美国大学里，我见过许多半工半读的本科生，为了得到奖学金，他们还得努力保持自己在各科中的好成绩。

毕业后，找什么样的恋爱对象以及和谁结婚，完全是孩子的自由，父母不会横加干涉，更不会在意对方的家庭背景。

有一天，我的一位邻居对我说："我一位老朋友的儿子选了你的课，他是我女儿的前男友，哈哈。"

我了解到，这位邻居不仅仅与自己的老朋友保持着良好的关系，还与朋友的儿子（即女儿的前男友）保持着联系。他们没有因为儿女的恋爱不成而生恨，他们明白这是孩子的事而不是他们家长的事，当然，他们的孩子们也明白这点。有了这种界限感，才避免了分手后的麻烦事。

当孩子要结婚了，父母会为孩子准备一些东西以表示心意，但绝不会为了孩子的住房而操心，更不会为孩子买婚房。那种为了孩子结婚让小两口搬进自己住的大房子，而自己去租住小房子的事，美国父母是想也没想过的。

有没有婚房，能否买得起婚房，什么时候买房，美国父母认为那是孩子自己的事，由他们自己解决。

孩子结婚后，一般不与父母同住，就算与父母同住，父母也不会干涉孩子的婚姻生活以及如何管教小孩子。

有一位美国父亲告诉我：一次，他去看望结了婚的儿子一家，在那里小住了几日。在那期间，每当遇到儿子与儿媳争吵，他都装作没有听见看见。对于他们管教自己孩子的方式，他也不表态。他说："那是我儿子自己的事，我要是贸然参与了，往往会将事情弄糟的。"

实际上，父母与孩子之间保持这种界限感，孩子也会保障父母的自主空间，不会在长大成年后仍啃老，更不会在父母亲失去老伴想再婚时，怕家产旁落而去干涉老人的婚姻。因此，在美国极少见到为了家产，亲人对簿公堂的现象。

婆媳之间的关系：较为和谐

紧张的婆媳关系的生成与父母和子女之间缺乏界限感有关。

美国的婆婆与媳妇一般都能保持较好的关系。我认识的一位中国女性嫁到美国。一次相遇，我问她的生活如何。她说："与我的婆婆相处太容易了！我与丈夫在过节时去看望公公婆婆，一起吃晚饭。想不到婆婆坚决不让我动手帮她做饭，说那是她应该做的事，我是客人，应该待在客厅里看电视、喝茶聊天。"这可不是孤例。我在美国从来没有听说过哪家有复杂的婆媳关系，更没有听说过因为婆媳关系紧张而导致小夫妻离婚的。

那么，美国人是不是从没有家庭矛盾呢？当然不是！有家庭的地方，都会有矛盾，就会有离婚与失和的现象。但在一个彼此保持界限感、尊重个人生活空间的家庭里，矛盾虽然无法杜绝，但会少很多，家庭关系也会和谐许多。

美国人家庭观念淡漠吗？

最后，我想解释一下中国人普遍对美国人的一种误解，就是认为美国人家庭观念淡薄、人情冷漠。其实，美国人的家庭观念很重。在美国大大小小的白领办公室，不论男女，办公桌上必放的一件东西就是全家福合影，而电脑的背景图片，也多是自己的爱人及孩子的照片。有的人还把全家的各种合影装入相框摆满了办公桌甚至把照片贴到了办公室门上。我没有这种习惯，曾有美国同事对此表示好奇。

在公园里，在各种节日活动中，常常能见到一个个美国家庭席地野餐。美国人认为：在恋爱时，你可以有多种选择，且可随时分手，好聚好散。但结了婚后，就有了家庭的义务，就要对爱人忠诚。

我常见到我的美国朋友对他的妻子说"谢谢"。我一听就感到奇怪：夫妻间还要说"谢谢"吗？原来，既有各自的私人空间，又相亲相爱，才是许多美国家庭的真正特点。

先戴好自己的氧气罩

[美] 吉姆·罗恩 文
陈荣生 译

我经常被问到这样一个问题:"我怎样做才能最好地帮助我的家人、同事、朋友?"

我的回答通常是这样的:"帮助他人的关键是首先帮助你自己。换句话说,能够为他人做出的最大贡献,就是自己的个人发展。如果我变得聪明10倍、强壮10倍,那么请想想看,这时的我作为一位父亲、一位祖父、一位同事,会给相关的人带来什么?"

真的,我所能给你的最好礼物是我不断的个人发展。是自己变得越来越好,越来越强壮,越来越睿智。我想,做父母的都应该采纳这个宝贵的哲学意见。如果父母一切都做得很好,你们的孩子就会有机会做得很好。所以,作为父母,做好个人发展,这就是你所能给予自己孩子的最好礼物。

如果你坐过飞机,那么你一定注意过位于每个座位上方的氧气罩,那里有明确的说明:"在紧急情况下,首先戴好你自己的氧气罩,然后,如果你带着孩子,再去为他们戴好氧气罩。"

首先是照顾好你自己,然后才是帮助你的孩子。如果我们把这个理念同样用到整个为人父母的人生中,那就是非常有价值的。

如果我学会了为自己创造幸福,如果我为自己和配偶创造了一种独特的生活方式,那这将会成为一个很好的例子,可以用来教育我的孩子。

自我发展能够使你对身边的人、对你的孩子、对你的事业、对你的同事、对你的社区等更加有价值。

第五章　尘世和弦

教我英文的义工老师
——布劳雷先生

常 青

天下竟有这等好事?

许多美国人退休以后,都喜欢找一份义务工作,无偿地服务于社会。例如,有的人在教会里当义工,服务于穷人;有的人在社会福利机构当义工,为穷人征集食品与衣物等。当然,义工绝不限于退休人员,很多在职人士和青少年,业余时间也喜欢去一些机构当义工,为社会付出自己的一份爱。

18年前,我就曾得到一位退休老人的义工服务,至今难忘。他就是我的英文老师布劳雷先生。下面说说他与我的故事。

1999年10月,我从中国来到美国华盛顿工作和生活。当时,最让我闹心的就是英语不过关。为提高语言水平,我找来中文报纸,希望能从广告中找一个既懂汉语又会英语的华人老师,这样学起来或许会便捷一些。

在第二年初,我在一份中文报纸上看到一则广告,说可以替不懂英文的外国人找义务老师进行一对一英语培训。看着这广告,我心里犯了嘀咕:天下竟有这等好事?于是,我就半信半疑地按照广告上的电话打了过去。

接电话的是一位女士,她的英文说得很慢,显然,她知道凡是打电话过来的,多半是英语不好的人。还好,虽然我的英语听力很差,但竟也凑合着听懂了她的意思。她说，他们是一家民办的义工服务机构，其中的一项服务，就是为在美国工作或生活的外国人找义务英语培训老师。

她还问我，对老师有什么要求，比如是男或是女等，我说没有要求。她说那就好办了，让我留下联系电话，说找到老师后，将由老师直接联系我。

几天以后，我接到了一位老先生的电话，他说他叫布劳雷，接到那家义工服务机构的通知，可为我做义务英语培训。他简单地问我做什么工作，当听说我在一家著名的亚洲艺术博物馆做访问学者时，他显得十分高兴。于是，我们就约了一个周日，在他的家中见面。

布劳雷先生住在华盛顿的西南面，那里是闹市区，也是富人聚居区。而当时的我，住在华盛顿东北角外的马里兰州地界，相对偏僻，居民以中产为主，向东就是马里兰大学了。

布劳雷先生专门为我买了一套录音带

到了约定的时间，我乘地铁从家中出发，在布劳雷先生家附近的站下了车，走了十多分钟找到了他的住处。他居住在一栋公寓楼里，家刚装修过，十分干净整洁，客厅很大，铺着漂亮的地毯，一边摆放着一台高级的黑色钢琴，而墙上挂着油画与照片。一看便知，这是一位爱好音乐与艺术的老者。布劳雷先生是白种人，年龄大约70岁，头发已花白，体型偏瘦，稍微有些驼背，但走起路来还很精神。

他请我坐在大餐桌前，与我聊开了。他首先说："你用英语介绍一下自己的情况，什么都可以说。"我便介绍了我的一切，从出生地到在哪读中小学、在哪读大学，然后说我在美国的情况。在我介绍的过程中，他不断地打断我，纠正我的发音。

第一次见面，我们聊了大约两小时，并商量好了日后的学习计划和学习方式：还是在他家里见面，每周一次，时间为周日下午两点到三点；第一阶段的学习以练习发音为主。就这样，我跟着布劳雷先生开始了学习。

第一次见面聊完后,他听说我从地铁站用了十几分钟步行到他家,就坚决要开车送我到地铁站。从那以后,每次我们结束课程,只要他不忙,总会开车送我到地铁站。

我们每周见面一次,说上课时长是一个小时,但往往多于一小时,有时是两小时。只有个别时间,因为他有约会才会在下午三点就结束学习。

在学习上,他从教我发英语的五个元音开始。直到那时我才知道,过去学英语以为最简单的五个元音,原来是英语里最难掌握的,因为它们变化多端。

有一天,布劳雷先生拿出了一套盒式录音带,说是专门为我买的,里面全是如何发元音的教学以及元音的词例。我当时真不敢相信,一位义工老师,除了给我上课,还给我买教材。

在练习了一段时间元音后,我们就开始练习辅音,然后练习对话,我的口语很快就有了大进步。

到了2001年,我访问学习的博物馆要求我写一份英文的工作总结。写好后,博物馆领导建议我请一位美国人看看,修改语法错误。我自然想到了布劳雷先生,于是拿着写好的初稿,在约定的时间去见他。

这次,我对他说:"今天我们不练口语,请您帮我修改报告行吗?"他说当然可以了。实际上,每次学习,他都是按照我的需要来教学的。

那天,正好他的一位老朋友在场,于是,他们两人就一起帮我修改报告,修改过程中还因意见不同而争论起来,很有意思!

在餐厅专门给我饯行

布劳雷先生不仅是我的英文老师,后来还成了我的朋友。与他聊天多了,我才知道他以前的职业是乐队指挥,他最喜欢的音乐家是德国的巴赫。他后来还送过我几盘巴赫的音乐光碟,至今我仍然保存着。

有一次,他指着墙上的一幅贵族装扮的中年男子肖像画对我说,那是他的先祖,是在19世纪初画的。该男子的发型、服装与我们见惯的美国第一任总统华盛顿画像中的模样相似,这说明他的先祖是当时美国的贵族。但我从布劳雷先生的身上,却看不出我们印象中贵族高傲的气息,他没有任何的趾高气扬,有的是谦和与友善。他告诉我,除了我之外,他还同时在辅导着另一位来自中国的女留学生学英语。他开的是一辆破旧的车,却乐于助人。我想,这或许才是西方贵族的真正气质吧。

一天,在学习结束后,他告诉我他将在一个俱乐部举办一场室内音乐会,演奏巴赫的音乐,他是乐队指挥。他要求我一定要去参加,穿西服去。我很高兴地答应了。

那场音乐会在距离布劳雷先生家很近的一个民办俱乐部的大厅举行,由几位中年与青年音乐家负责演奏。

他特意在最前面的贵宾席中给我安排了座位,使我能够在最近的距离欣赏他指挥的音乐。那天,布劳雷先生是最忙的一位,要应酬众多到场的贵宾,其间,他还特意向他的朋友介绍了我。

原来,布劳雷先生是这家俱乐部的会员,当时到场的多数贵宾都是这家俱乐部的会员。这种俱乐部在美国挺普遍,由私人筹建,会员交会费就可以在里面进行各种活动,包括会客、用餐等。

这家俱乐部很传统,要求参加活动的会员必须穿西装。那场音乐会由会员自己举办,凡会员不必另交入场费。布劳雷是义务去做指挥的,我相信那几位演奏家也是义务的,因为在以后的生活中,我经历过很多类似的义务演出。

这个俱乐部除了自娱自乐外,也兼顾义工服务,那个介绍义务英文培训的机构,就是由该俱乐部会员自己办的,地点就设在俱乐部内。

2001年7月,我已在布劳雷先生家中坚持学习了一年半时间,英语有了很大的进步。有一天,我告诉布劳雷先生,准备到堪萨斯大学读博士,我要走了。布劳雷先生说好,并说要给我饯行,要求我穿西装参加。

在一个周末,还是在那家俱乐部,布劳雷请我以及我见过的他那位老朋友，在餐厅共进午餐，算是与我道别。

  我们三个人还在一幅大壁画前合影，为了使每个人表现得自然一些，布劳雷先生让我们随便嘴里说些什么，于是就拍了一张很不错的合影。

  那次离别之后，因为忙于工作和生活，我再也没与布劳雷先生见过面。在2003年之前，我与他还经常互通电子邮件。再后来，就很少联系了。最后的一次联系是在2009年，他给我发了一封电子邮件，我十分高兴，马上回复并问候了他。之后虽然不再联系了，但我还时常惦记着他。在写此文时，我给他发了一封邮件，但没有得到他的回复。希望他一切还安好！

  谨以此文，感谢布劳雷先生当年为提升我的英语水平所付出的心血！

孙杨的心疼和福原爱的道歉

且庵

仁川亚运会上，媒体有两条小消息，让我很感慨。一条是关于孙杨的消息。在谈到朴泰桓时，孙杨说道："朴泰桓非常伟大，为亚洲游泳事业做出了贡献。我出道时间没他长，他出道快10年了。200米自由泳，我和朴泰桓都没拿金牌，这令人不可思议，也很让人郁闷。400米自由泳比完后，我心里更难过，朴泰桓这么优秀的运动员，在亚运会竟然没有拿到金牌，我很心疼他，也非常尊重他。"朴泰桓是孙杨的老对手。

另一条消息说的是福原爱。仁川亚运会乒乓球比赛今天正式开始，女团小组赛第二轮比赛中，日本队迎战蒙古队，由于实力差距悬殊，首先出场的福原爱竟然打了对手一局11比0。福原爱首先出场，面对巴特，在9比0后，她原本想回球出界，结果擦边，再加上对手接连失误，竟打成11比0。福原爱连忙向对手道歉，她感觉很内疚。远处走过来的孔令辉开玩笑说："听说打了别人11比0，注意两国之间的友谊！"孔令辉越逗福原爱，福原爱脸越红。

这样两条小消息怕不会引人注目吧，却让我感动不已。子曰："君子无所争，必也射乎！揖让而升，下而饮，其争也君子。"这句话的意思是，君子都是谦虚的，不与人相争，就算争，那也是在比射箭的时候。在比赛结束后，不论输赢都与对手以礼相待，赛后能在一起喝酒。这是君子之争。

人生免不了与人争输赢，孙杨的心疼和福原爱的道歉，其争也君子，其争也有情，自己争赢争胜，给对手以同情，亦给对手留体面，这样就有点像人类社会了——有竞争、有输赢，亦有情义、有温馨。弱肉强食、你死我活、人面兽心、冷血无情，若人类社会果真沦落为动物世界，我们都会心疼的吧。

盗贼说：我也怕你一人害怕

刘诚龙

这是一个发生在民国的故事。

贼没良心？也是吧。人家都没饭吃了，在吃观音土，贼却将人家红薯种给偷了。然而，就在贼入室行窃时，被人抓了个正着。于是，拳头含义愤，棍棒生敌忾，众人合起来，多将贼打个半死。

吕振羽家里，也曾进过一个贼。半夜三更，这贼摸进屋来，挑了竹篮子，装了满篮子红薯，正拟翻墙过去，不料碰倒了一块砖，砸在月光如水之深夜里，响声格外凄厉。有人被响声弄醒，一声吆喝，村子里的人便都醒来，汉子们都纵身从床上跃起，追贼追了里把路远。这贼据说很瘦小，鸡肋不足以安尊拳，但谁叫他是贼呢？也吃了好几顿拳脚。

天色尚黑，觉还没睡足，众人捉了贼，又练了手，便将贼一根绳子捆了，捆到吕家屋背后那棵苦楝树上，绑起来，便都回屋再睡回笼觉去，撂下话来：明天再理会。

吆喝声，打骂声，还有贼的惨叫声，惊醒了一位少年，他叫吕振羽。待众人散去，他一人悄悄爬了起来。星光下，但见这贼被五花大绑，身上黑几条，黑条绑了身子；红几条，红条也绑了身子；黑的是真绳子，真绑身子；红条是血印子，如绑身子。

这个贼，身子比吕振羽高多了，以年龄论，吕振羽怕也喊他叔叔吧？

吕振羽家不算寒苦，但也非富室。这贼比他家可穷多了，到他家来偷红薯之类的食物，也是生活所逼。既然已被人们练了几顿拳脚，受到应有的惩罚，就算了吧。想到这，吕振羽走到其面前，摆摆手，叫贼别作声，将绳子给松了，对他说："你走吧，别回头，赶紧走。"

今夜过去了，吃了点皮肉之苦；明天呢？明天来的，会是什么？这贼拔腿走了。自然，走得快，有人若赶上来了，逃不掉二遍苦嘛。走着，走着，不对劲。这贼，总感觉脚后有脚，脚步后面有脚步，一回头，看到后面丈多远处，那个少年跟在后边。

"我怕你怕"，那个少年说。一个贼夜半走在村头，若是有人起早，见了贼，那不再一声吆喝一声喊，将贼再捉了？吕振羽跟在贼后面，送贼一程，护贼一路，便是想让贼一路走远，一路走好。

江南多山，很多年前，江南之山，树高树密，魅影重重，一个人夜半走在野外，也是吓死人。吕振羽送贼，送到村头，送到村外，送到了赶不上见不到之远处，他往回走了。

他走，走，走，却听到脚步有重声，回过头来看，那贼在他后面丈把远，一直跟着他走。吕振羽朝他喊："你怎么还不回去？不怕再被捉了？"贼回他话说："我也怕你一人害怕。"

吕振羽是我们湖南邵阳人，著名历史学家，出版过很有影响力的《史前期中国社会研究》与《中国政治思想史》等名著，与郭沫若、范文澜、侯外庐、翦伯赞，合称为中国马克思主义史学"五大家"。

不管生活再苦，这贼也是人品欠佳。如果饥寒都是起盗心之理由，那世界上就没人品可言，谁都可以借种种客观，干鸡鸣狗盗之事。这贼后来据说再不偷鸡摸狗，他再穷也不穷人品，源起那回少年吕振羽一路陪送他、一路护卫他，让他感觉到了人间的温暖，让他感受到了人心的力量——因为人心有力量，所以其人品在这力量之作用下，也提升了。

吕振羽对这个贼真诚护卫，其人心有如地热，发散温暖。这种温暖传导到了贼身上，让其人心也温热起来，反过来又传导过来了。热量与热量可以互相传递，人心与人心可以互相传导，人世间便多了温情。

改变一个贼，改变一个不入品的人品，吕振羽用的是其带热度的人心，有质量的人心。

民国侠义风

查一路

1919年陈独秀被捕,陈的潜意识里有"坐牢情结",因为在他看来,仗剑拯民于水火,就得"出了研究室就入监狱,出了监狱就入研究室"。

有一件事让陈独秀颇感意外。当时自陈入狱后,全国各阶层各行各业营救陈独秀成为全国性的浪潮。有两个人也站了出来,这是陈独秀没有想到的。这两个人是反对白话文的桐城派古文家马通伯、姚叔节,均思想守旧,当初恨不得刨陈的祖坟。而此刻他们却为他说话,认为陈"所著言论或不无迂直之处,然其学问人品亦尚为士林所推许"。

若干年后,胡适还记得这件事,他在一封给陈独秀的信里写道:"在那反对白话文学最激烈的空气里,居然有几个古文老辈肯出名保你,这个社会还勉强够得上一个'人的社会',还有一点人味儿。"

两位老先生虽然抱残守缺,关键时刻,还是有些侠士义气。正是这种侠士义气,才让人们看到黑暗社会里尚有一线光明,正因为"一点人味儿",社会还是"人的社会"。

叶公超,民国著名外交家,恃才傲物。鲁迅逝世后,他通宵达旦地读完了鲁迅作品,虽不认同鲁迅的杂文,但十分欣赏鲁迅的散文和小说。于是,他写就两篇长文《关于非战士的鲁迅》和《鲁迅》,极力褒扬鲁迅,认为其超越胡适和徐志摩远矣。胡适对叶公超说:"鲁迅生前吐痰都不会吐到你头上,你为什么写那么长的文章捧他?"叶公超板着面孔告诉胡适:"人归人,文章归文章,不能因人而否定其文学的成就。"

叶公超与胡适是好友，而与鲁迅没有一点交集。叶能够抛开投桃报李的小圈子，说真话，实属难得。

刘师培属古文学派，崔适属今文学派，上课时互相攻击对方，毫不留情。凑巧的是，两个人在北大任教时，正好住在对门，两人相见，并不分外眼红。每次都恭谦客气地互称对方先生，鞠躬作揖，礼让有加。

后人认为，这比"君子绝交，不出恶声"更有风度和雅量。

民国时期，正是"城头变幻大王旗"的时代，真够黑的。可是，侠义之风，犹如点点光亮，难说点亮黑暗，至少给黑暗撕开了几道小口子，让人感觉还是生活在"人的社会"里。

巴顿发袜子

夏生荷

1943年秋的一天，作为"二战"美国陆军第三集团军总司令的乔治·巴顿，在视察前线时，发现少数士兵脚部出现冻疮和肿胀，个别人还出现了肌肉坏死的症状。

巴顿一问才知道，如果士兵们待在既冷又湿的战壕里时间过长，就会患上一种"战壕脚病"，而他手下的军官并没有及时采取措施。

回到指挥部后，巴顿立即召开会议，并对负责军队后勤供给的威尔上校大声说道："从明天起，每天要为士兵们准备一双保暖的干爽厚袜子，随同食物一起发到他们手中。"

以往袜子都是每月才发一次，而且每次只发两双，现在却变成每天都要发一双，威尔觉得此举有些唐突，心想，得脚病的只是少数人，没有必要搞得如此兴师动众吧。

在场的其他将官也觉得巴顿小题大做。一位军官略显不满地对巴顿说："作为一个管理着数十万人活动和战斗的将军，您不应该关心袜子这等小事！您应该把精力放到运筹帷幄、排兵布阵上去，这样的小事，无须事必躬亲！"

巴顿听完后并没生气，而是反问道："让士兵们每天刷牙和刮胡子重不重要？"

"当然重要，"那位军官毫不犹豫地回应道，"这关系到我们的军容军貌！"

"可我觉得保持脚部的干净，比刷牙和刮胡子重要得多！"巴顿大声地说道,"士兵们要一直使用他们的双脚,直到消灭所有的敌人,而潮湿的袜子导致冻疮,行军就会有障碍,只能坐以待毙!"

顿了顿,巴顿又说道:"更何况,将来胜利后,我们不能把一个个患有'战壕脚病'的战斗英雄,送还给他们的家人。"

威尔听后,只好去执行,结果,得"战壕脚病"的士兵人数一下子降低了许多。

脾气暴躁的巴顿,容易给人"武夫"的印象。其实,在"二战"史上,他是带领美军赢得胜利最多,伤亡率最小的将军之一,如果是一介"武夫",哪能取得如此漂亮的战绩呢?

窥一斑而知全豹,从巴顿发袜子的故事,就可知他是一位有大智慧和仁爱之心的人。

这里离天堂最近

木 梅

2013年10月的一天，日本一位70多岁的老人，一个癌症晚期患者，被家人用轮椅推着来到一家医院，他要看看这家医院的太平间。

医院里的一位护士在得知老人的来意后，随即将其和家人一起带到住院部的最高层，也是整间医院的最高层——第13层。

结果，老人的家人既惊讶又有些不满地问道："带我们来这么高的地方干什么？我们可不是来看风景的！"护士先是一愣，然后笑着回应道："我知道呀，但我们医院的太平间就在这第13层！因为这里的视野和阳光都是最好的。"

接着，护士把老人和他的家人领到了一个带有窗户的小太平间里，里面的布置相当温馨和精致。老人最后看着窗外的景色，沉默了一会儿，然后对身边的家人说："我想死在这家医院，火化前被安放在这里……"

家人顿时泪如泉涌，点头答应了，之后便办了入院手续。

这家医院为什么要把太平间放在最高层，而不是像其他的医院，放在阴暗潮湿的地下室或其他少人涉足的某个偏僻角落里呢？医院的负责人给出这样的答复："因为这里离天堂最近，而且有阳光，有风景，不冷寂！"

我们的世界里有没有他人

查一路

黑人布鲁斯是一位普通的电梯工,起起落落,每天的工作有些单调。然而,这位电梯工不平凡。

纽约曼哈顿181街中转站,有一部电梯将人们从这里送到12层楼下的地铁站。人们走到这里,会瞬间感到温暖和亲切。布鲁斯管理的电梯,没有粘着口香糖的地面,没有附着肮脏涂鸦的墙壁,代之以鲜花、植物和CD里播放的爵士乐,气息与氛围沁人心脾,人们伴着节拍,愉快得想跳舞。更令人称奇的是,电梯的四壁贴满了各种肤色的人的照片,这些人是谁?都是他的乘客。布鲁斯不但待人亲切,让乘客感觉宾至如归,而且还为他的乘客拍下快照,贴在墙上,定期更换。这一小小的细节,让乘客觉得,乘坐一次电梯,自己的形象就留在了布鲁斯的世界里。因而,他们把布鲁斯的电梯当作自己"流动的家"。

狭小的电梯空间是布鲁斯的世界,在这个世界里,进出着一批批布鲁斯视如亲人、素不相识、形形色色的人。他觉得生活并不枯燥,也不孤单,他的世界被来来往往的人们填满。

然而,这并不是布鲁斯生活的全部。他在电梯里常年放置着一个食品箱,上面写着:"请帮助我们资助穷人!"靠着这个箱子,布鲁斯每个月都为穷人募集到上千磅的食品。虽然布鲁斯并不富裕,可是他的心灵世界里装着更穷的人。

从传记中,我曾看到关于契诃夫的故事。在生命最后的时光中,他没日没夜地咳嗽。当每一个夜晚来临时,都让他感到为难。他担心咳嗽声惊扰母亲、妹妹和邻居。于是,他来到后花园,月光冰凉如水,他整晚坐在冰凉的台阶上,听夜莺歌唱,而不回房间休息,以让自己的咳嗽声远离他人。

我常常猜想契诃夫的内心是个多么美好的世界!装着他人,对待他人像对待易碎的瓷器,轻拿轻放,唯恐损伤。

48万人尝过的意大利面

流念珠

一天，一群系着围裙、戴着口罩的年轻人，在台湾街头拉起"有一款48万人都尝过的意大利面即将上市，你要不要试吃一下"的横幅，邀请过路的人都试吃一下他们手头的意大利面。

台湾人素来热爱美食，因此，这样的试吃活动一下子就吸引了大家的眼球。活动方的几个年轻人将一份份面条装在一次性纸杯里，再搭配上一个叉子，然后热情地端到来往路人手中。路人一边吃，活动方一边请他们在镜头里与大家分享一下48万人都吃过的意大利面究竟是什么味道。

几乎所有路人的反应都一样：刚开始，他们怀着好奇的心情去试吃，可吃着吃着，他们就皱起眉头来。

"一点味道都没有啊。"

"这真是意大利面吗？你们是不是没有蘸酱料？"

"完全没有味道，感觉就是一般的面条放进水里煮熟后捞起而已。"

"味道非常清淡，意大利面好像不是这种味道吧？"

……

这是路人给出的各式回答。

实际上，这份48万人都尝过的意大利面的确没有任何味道，但当路人们接过并阅读完活动方递过来的一张写着"口味说明书"的卡片后，都被震撼了。只见这张卡片上写着：

目前，在台湾有48万癌症患者，他们在接受化疗的时候，味蕾会被破坏，吃东西时基本尝不出味道。毫无味道的意大利面，我们今天只是试吃了一口，可这样的食物是化疗过后的癌症患者三餐都要面对的啊！所以，恳请大家为癌症患者付出多一分的关爱！

卡片后面的落款是：癌友明天协会。

癌友明天协会，是台湾一群有爱心的年轻人创办的组织。他们致力于让癌症患者获得更多的心灵支持并提升生活质量。

路人们这才明白，这是癌友明天协会精心策划的一次特殊的试吃活动，活动旨在倡导大家多去了解与关心癌症患者，并尽力给他们提供帮助。了解到真相后，路人无一不被感动，许多人甚至流下泪水。他们纷纷夸赞这样的试吃活动办得很有意义，并十分配合地三三两两站着，高举起"我们陪你一起走下去"的横幅，让举办方拍下一张张照片。因为大家都相信，这些照片能给台湾48万癌症患者带去不一样的精神鼓舞！

罗马最温暖的"口袋书"

徐竞草

马尔科·因帕利亚佐是罗马一家小型慈善机构的负责人，平时主要为一些无家可归的流浪汉或弱势群体提供力所能及的帮助。

最近几年，由于意大利经济不景气以及外来难民的涌入，罗马城内的流浪汉一下子增多到近万名。

由于自己的慈善机构救助能力很有限，无法照料到更多的流浪汉，马尔科觉得很是愧疚。于是，他开始思索该用什么样的方式才能帮助更多的流浪汉，让他们活得更有尊严。

经过观察，马尔科发现，很多流浪汉特别是初次来到罗马的外国流浪汉，他们根本不知道什么地方有救助站，哪里可以领到免费的饭菜，哪里有不收钱的床铺。而实际上，这些地方是真实存在的，有的甚至就是专门为他们而设立的。

马尔科决定为流浪汉们解决信息不通畅的问题。为此，他花了半年多的时间，将上述信息全部搜集整理了出来，然后编辑出版了一本"口袋书"。这本200多页厚的"口袋书"除了意大利文外，还有英文、法文。它详细地列出了罗马城内45个由慈善机构提供的免费住宿点以及17家可以让流浪汉免费洗澡、剃须和理发的场所；此外，还加入了多家非营利性质的医疗机构以及80多家低价甚至是免费的餐厅的资料。

考虑到流浪汉经常风里来雨里去，马尔科还人性化地将一张活页防水地图夹放在口袋书内，并在图上标出免费的食宿、洗澡、理发点。

"口袋书"印刷出来后,马尔科将它们免费分发给流浪汉们,他们如获至宝。一个叫艾默生的流浪汉激动地说:"像我们这些人,一般都不好意思向人问路,也没能力用手机上网查,即使上网查,网上这方面的信息也很不全。这本'口袋书'真是雪中送炭啊!"

马尔科的"口袋书"被意大利媒体赞誉为"罗马最温暖的'口袋书'"。对此,马尔科淡淡地说:"我只不过做了一件别人没想到的事。很多人觉得帮助别人,就一定是给金钱与物品,而忽视了提供有用的信息也是一种帮助。"

流浪汉的需求

木 梅

每当夜幕降临时,在德国城市汉诺威主要的几条街道上的商店、超市的走廊里都会睡着一些流浪汉。夏天还好说,但冬天一到,流浪汉们的日子就不太好过了。

每年冬季,汉诺威的警察局便会出动一小部分警察到街头巡逻,试图劝服流浪汉住到由政府提供的救济站里去,因为那里相对要暖和些。但是流浪汉似乎早就习惯了冬季的寒冷,把破旧的毯子朝身上一盖,在地铺上就睡下了。

新年前的一个晚上,在警察局长和媒体记者的陪同下,汉诺威市长亲自来到流浪汉的面前做慰问。

市长来到一位年纪较大的流浪汉的地铺前,嘘寒问暖了好一阵子,但这个流浪汉显得有些懒得搭理市长,市长急了,最后问道:"你最需要什么?我们一定尽力满足你。"该流浪汉有些愤懑地回答道:"你们每年都问同样的问题,我们最需要的不是食物、棉被和关心,而是安宁!夜晚睡觉时,不会被大大小小的汽车喇叭声吵得难以入眠!"

这个答案大大出乎包括市长在内的所有在场人士的预料。

这条新闻震撼了全汉诺威市人。市长说:"我们只以为他们最缺少的是温暖和食物,却忘记了他们真正需要的是尊重,对他们好梦的尊重!"

市长呼吁:希望每个晚上,汉诺威的所有车辆尽量不要驶入流浪汉常睡的那几条街，如果实在绕不开，也一定要尽可能地保持安静行驶，不要随意按喇叭。橱窗以及商场、超市门前的灯，在晚上10点后都必须熄灭，以便流浪汉不受干扰。

市长的呼吁得到了汉诺威市民的极大响应，几乎没有一个车主和商店、超市的老板反对，他们都非常自觉地履行起这项不成文的规定。如今，每到夜晚，汉诺威那几条流浪汉集中的街道都显得格外安宁寂静，即便偶尔有几下响声，也是极小极短暂的。

当一个国家的国民普遍懂得去尊重比自己状况差的弱势群体，那么这个国家离真正的文明一定不会太远。

专门接济穷人的食品银行

孙开元

美国的银行业非常发达。除了众所周知的商业银行外,在美国很多地区,还有一种非常特殊的"银行"——食品银行。虽然也叫银行,但它和普通银行毫无关系,这是一种专门接济穷人、发放食品的慈善组织。

按食品银行的规则,凡属贫困人口,都可以到社区申请食品券,然后凭券到食品银行领取食物,最高每月可领取数百美元的食物。有些地区,食品银行还派人去社区分发食物,以方便人们领取。

按2013年美国的标准,除阿拉斯加和夏威夷之外的其他州,如果一个四口之家年收入总和低于23 550美元,即属贫困人口。第一次到食品银行领取食物的人,要先填写申请表,把家庭基本信息填上,其中一项就是家庭收入。

食品银行创建于20世纪60年代末,在美国商人约翰·亨格尔(1923—2005)的倡议和主导下发展起来。当时,亨格尔在亚利桑那州凤凰城圣玛利教堂慈善食堂做义工,他得知许多食品店会不时将碰瘪了的罐头或即将到期的食物丢掉,看到好好的食物被糟蹋,他心疼极了,开始为教堂的慈善食堂收集这些食物,很快就收集了一大堆,但他们的慈善食堂用不了那么多。这使他产生了一个想法,创建一个可以存取食物的地方,就像银行那样,由食品店把打算丢弃的食物捐献到食物储藏室,然后再将食物分送给有需要的人。他就曾听一位妇人说过,她要靠从一间间食品店的垃圾箱里捡吃的来养活孩子。

他把这个想法向教堂的负责人和义工们说了,大家都觉得这个主意好。于是，亨格尔就盘下一间库房，在义工们的帮助下，第一年就收集了近12万公斤食品，由36个社区组织分发给有需要的人，世界上第一个食品银行就这样诞生了。

由于食品银行既让穷人受益，还解决了食物浪费问题，所以得到社会人士的广泛认同和支持，不久就如雨后春笋般在美国各地建立起来。美国政府也于1976年开始给亨格尔的食品银行提供补贴，以鼓励这种慈善行为。现在，美国各地已有超过200家食品银行，八分之一的美国人受过其接济。

食品银行里，有面包、薯片、蔬菜、水果，还有巧克力、咖啡、茶叶等，基本可以满足人们日常的饮食需要。一些食品银行不仅提供食物，还提供必需的生活品。食品银行里的食物，主要是由团体机构捐献，像零售商店、食物经销商、食物制造商、农场、酒店等，这些机构在碰到有食物即将过期而没有办法售卖出去时，就及时捐给食品银行。此外，个人捐助同样是食品银行的重要力量来源。

"喂养美国"组织的罗斯·弗雷泽说："失业、破产等很多因素都可能造成人们生活拮据。即使是一些曾经的'大款'也可能因为破产而一下子成为穷人。有些拿着博士学位的人也得靠领食物补贴券过日子。食品银行成了这些穷人解决燃眉之急的避风港。"

很多穷人在食品银行"白吃"了一段时间后，生活好了起来，作为回报，又成了食品银行的捐助者。

食品银行为了获得更多捐赠，经常在报纸和公共场所做广告。比如，火鸡是感恩节的必备菜，在感恩节到来之前，食品银行会在报纸上刊登诸如《食品银行急需3 000只火鸡》等广告。人们可以直接捐赠火鸡，也可以捐献现金、支票或超市礼品卡，食品银行会用这些钱和礼品卡买来火鸡送给穷人。

那么，食品银行自创建以来，向穷人发放过多少食物？我们以德克萨斯州首府奥斯汀市的一间食品银行为例说说。据这间成立于1981年、有6万平方米食品分配中心的食品银行2013年的统计资料：在成立的32年里，它一共向贫困民众提供了2 900万磅（1 315万公斤）重的食物、2 450万份餐饮。其中，来这里工作过的义工总人数为19 000人，年龄从8岁到94岁不等。

食品银行不是把食物送出去就完事大吉，它还会教人们吃出营养。比如纽约的食品银行，除了免费发放食品，还有一项重要工作，就是在公立学校开展营养教育计划，向广大儿童和成年人讲授营养学课程。

美国佛罗里达州奥兰多市，一家"食品银行"的工作人员正在清点库存

除了美国，在全球范围，食品银行的建设也在不断推进。2006年，美国与阿根廷、加拿大、墨西哥等国的"食品银行"网络共同组建了全球"食品银行"网络，在18个国家开展工作。目前，全球已有近400家食品银行。

在英国乡村感受远亲不如近邻

［英］陈雁茵

仿佛穿越回十八世纪的田园生活

十几年前，我到英国诺丁汉读研，继而工作，一直没有离开过这座充满大侠罗宾汉传奇故事的城市。当年是冲着诺丁汉大学的学术名气而来，住下后就喜欢上了这座城市。

位于英国中东部的诺丁汉气候宜人，在英国算是个大中城市，但比起繁华的广州，只算得上是个中等城镇。我喜欢城市的便利生活却又想逃离都市烦嚣，所以在这儿住得挺惬意。

然而，与丈夫的邂逅却令我更向往乡村生活。我丈夫是土生土长的英国青年，他竟然非常排斥城市乃至小镇的生活。事实上，在英国，有条件的城里人都选择到乡村买屋置地，因为英国的乡村实在美，不但空气比城镇干净，环境卫生也比城镇好。随意走进田野或树林深处的公厕，会惊叹其设施和干净程度不亚于国内星级酒店中有清洁工随时保洁的公厕。

英国人把乡间居民聚居地称作村庄，英国村庄的村民却不是农民。真正的农民，那些从事农林畜牧业的英国人，通常是农场主，住在农场里。

英国农业高度现代化，所以在广袤的农田里，一年到头都很少见到农人劳作的身影。大片大片的庄稼随着季节变化而改变颜色，仿佛是上帝之手在操控着风景。

英国村庄的民居通常是两层楼房，花园占地面积往往比住房大，有的甚至大很多，三年前我家购置的房子就是这样。这套住宅的花园不仅可以栽花种菜种果，还有不少茂盛的林木。我家花园的篱笆墙外是一个偌大的牧马场，也是一间骑术学校的训练场。俊男美女配骏马，我家仿佛成了贵族领地，像穿越回到十八、十九世纪英国文学描写的田园生活。

看新居时被邻居监视一举一动

英国城镇总体治安较好,但也不时有罪案发生。我到英国读研和工作一直居住在诺丁汉校园内,安全有保障,但在校外居住的学生,就有可能碰到罪案,所以校方常常提示学生提高警惕,还免费给他们派发便携警铃。

英国乡村治安比城镇要好,除非有特定的作案目标,否则小偷们想必也不愿跑老远去碰运气。

英国政府于1982年出台了《邻里守望相助方案》,这个方案主要是为了提升居民治安防范意识,增强警民联系以共同打击罪案。居民志愿者在当地警方支持下还建立起邻里守望组织。

记得当时在公公家住的时候,有一个下大雪的下午,我正在书房写作,听到厨房处传来"砰、砰"几声。我下楼看看,没发现什么,于是开门出去查看。对面家的少妇见状开门出来对我说:"刚才村里的两个淘气男孩在这里打雪仗,对着你家厨房的窗户扔雪球,我在厨房里看到,出来把他们轰走了。"听罢,我连声向她道谢。

还有一回,公公家斜对面的阿姨傍晚来敲门,她对我说:"今天有两个收废铁的人驾车在你们家绕圈。他们曾下车站在你丈夫的跑车前指手画脚。叫你丈夫小心点,还是把车子放进车房里安全。"

我们现在的邻居也是警惕性很高的人。记得那时我们来看房子准备买,进进出出、逐一细看时,我发现紧贴旁边的邻居一直从他们家窗内监视着我们的一举一动。我当时感到很不自在,心想,这家人真多管闲事!可是后来想想,邻居多管闲事未必不好,住在隔壁的我们也会变得安全。

与我家一园之隔的邻居也是眼观六路、耳听八方的人,附近发生什么事情都逃不过邻家夫妇的眼睛和耳朵。搬到这里后,他们就成了"不闻窗外事"的我的重要情报人员。我们相熟后,我把家中钥匙给了他们夫妇一把,请他们在我们外出时帮着照看房子,阿姨二话不说就把钥匙收下。

邻居阿姨帮我照看孩子

记得在装修我们现在住的房子时,我们从信箱里发现了一张贺卡，上书——

三号业主：

你们好！

我们是二号业主穆丽尔和特里沃，欢迎你们搬到这里居住。有空请到我们家做客！

我们在新居忙完后，临走前便到邻家打个招呼。

邻家是一对退休夫妇，看起来却很年轻、很有活力。他们热情地迎接我们入屋，给我们沏了香浓的奶茶，侃侃而谈。我们素未谋面，却有如久别的老朋友那般熟络。他们夫妇给我们介绍了这里房子的历史和周围住户的情况。他们拿出很多老照片，告诉我们他们当年是如何改建房子的。最后，女主人还邀请我们参观整套住宅。西方人很重视隐私，邻居间第一次见面就这般无拘无束，主人的热情由此可见！

我们搬进新居后，女主人非常关心我们。她说自己当年父母和公公婆婆都不在附近住，丈夫外出工作很少在家，她既要工作又要照顾两个孩子，非常辛苦。她觉得我的情况与她相似，所以她很想帮助我。

她说，她可以帮我照看孩子，这样既可以让我有点私人时间，也可以给孩子换换环境。我十分感激邻家阿姨的热情，就让孩子上她家去。

她的孙女住得远，她就把我的孩子当作自家的孙女，孩子可喜欢她了。她给孩子编织了许多漂亮的毛衣，又给她们零食和玩具。但阿姨对孩子爱而不宠，孩子玩耍时可不能随便撒野，要遵守规矩。孩子因此学会了如何与人交往，懂得悦人从而悦己。

有一天，邻居夫妇带着我五岁的大女儿到外面玩。女儿回来对我说："我看见雪糕车了，正想开口叫阿姨买，突然一拍脑袋骂道，脑子呀脑子，你怎么这么糊涂，竟想叫阿姨买雪糕！骂完，我就不想吃雪糕了。"听了孩子的话我又好笑又感动。

我们这个村庄的人家都有大花园，大部分住户都会种植些东西。大家都喜欢和邻居分享自己种植的蔬菜水果，这使邻里关系更加和睦亲密。

村中还经常组织大型活动增进居民间的联系，大家都积极参与。居民们还曾同心协力反对建筑商收购村中绿地建大型住宅区。

美国人这样处理人际关系

常青

我自1999年来美国定居以后,对许多事情感触颇深,其中一项就是美国人在处理人际关系上相对简单和容易。究其原因,我觉得他们在处理人际关系时,很注意保持彼此间的界限感。这种界限感既是对自己私人空间的保护,也是对别人的隐私与自由的尊重。下面我们来看看美国人是如何处理这几种人际关系的——

师生关系:学生从不称导师为"老板"

在中国,"一日为师,终身为父"的师生关系流传久远,但在美国人看来,这简直匪夷所思。美国的师生之间很少有从属的关系,学生有自己独立的生活与事业空间,不会事事听从老师的意见。老师只是他们在学习与专业领域的引路人。

在中国时,我给老师搬过家,做过家庭杂事,因为中国人认为这是应该的,是对老师辛勤教诲的回报之一,是尊师的表现。于是,我也想把这种中国的师生关系带到美国,但却没有成功。

2004年的一天,正在读博士的我听说导师要搬家,就对她说:"如果需要我帮助,请一定不要客气。"导师只向我表示了感谢,没说什么别的。当她要搬家时,却没有通知任何人,而是自己花钱请了搬家公司帮助。

我读博士的生活费与学费,主要来源是给导师当研究助理的工资。我想,既然拿了这份工资,就要好好给导师干活儿。不曾想到,我的导师很少给我工作,只是在她想写一篇文章时,才会把自己找好的中国古代文献发给我，请我帮她翻译成英文，这真是太轻松了。

有一次，我意外地在图书馆发现了一篇中文文章，正好与导师研究的课题有关，就告诉了她。导师立即去图书馆查阅了那篇文章。在发表论文时，还特别提到哪些工作是我帮她做的。

在那段时间里，导师从来没打听过我的家庭情况，也没有想着要影响我的专业发展方向。她只是我在学业上的引路人，修行让我自己来做。美国的研究生从来不会把自己的导师称为"老板"。老师与学生间的这种界限感，给学生带来了相当宽阔的发展空间。

此外，老师们绝不会借用学生之手，将学生的劳动据为己有。老师还禁止与学生谈恋爱或建立情人关系，一旦有这样的事情发生，老师将身败名裂！

如果你问一位已毕业的美国学生是不是某位教授的学生时，他（她）的回答往往是"过去曾经是"，就是说，学生毕业后，与老师的关系就恢复到之前的关系或是朋友关系，不再是师生关系了。毕业之后，学生也会与自己的老师保持原来的友谊，但这种友谊是建立在彼此尊重对方独立的基础之上的，老师绝不会让自己的学生一辈子成为自己的学生，对自己唯命是从。

上下级关系：不选年轻漂亮女子当秘书

在美国，领导与下属之间也很注意相互尊重，保持彼此的自由和隐私。

我在美国工作了11年，在好几个单位待过。在此期间，我的各级领导从来没有主动打听过我的年龄、婚姻状况等，因为这些事情与工作无关，而他们的职责只是在工作上指导下属。当然，如果有生活方面的需求，领导会当仁不让地全力帮助你。

当年，我曾在一家博物馆工作，一次因邀请家属来美国探亲，需要工作单位出示一个证明，于是就向馆长提出要求。馆长非常爽快地答应了，还按我的要求给美国驻中国大使馆写了一封信。同时，他还建议我去找一些相关的人士帮助，说这样成功的可能性会更大。

美国单位在招聘人员时，绝不能以年龄、婚姻状况、身体状况（主要是身高、体重以及残疾等）、家庭背景、宗教信仰等作为前提条件，更不会以貌取人，如对漂亮年轻的女子优先选择，等等。所以在求职时，女孩不必为成功而美容或整容。在我工作过的一家博物馆，馆长的秘书是一位身高超过了180厘米、体态粗壮且年过50岁的妇女，而馆里长相最美、年仅25岁的女子，却在展览策划部做普通工作。

上下级间的界限感，保障了员工的隐私和个人权利，也很好地维持着上下级之间的和谐关系。

与朋友或同事的关系：奉行五不问原则

与朋友或同事相处，美国及西方人奉行的是五不问原则，即不主动打听年龄、婚否（包括有无恋爱对象）、收入、家庭住址、宗教信仰，因为这五件事情是一个人最起码的隐私。

当然，这并不说明美国人完全不知道朋友或同事这五方面的事情，只是不刻意去打听别人的隐私罢了。美国人切实保持着这种界限感，于是，人们与朋友或同事之间就少了许多不必要的误解和矛盾。

做好自己的事，不依附他人，尊重别人的兴趣、爱好与生活方式，不强加干涉，这是美国人与朋友或同事相处的基本准则。例如，有的女孩子太胖了，他们从不会取笑她的身材；有的女孩子太瘦了，他们也不会去猜测她有什么病，因为病也是个人的隐私之一。有的女孩子化妆浓了些或戴了与众不同的耳环，从不会有人去非议。在美国，我常常见到一些男青年戴着一只耳环或鼻环，但从来没有谁去非议他们打扮得像头牛。

评论别人的家事，也是一种禁忌。美国人不会因为别人家的孩子吃的东西、穿的衣服与众不同而说三道四，因为那是别人的生活方式，与你没有关系。

在美国15年，我参加的聚餐无数，但从来没有被人强行敬酒或灌酒，饮酒都是随意。

还有一点，美国人绝不会在没有预约的情况下突然造访朋友或同事的家，因为那是极不礼貌的行为。

他们邀请朋友或同事参加家庭聚会，一般不会超过3小时，且都会在晚上9点以前结束，喝酒聊天也不会旁若无人。

与陌生人的关系：你走得慢，后面的人不会催你快走

美国陌生人之间也普遍彼此尊重。例如，在演出中，演员如有失误，从来不会有人喝倒彩；在地铁与公共汽车里，如果你走得慢，后面的人永远不会催你快走；如果你要进一扇门，走在前面的人会开着门等你进入，从不会放手让门扇迎面撞你；当你在餐馆里用餐时，坐在旁边桌上的人不会旁若无人地大声说话；如果你是一位残疾人，在街上会处处受到尊重与照顾，公共汽车会停下来接你上去，而其他乘客也会耐心等待；残疾人的停车位，就算有再多的车辆没地方停，位置永远留给残疾人使用，不能占用，如果正常人占用，会被罚款300～500美元。

美国人是否从不主动干预别人的"自由"？

那么，是不是说美国人对别人的什么事都事不关己、高高挂起呢？当然不是！当遇到了违法现象，人人都勇于报警，而警察也高度负责。比如，如果邻居一位丈夫在打自己的妻子或孩子，美国人见了就会报警，因为别人家的妻子与孩子都是独立的人，都有自己的权利。警察接到报警，一般会在10分钟内赶到，核实无误后，就会把打人者关进局子48小时再说。

有一位中国学者带着妻子来美国求学，一天和妻子产生冲突，一气之下，动了手，结果被邻居举报。

当他的妻子看到警察带走她丈夫时，哭求着警察不要带走他，但警察很干脆地回答说："NO！"

这位学者打妻子的后果是：被关48小时且失去了工作，因为美国的用人单位也不容忍打自己妻子与孩子的员工。还有，如果家长对自

己的孩子施暴，有可能会因此失去监护权。

在街头，如果见到老人当街倒地不起，任何人都会上前相助而没有顾虑。连碰到有人虐待动物，美国人也要干预。

前几天的一个傍晚，有人急敲我家房门，开门一看，是一位美国中年妇女，外面则停着一辆仍在发动着的车，驾驶座上坐着她的丈夫。显然，他们在路过我家时发现了问题，专门停下来。她问我是不是习惯把装有两只鸟的笼子一直挂在房外，晚上也不拿进室内？我说是的。

她微笑着但态度坚决地说："今晚气温会降到零摄氏度，鸟儿不能待在房外，会受冻的。你必须把鸟儿带回房里。我就住在附近，过一会儿我要来检查，看看你是否做了。"

为了不让她再来检查，我就当着她的面把鸟笼拿进屋里。她的建议虽然带点强迫，但因为说得对，我很乐意接受，并不认为她干涉了我的自由。

心灵驿站

日本的医患这样相处

青 叶

我儿子在五岁换牙时,发现了口腔里有两颗多余的上门牙,一颗长出来了,另一颗倒生在上颚里不长出来,必须通过手术挖出来。

儿童长出多余的牙是常见的现象,治疗方法并不复杂。

去医院看医生后,医生建议我们不急着做手术。五岁小孩还太小,如果一定要在此时动手术,只能选择全身麻醉,他建议等小孩上小学后才来做手术,那时可选择局部麻醉,并解释说,局麻有两个好处:一是对身体伤害较小,二是可以不住院(全麻要住院三天)。

在日本,从幼稚园到小学,对儿童来说,是一个很大的身份转变,医生的意思是利用儿童这个心理转变而带来的精神力量,以局部麻醉的方式来完成手术。见医生讲得在理,我们马上答应下来。

儿子进小学后,我们再次去了医院,准备手术。医生先向我们解释了手术的内容。手术其实很简单,只要30分钟,割开上颚连挖带拔把多余的牙齿弄出来就行,但不能伤到其他地方的组织或神经。

见我们还是有些紧张,医生特地安慰我们,只要孩子承受不了,随时可以在手术过程中改成全麻。医生是当着我们和孩子的面来讲这些话的,让孩子听着理解着,不欺骗小孩半句。末了,医生还叫我全程陪伴,鼓励和安慰孩子。

手术在一星期后进行,这段时间,六岁的儿子精神压力非常大,想起这事就哭一次。

终于到了手术这一天。见到孩子来了,医生和颜悦色地和他聊起来,把手术的内容向孩子又解释了一遍。说要先打麻药,手术过程不会感到疼的,还向孩子保证说,只要他说挺不住了,就一定会停下来,换成全麻。

儿子上了手术台,开始时是躺着不动的,可当手术马上就要开始的那一刻,他突然说再等一下,坐了起来。医生放下手上的器械说,好,那就等一下,并问儿子要等多长时间。儿子说等三分钟。医生说好,那就等三分钟。

儿子坐在手术台上,医生和护士站在一旁,大家不干别的,既不说话也不离开,安静地看着钟。其实三分钟如果啥事不做干等着,特别在手术室这种场合,也是很漫长的。过了一会,儿子就不耐烦了,说开始吧。医生说还没到时间呢,还差30秒,就继续又等了30秒。

这三分钟,医生彻底获取了儿子的信赖。

打麻药时,医生又向儿子解释说,药水打入时会胀痛,不过时间很短,就一秒钟,就像这样1-2-1就结束了,忍得住吧?儿子说再短一些。医生说,好,1-2-就结束。儿子说能不能再短一些。医生说好吧,1-2就结束。这时,儿子已完全放松了,医生开始打麻药。

手术本来就不难,30分钟一到,就顺利结束。说实在的,六岁的小孩能接受这样的手术,还一直张大着嘴巴,也是一件不简单的事情。虽然开始时有东西撑着嘴巴,但后来儿子觉得还是去掉舒服些,就拿出来了,儿子一直很清醒,始终配合着。

再说一件自己的例子。

去年在大肠体检时中枪,要去医院做肠镜精密检查。在日本做肠镜只做局部麻醉,可以自己看着监视器,听着医生解说自己大肠里的状况。局麻只是有些意识蒙眬,但疼痛的感觉还是很真实的。

和儿子的手术一样,医生也是强调,如果挺不住随时可以改成全麻。做肠镜,过程不轻松,和生孩子时的阵痛不一样,阵痛是由弱变强的,身体会慢慢适应,而肠镜的腹痛奇奇怪怪的,不好受,第一次做一定会感觉恐惧。

一名不知是护士还是临床心理辅导师一直站在旁边,非常贴心地安慰我。检查开始后,有段时间我感到再也挺不下去了,要求打全麻。这时，我身边的这名护理员紧紧地握住我的手，小声对我说，肠镜正进入到一个转弯位，在这个地方所有受检者都很疼，只要转过这个弯就会好很多。见她这样说，我只好点点头，心想再挺一下吧。医生也很配合，更加小心谨慎地操作，就这样，肠镜检查顺利完成了。

　　回到家后，我突然明白过来，医护人员虽说挺不住可以转为全麻，但那只是安慰的话，医院是不会轻易给全麻的。其实，心理安抚也的确可以解决这个问题，如果没有那名护理员全程陪伴和安抚，我恐怕很难度过最痛苦的时刻。

　　在日本，不要说这种高难度的检查，就是一些简单的听诊检查，医生旁边也一定配有一名护士做辅助就诊的工作，如协助病人解开衣服、解释安慰、传递病例卡、确认病人姓名等等。

　　日本的医院，无论是私人的还是公立的，对于就诊者提出的任何问题，医护人员是不能无视的，一定要做详细解答，直到患者明白；想草草打发，那行不通。

　　当然，为减少就诊者提问而提高就诊效率，医院也事先做了准备，他们会把相关病情和检查介绍的彩页发给就诊者，让他们自己先阅读。

搭顺风车公约

建安

美国有一个专门为搭便车的人服务的网站slug-lines，它公布了经诸多网友讨论后形成的搭车公约。其中，"礼节和规则"部分是这么说的：

先来的先上车，还有权选择坐前排还是后排。

除了说一声"谢谢"之外，搭车人不要先挑起话题，因为搭顺风车不是交朋友。

即使司机愿意讲话，话题也不应是宗教、政治还有性这些东西。

司机不应让人分担汽油钱，如果想的话，应该自己去找人组合拼车。

搭车人如果接电话，不要长谈，说一声"我正在回家的路上"就够了；司机则可以用免提接电话。

要有绅士风度。如果排队等车的只有3个人，不应剩下一位女士，要么女士优先，要么车主让3个人都上。

搭车人不得要求司机换台听收音机、调节冷暖气，或自行开窗关窗。司机也要照顾乘客，保持空气清新和冷暖适度，不要用过浓的香水，收音机音量适中。

搭车人不得要求在常规地点之外的地方下车，除非事先征得司机的同意。反过来也一样，司机不得在没到约定的地点之前就不走了。

司机应该保持车内起码的整洁。

在车内大家都不要整理个人卫生，比如补妆、梳头等。

让每一片叶子都长孔洞

赵盛基

马来西亚穆鲁山山高林密，树木葱茏。由于参天大树的遮挡，对于林间的低矮植物来说，阳光成了奢侈品。

崖角藤就是其中低矮植物的一种，它只能接受到头顶那些"巨人"缝隙中泄漏下来的一点儿阳光。别看它低矮，且接受的阳光微乎其微，攀附在树干上却也郁郁葱葱。尤其是它上下层叠的叶子，青翠繁茂，而且与众不同。不同之处在于，崖角藤的每片叶子上都天生长有几个孔洞。

叶子是植物光合作用最重要的器官，假如一棵树的叶子都被虫子咬上孔洞，那这棵树的生长甚至生命肯定会受到影响。那么，崖角藤的叶子为什么天生就有孔洞呢？会不会影响光合作用的效果，从而影响崖角藤的生长？

起初，植物学家也不理解，就进行了专门的跟踪研究。研究发现，崖角藤被覆盖在森林底层，每天光照的时间很短。而且，崖角藤的叶子是上下重叠的，十分茂密，即使上层的叶子见到阳光了，下层的叶子也几乎见不到，仅靠上层叶子的光合作用绝对满足不了整棵崖角藤的需要。

生存面临抉择，怎么办？在进化过程中，崖角藤自己想办法解决了这个难题，那就是让每片叶子都长几个孔洞。

这下好了，无论叶子重叠多少层，阳光总会通过孔洞这些通道洒落到每一片叶子上。有了阳光的照射，每一片叶子都能进行光合作用，都为自己的母体贡献一分力量，确保了母体的生存和生长。

看来，崖角藤很懂得这样的道理，让每一片叶子都得到阳光，最终，获益最大的是自己。

不给老年人让座不道德吗？

刘丽烨

有媒体报道，2018年12月10日，厦门一男子因未让座，被俩大妈怒骂不止，还称要扇他。该男子称，自己并没有坐在爱心座椅上，因腿部有损伤，并且走了很长的路，所以没有让座。他还强调："如果是老人我会让，但她们就是中年妇女。"媒体经常报道年轻人给老年人让座的新闻，有的人认为不让座是不道德的，是这样吗？

德国思想家、哲学家康德（1724—1804）认为"责任是一切道德价值的源泉"，合乎责任的行为虽不一定善良，但违反了责任的行为肯定邪恶。也就是说，一个行为是否道德，就看行为人有没有这种责任。人的最基本的责任就是"不加害于人""救助危难中的人"，即"加害于人""见死不救"是不道德的。

随地吐痰，不给狗注射狂犬病疫苗、遛狗不拴狗链，把垃圾杂物堆放在共用楼道，乘车、购物加塞拥挤，开车不礼让行人，跳广场舞播放大功率音响，这些行为都会"加害于人"，是不道德的。

遇到有人跌倒、病倒不施救，遇到被行为侵犯的人不伸出援手，这些不作为同样没有履行人的基本责任，是不道德的，甚至是犯罪。例如，2016年10月3日，德国一位82岁的老人在自助提款机旁摔倒不治身亡，4名"见死不救"者被提起公诉，被判处2 400～3 600欧元的罚款。

政府同样负有道德责任。英国哲学家约翰·洛克（1632—1704）提出"政府的唯一目的就是为人民谋福利"，为人民提供人身安全、财产安全和自由保障。居民纳税的唯一意愿就是把税款用于公共福利，幼有所育、学有所教、住有所居、病有所医、老有所养是政府的责任，不履行这些责任是不道德的，甚至违法。例如，2017年5月18

日，挪威奥斯陆市政府因对一名老年人疏于照顾致其死亡，被法院判处150万挪威克朗的罚款。

我们知道了何为道德、何为不道德，继而就可以分析年轻人不给老年人让座的道德属性。

乘客乘坐公共交通工具，这就与运营商形成了契约，运营商负责把乘客安全运往目的地，乘客则要遵守乘车秩序。如果车票对号入座，乘客须按自己的座位号就座，依照契约享受座位权利。如果车票不对号入座，必然是先来后到，有座则坐，无座则站。只要乘客购票乘车，遵守乘车秩序，就尽到了自己的责任，这在道德上没有任何瑕疵。

让座是一种美德，不让座也不缺德。年轻人如果不是出于自愿，而是靠外部力量强制让座，这种行为也不具有道德价值。这和捐款一样，真心实意地自愿捐款是善行，不捐款也不是邪恶。如果从工资里强行扣除捐款，我们也不能说这种强制捐款是行善。

假定年轻人有责任给老年人让座，我们就可以类推出：有多套住房的人有责任把房子让给无房户；领万元养老金的人有责任把钱拿出些来给领几十元养老金的人；开车的人有责任拉上路边的行人；如此等等。可见，道德观的混乱，必然会带来社会秩序的混乱。

我在巴黎读书时，发现他们那里几乎没有让座的。法国同学给我解释说，法国人自尊心很强，老年人都有不服老的心气，你给他们让座，就意味着你把他们看成老态龙钟，不中用了，是对他们的侮辱。再有，接受让座就是接受恩赐，是对自己人格的贬低。这个同学还告诫我，乘坐公共交通工具，千万别给老年人让座，尤其是老年妇女。如果实在想让座，那也别当着老年人的面提出，而是悄悄起身假装要下车走开，老年人这才会坦然地坐在空座位上。

我们接着分析，老年人有权要求年轻人把座位让给自己吗？

所有乘客都是平等的，官员无权要求百姓把座位让给他们，老年人也无权要求年轻人把座位让给他们。当然，如果公共交通工具上有爱心专座，老年人可优先享有这些座位的使用权，如果年轻人坐在这些座位上，见有需求者没有起身把座位让给他们，这就不道德了。如果没有坐在爱心专座上，让不让座，这完全由个人自由意志决定。

为了实现乘客平等，很多国家立法规定，公共交通工具（包括出租汽车）必须有无障碍通行设备，让轮椅可以直接上下车，也就是说，健康人乘用的公共交通工具，也必须让残疾人能够乘用。

乘坐市区公共交通工具，大都是几站的距离，老年人站几分钟、一二十分钟也没问题，就当早上散步。如果老年人倚老卖老，强行要求年轻人让座，这就剥夺了年轻人的座位权。任何人想获得自己不该得到的利益，必然会剥夺别人的利益，这是社会不稳定的根源所在。

1982年夏天，我从廊坊经北京转车去石家庄。火车驶出北京不久，我见拥挤的过道上有一位70多岁的老太，便起身把座位让给她，自己一直站到石家庄。这时让座就有意义了，因为老太站几个小时肯定吃不消。

一个社会的道德体系，在很多情况下是被人为划分的特权阶层破坏的。我们提倡尊敬老人并没错，但要从老年人的养老、住房和医疗这些生命和做人尊严的最基本需求做起。如果把年轻人不给老年人让座视为不道德，这必然会扰乱道德体系，动摇"人人平等"这一社会稳定的根基。

喧嚣的"七日村庄"

木梅

正月初二,初中同学从四面八方回到家乡,如期进行聚会。聚会的饭店是我们镇上最好的,号称"四星级"饭店。这次同学聚会,每人要交1 000元,钱已事先通过微信、支付宝等方式转交到活动策划者手中。关于聚会中的事项和通知,全是通过微信群来传达,很少打电话。

我到达时,发现饭店门前已辟有一小片用于此次聚会的停车位,里面停了40多辆车(我们当年班上一共有52位同学),也就是说几乎人人都是开车来的,这让步行来的我,多少有些尴尬,虽然我也有车。

我不敢开车来的原因主要是怕阻在村道上——3天前,我开车从省城回家,出乎预料的是,高速公路上一路通畅,反倒是离老家越近,路越阻:县道比省道阻,镇道比县道阻,村道则比镇道更阻,而且由于无人指挥交通,导致从镇上到我家,短短两公里的路,我足足开了近1个小时,窄窄的路上全是挂着全国各地牌照的私家车。在会车避让时,我的车还被路边的电线杆蹭掉了一大块漆。

在外混得再不好,也要买一辆车回家过年,哪怕是二手甚至是三手车,这几乎成了现时游子们一件心照不宣的事。车子是最直观的表现,是面子。

晚宴开始,送上来的烟是六七十元一包的,放上来的酒是三四百元一瓶的,然后便是推杯换盏,各种"不经意间"的自夸,充斥席间,多以自己赚钱是如何厉害为主题。

吃罢,转战镇上的KTV,价格同样贵得惊人,一个包厢,最便宜的一晚要688元，不包括酒水，但似乎大家都不觉得贵，酒照点，歌照唱。

从大城市回来的人，似乎都有钱，而像我这样在不太发达城市混的人，基本是聚会被"冷落"的人物，为避免尴尬，我只好勤快地为别人倒茶斟酒；还有比我更不被待见的，那便是留守在老家的个别同学，比如根宝。

根宝，跟我是一个村的，之前一直在东莞打工。3年前，他的父亲突发脑溢血过世，他上有老妈，下有年幼的孩子，无奈之下，只好返回家乡，一边务农，一边利用农闲时捕些鱼，挖些野生黄鳝，然后拿到镇上去卖，一年的收入也挺不错，绝不亚于在外面打工。

既能照顾到家人，挣钱又不比打工差，按理说挺好，可同学们都觉得他没出息，私底下嘀咕说："在老家农村，能混出名堂来？"

更令根宝难堪的是，年节聚会结束后，在接下来的日子里，微信群中，大家往往都在炫耀：今天开车到哪里玩了，明天又跟谁在一起喝酒了，最后不忘问一句："根宝，今天挖到黄鳝了吗？"

我的这些初中同学，大都没上过大学，出去工作都很早，要么自己经商，要么给人打工。谁的钱多，谁的车好，谁在城里买的房子大，成了衡量个人成功的唯一标准。

一次，大家说给母校里一些来自乡村的贫困孩子捐些钱，扶持一下。我说，大家都捐钱，那我就再捐点书给他们吧。因为我知道乡村的课外读物特别少。我原想，钱我也要捐一些，然后再附加捐一些书。结果迅速遭到一位"有钱的"同学的攻击："都什么年代了，谁还读你捐的什么破书？直接给钱！"这让我瞬间"石化"。

转眼到了正月初五"财神日"，我发现村里和街道上，凡是有人在外工作的人家，都会铆足劲地燃放震耳欲聋的鞭炮和带着巨大声响的烟花，让它们没完没了地响着，呛鼻的味儿和让人睁不开眼的烟雾四处弥漫，空气被严重污染。我亲眼看见一位骑着电动车的妇女，因为避让正在轰轰作响的烟花，从浓厚的烟雾中突然横穿出来，结果被一辆正常行驶的小车撞伤。

过年的那7天，街上的饭店几乎家家爆满，从外归来的游子，很少有几个是安安静静、本本分分留在家陪父母的，更别说帮家里干活了，而是四处参加各种聚会，要么被宴请，要么宴请别人。大家尤其喜欢宴请以前的老师、校长和村上的干部，以表明自己是一个懂得感恩的人，且现在在外面混得不错。饭后除了唱歌，便是打牌，一场牌局下来输赢几千甚至上万是常有的事。

一位饭店老板跟我说："过了初七，就算你在街上挥着一根棍子，都难打到要到饭店吃饭的人了，一年到头，也就指望这7天能赚点钱。"

的确，喧嚣7天后，大家便纷纷开着车子绝尘而去，街上和村道上一下子变得好空旷好安静，再也不会发生拥堵现象了。留在家乡的游子的父母们，也开始忙碌起来，要么肩上挑着重担，要么手中提着重物，因为开春了，他们得买种子，准备种田。

根宝可能也正忙于农事，我发现他已很少在微信群里说话了。

待在自家树上的豹子

［印度］佩德罗·B. 萨利科斯坦 文
陈荣生 译

从前，森林里有一只豹子，它是一只非常喜欢夜晚的豹子。晚上，它很难入睡，所以，它躺在自家那棵大树的树枝上，时间全花在观察夜里森林中所发生的事情。就是这样，它知道了这个森林里住着一个盗贼。

每天晚上，他都会看到这个盗贼空手而出，然后带着他偷盗所得的赃物返回。有时候，盗贼偷的是老猴的香蕉；有时候，盗贼偷的是雄狮的假发；有时候，盗贼偷的是剪下来的斑马斑条。有一天晚上，他甚至将大象的假牙带回家，这副假牙大象已经戴了好多年。

不过，由于豹子在猫科动物中属于非常安静的那一种，活在所有事物的边缘，所以它不想对任何人说任何事，也不认为这跟它有什么关系，而且相比说出真相，它更喜欢享受发现那些小秘密的乐趣。

由于这个鬼鬼祟祟的盗贼，森林里的动物世界发生了一场地震：大象因为没有了假牙让人感到很滑稽；斑马看起来就像是一头白驴；雄狮就更不用说了，秃头的样子就像是一只母狮，失去了所有的尊严；其他被盗窃了物品的动物也气得一蹦一跳的。面对乱成一团的动物世界，豹子仍然安静地躺在它的树上，享受着观看盗贼每天晚上越轨行为给它带来的乐趣。有一天晚上，豹子又在等待盗贼的出现。等了一段时间之后，豹子累了，决定睡一会儿。

当豹子醒来的时候，它发现自己身处一个完全不同的地方，不是在它平时待的那棵树上，而是在一个山洞中。在他身边，是它住的那棵树，可是已被盗贼砍倒。原来，盗贼将它的整个家连同自己一起偷到洞里来了。豹子向四周望望，看到的全都是它夜里看到过的被盗物品。

这时，豹子发现盗贼不在，心想，这是最后一根稻草了。于是，豹子赶紧逃出来，直接去见其他动物，告诉它们盗贼把它们的物品藏匿在什么地方。

动物们赶到洞里，合力把盗贼捆绑起来，并取回了各自的财产。它们齐声称赞豹子发现了盗贼以及帮大家找回了财产，并对它的高尚品质表示由衷的欣赏。

实际上，到头来失去最多财产的动物是豹子，它栖息的大树被砍掉了。不得已的它只好在一处很不理想的地方安了家。此时，他后悔极了，终于明白了一个道理：对别人的问题不闻不问，最终这些问题都成了自己的问题。

第六章 工匠精神

人一辈子，能做很多事吗？

孙香我

如果真要问我们，一辈子能做几件事，我们大概会说，一辈子那么长，能做很多很多事的吧。但也会有不同的回答。多年前我看过一部电影，好像是美国片子，片名和故事都记不得了，有一个小细节却一直忘不掉：有个年轻人向一位老牛仔请教人生的意义，老人举起一根手指头，慢慢说了一句："做一件事。"

记得那年纪念马三立从艺80周年时，马三立说他一辈子就做了一件事，说相声，说了80年。当时听了，真是感动得不得了。你想想，不是"8年了，别提它了"，是80年啊，一辈子做下去，只做这一件事，朝朝暮暮是它，年年岁岁是它，多不容易，多了不起！说了一辈子相声，效果如何呢？大家都看到了，只要马三立往台上一站，还没等他开口呢，一瞧他那模样，一想到那一句"逗你玩"，观众就忍不住要笑了，台下就是掌声一片了。相声说到这个份上，才能叫说相声；一件事做到这个份上，才能叫真正做了一件事。再者，我们就不说什么成就吧，一辈子只做一件事，一心一意，念兹在兹，单单这样一种人生的纯粹，就叫人羡慕。

庄子也给我们讲过一位80岁老工匠的故事："大马之捶钩者，年八十矣，而不失豪芒。大马曰：'子巧与？有道与？'曰：'臣有守也。臣之年二十而好捶钩，于物无视也，非钩无察也。'"

庄子所说的老工匠，原来也是一辈子只做了一件事，造带钩。从20岁到80岁，手上是带钩，眼里是带钩，不是带钩的东西连看也不看一眼，造出来不差毫厘，也就一点不奇怪了。何以能心无旁骛，一辈子只做一件事呢？"臣有守也。"原来如此，原来就这么简单，只是一个守字。守得住手上这一件事，其实就守住了腔子里的这一颗心啊。

　　人生短暂，今天做这样，明天做那样，哪经得起啊？一晃就是一辈子。人生百年，亦不过三万六千日，若要把事做到家，做漂亮，我们这一辈子怕真的只够做一件事吧？人生有涯，人间事多，这辈子我们只做一件，余下的，只好下辈子再说了。

"茶水阿姨"杨容莲

流 沙

第37届香港电影金像奖"专业精神奖"颁给了一位名叫杨容莲的人。当主持人念到她的名字时，台下所有人，包括古天乐、刘德华等演员都起立为她鼓掌。

成龙得知杨容莲获奖，竟连夜乘飞机赶回香港。在颁奖现场，成龙亲自上台为她调整麦克风。这位名叫杨容莲的人，演过什么电影？又为香港电影做出过什么样的贡献？她凭什么获得香港电影界最大的尊重？

杨容莲不是电影演员，而是一位普通的"茶水阿姨"，她的工作就是在剧组里帮忙倒水、端茶、准备盒饭。杨容莲刚入行时，香港电影正值黄金年代，在片场做茶水服务的有十几人，但这一行收入非常不稳定，在行内又是最不受重视的一群人。她坦言，很多人做了几天，有的嫌天气冷还要弄湿手，有的嫌要照顾那么多人太累，都放弃了。只有她坚持下来了，一干就是三十多年。

在杨容莲眼里，这份工作是非常"专业"的。在片场里，有大明星，也有普通人，而她一视同仁，哪个人喜欢什么口味，她记得清清楚楚；什么时候递上茶水，什么时候需要盒饭，她熟稔在心。成龙说，在拍片的时候，你可能没发觉她的存在，但是她如果不在时，你就会喊"救命"，片场中只要有她在，开工才不会渴，也不会饿。

杨容莲不识字，但所有演员都亲切地唤她"莲姐"。三十多年过去了，她看到一位位演员从名不见经传到红遍亚洲，她也见证了香港电影的起起落落。她从来没有为这份卑微的工作失望过，她每天都在全力以赴，她用三十多年的坚守告诉所有人，这就是"专业精神"！

有人说，去做一件事很容易，但要做成并且做好一件事就没有那么容易了。做好一件事，关键在于我们是否拥有一份专注与坚持。

看到一个故事，有一位女作家被邀请参加笔会，坐在她身边的是一位匈牙利的年轻男作家。得知女作家迄今只发表了一部小说，男作家有些鄙夷，问："噢，你只写了一部小说，那能否告诉我这部小说叫什么名字？"

女作家平静地说："《飘》。"

那位男作家目瞪口呆。女作家的名字叫玛格丽特·米切尔，她的一生只写了一部小说，一部非常好的小说。现在，我们都知道她的名字。

是的，一生做好一件事，其实是一种幸福，做好一件事就是要做到别人无法替代。许多人之所以平庸，之所以会失败，不是败在能力、智慧上，而是败在了专注力上。"茶水莲姐"的故事告诉我们，专注是一种极其美好的品德，一种极其稀缺的资源。正因为稀缺，它弥足珍贵，拥有它的人，必将会在某一个时刻迎来人生的高光时刻，照亮平凡的生命。

好弓一年成

王国华

北宋大军平定江南，南唐覆亡。天下既安，刀枪散于民间，易引发混乱，于是赵匡胤下令将兵器全部收集起来，藏在扬州专门设立的兵器库里。北宋末年，方腊起事，当局派童贯征讨。武器不够用，大家想起多年前的这座兵器库，便开库取用。大门一开，凉气扑面，将士们将立在墙边的弓箭拿在手里，弓箭挺直刚硬，试了试，跟新的一样。童贯大喜，惊呼良弓。从闭馆到开库，前后147年，而弓箭不腐，胶漆不脱，让人感叹。

几年之后，金兵南侵，东南各战区的将帅们起兵勤王。江都大帅翁彦国命令扬州等地官民赶造所谓"神臂弓"，期限为一个月。结果，所造之弓皆不可用。有专家说，大宋建立之初，一张弓非得一年时间才能制造完成，不抢工期，尤其不搞所谓的献礼工程，所以质量好。马永卿在其著作《懒真子》中说，他研究了《考工记》一书，知道造弓确实需要至少一年时间。因为制弓需干、角、筋、胶、丝、漆六种材料，"六材既聚，巧者和之"，"弓人为弓，取六材必以其时"。各种材料的取用不能违背天时，要因时而造，冬天"析（剖）干"，春日"液角"，夏"治筋"，秋"合三材"。在寒冷的天气里奠定弓体，春天打磨弓弦，经过一道道工序，到了秋天再合为一体。古代造物，都是代代相传的手艺，尊重自然规律，造出来的东西自然有尊严。

使命感

莫小米

新年杭城飘雪。

朋友圈狂欢的同时，有人生计艰难。我家阿姨的老公，在城乡接合处租个小门面开修车铺，为了上学的儿女读书方便，家又租住在市中心。男人每天去修车铺，天气好也得骑一个小时电动车。

路上结冰有危险，男人的手冻得开裂。阿姨劝老公不要去了，全年无休，就趁机歇一两日吧。

男人休息一日，第二天雪更大，他摸黑起来，说今天要去修车铺，昨天有几个老顾客打电话来，那附近另有个修车的，故意刁难不给修，因为他价格公道技术好，平时都在他这修。

男人这天到晚上10点才回家，很多路段都是推着电动车走，阿姨全家等他回来才一起吃饭。

虽然没几单生意，但男人很开心：都是熟人，我不去，他们怎么办嘛……

使命感不只是大人物和所谓神圣职业者的专利，普通劳动者和小人物，被人需要，让人惦记，对得起他人的信任和等待，也是使命感。

住在杭州萧山一带的人，老远闻见鱼腥香，看见壮观的鱼阵，就知道年关将至。

做鱼干的是位50来岁的大伯。刚刚运到的青鱼堆成小山，每条都有5公斤重左右。寒风瑟瑟中，大伯麻利地扯过来一条，三两下挖去鱼鳃，一把快刀，从尾部沿着鱼脊嗖嗖往上切开，到鱼头处用力一劈，剖成鱼腹相连的两瓣，挖去内脏，不到一分钟处理一条，如行云流水。围观者众。

杀完鱼，就地腌制。铺一层鱼，撒一把盐，再铺一层，再撒一把。撒盐，是做鱼干最关键的一道，没把握的用秤来称，他一抓一个准。

腌个两天两夜，用水冲洗干净，用一截小竹片将鱼身撑开，挂起来晾晒，经过三四天烈日暴晒，便就成了。

元旦过后大伯就开始忙活，一直做到春节前，总要做个5 000条才够。

大伯祖上三代捕鱼为生。到他这代，捕鱼挣钱越来越难，就改行做水产生意。晒鱼干这门手艺，他做了20多年，远近闻名。

两个女儿都大了，看老爸年年辛苦，晒鱼干夜间要值班，遇到下雨天，还要搭棚棚，盖塑料布，劝他不要做了。他说：每年一入冬，就有饭店和老顾客打来电话，馋了一年，又想尝鱼干的味道了。还有人说吃不到我做的鱼干，年都过不好的。我哪好意思不做啊。

这，不是使命感又是什么。

白岩松演讲中的医德

孙开元

2017年4月，央视名嘴、卫生部特邀"健康知识宣传员"白岩松，在西安召开的中国整合医学大会上，做了一场名为"医学与医德"的演讲。

白岩松在演讲中提到近年医患关系紧张的问题时说："中国只有两个职业是带'德'的，一个教师，一个医生。而其他职业，都是用'职业道德'一词就笼统带过了，而这两个职业是单独计算的。原因在于，教师要负责人们的精神健康，而医生要负责人们的肉体健康。其实还不止，教师的职责是教书育人，教书容易，育人难呀。医生要肉体治疗，还要有精神抚慰，肉体治疗相对好评估，但是精神抚慰如何做呢？'德'字就在'育人'和'精神抚慰'之中诞生了。"

什么是医德？白岩松用几个故事做了回答。

第一个故事：1921年夏天，北京协和医院招生，当时招生名额很少，其中一个考场在上海。福建的一个小女孩立志要当医生，去了上海考试，最后一科考英文。协和对英文要求极高，她答了几道题后，考场里面的一个女生晕倒了，被抬了出去，没想到这个考生放弃了自己的考试，出去救助这个女生。等她救助完该女生，考试已经结束了，她没有任何怨言，准备明年再考，就走了。但是监考老师看到了这个过程，把这个过程写给了协和，协和调看了她前几科的成绩，最后决定招收她，因为她拥有当一个好医生的最重要的一个素质："德行"。宁可牺牲自己，也要照料别人的高尚品德。这个福建女孩的名字叫——林巧稚。

林巧稚的学生，中国妇产科保健专家严仁英讲过林巧稚的一个细节。她说林大夫查房前，由于病人情况比较严重，产科病房里的景象是哀号、不安、凄凉，但是林大夫来了之后，一边治疗一边跟患者聊天，突然一瞬间，病房呈现出极其温暖的安宁。这就有超越技能的，需要我们思考的东西。

第二个故事：有一个大夫名叫华益慰，白岩松在做感动中国节目时，他是获奖者。白岩松看他片子的时候眼泪"哗"一下就下来了，不是因为高超的医术，而是因为一个小小的细节：打他当医生开始，每天早上他去查房之前，都要先把听诊器放在自己的肚子上焐热，才进病房，他一辈子没让患者遭到过一次凉的听诊器。

第三个故事：武警总医院的急诊中心主任王立祥是白岩松的好朋友，他给白岩松讲过他自己的一件事。一天，一个孩子出现了紧急情况，送到了他们的急救中心，王立祥刚要开始救治时，发现没法救，孩子已经没了。但是，病房外爷爷奶奶、姥姥姥爷、爸爸妈妈全都跪在地上号啕痛哭，他们还盼望着要救活这孩子。王立祥觉得如果现在就告诉他们孩子没救了，可能会出事，要给爷爷奶奶、姥姥姥爷、爸爸妈妈一个接受的时间，他又给这个孩子做了一个多小时完全无用的治疗。在这段时间里，有很多的大夫在外面劝爷爷奶奶、姥姥姥爷、爸爸妈妈，给他们讲了很多人生必须面对生死离别的道理，让他们慢慢有一个缓冲过程，一个多小时之后，这个无效的治疗结束了，但有效地治疗了这个家庭，让他们能够慢慢接受悲痛的现实。

这三个故事都与医学的技能和治疗本身无关，但是谁能说这不是一种更大的治疗呢？100多年前，有位加拿大医生叫特鲁多。特鲁多医生的伟大不仅仅在于他是人类历史上第一个提炼出结核杆菌的人，更重要的是在于他墓碑上的那三行字："偶尔去治愈，经常去帮助，总是在抚慰。"这对于医生来说才是最重要的。

唐代医学家孙思邈说，良医治病时，必须做到安神定志、无欲无求，先发大慈恻隐之心。有来治病者，无论长、幼、怨、亲，医生都要如同对待至亲一样，把病人的痛苦当作自己的痛苦，一心救治，如此可为大医。白岩松演讲中提到的几位医生，正是这样既治"身"又治"心"的"大医"。

日本人的"匠人气质"

唐辛子

不能有丝毫偏差，这是身为技术人员的自尊心

"匠人"在日文中写成"職人"。作为匠人最典型的气质，是对自己的手艺，拥有一种近似于自负的自尊心，并为此不厌其烦、不惜代价，但求做到精益求精，完美再完美。

例如日本著名的建筑家安藤忠雄，在设计建筑东京的"表参道之丘"时，曾与日本著名的建筑公司"大林组"合作。安藤忠雄设计的"表参道之丘"全长280米，在接近完工时，"大林组"的施工人员对安藤忠雄说："全长280米，分毫不差。"

安藤回答说："没关系，相差个5厘米10厘米的，完全没问题。"

"大林组"的人当即正色回答安藤道："那可不行！不能有丝毫偏差，这是身为技术人员的自尊心。"

不仅是建筑现场的施工人员，就是负责建筑设计的安藤忠雄本人，也是极具"匠人气质"的建筑家。

安藤忠雄成名之后，某次接受日本媒体采访，谈到他每次接到客户的设计任务的情形。说自己从早到晚，除了思考设计方案，脑子里就再也容不下其他任何事。于是主持人便笑着问："您一定是想要将'建筑家·安藤忠雄'的所有一切，都要具体化地体现在自己的建筑作品中吧。是不是甚至恨不得连建筑门牌上都要写上'安藤忠雄'几个字才好？"

结果安藤忠雄答道："不，我觉得我设计的所有建筑，都是属于我自己的所有物，只不过暂时性借给客户使用一下而已。"

或许正是源于这样的一种极其自负的"匠人式"追求，从未接受过正规科班教育的安藤忠雄，才能从无名小卒，成长为世界级的建筑家。

对用于小马达上的一个小零件，检测试验达37项

"匠人气质"不仅仅体现在日本的技术人员或设计师身上，就是在普通日本公司的职员或者一般日本商社的商务人士身上，也一样可以看得到。

几年前，我曾在名古屋的一家国际贸易公司工作。有一年，这家贸易公司接到了本田公司这样的大客户的一笔订单：在未来三年内，为本田公司准备在全球同步上市的一款新车生产使用于自动车门上的一只小马达。

不错，仅仅只是生产一辆新款本田车上的微不足道的一只小马达而已，但负责这个业务项目的部长却如临大敌。他们将这笔订单的生产任务，交给了中国广东的一家合作工厂去做。为了保证这只小马达的品质，特意以千万年薪的高薪聘请了一位日本电机专家，每周往返于中国和日本之间，负责品质管理监督。

对于这只小马达的品质管理，严格到什么程度呢？举个例子说，仅仅使用在这个小马达上的一个小零件，就要进行耐尘耐水、耐热耐寒、耐撬耐震等大大小小共37项检测试验，而为了说明这些试验项目的检测要求和性能，规格书整整写了46页纸。

尽管如此，第一批3 000个马达生产出来，通过出厂检测，贴上了"合格"标签并运送到日本之后，却被查出有7个不合格。部长这下发急了，亲自领着电机专家赶到广东的工厂，通宵达旦地连夜检查问题出在哪儿，但却没查出来。而中方的所有检测记录都表示，这批马达是合格出厂的。

怎么办呢？这位日本部长，最后想出了一个让人差点晕倒的"笨办法"。

在接下来的几批马达再次"合格"出厂后，部长将在工厂负责出

厂品质检测的25名中国员工，跟随每批马达一起，如数集体邀请到日本来（费用由日方出）。然后让同样的一批人，对运送到日本的"合格品"马达，以相同的方式，在日本再进行一次同样的复查。复查之后，再由日方最终检验，以确保质量万无一失。

就用这样的方式，这个本田公司的马达生产项目，最后当然是圆满地完成了，但也被贸易公司的部长活生生弄成了一笔只赔不赚的生意，因为所花的成本代价实在太大了！

尽管贴钱赔本到了有些劳民伤财的感觉，但这家国际贸易公司的部长，却不仅没被降职，反而得到公司上下的一致赞赏。最后还得到了升迁。在我离开那家公司时，部长已经从国际业务部的部长，提升为整个名古屋分公司的负责人了。

"匠人气质"培养于童年

实际上日本人的"匠人气质"，是从童年时代就开始被培养的。举个最身边的例子，我家小学生去上学，光是鞋子就得每天准备三双：一双运动鞋，用来穿在脚上；一双白色布鞋，用来进学校玄关的时候更换入室（日本的小学进教室前都得换上室内专用鞋）；此外还得另准备一双体操鞋，这双体操鞋是在室内体操场里上体育课时专用的。

除了鞋子，还有配套的衣服：体育课使用的体操服和体操帽；游泳课使用的游泳套装（包括游泳帽、游泳衣、潜水眼镜、大浴巾等）；绘画课要用绘画课专用的颜料套装；裁缝课得用裁缝课专用的裁缝套盒；打扫厕所必须用专用的长雨靴；即使中午在学校吃午饭，也要准备白色午餐帽和白布饭兜……总之，每个周一去学校，都得大包小包拎上一大堆，弄得跟搬家似的。

这种从小对日常用品的细分与归类，培养出来的是成人之后对自身所从事的职业的讲究。

例如说拉面店，我们中国人开拉面店，煮面的师傅通常穿件破了洞的老头衫就可以上阵煮面了，但日本拉面店的师傅却不行。他们得穿上拉面店定做的衣服，衣服上还得大大地写上"拉面"二字，再在头上扎一条显得极帅的头巾,先将煮拉面的派头和架势准备好了,然后才满脸虔诚地开始煮面。拉面煮好,上面还要一丝不苟地摆放上半片鸡蛋、一枚海苔,然后再将若干枚叉烧肉精致地在面条上围出"一朵花"。一碗拉面端到客人面前时,那已经不叫"拉面",而叫"作品"了。

连一碗拉面都煮得像"作品",也由此可见,为什么在日本,手艺有高低,而职业却无贵贱了。因为无论你是拉面店师傅或豆腐店老板,还是顶尖级文豪或世界级设计师,除了身份的"外壳"不同,其内在的核心气质都是一样的:大家都是"匠人"。

文豪为自己流芳百世的作品而骄傲,豆腐店老板也一样为自己的百年老店而自豪,因为那白白胖胖一枚又一枚的,不是"豆腐",而是"作品"。在日本,对于一个行业的顶级人物,从不称其为"大师",而是称其为"巨匠"。一个"匠"字,简直入了日本人的骨髓。

日本小学校长每天向学生问好800次

唐辛子

搬家到了大阪之后,大阪的规矩和名古屋那边不一样,孩子们不再按居住小区分组排队去上学了,而是和国内一样,孩子自己单独去上学。

因为学校就在家与电车站之间,是每天早晨我出门的必经之地,所以,自从来了大阪,每天早晨都会陪女儿一直走到她的学校门口,并目送她走进校门才离开。

每天早晨我都会看到女儿的小学校长站在学校的大门口,满面笑容地对走进校园的学生大声招呼说:"早上好!"

孩子们一个接一个地走进学校大门,而站在校门边的校长,就一声接一声地对走进校门的每一个孩子面带笑容地大声问候,不疏忽其中的任何一位。

说实话,仅仅只是校长每天大清早站在学校门口问候学生,我还觉得没什么。因为从女儿上幼儿园开始,每天大清早第一个站在门口向孩子和家长问早安的人,一定就是幼儿园的园长。因此,进入小学之后,每天大清早站在学校门口对学生们说早安的人,自然也就是校长了。这没什么奇怪,以前名古屋的小学校长也是这么做的,日本的学校似乎大都如此。

不过,以前名古屋的那所学校,全校才300多人,校长每天早晨最多对孩子们说300次"早上好"就够了。但大阪的这所小学,有800多名学生,也就是说,大阪的这位小学校长,每天要第一个到达学校,守在学校门口等待孩子们的到来，并对每个孩子问候说"早上好"。一个个问候下来的话，校长就要问候800次。

大清早的800次问候，不是给上级也不是给来视察工作的领导，而是给自己的学生。而且，不是仅仅一天，而是风雨无阻，天天如此。这就不得不令人心生敬意了。

常常听到来日本的同胞们感叹说：日本真是个讲规矩守纪律的国家，日本人真懂礼貌。关心时事和新闻的人也都知道，日本的国家形象从2007年开始连续三年世界排名第一，虽然这其中有经济等方面的诸多因素，但日本人遵守公德，讲究礼貌的正面形象也同样不可忽视。

如何培养懂得礼貌的孩子？从日本小学校长身上，我们也许能感悟到什么。中国有一句老话，叫"身教重于言教"，与其用语言去指点孩子说要如何如何才是懂礼貌，还不如从我们自己开始，用实际行动示范给孩子看，什么是礼貌。因为我相信，一个生活在礼貌环境中的孩子，根本不需要大人告诉他"什么叫礼貌"，他也同样会做得很好。

德国人为何敢把马桶水箱镶嵌入墙?

杨佩昌

德国的窗户，有两种开法

德国人对细节的重视、对质量的苛求令人惊叹。去过德国的人都会注意到，德国马桶的水箱是镶嵌在墙里的。这意味着，马桶水箱里的机关零件必须泡在水里几十年不能坏，水箱一旦出问题，必须把墙拆掉。想想后果挺可怕，但德国人就这么自信。

中国民居的窗户，一般只有一种打开方式，而德国的窗户，则兼具两种打开方式，一种是常规的横向内拉全开，一种是纵向小角度内倾，为何德国窗户要这样设计呢？这里面蕴含着奥秘。第一，横向内拉，擦玻璃时很方便。想想真是这么回事，如果窗户向外开，你必须将胳膊甚至大半个身体探出窗外才能擦到外推窗户的玻璃外侧，这对住高楼的人来说很危险。第二，纵向小角度内倾，则相当于在窗户上端开了个大缝，既透气又不会漏雨。一位中国游客到了德国，在酒店一拉窗框向内倒下来还以为坏了，找服务员投诉，闹了个笑话。一个窗户的设计都如此精心到位，德国人对细节的重视可见一斑。

在德国，除了农田和工地，很少能看到裸露的土地，不是铺了草坪就是铺了砖石，所以大风天气里空气中也没有浮土。在一些边角的地方既没铺砖石也没铺草坪，直接就堆了一层小石子，也挺省事，总之就是不让土壤露出来。说到铺地面，德国人很少在地面铺大块的水泥，因为不利排水，除了透水砖，更多的是嵌在一起的碎石块。中国古代青砖铺地当然也有同样的透水功能，铺设效率也比嵌碎石块高，但是耐磨程度就差很多了，而且容易生青苔打滑。

德国人对细节的追求不仅蕴藏于日常生活之中，在各种大型工程项目中也体现得淋漓尽致。

德国人建造的公园和南非人建造的公园

南非的德塞公园是在国际上招标建设的，中标的是一家德国设计院。建成后，市民们并不满意，找出许多不尽如人意的地方。

后来南非人再建公园，就不用外国人了。20世纪70年代，南非人自己动手，修建了一个很大的公园——克克娜公园。克克娜公园建好后，南非人一片叫好。它漂亮、气派、美丽。但两年后，南非人的看法却发生了惊人的变化。

在雨季到来时，克克娜公园被大水所淹，德塞公园却没有一点雨水的痕迹。德国人不但给整个公园建了排水设施，还垫高了两尺。这是当初人们不理解的地方，直到大水到来，人们才明白其用意。

克克娜公园在举行集会时，秀丽的公园大门因为过小，而让人感到十分拥挤，甚至造成了安全事故。这时人们才想到了当时对德塞公园大门过大给予的批评，认为它有点傻。

等到了炎热的夏季，到克克娜公园的人们更为愤怒，因为它遮阳的地方太少，所谓的凉亭只是花架子，容纳不了多少人。而德塞公园纳凉的亭子，棚檐宽大，能容纳许多人。

又过了几年，克克娜公园的石板地磨损严重，不得不返修。而德塞公园的石板地却坚如磐石，雨后如新。当初因为德塞公园的石板路投资过高，南非人差点叫德国公司停工。当时的德国人非常固执，一定要坚持自己的做法，双方争得脸红脖子粗。当地人曾一度认为，德国人太死板、太愚笨。结果却证明，德国人做对了。

发现气缸有铁粉残渣，格里希大声咆哮起来

1984年，我国湖北的一家柴油机厂聘请德国退休企业家格里希任厂长。格里希上任后开的第一个会议，市有关部门领导也列席参加

了。没有任何客套，格里希便单刀直入，直奔主题："如果说质量是产品的生命，那么，清洁度就是气缸的质量及寿命的关键。"说着，他当着有关方面领导的面，在拿到会议桌上摆放的气缸里摸出一把铁砂，脸色铁青地说："这个气缸是我在开会前到生产车间随机抽检的样品。请大家看看，我都从它里面抓出来了些什么？在我们德国，气缸杂质不能高于50毫克，而我所了解的数据是，贵厂生产的气缸平均杂质竟然在5 000毫克左右。试想，能够随手摸得出一把铁砂的气缸，怎么可能杂质不超标？我认为这绝不是工艺技术方面的问题，而是生产者和管理者的责任心问题，是工作极不认真的结果。"一番话，把坐在会议室里的有关管理人员说得坐立不安，尴尬至极。

两年后，格里希因种种原因卸职时，这家柴油机厂生产的气缸杂质已经下降到平均100毫克左右。回国后，格里希有几次来中国，每次都要到厂里探望。在厂里，他有时拿着磁头检查棒发现气缸有未清除干净的铁粉时，忘了自己已经不是厂长，仍然生气地向周围陪同的人大声咆哮："你们怎么能这么不认真？"

中国人与德国人的"纠错"差异

国内有一家药厂，准备引进外资，扩大生产规模。他们邀请德国拜耳公司派代表来药厂考察。在进行了简短的室内会谈之后，药厂厂长便陪同这位代表参观工厂。就在参观制药车间的过程中，药厂厂长随地吐了一口痰。拜耳公司的代表清楚地看到了这个场景，便马上拒绝继续参观，也终止了与这家药厂的谈判。

在这位代表看来，制药车间对卫生的要求是非常严格的，作为一厂之主的厂长都能随地吐痰，与这样的药厂合作，如何保证产品的质量呢？

德国人对细节的重视更多地体现于对程序的严格控制和把握。我们可以从ISO管理系统中看中德企业在程序控制上的差距。

ISO管理中，有一个要求是：企业与客户的合同必须经过评审。审核时，审核员发现客户已经在合同上签名，而没有本公司销售经理的签名。按照程序文件的要求，合同必须要有销售经理签名，所以这是一个不合格项。如果这是一家中资企业，审核员发现问题后，会在"纠正措施"上填写：没有签名的地方补上签名。接下来的过程是销售经理补上签名，再由审核员去验证。这件事情就算完了。

但这种事情发生在德国企业，处理方法就完全不同：发现没有签名，不是简单地让责任人补上签名，而是去查找没有签名的原因是什么，并进行分析。通过分析发现：程序文件上写的是要求销售经理签名，而销售经理经常出差，但合同又不能不签。这就说明程序文件不具备可操作性，应该修改程序文件为：当销售经理不在时，要授权给代理人。然后填写纠正措施：更改×××号程序文件。

同样一件事情，由于思维和处理的方式不一样，得出的结果完全不同：前者的责任人是销售经理，后者的责任人是程序文件编写者；前者只是就事论事地做整改，后者却在修改完程序文件之后，还要检查另外有没有类似毛病的程序文件，如果没有，这个事件才算结束。

德国企业就是凭着这种审慎严谨、一丝不苟的做事风格和擅长逻辑分析的特长，成就了国际闻名的"德国制造"。

英国人如何配眼镜

刘思颖

英国人做事认真,即使是配一副隐形眼镜这样的小事,也一丝不苟,需经四五个步骤,一个也不能少。

首先你要去正规的眼科医院做详细的验光和检查并获得证明,否则眼镜店将不接受你这笔生意。

拿到眼科医院的证明,去眼镜店预约配镜。在配镜过程中,配镜师将向你展示几乎每一种适合的镜片,并根据你的验光报告向你做出非常详细的解释。

在选定镜片之后,眼镜店将提供一副试戴镜片,你可以先试戴这副镜片两周,并随时根据自己的试戴情况与验光医生沟通,以便将参数调整到最精确。

直到验光医生确认你了解了如何使用隐形眼镜,并不会产生过敏反应后,眼镜店才会开工帮你制作眼镜。

整个过程至少耗费三四周时间。想快?没门。而在中国呢?完成这样一个验光配镜过程不会超过两小时。英国人这样做看似烦琐,却确保了最低的医疗事故发生率。

当捕猎的主动权不在手里

金沙滩

海洋中，游弋着成千上万种动物，它们四处游动，其目的就是为了捕食猎物。然而，海洋里不是所有动物都有主动出击捕猎的能力，裸躄鱼就是其中之一。它虽然身居大海，却像一片浮草，从不游动，甚至让人怀疑它都不会游泳，更别说满天下寻捕猎物了。

还好，它遇到了马尾藻。

马尾藻是唯一一种不需附着海床而能在海中漂浮生存的藻类植物。裸躄鱼的形状、颜色酷似马尾藻，它们在马尾藻中安家落户，隐匿其中，随波逐流。

时而，会有一些小鱼小虾之类的海洋生物光顾马尾藻群，这是裸躄鱼唯一的捕食机会。由于裸躄鱼酷似马尾藻，所以，小鱼小虾们已经进入险区还未发觉，继续漫不经心地游来游去。裸躄鱼不愧为伪装大师，它盯着越来越近的猎物佯装视而不见，一动不动。当这些小鱼小虾来到嘴边时，才张开大嘴突然猛扑一下。成功与否，只在一瞬之间。捕获到猎物，就地享用，捕获不到，也不追击，又恢复到静止状态。

裸躄鱼就是这样，每次捕猎都不能保证百分百成功，许多时候猎物都逃脱了。一旦失手，它们没有别的办法，只有继续等待下去，一直等到猎物再次送上门来。很多时候，可能要等上一周甚至更长时间，才会有新的机会。尽管如此，裸躄鱼从不着急，因为，虽然它没有出猎的能力，却有足够的耐心。

主动权不掌握在自己手里的时候，耐心显得尤为重要。

学划船先练游泳

睿 雪

《庄子》里记载了这样一个小故事——

一个年轻人拜一位老船工为师学划船。一开始,老船工并没有教他怎么划船,而是让他先学会游泳。徒弟不敢有意见,于是乖乖练习游泳,这一练就是半年。

终于有一天,徒弟练得不耐烦了,就问:"师父,我是跟您学划船的,您却一天到晚让我学游泳,这是为何呢?"

师父答:"你要想学划船,就得先学会游泳。道理在于,如果你不会游泳,那么你在划船时就会担心自己失足落水,一旦有了这个担忧,就难以专心致志地去划船。这样去学,船能划得好吗?"

徒弟顿悟,于是潜心学好游泳再学划船。很快,他成了一名划船好手。

这就是所谓的"有备无患"。徒弟学会游泳之后,对风浪的畏惧大大减轻,便能专心致志地学划船。演讲家在演讲时也一样,他们不一定会照着稿子上面写的去念,但他们一定会拿着稿子,只为求一个心安。

备用方案的价值在于:它不一定直接派得上用场,但它能让我们不担忧。这样,注意力就容易集中在做事本身,就会事半功倍。

第七章 海阔天空

人类历史上第一次成功驾驶飞机

刘植荣

右图是美国发明家奥维尔·莱特驾驶飞机试飞,旁边跑动的人是他哥哥威尔伯·莱特。这是人类历史上第一次成功驾驶飞机飞行,时间是1903年12月17日,地点是美国北卡罗来纳州基蒂霍克南部6公里处的沿海地带。照片由约翰·丹尼尔斯拍摄。

人类历史上第一次成功驾驶飞机飞行

人类自古梦想着能像鸟儿一样在天空中飞翔。古希腊发明家阿契塔(前428—前347)、文艺复兴时期意大利画家及科学家列奥纳多·达·芬奇(1452—1519)都曾对飞行器进行了探索,但有动力、比空气重的飞行器直到20世纪初才被美国发明家莱特兄弟发明出来。莱特兄弟发明了飞机,改变了人类的生活方式,飞机成了远程旅行的首要选择,让地球变成了"地球村"。

威尔伯·莱特于1867年4月16日出生在印第安纳州,在7个孩子中排行老三;奥维尔·莱特于1871年8月19日出生在俄亥俄州,排行老六。莱特兄弟的父亲米尔顿·莱特(1828—1917)是一名基督教主教。

1878年,父亲为孩子们买了一个法国飞行探索家阿方斯·佩诺

心灵驿站

威尔伯·莱特

奥维尔·莱特

（1850—1880）设计制造的直升机玩具，材料是纸、竹子、软木和橡皮筋。这个玩具让莱特兄弟对飞行器产生了浓厚的兴趣，玩具坏掉后，兄弟俩自己动手仿制了一个。

莱特兄弟均未获得高中文凭。1884年，威尔伯完成高中学业后，因搬家未收到文凭；1994年4月16日，在他诞辰127周年时，学校为他补发了高中文凭。1889年，奥维尔读高中时退学，与威尔伯一起开办了一家印刷厂，并在当年3月创办了一家周报《西部新闻》，一年后改为晚报《晚间纪事》，但4个月后停办了报纸，专营印刷业务。

1892年12月，莱特兄弟又开办了一家自行车店铺，销售并修理自行车，并从1896年开始自己设计生产自行车。

莱特兄弟从1899年开始研究飞行理论，并大胆实践。弟弟担任着领导角色，所以，提到莱特兄弟总是把弟弟奥维尔放在前面。

他们为了制造无动力的滑翔机进行了1 000多次试验。1900年制造了第一架滑翔机，翼展5.33米，长3.51米，重24公斤；1901年制造了第二架滑翔机，翼展7米，长4.3米，重44公斤。这期间，他们发明了"三轴控制法"，让飞行员自如地控制飞行器飞行。

1902年10月8日，莱特兄弟首次成功操纵滑翔机飞行，并在这之后的试验中，飞出了空中停留26秒、飞行距离190米的成绩，成为当时世界上最有经验的滑翔机飞行员，并获得了几项与滑翔机有关的专利。

滑翔机试验成功后,莱特兄弟从1903年开始制造现代意义上的飞机"莱特飞行者"(有动力且比空气重)。飞机机身和滑翔机一样,用云杉木材,难的是制造螺旋桨和发动机。

飞机螺旋桨没任何参考资料可供借鉴,他们自己通过一次次风洞试验,设计出云杉胶合叶片螺旋桨,左右各一个,安装在两面机翼之间,用链条传动。这对螺旋桨的功效为75%,峰值效率达到了82%。

虽然德国人卡尔·本茨(1844—1929)早在1885年就研制出了世界上第一辆内燃机汽车,可汽车上的发动机太重,装到飞机上会让飞机飞不起来,必须专门为飞机制造轻型航空发动机。

莱特兄弟与几家发动机制造商联系,但没有一家能满足他们的要求。于是,兄弟俩指导自己的自行车技师查尔斯·泰勒(1868—1956),用6个星期的时间在自行车生产车间造出世界上第一台航空发动机。为了减轻重量,用铝做缸体。

就这样,人类历史上第一架飞机造出来了。"莱特飞行者"翼展12.3米,重274公斤;汽油发动机重82公斤,功率12匹马力。这架飞机总成本不到1 000美元(购买力相当于2017年的28 700美元)。

莱特兄弟选择法国发明家孟格菲兄弟于1782年12月14日成功试飞热气球121周年纪念日试飞。两人轮流试飞,用投硬币的方式决定谁第一个试飞。投币结果,威尔伯第一个试飞。

1903年12月14日,在北卡罗来纳州基蒂霍克南部6公里处的沿海地带,威尔伯试飞时拉升过早,飞了3秒便落地,飞机受到轻微损伤。

修复后,于1903年12月17日,莱特兄弟再次试飞,按照先前投币结果,这天的试飞轮到奥维尔首飞了。

1903年12月17日上午10时35分,这是人类历史上的一个重要节点。奥维尔驾驶人类第一架飞机"莱特飞行者",用12秒飞行了37米。当时,3名政府海岸救生员和一个商人及当地一个男孩见证了这次飞行。其中的一个海岸救生员叫约翰·丹尼尔斯(1873—1948),他用莱特兄弟准备好的相机,拍摄了人类首次飞行这张永载史册的照片。

威尔伯第二次试飞,飞行了38米。奥维尔第三次试飞,飞行了61米。

中午时分,威尔伯进行当天最后一次试飞,飞行59秒后坠落到地面,飞行距离260米,飞机只损坏了前面的方向舵,整体完好。目前,"莱特飞行者"原型机在美国首都华盛顿航空航天博物馆展出。

当时受学术权威的压制,莱特兄弟发明出飞机后,媒体、学术机构和政府均不予承认,认为这是异想天开。能量守恒定律创立者、德国物理学家亥姆霍兹(1821—1894),美国天文学家西蒙·纽康(1835—1909),热力学之父、英国皇家学会主席威廉·汤姆森(1824—1907)都断言"比空气重的飞行器是绝对飞不起来的"。

为了证明"比空气重的飞行器能飞起来",莱特兄弟一边改进飞机性能,一边在美国及欧洲进行飞行表演,寻找商业机会。几经周折,莱特兄弟申请的飞机发明专利在1906年5月22日获美国专利局批准,专利号为821393。

1909年11月22日,莱特兄弟创建了莱特公司,总部在纽约市,生产车间在家乡俄亥俄州的代顿,把飞机发明专利作价10万美元卖给公司,同时拥有公司三分之一股权,并享有飞机销售收益的10%。

1910年5月25日,莱特兄弟进行了两次非凡的家庭飞行。第一次奥维尔驾驶飞机,让哥哥作为乘客坐在身边,这也是莱特兄弟唯一一次同飞一架飞机。这要经过父亲的允许,因为当时飞行是很冒险的事情,为防两人同时遇险,兄弟俩向父亲承诺不同时飞行。

这天的第二次飞行,是奥维尔驾驶飞机把82岁的父亲送上107米高的高空中,这是莱特兄弟的父亲一生中唯一一次乘坐飞机。老爸在飞机上异常兴奋,不断对儿子高喊:"飞高点,奥维尔,再高点!"

1910年10月11日,刚卸任的美国总统西奥多·罗斯福(1858—1919)还搭乘莱特公司的飞机进行野外考察。1910年11月7日,莱特公司将两包丝绸从俄亥俄州的代顿空运到哥伦布,全程105公里,用时1小时6分钟,收取运费5 000美元,这是航空史上第一次商业货运。

莱特公司在1910年至1915年间生产了120架不同型号的飞机。莱特公司还运营莱特飞行学校，在1910年至1916年间共培养了115名飞行员，包括第二次世界大战期间的美国空军五星上将亨利·哈利·阿诺德（1886—1950）。1916年，莱特公司与马丁公司合并成莱特-马丁飞机制造公司。

莱特兄弟发明出飞机后，很多人开始仿制，兄弟俩发起了专利权保卫战，虽然得到了法院有利于他们的判决，但世界各地的侵权行为仍屡禁不止。诉讼活动浪费了兄弟俩太多的精力，最后他们干脆放弃追诉。

被誉为"飞机之父"的莱特兄弟全身心投入到飞行事业中，无暇儿女情长，均终身未娶。

威尔伯于1912年5月30日因伤寒在代顿家中去世，年仅45岁。

哥哥去世后，奥维尔接管了莱特公司的经营，除飞机研发外，他还在多家航空机构任职，并在1936年当选美国国家科学院院士。1948年1月30日，奥维尔心脏病复发去世，享年77岁。

在奥维尔去世后的第二天，拍下他驾驶飞机实现人类历史上第一次飞行壮举的丹尼尔斯也随他而去。

电影发明于富豪的一场打赌

石毓智

"电影概念"肇始于斯坦福的"有钱任性"

有钱任性,古今中外的人概莫能外。在一百多年前,美国一位富人不仅很任性,而且做事执着,连打赌亦不例外。他的这种性格,竟成为电影发明的"导火索"。这个人就是斯坦福。

电影被列为影响人类最伟大的100个发明之一,它与电视、冰箱、空调、微波炉等成为现代科技的重大进步,成为现代人生活中不可缺少的东西。要知道,在人类历史上,各式创造发明多如牛毛,要被选入这个最伟大的100个发明榜,可不是件容易的事。

斯坦福

科学技术的理论研究一般不会直接促成某种产品的发明。即使光学科学再发达,研究人员也不大可能在实验室里突然研究出电影来。通常基础科学研究只能给某种产品的发明提供技术上的可能性。像冰箱、电视这类具体用品的发明,则需要某个人首先提出有关概念,而提出这些概念的人很可能是一个科学技术的业余爱好者甚至是个外行。

"电影概念"首先是被一个赛马爱好者打赌打出来的。它肇始于斯坦福的"有钱任性"。斯坦福是19世纪美国的一位超级富豪,他出生于纽约州,随19世纪中叶的"淘金潮"来到加州,通过买卖黄金和经营铁路而积累起巨额的财富。美国富人那时就有这样的风气,有了钱以后就喜欢从政,因为这样不仅可以实现自己的政治抱负,而且还可以享受大众的拥戴。斯坦福竞选加州州长如愿以偿,担任了两年州长后又当了八年美国国会议员。

在经商和理政的闲暇之余,斯坦福的最大爱好就是赛马,不是观赏,而是自己养马跟别人比赛。现在斯坦福大学为了纪念这位学校创始人的这个爱好,在学校后山坡上开辟了一个几十公顷的养马场,养着很多马。

每年,大学都要纪念斯坦福的冥诞,到了这日,会有一个打扮得像斯坦福的人,坐着一辆四轮马车,在校园里巡游一圈。这一天来观赏的师生和碰巧来大学的参观游览者,都可以吃上一顿免费的午餐。

赛马四蹄腾空的瞬间被胶片记录下来

1877年的一天,斯坦福在观赏赛马比赛时突然念头一闪,觉得马在奔跑跳跃的过程中,一定有一瞬间是四蹄同时离地腾空的。他顺便把自己的观察跟坐在周边的其他富豪讲了,没想到遭到其他人的嘲笑,说他的想法太荒唐,太不靠谱,用今天的话说就是"斯坦福简直是个神经病"。这下可惹火了斯坦福,他提出赌2.5万美元,这在当时可是个巨额数字,相当于今天的100万美元左右。

什么事就怕"认真"二字。如果斯坦福将此只当作一次玩笑,就是说说算了,那将会是一件淹没在历史长河中不值一提的琐事罢了。然而,斯坦福和他的那帮富豪朋友们都很认真,他们都盯住飞奔的赛马细看,可是双方还是各执一词,斯坦福说他看到马有四蹄腾空的瞬间,而其他富人都说没有看到。主观愿望不同,所看到的结果自然两样。因为没有确凿的证据,双方争执不下,谁也说服不了谁。很多打赌者如果遇到这种情况,可能就此不了了之,可是斯坦福就是有钱任性,他要花大钱,利用科技手段来证明自己是对的。

因为斯坦福的执着，这个赌越玩越大，他请来英国摄影师迈布里奇来帮忙。可是那时还没有今天高速连续拍摄的相机，只有一次照一张的老式胶卷相机，但优厚的报酬激发了迈布里奇的积极性和灵感。

迈布里奇到赛马场观察了好几天，终于想出一个解决问题的窍门。照相机一次只能照一张，迈布里奇就用16部照相机来拍照。他在赛马跑道上的一小段距离内，把这些照相机并排安装在一边的栏杆上，再用长线的一端拴住相机快门，另一端绑在跑道另一边的木棍上，线的高度约在马的肚子处。这样赛马疾驰而过时，会依次闯断这些长线而拉动相机快门，这样就会获得16个镜头，记录下马奔跑过程中不同时间点的动作姿势。

斯坦福的奔马照片

照片拍出后，斯坦福请来他那帮打赌客，把他们安排在一个昏暗的房间里坐下，让迈布里奇把这些照片底片安装在一个转盘上，用一盏灯投射在一堵白墙上。16张图片一张一张映照在白墙头上，其中两张照片，明明白白记录着赛马四蹄腾空的瞬间。证据确凿，他那些富人朋友只得认输，付给斯坦福这笔巨额赌金。

电影发明来自四位人物的非常品格

迈布里奇帮助斯坦福打胜了赌后，没舍得把胶片丢弃，因为摇动嵌有这16张胶片的转盘，可以看到一匹马在白墙壁上飞奔，这是人类历史上第一次在赛马场之外的"荧幕"上看到一匹马在奔跑。一不小心，迈布里奇就制作出了世界上首部电影。人们得知后，惊讶万分，兴高采烈，奔走相告，很快成了全国新闻。

1885年，爱迪生听说了这"会动"的照片的事情，马上嗅出其中的商机，因此就叫自己的助手专门设计一款可以连续拍照的相机，再弄一个方便播放多张照片的设备。

爱迪生不愧是个天才的发明家，半年多的时间就有了重大突破，设计出了一种一秒拍40张照片的相机，而且也鼓捣出专门播放照片的机器。

爱迪生马上在纽约开办了一个袖珍电影院，一次只能容纳一位观众，片长只有20秒。人们争先恐后来看这个新玩意儿，生意十分火爆。最初的这批幸运观众中，有个来自法国的照相器材制造商，他的名字叫吕米埃，因为职业习惯，他马上发现了爱迪生的设计缺陷，回到法国设计出了技术更加完善的照相机和放映机，电影从此真正成了大众的娱乐。

电影的发明来自四个人物的非常品格：斯坦福的任性和执着，迈布里奇的创意，爱迪生的商业头脑，吕米埃的精工精神。

世界上第一位计算机程序员

孙开元

世界上第一台真正意义的计算机诞生于1946年，而早在19世纪，英国发明家查尔斯·巴贝奇就发明过一台小型计算机，能进行一些简单的数学运算。当时的一位英国女数学家，还曾给这台计算机编写过计算程序，她的名字是埃达·洛夫莱斯。

埃达生于1815年，她的父亲是英国浪漫主义诗人拜伦，她的母亲名叫安娜·伊莎贝拉。安娜因怀疑拜伦移情别恋，在生下埃达不久就离开了拜伦，独自带着埃达生活。

那时，中上层女性结婚后的主要任务就是操持家务，相夫教子，追求事业会被认为是不守妇道。幸运的是，埃达的母亲安娜接受过高等教育，通晓数学，她看出埃达有数学天赋，决心让女儿接受全面教育，主攻数学和逻辑学。

埃达上学后，接受过当时英国最有名的一些科学家的指导，如数学家玛丽·萨默维尔等。在1833年的一次派对上，玛丽将17岁的埃达引荐给了查尔斯·巴贝奇。查尔斯是英国的数学家和发明家，他研制了一台用于天文学计算的机器——"巴贝奇差动仪"。查尔斯向埃达展示了这台两英尺（约0.6米）高的铜制机器，埃达被迷住了。

巴贝奇差动仪可用于计算多项式函数，运算速度比人工快很多，但经常出现运算错误。为了纠正运算错误，在此后的10多年中，查尔斯与埃达一起对机器进行了多次改良。在此期间，查尔斯成了埃达的良师益友，还发现了埃达有惊人的数学天才，称她为"数字女王"。

1835年，埃达结了婚，婚后育有两儿一女，但她并没有被家庭生活阻挡而停下研究步伐。

由于巴贝奇差动仪功能单一，只能用于数学运算，查尔斯不太满意，一直思考着如何能制造出更先进的机器。他发现，提花纺织机可以配置多种能够重复使用的打孔卡，纺织出不同的图案。受此启发，他于1837年发明出能进行更复杂计算的"巴贝奇分析机"。

查尔斯制造的巴贝奇分析机使用打孔纸带输入，采用十进制计数。埃达说："这台分析机'纺织'的是数字，正如纺织机能够在面料上纺织出花和树叶一样。"

19世纪英国画家玛格丽特·卡朋特为埃达所画肖像

巴贝奇分析机使用的存储和处理数字的方式，虽然非常原始，但原理类似于今天计算机中的内存和处理器。从某种意义上说，巴贝奇分析机可以算得上是世界第一台计算机。

意大利数学家路易吉·费德里科·梅纳布雷亚也感觉到了巴贝奇分析机的价值，用意大利文写文章进行了推介。1843年，27岁的埃达翻译了路易吉的文章，发表在英国的《科学报告》上。

埃达给这篇文章添加了注释，她的注释字数是原文的三倍，因为她意识到，这台分析机不仅有计算数字功能，还有其他的用途。她在注释中说，如果这台分析机有可以识别的编码，它就可用于编辑文字、图片和声音。她是第一个预见到通过使用编码，可以将分析机从数字计算发展为多用途计算机的人，后人因此称她为"计算机时代的先知"。

埃达在文章里写道："分析机不会自主做任何事情，但如果我们对它发出指令，它就可以做很多事情。"她甚至设想过有一天能发明出一台能够模拟人类大脑进行思考和创造的机器，用我们当今的热门话来说就是"人工智能"。

埃达这篇文章对计算机的发展还有另外两个重要贡献：第一，她描述了分析机可以重复发出指令的方式，她称之为"迭代"，时至今日，计算机程序员仍在使用这一方法编程。第二，她在文章中详细说明了使用该分析机计算伯努利数的方法，这也是世界上第一个计算机程序。2018年7月的一次拍卖会上，当年埃达写的初版文章，以95 000美元成交。

1852年，也就是她在发表这篇经典文章不到10年后，36岁的埃达因子宫癌去世。此后的一百年间，埃达的名字几乎被人们遗忘，但在1953年，她的文章再次出版，人们这才广泛认识到，埃达是世界上第一位计算机程序员，她对于计算机事业的贡献也受到了世人的尊重。

1980年，美国国防部以埃达的英文名字"Ada"命名了一种广泛应用的计算机程序语言——Ada语言，以此纪念埃达对计算机发展做出的重要贡献。美国著名传记作家沃尔特·艾萨克森在他所著《创新者》

埃达

一书中写道:"埃达对于计算机应用的洞见成了数字时代的核心理念,也就是任何一种资料、数据或信息,无论是音乐、文字、图片、数字、符号、声音或视频,都能够通过机器控制并以数字形式表达。埃达做出的贡献不但意义深远,而且鼓舞人心。她窥见未来的能力已经超过了巴贝奇以及任何一个与她处于同一时代的人。"

2009年,在美国《福布斯杂志》撰稿人苏·查曼·安德森的建议下,人们将每年10月的第二个星期二定为"埃达日"。每年一到这一天,世界各国的许多女性程序员会来到伦敦,围绕计算机程序设计为主题发表演讲,演出喜剧、音乐剧,以此纪念埃达。

发明微波炉的故事

邓笛 编译

美国的雷神公司是制造雷达设备的国防承包企业。1945年，为了给军方用于探测敌机的新雷达系统提供动力，雷神公司正在抓紧时间大量生产磁控管。一天，当公司的一位名叫珀西·斯宾塞的工程师走近一根磁控管时，他发现他口袋里的巧克力棒居然融化了。

其他工程师也有注意到这种情况，但都没有给予重视，更没有产生出什么奇思妙想。斯宾塞，一个只有高中文凭的工程师，却对这个现象有着浓厚的兴趣。他试着把玉米粒放在管子前面。几分钟后，自从洞穴居民学会了使用火以来，人类第一次以新的方式烹饪了食物。

于是，斯宾塞萌生了发明一种磁控管驱动的烤箱的想法。这个想法一经提出，就遭到了众多人的讥笑。"荒谬！""可笑！""我们做的可是国防生意，与餐馆和厨房毫无关系！"反对的人这样说道。然而，雷神公司高层采纳了斯宾塞的建议，决定冒险尝试。斯宾塞不仅没有被看成是一个异想天开的怪人，反而被提拔成为雷神董事会的高级成员。这样，他的想法就转化成生产，不到两年，公司就把第一台微波炉（当时又称雷达波炉）投入市场。

历史做出了正确的选择，使得珀西·斯宾塞创新的想法能够转化成微波炉。但事实上，这个故事里还应包括几十个无名英雄。比如，雷神公司的高层管理人员，他们没有因为斯宾塞学历低，而忽视他的想法，相反他们对他予以重用。他们更没有惩罚他，因为严格来说，他毕竟是在一个严肃的工程实验室里摆弄食物。他们善纳良言，制造了雷达波炉，然后积极地开拓市场。

早期的雷达波炉是一个大家伙，雷神公司为它寻找到了适合的买家，比如以3 000美元一台的价格将冰箱大小的炉子卖给了拥有大型商业厨房的客户，或者卖给那些需要快速加热很多食物的大型远洋客轮。1965年又专门为此收购了一家家用电器公司。此外，雷神公司不断鼓励工程师们改善磁控管驱动技术。他们发现，仅仅是为了解冻牛排和制作爆米花，使用昂贵的军用磁控管装置实在有些奢侈。于是他们开发出一种更小、更便宜、更简单、更安全、更可靠的家用微波炉。

1967年，第一台台式的家用微波炉以495美元的价格出售了。20世纪60年代，美国社会发生了一些变化，随着城市化进程的加快，许多妇女进入了劳动力市场，越来越多的家庭不能像过去那样有充足的时间做饭了。雷神公司抓住机遇，开展了家用微波炉的大规模营销。一时间，微波炉广告无处不在，销售点不断增加，再加上微波炉既能快速解冻又能烹饪，价格也不算太贵，所以销量剧增，年销售额达到了750亿美元。

每个公司都不乏一些既有创新思维又特立独行的人，但并不是每个公司都能像雷神公司一样既具有虚怀若谷的胸襟、知人识才的慧眼，又具有适当的管理办法和奖励机制。即使在今天，许多声称鼓励创造和创新的公司，也并没有真正行之有效的管理和奖励办法。支持创新，就要容许犯错。在家用微波炉被市场接受之前，雷神公司付出了巨大的投资，也承受了将近20年的"美中不足"。如果只看重"奖励的确定性"，而忽视"成功的潜在性"，结果则可能是，好大喜功的平庸者受到奖励，具有奇思妙想的创新者遭遇冷落。奖励卓越，才不会平庸。

世界上最早的履带式拖拉机

刘植荣

下面的照片是"霍尔特-120型"履带式拖拉机，摄于1914年以前。它属于世界上最早的可实际应用的履带式内燃机拖拉机系列，由美国企业家、发明家本杰明·霍尔特研制。

德国人卡尔·本茨（1844—1929）在1885年成功研制出世界上第一辆汽车。从此，汽车逐步取代马车，在公路交通运输中扮演起重要角色。但汽车也有自己致命的缺陷，那就是，它只能在平坦的硬路面上行驶，在松软、泥泞或坑洼不平的路面上，在荒地、在农田，汽车就开不起来了，遇到障碍也很难逾越。

"霍尔特-120型"履带式拖拉机（摄于1914年以前）

很多发明家试图解决这个难题，但最终将其解决的是美国发明家本杰明·霍尔特。他发明的履带式拖拉机，两条履带与地面接触降低了压强，加上履带自己的滚动驱动能力，车辆就可以在各种道路和田野上行驶了，遇到障碍也可轻而易举地逾越。

本杰明·霍尔特1849年1月1日生于美国新罕布尔州康科德市，是家里11个兄弟姐妹中最小的一个，父亲开了一家硬木车轮制造厂。

本杰明·霍尔特

1864年，他的哥哥查尔斯在加利福尼亚州的旧金山开了一家机械制造公司，制造硬木车轮和有轨电车的车轮、车轴等钢铁制品，同时也做木材生意。从1869年开始，本杰明帮哥哥打理生意。

1875年，本杰明的母亲去世，1883年父亲也去世。他便离开家，搬到加利福尼亚州斯托克顿市（在旧金山东部140公里），与哥哥查尔斯合伙创建了斯托克顿车轮制造公司。总共投资6.5万美元（购买力相当于2017年的164万美元）。

本杰明并没有接受过正规教育，知识主要从父母和兄长那里获得。很快，他改进了联合收割机，不用齿轮，而用皮带从车轮向收割机传输动力，这样，收割机运行更加平顺。

1890年，本杰明制造出了蒸汽机拖拉机，又称霍尔特拖拉机，金属车轮，7.3米长，60匹马力，整车重22吨（含水2.56吨），可以用木材、煤炭或燃油做燃料。用霍尔特拖拉机牵引收割机，大大提高了收割效率，收割相同亩数的谷物，成本只是马拉收割机（由美国发明家塞勒斯·迈克科米克于1831年发明）的六分之一。后来，伐木工也用霍尔特拖拉机从森林里向外拖运被砍倒的树木。

到1892年，霍尔特拖拉机可牵引45吨的货物以4.8公里的时速行驶。由于当时世界上主要依靠马匹牵引车辆或机械，本杰明制造的拖拉机在当时成了爆炸性新闻。这一年，他成为公司董事长，并把公司更名为霍尔特制造公司。

接着，本杰明着眼于履带式拖拉机的研制，以让拖拉机的应用范围更广。当时，世界上有100多项与履带式拖拉机相关的发明专利，但造出的样机都在试验中失败了。1903年，本杰明去工业革命的先驱国家英国调研履带式拖拉机的研制情况，但结果让他很失望，他没有看到一个成功的例子。于是，他草草结束英国之行，返回美国自己的工厂继续研制履带式拖拉机。

1904年11月24日，本杰明在农田里公开演示了他研制的履带式蒸汽机拖拉机，大获成功。从此，履带式拖拉机开始走向应用阶段。然后，他又用内燃机取代了蒸汽机。

1910年，本杰明再次把公司名字更名为霍尔特履带式拖拉机制造公司，并注册了"卡特彼勒"（Caterpillar）商标。"caterpillar"这个英文词本意是"毛毛虫"的意思，之所以用"caterpillar"这个词，是因为履带滚动时看上去像条爬着的毛毛虫。

1908年至1913年，100辆"霍尔特-40型"履带式拖拉机在美国洛杉矶引水工程上立下汗马功劳。

后来，霍尔特履带式拖拉机制造公司又生产了多个型号的履带式拖拉机。

"霍尔特-60型"是1911年制造的，功率较小。

"霍尔特-75型"从1913年开始批量生产，83匹马力，最高时速24公里，除了在美国本土制造外，还在英国拉斯顿-霍恩斯比公司制造，1924年停产。

"霍尔特-120型"从1915年开始批量生产，120匹马力，重8.2吨。

第一次世界大战期间，英军、法军、美军和奥匈帝国军队共采购了1万辆霍尔特履带式拖拉机，用于牵引火炮和其他军事装备，甚至还用它牵引列车。英国、法国和德国研制的坦克，都从霍尔特履带式拖拉机得到启发，甚至直接用它改装。

一战结束后，本杰明还制造了功率较小的几个型号的履带式拖拉机：如1919年至1925年生产的"霍尔特–5型"，40匹马力；1921年至1925年生产的"霍尔特–2型"，31匹马力；1923年至1925年生产的"霍尔特–10型"，63匹马力。与此同时，他还把研发重点转到建筑机械上。

1920年12月5日，本杰明·霍尔特逝世，享年71岁。

1925年4月15日，霍尔特履带式拖拉机制造公司被另一家公司并购，现在叫卡特彼勒公司，有职工10万人，在2016年"财富世界500强企业"榜上排第59位。

为纪念本杰明·霍尔特在农业机械化及建筑机械方面所做的贡献，斯托克顿市用他的名字命名了一条街道和一所中学，并建了霍尔特纪念馆。

曹冲称象与阿基米德洗澡

孙道荣

曹冲称象是一个家喻户晓的故事。孙权给曹操送了一头大象，曹操想知道这头大象的重量，可是，所有的人都不知道该怎么称这个庞然大物。年仅五六岁的曹冲说，这还不简单，将大象放在船上，在船帮上刻下记号，再在船上装上石头什么的，到了同样的刻度，将这些石头的重量称出来，不就是大象的重量吗？

在当时，这简直是一个聪明至极的办法。此后千余年，曹冲就成了神童的化身。甚至今天的小学课本里，都收录了这个故事，其意在鼓励孩子们从小就善于开动脑筋，像曹冲那样发挥聪明才智，解决现实中的难题。自己的孩子能成为曹冲那样的神童，也成了几乎所有人的愿望。

但曹冲称象，与阿基米德洗澡，有什么关系？

叙拉古希伦二世召见阿基米德，让他鉴定工匠新打造的纯金王冠有没有掺假。阿基米德苦思冥想多日，也没能想出鉴定的办法。累极了，他想洗个澡，放松放松。当他跨进澡盆时，惊讶地看见，水盆里的水面上升了。我用"惊讶"这个词，意思是这显然是再正常不过的事情，在水里放进东西，水面当然会上升，此前阿基米德肯定已洗过无数次澡，但这一次不同，因为阿基米德由此发现了一个影响至今的原理，即阿基米德定律——浸入静止流体中的物体受到浮力，其大小等于该物体所排开的流体重量，方向垂直向上并通过所排开流体的形心。通俗地说，它就是浮力原理。

这恐怕是迄今为止，人类洗的最伟大的一次澡。它不仅帮助阿基米德解决了国王的纯金王冠有没有掺假的难题，更重要的是，它是一项伟大的科学发现，奠定了流体静力学的基础。它的发现对科学和社会的发展影响深远。

在今天看来，曹冲称象的操作与阿基米德洗澡的顿悟，其实很简单，就是浮力。但它们的区别在于，曹冲只是用科学的方法解决了现实中的一道难题，而阿基米德则是由此发现了一个重大的科学原理。二者有着天壤之别。

阿基米德发现浮力原理，还是公元前250年左右的事情，但直到1627年，阿基米德定律才传入中国，也就是说，公元200年时的曹冲，不可能知道这个定律。这是曹冲的聪明之处，他靠的完全是自己的智慧，但这也正是他的局限所在，他只是利用这个原理解决了现实中的一道难题，此后便不了了之，活在神童的美丽光环下，再无造化。当然，可惜曹冲只活了13岁，倘假以年华，他能从称象这件事中，像阿基米德一样悟出、发现浮力原理，成为一代大科学家吗？恐怕仍然很难。因为，此后的一千多年，一代代人都只顾忙着传颂神童的故事，谁也没有去探究其背后的科学原理，直到1627年阿基米德定律传入中国，人们才恍然大悟，这不就是咱们古时候的曹冲称象吗？换句话说，曹冲称象不就是中国版的阿基米德定律吗？但曹冲只是称象，阿基米德洗澡却是科学发现！

今天，曹冲称象的故事还在活灵活现地传颂，一代又一代望子成龙的父母们还在向他们的孩子津津乐道地复述着这个神奇的故事。希望自己的孩子能像曹冲一样聪明。这固然没什么不好，但在讲述这个故事的时候，不妨也讲一讲阿基米德洗澡的故事吧，并告诉我们的孩子，它们有什么不同，让我们的孩子明白，聪明只懂得利用，而智慧才能发现和创造。

心灵驿站

迪拜是从沙漠里造出来的城吗?

陆勇强

全球瞩目的2016年G20峰会选择在杭州召开,而不是大家心目中的一线城市。

有人说这有点意外,但其实这是一种"偶然"中的必然。在杭州土生土长的马云录的一段视频在网上疯传,马云说杭州自古以来是一个包容的、具有创意精神的城市。

杭州真的具有创意文化,这种创意文化是根植于城市底蕴中的,而不是凭空产生的,与有些城市所说的不怕做不到、只怕想不到的"创意"是有区别的。

这十几年来,似乎每个城市都在挖空心思想创意,邀请专家、举行论坛、编制规划……不一而足,大家都怕落后了,不打出一个响亮的"创意口号"就没面子。

如果以为创意只是一个想法,那就错了。创意不仅仅是想法,而是能产生巨大效益的"想法"。也就是说,创意必须根植于城市本身的文化、资源,并且借助这些文化和资源创造效益。但现在非常奇怪的是,不少城市造起了"空中楼阁",提出一些与城市文化、资源明显不符的创意口号,还美其名为"创意城市",认为"创意城市"可以包容各种奇思妙想,只有想不到,没有做不到。

许多人会拿阿联酋的迪拜说事,觉得迪拜地处沙漠的不毛之处,既不宜居也不宜业,但阿联酋这几十年偏偏在沙漠之中造出了一个奢华城市,这简直就是一个阿拉伯神话故事。但千万不要忘记,罗马城不是一夜造成的，迪拜也不是。阿联酋70%左右的非石油贸易都集中在迪拜，迪拜在历史上一直就是阿联酋的"贸易之都"，同时也是整个中东地区的转口贸易中心。

迪拜造城，并非空穴来风，而是凭借了天时地利人和。或者说，迪拜当年的资源，注定它会做出这样的选择。从经济规律角度来看，迪拜并非一个奇迹。在创意以外，必须承认迪拜的资源条件——富可敌国的石油商人、繁荣的贸易经济。

杭州自南宋迁都后，在文化层面挤入"一线城市"，杭州的语言、城市建设、城市文化以及大部分的地名，均保留了当年"帝都"的痕迹。因为经济发达，人文荟萃，杭州在近千年前就有"上有天堂，下有苏杭"之称，这八个字是一个伟大的城市创意，但绝不是凭空产生的。这个创意给了杭州许多好处，也给杭州人赚了许多面子。

"上有天堂，下有苏杭"这名号，第一次见诸文字是在元代词人奥敦周卿的作品中。他在《蟾宫曲·咏西湖》中写道："西湖烟水茫茫，百顷风潭，十里荷香。宜雨宜晴，宜西施淡抹浓妆。尾尾相衔画舫，尽欢声无日不笙簧。春暖花香，岁稔时康。真乃上有天堂，下有苏杭。"

"上有天堂，下有苏杭"于是流传开来。如果说奥敦周卿创立了杭州的"天堂说"，那么这种创意仍然是水到渠成的一件事。这其实是一种总结，它非常切合杭州的文化、经济条件。

杭州在唐代就有几十万人口，到了宋代，杭州商贾集聚，通达四海，经济发达，人口达百万之多，与当时建康（南京）、苏州、泉州及扬州等并列，成为中国的大城市。而杭州尤以自然山水风光见长，宜居也宜业。奥敦周卿说杭州是"天堂"，那是其切身感受，而不是凭空想象得出来的。

现在我们的不少城市创意，就像一篇文章，明明就像裹脚布，但一定要想出一个美妙的标题来，这岂不让人抓狂。事实上，一个美好的标题脱胎于一篇美好的文章，文章写得好，好标题就可以信手撷来。

再说四川的"天府之国"的名号，难道是诗人想出来的？那是因为秦太守李冰在成都建成了举世闻名、万代受益的都江堰，使成都

"水旱从人，不知饥馑"，从此这一带才被世人誉为"天府之国"。

创意城市其实是一件水到渠成的事情，切切不可盲目求快，不要为了追求眼前的利益，赶时髦，夸海口，过几年换一个口号，换一个方向，那会劳民伤财。"创意城市"这东西，根本急不来，它需要深耕细作，充分酝酿，一步一步，慢慢来。

英国人为何喜欢自己动手？

[英] 陈雁茵

10个英国成年人中6个擅长"自己动手做"

D.I.Y.商铺在中国不常见，却遍布英国。D.I.Y.是英文Do It Yourself的缩写，是"自己动手做"的意思。英国的D.I.Y.商铺，就是专门售卖家居改善所需建材、饰物和工具的商铺。英国最大的两所连锁D.I.Y.商铺是B&Q和Homebase，其他大、中、小型的D.I.Y.商铺则数不胜数。

D.I.Y.商铺在英国的盛行，与英国人喜好自己动手改善家居有关。去年，英国《每日邮报》刊登的一篇文章就引用了一份调查说：10个英国成年人中，就有6人认为自己擅长或十分擅长家居改善。

家在英国人心目中有崇高的地位。在英国人看来，自己动手对家居设施和物品进行整修和装饰，不仅仅是生活的需要，而且是表达对家的爱的一种最直观的形式。尽管自己动手很辛苦，他们却乐在其中。常听他们嚷嚷说，假期在家里自己动手改善家居忙坏了，嘴上在发牢骚，但脸上却丝毫不显抱怨神色，反倒流露出一种自豪感。

不少英国人认为，给亲朋馈赠礼物，自己亲手制作的最显真情。因此，爱吃喝的英国人会经常给亲朋赠送自制的食品以表示心意。我和丈夫就常常给亲友赠送自制的酒品和果酱，丈夫的姑姑也常送自制的蘸料和醋泡蒜等食物给我们尝新。邻里间互赠自己烹制的甜品也十分常见。

英国人与亲朋在馆子相聚吃饭，通常是各自付款的。英国人更喜欢邀请亲朋到家里吃饭，女主人或男主人在厨房忙乎大半天，端出美味佳肴来款待客人，个中盛情是在馆子里相聚所不能相比的。

英国女士普遍爱做手工艺，退了休的做，繁忙的上班族也乐此不疲。我的小姑子是位教师，平日工作十分繁忙，但每到亲朋的生日以及圣诞节，她总不忘给大家寄赠自制的贺卡。平日，她还不时制作一些独特的首饰馈赠亲朋。

我邻居的阿姨，喜爱编织毛衣，常常给我家的两个孩子送花样百出的毛衣，每件毛衣都溢满着她对两个孩子的爱。

我收到过几次英国朋友送来的结婚请柬，这些请柬都是自制的，式样独特，里面还有邀请人亲手写上的富有诗意的字句。这些花费了心思制作的请柬，不仅凝聚着新人对美好爱情和婚姻的向往与期盼，也饱含着他们对亲朋的敬意。

用岩石和木头建房子的"女汉子"

自己动手进行家居改善的英国人虽多，但并非个个都是高手，调查数据显示，三分之一的被访者承认在进行家居改善中遭遇过惨败，但这些英国人就有这么一股倔劲，失败了还继续干。因为他们认为，经过努力成功了，那种满足感和自豪感是难以言说的。一些男性甚至认为，如果不能完成自定的家居改善项目，男人味就会少了几分。

我发现，我所认识的"自己动手做"的人，都是喜欢自我挑战的人，我的丈夫、公公、丈夫的爷爷、丈夫的外公都是这类人。我常常惊叹他们的百事通本领，家里碰到水电、木工、泥水等问题，他们都能自己动手解决。其实，他们也并非什么都懂，只是他们爱"钻"，碰到解决不了的事情，马上就去寻找书籍或上网查找资料，然后在那儿琢磨钻研半天，不解决问题不罢休。

一些在我看来本是男人干的活儿，英国的女士也喜欢掺和进来，大有巾帼不让须眉的味道。如在家里刷墙和贴墙纸这类活计，很多女士挽起袖就干，连砌墙建房子这些重活，她们也干。

丈夫的奶奶80多岁了，现在一人独居在住了50多年的大屋里，不愿意搬离。屋子很大，园子更大，她成天忙里忙外，自己打点家中各种事务。她告诉我，50多年前，她和丈夫买了这块地后，就是两人合力建了这栋房子的。我听了，有些不敢相信自己的耳朵了。奶奶是城里人，当年是位理发师，从老照片看是位纤纤淑女，显得有点文弱，但就是这样的她，竟和丈夫一起建了如此大的一栋房子。

我邻家的阿姨也有类似经历。她对我说，20年前，她跟丈夫一起扩建房子，新买来的窗户既厚重又巨大，她家楼梯窄，搬运起来很艰难，但他们俩一个在上面拉，一个在下面推，硬是把窗户一扇扇移上楼去安装好。他们家的窗户起码有1.5米宽，扎实的木框架上镶嵌双层玻璃，就如庞然大物。邻家阿姨中等身材，退休前是学校里的文员，坐办公室的，平时虽然喜欢运动，身体不错，但真的很难想象她有这般力气和胆量。

我的另一位邻居老太太，年轻时是市政府公务员，业余爱好竟是用岩石建挡土墙。英国的山野田地里有很多这种墙，这种特殊的岩石墙，不用任何粘料，就用岩石一块块垒叠而起。为学砌墙，她专门去学了这门技艺，现在她家院子里的那几堵蛮结实的挡土墙，就是她垒起来的。我丈夫受其启发，也准备在自家园子里建这样的墙。

再说近点儿的事吧。几个月前，公众假期后，我跟女儿同学的妈妈聊天，她说假期里清理了园子，拆了几个木棚，准备建一间木头房子用于缝纫。原来，她的第三个孩子刚上幼儿园，她有了空余时间，便开始学习制作缝纫艺术品。弄了几个月，一发不可收，觉得家里的地方不够用了，便决定在园子里建栋缝纫屋作做专门的工场，而且房子要自己来建。我惊讶地问："你会建木头屋？"她笑笑说："试一试。"

80岁外公要亲手制造一辆微型蒸汽火车

我还认识一群乐于挑战自我，把动脑动手作为娱乐的英国人。丈夫的外公是位退休机械师，也是英国蒸汽火车协会的活跃成员。英国的许多中老年男士以及部分受父辈影响的青少年，对蒸汽火车有很深的情结，因为蒸汽火车是大英帝国辉煌历史中最有代表性的产物。

英国蒸汽火车协会是一个民间组织，成员大多数是退休工程师和机械师，该协会的宗旨就是，义务地修复那些废弃了的蒸汽火车，让它们重新跑起来。我曾到他们修复工场看过，知道那绝对不是件轻松容易的事，没有挑战精神的人，是难以坚持的。政府对这个民间组织也大力支持，开设了几条风景线路，专门让这些修复好的废旧蒸汽火车重新上岗，载客观光，重温历史的辉煌。

丈夫的外公不仅爱动手，而且技术高。他不但修理自家的物件，还热心帮助左邻右里修理各种物件，退了休仍是个大忙人。他有个心愿，就是想亲手制造一辆微型蒸汽火车。为满足他的愿望，丈夫在他80岁生日那天，花了近2 000英镑，买来制造蒸汽机车所需的材料和工具，作为生日礼物送给他。从此，外公就天天猫在家中的工房，享受着制造的乐趣。

刚来英国时，我对富裕的英国人执着于自己动手有些迷惑。后来，随着我的孩子上幼儿园，继而上小学，我终于明白了英国人的这个习惯是从小养成的。

我家的孩子上幼儿园和小学后，就常常将在学校里做的手工艺品带回家。这些手工艺品的制作材料五花八门，有沙、石、枯叶、树枝、米粒、通心粉、碎布、橡皮条以及各式各样的瓶罐和纸盒，自然都是抽象派风格。可以看出，老师并没有对这些手工艺品的制作给出统一的要求，小朋友们都是随意发挥，人人都是艺术家。老师仅指导和教授小朋友们如何使用工具的技巧，像如何去剪、裁、切、割、粘等等。

通过这些手工艺品的制作，不仅培养了孩子们的想象力和创造性，就地取材的做法也让孩子们感性地认识了各种材质以及物件的形状，为动手能力的培养打下了良好基础。

我的丈夫就是这种教育模式培养出来的典型产物。他是那种想做什么就学什么的人，而且会深钻进去。当他决心在家中搞种植和养殖时，便认真地研究起种养技术，搞起了科学种养。他从未接触过网站设计，可当他收购了公司后，便决定自己设计公司的网站，通过自学，不多时就设计了出来。他的网站虽无华丽的界面，但胜在实用且人性化，能给人良好的浏览体验。

"自己动手做"在英国是一种历史传承，祖祖辈辈都是这样做下来，已形成了一种社会风气，加上西方教育注重培养人的独立自主能力，致使很多英国人从小就养成了执着于自己动手解决问题的习惯。我想，一个习惯于"自己动手做"的民族，也会是一个富有创造力的民族。

这些世界著名公司都起家于"车库"

小 肖

美国的许多著名公司，都是从车库或者大学宿舍之类不起眼的地方起家的，比如苹果、谷歌、亚马逊、惠普、脸书等，这些成功企业的创办经历，激励了许多人的创业勇气："小"并不代表卑微，只要有创意、有信心、有好的发展计划，小企业可以有远大的未来。下面我们来看看这些著名公司的创业故事。

亚马逊公司：美国最大的在线零售商

亚马逊公司是全球最大的互联网线上零售商之一，也是美国最大的在线零售商，公司总部设在西雅图，2014年营业收入近890亿美元。亚马逊除了在美国外，还在加拿大、英国、法国、德国、意大利、西班牙、巴西、中国、日本、印度、墨西哥、澳大利亚和荷兰开设了当地的零售网站，现有全球员工超过15万人。亚马逊的创办人及现任公司首席执行官杰夫·贝佐斯，于1994年在自家的车库开办了亚马逊公司。

贝佐斯原本在纽约一家对冲基金公司工作，与在华尔街投行工作的同僚一样，他有着丰厚的收入。但随着20世纪90年代互联网大潮的兴起，贝佐斯独具慧眼，看到了互联网销售的远大前景，30岁那年决定辞去工作，自己开办互联网零售公司。经过深思熟虑，他从近20种商品中，选择书籍作为新公司的主攻目标，这也是亚马逊公司成立后销售的主要商品。

在驾车从纽约到西雅图的路上，贝佐斯完成了他的企业计划。公司最初的资金，除了贝佐斯自己的积蓄外，主要来自他的双亲。据贝佐斯事后说，他的父母同意拿出大部分积蓄支持他创办企业，并不是对互联网销售有什么信心，他的父亲甚至连互联网是什么都不知道，但他们却相信自己儿子的判断力，对儿子有信心。贝佐斯于是在自己家的车库办起了公司，通过互联网销售书籍。

贝佐斯在家中开办的公司运作良好，一个月后，每周销售额就达到两万美元。第二年贝佐斯从风险投资公司凯鹏华盈那里获得800万美元的投资，凯鹏华盈日后获得了超过550倍的投资回报。1997年，公司成立仅仅3年后，便在纽约上市。亚马逊公司的成功，使得贝佐斯成为《时代》杂志1999年的年度封面人物。

苹果公司：市值超一万亿美元的高科技公司

以2015年计算，苹果公司是全球市值最大的公司，市值超过7 600亿美元，是微软（3 600亿美元）、IBM（1 620亿美元）、英特尔（1 600亿美元）、惠普（700亿美元）等科技巨头市值的总和。苹果公司创办者史蒂芬·乔布斯于1976年在其父母家的车库组装第一代苹果电脑，开始了苹果公司曲折但辉煌的经历。2018年8月2日，苹果公司市值超一万亿美元。

1976年，乔布斯只有21岁，他与比他大5岁的斯蒂芬·沃兹尼亚克以及罗纳德·韦恩联合创办了苹果公司，在他父母家的车库组装并销售苹果电脑一代机。韦恩对苹果电脑并没有太大的兴趣，他是乔布斯的旧同事，应乔布斯之邀参与了苹果公司的初创，他在新成立的公司拥有10%的股份，而乔布斯与沃兹尼亚克各占45%。

韦恩在公司成立11天后就退出了公司，并得到800美元的报酬，换取10%的公司股份。按苹果公司2015年的股价，10%的股份约值760亿美元。

韦恩退出公司后，乔布斯与沃兹尼亚克成为公司的联合创办人。他们在面积不大的车库中组装苹果一代机，一个月之内组装了50台，并以每台500美元的价格卖给了当地的电器商行，而电器商行则以666美元的零售价格卖给顾客。在2014年年底的一次拍卖中，苹果一代机卖出了36.5万美元的高价。

乔布斯与沃兹尼亚克通过组装、销售苹果一代机赚得了公司的第一桶金。第二年他们从迈克·马库拉那里得到了公司发展所需的部分资金，此后公司稳步成长。乔布斯在20岁出头的年纪就在硅谷创办电脑公司并获得成功，被硅谷人视为打破了年龄层的"玻璃天花板"，创造了当时的奇迹。

谷歌公司：世界最著名的搜索引擎公司

谷歌是一家大型跨国企业，专注于互联网相关产品与服务，包括内容搜索、在线广告技术、云计算和软件等。谷歌从互联网搜索起家，其内容搜索最受使用者青睐，2015年市值超过3 600亿美元，与微软公司旗鼓相当；截至2014年第四季度，谷歌全球员工人数超过53 600人。

谷歌的联合创办者拉里·佩奇与谢尔盖·布林是斯坦福大学计算机专业的研究生，1995年在新生介绍会上两人相遇，布林负责带领佩奇参观校园。这两位后来成为世界知名拍档的斯坦福研究生，当时相互间都没有好感，布林嫌佩奇啰唆，佩奇嫌布林乖僻。可是不久之后两人发现双方在专业及业余爱好方面有许多相似之处，于是慢慢成为好朋友，并共同开发后来成为谷歌核心技术的互联网搜索引擎。

佩奇与布林在研究生宿舍开始了创业，1997年9月15日谷歌网站成功注册。谷歌的英文名字"Google"来自于一个生僻的数学单词"googol"，这个词表示1后面有一百个零，数目巨大，很符合佩奇与布林要将浩如烟海的网上信息整理归纳并便于人们搜索使用的初衷。注册登记时，"googol"变成了"Google"，变化的原因，一说是佩奇与布林担心直接使用"googol"将来会引起名称使用权之争；另外一说是因为"googol"这个词太生僻，结果注册时拼写错了。

谷歌网站创建后不到一年，谷歌公司亦于1998年9月4日成立，公司的宗旨是"梳理全球信息，使所有人都可访问并从中受益"。

谷歌成立之初，因为经费有限，将办公室设在房东苏珊·沃西基的车库内。谷歌不但从车库中发展壮大，而且还成就一段佳话：苏珊·沃西基后来成为谷歌的高层管理人员，为谷歌的发展做出了很大贡献，现在是全球最大视频分享网站YouTube的首席执行官；苏珊·沃西基的妹妹安娜后来则嫁给了布林。

谷歌公司成立之时，互联网搜索早已形成雅虎、Excite、Infoseek和Lycos四雄称霸的局面，谷歌与这些上市公司相比，简直不值一提。许多投资人根本不看好谷歌的前景，但升阳电脑联合创办人、投资者贝托尔斯海姆却独具慧眼，开了一张10万美元的支票给佩奇与布林让他们办公司。结果证明，贝托尔斯海姆开出的这张10万美元支票，是他一生中最有价值的投资之一，到了2010年，这笔钱价值17亿美元。

惠普公司：电脑产业的先驱

说到美国公司，尤其是科技公司的"车库创业文化"传统，不能不谈到惠普。可以毫不夸张地说，70多年前惠普从车库起家，以及惠普在此后数十年的骄人业绩，对在硅谷创业的年轻人影响极大，乔布斯等人就是惠普的追随者。

惠普是全球最大的跨国科技企业之一，也是电脑产业的先驱，2015年职工近32万，市值700亿美元。惠普的名字，取自其两位创办人的姓，一位是威廉·休利特，还有一位是戴维·帕卡德，其实，如果按照字面翻译的话，惠普公司应该称为"休利特-帕卡德"才对。有趣的是，当这两位好友在决定用自己的姓作为公司名称的时候，无法决定是称为"休利特-帕卡德"还是"帕卡德-休利特"，最后"休利特-帕卡德"以抛硬币的方式胜出。

休利特与帕卡德都是从斯坦福大学电气工程专业毕业的学生，1934年两人在一次为期两周的露营之旅中成为好友。1938年两人以538美元的初创资金，在一个租来的小车库中开始创业，组装电子振荡器，用来测试音响设备，这款产品被命名为HP200A型。此后他们生产的HP200B型产品得到了迪士尼公司的订单，事业开始走上正途。1940年从车库搬到新租的办公楼内上班，员工队伍也得到扩大。1947年惠普公司正式成立，1957年上市，当时在惠普工作的员工，工作年限超过半年者，都可以得到公司的股票，成为股东，这大大激励了员工的工作积极性。在接下来的半个多世纪中，虽然面对多种挑战，但惠普不断发展，长期成为全球领先的科技公司之一。

哈雷戴维森公司：他们生产的摩托车是美国的标志之一

哈雷戴维森公司是美国著名的摩托车生产企业，他们生产的重型摩托车与白头鹰一样，成为美国的标志之一。说到哈雷戴维森摩托，人们就会联想到西部牛仔，驾驶哈雷摩托的骑手，给人的印象是粗犷、勇武、豪爽。据说哈雷经销商曾这样形容哈雷摩托："人一生一定要拥有过哈雷，全世界的哈雷没有一部是相同的。"

哈雷戴维森公司在2015年拥有6 000多名员工，市值130亿美元，总部位于威斯康星州的密尔瓦基。公司的创办人是威廉·哈雷与他的儿时伙伴阿瑟·戴维森。1901年，21岁的哈雷就计划用一个小型发动机来驱动自行车。此后两年，他与阿瑟·戴维森在朋友的一间类似车库的小木屋中，研制动力自行车，并在木屋的门上写上"哈雷戴维森摩托公司"的招牌。

哈雷与戴维森的同学从他们那里买了一辆"雏形摩托车"，成为他们最初的顾客；1904年，他们在芝加哥找到了一家代理销售商，卖出了另外一辆摩托车。当时一共制作了三辆摩托车，卖掉两辆算是很好的成绩，他们信心大增。1905年，在芝加哥的一次比赛中，他们生产的摩托车赢得第一名，使产品名气大振，公司也在那一年雇用了第一名全职员工。1907年，公司正式成立，员工也翻了一番，达到18人。此后公司发展迅速，如今已成为世界最知名的摩托车品牌之一。

美泰公司：生产出风行全球的芭比娃娃

美泰公司是著名的品牌玩具公司，风行全球的芭比娃娃、费雪牌学龄前玩具以及各式电动玩具等，都是美泰的主力产品。如果以收入计算的话，美泰也是全球最大的玩具企业，名列财富500强企业榜，2015年市值近90亿美元，员工28 000人。

美泰的创办人是哈罗德·马特森、艾略特·汉德勒与他的妻子鲁丝，公司的命名是按当时流行的习惯，从双方的名字中各取一部分组合而成。

马特森与汉德勒原本是同事，都是能工巧匠。在创办美泰之前，汉德勒夫妇原本有自己的公司，他们从自己租来的公寓车库中起家，将公司办成颇具规模的珠宝首饰企业，马特森也在这家企业工作。后来由于公司规模扩大，引进了新的投资者，但合作者之间意见逐渐不合，马特森首先辞去了工作。

马特森虽然离开了公司，但与汉德勒仍保持着良好的友谊。1944年9月的一天傍晚，汉德勒夫妇决定到马特森家去看看，结果发现马特森在自家车库中工作，而他的车库中各种工具应有尽有，几乎可以制造任何东西。汉德勒夫妇决定与马特森合作，创办美泰公司，由马特森制作汉德勒设计的镜框，而鲁丝则负责推销，他们很快得到了第一笔3 000美元的订单。在镜框制作过程中，为了不浪费木材，他们将多余的和不合格的木料用来制作玩具屋，想不到这个"副业"最终让他们走上了制作、销售玩具之途，并使美泰公司成为全球知名玩具企业，为千千万万的孩童带来欢乐，并留下美好的回忆。

除了上述这些从车库起家的企业外，还有许多企业，比如微软公司、沃特·迪士尼公司等，都有过从大学宿舍或车库起家的经历，这里就不一一详述了。

假如乔布斯和盖茨当了公务员

刘植荣

这些年，公务员成为就业的热点。试想，如果美国也给公务员以优厚待遇，把乔布斯和盖茨这样的人才也吸引到了公务员队伍，那现在的世界该是个什么样子？

起初的计算机是个"庞然大物"，我们要给它盖一栋计算机楼，还要装中央空调，计算机被置于"象牙塔"内，只有专业人员才能接触它，而且还必须把各种命令和数据转换成穿满小孔的纸带，现在看来，那时的计算机就是史前文物了。多亏了乔布斯在汽车库里的"捣鼓"和盖茨在大学寝室里的"异想天开"，才让计算机进入了千家万户，人们不需要专业知识就可以轻松地操作它。

现在，人们提到"苹果"自然地联想起乔布斯，提起"微软"自然地联想起盖茨。当你在电脑和移动设备上看到各种漂亮的英文字体时，你可知道，这是乔布斯发明的，因为他在大学期间"不务正业"，自学了美术字设计。

当你浏览网页时，你可曾知道，世界上第一台互联网服务器就是乔布斯推出的NeXT工作站。今天，每100个使用电脑的人中，就有91个人使用的是微软的Windows操作系统，有7个人使用的是苹果的Mac操作系统。

当今社会，人们吃的、喝的、玩的、看的、用的、行的，各行各业都离不开信息技术，这其中都闪烁着乔布斯和盖茨的智慧。如果当初乔布斯和盖茨当了公务员，那就没有现在如此发达和普及的信息技术，整个世界将会是另一番景象。

2011年10月5日，乔布斯去世的消息传出后，世界各地的"果粉"们默默地走向苹果店献花，向这位推动了世界文明发展进程的天才人物表达哀悼和敬意，他所受到的世界人民的尊敬超过了绝大多数政治家和艺人。美国总统奥巴马亲笔为乔布斯的去世写下悼词，他写道："乔布斯是美国历史上最伟大的创新者之一，他改变了我们的生活，重新定义了所有行业，并实现了人类历史上最罕见的壮举之一，即他改变了我们每个人看这个世界的方式。"

美国之所以能培养出众多乔布斯和盖茨式的发明家、创造者和商界领袖，与美国人民对美国梦的追求分不开，它鼓励创新，鼓励尽情发挥自己的聪明才智。美国历史学家詹姆斯·特拉斯洛·亚当斯在《美国史诗》中写道："美国梦就是让个人才能得到充分发展，实现自我。"

在美国，制度鼓励公民的创业精神，为把优秀人才留在社会上，美国法律规定：公务员工资标准参照私营部门制定，必须与同一地区私营部门同等工作性质的职工工资标准一致，毫无折扣地体现同工同酬，所以，美国大学生就业意愿是公务员的只有3%。

中国民营大型企业，大多集中在房地产等传统行业，像苹果、微软这样的科技创新企业并不多。我在国内参观工厂时，有企业领导带着自豪的神情向我介绍说，生产流水线和各种设备都是进口的。每当我看到这些洋设备，听到这样的介绍，心情就无比沉重。中国经济虽然发展很快，但基本上还属于粗放型经济，靠大量资源密集型和劳动力密集型产业创造GDP，而不是向科学技术要生产力。

回顾这些年来的经济发展模式，我们有必要反思。我们出台的鼓励创业的政策力度还不够大，没有把更多的人才吸引到科研创新领域中来，所以，生产企业只好急功近利，引入或模仿外国现有的技术。

政府的主要职能是实施人民代表机构通过的各项法律，依法行政。公务员作为公仆，就是要公正地具体执行这些法律，为人民跑腿服务，对创造性的要求不高，所以，我们得设法把人才留在社会上，让他们开公司，让他们搞科研，让他们发明创造。年轻人争当公务员对国家和民族的危害极大。只有当我们把"学而优则仕"的观念转变成"学而优则商"时，我们的民族才能强大起来。

乔布斯的创新三原则

石毓智

自从读大学起,我就把自己的时间分为三大块:一块用来学习自然科学技术,一块用来学习语言学和心理学,一块用来学习文化艺术。2010年在斯坦福大学访学期间,我听了创造性思维的系列讲座,并学了一学期的自然科学哲学。特别是最近完成了《为什么中国出不了乔布斯》一书,对当今最伟大的发明大师做了一番透彻的调查分析,探讨乔布斯发明创造力的来源。

我发现,以下三个原则是为各个领域创新思维所共同遵循的,值得人们借鉴学习。

简单化原则

在解决同一问题的多种方法中,越简单的越好。历史上最伟大的科学家,诸如牛顿、爱因斯坦等,都成功用最简单的规律来解释最复杂的现象。重大科学突破,往往是发现了可以解释表面上看来极不相同现象之间的共同规律,比如从勾股定理打通了代数、数论、几何等之间的"壁垒";比如英国物理学家麦克斯韦在19世纪提出了一个方程组,用以描述电场、磁场与电荷密度、电流密度之间的关系,从而把磁和电现象统一起来。

驱动乔布斯创新的动力之一就是他对"简单化原则"的追求。苹果公司信奉一种哲学,就是"简单蕴含着丰富"。乔布斯想方设法去掉"多余"的东西,比如键盘的按键尽量少,甚至不要开关,让电子产品具有自动休眠和开启的功能。他在这个路子上有时走得太极端,比如苹果曾经设计了一款电脑，没有风扇，结果这款电脑很容易发热，被讽为"乔布斯火炉"，没有进入市场就被淘汰了。

苹果产品的风格就是简洁，开关按键少而又少，很少有多余的部件，简洁和谐，浑然一体，充分体现了乔布斯对"简单化原则"的追求。

人性化原则

简单地说，人性化原则就是以人为本，让人觉得亲切、满意、舒适、容易。还有一个重要的含义是，人们可以用尽量少的准备、尽量少的付出就可以办成一件事。

苹果产品的成功就是对人性化的极致追求。乔布斯声称，他不调查市场，因为人们不知道他们需要什么。乔布斯的设计理念就是跟着"人性化"的感觉走。

苹果产品设计就是尽量让人容易上手。iPad刚出来的时候，南美农场一个6岁的小孩看到爸爸买的这个玩意，自己就很有兴致地拨弄起来，很快上手，越玩越尽兴。一个电子产品能让一个学前儿童很快上手，而且爱不释手，这就是它的了不起之处。

今天的鼠标技术就是乔布斯对"人性化"原则追求的结果。以前鼠标只能做垂直和平行移动，使用起来极其别扭不方便。乔布斯就提议设计一种可以随心所欲移动的鼠标，任务下达给一个工程师，得到的回答是："这是不可能的，现在的技术还无法做到这一点。"乔布斯又找到另一位工程师，这位连连说："我可以做到。"最后真的研制成功了。乔布斯的"时间胶囊"中就有一个鼠标，可见他对这项技术发明的重视。

审美原则

规律的东西往往给人以美感，同时审美中蕴含着规律。对审美的追求，往往也是对规律的探究。历史上伟大的科学家，往往也是艺术家，因为美和规律往往是相通的。不懂美的人是不可能有创新的。

　　爱因斯坦判断一篇论文的质量，首先看它的公式定理美不美，如果觉得杂乱，就觉得有问题，让作者拿回去再修改。爱因斯坦的质能公式就是科学美的典范。

　　乔布斯对美的追求可以说到了疯狂且不可理喻的地步。他要求即使顾客看不到的电路板，也要设计得美。苹果产品的设计理念是，先有审美造型，然后让工程师按照造型来安排电子元件。即便是包装盒，乔布斯也要求绝对精美，让人打开一款苹果产品，有种著名歌剧拉开序幕一样的感觉。

　　乔布斯在办公室的大厅里，摆放着世界设计最精美的钢琴、宝马摩托车，他还带研发团队去纽约大都会博物馆参观蒂芙尼玻璃制品，让职工耳濡目染，培养他们的审美意识，希望他们最后把这种审美意识转化到苹果产品中。

第八章 大智大勇

爱尔兰这样对待苦难记忆

丁 东

在爱尔兰的大地上行走,让人心旷神怡。云层低垂,云朵如画,空气透明,到处都是绿色。爱尔兰岛面积超过8万平方公里,是中国台湾的两倍多,人口580万,约为中国台湾的四分之一。

现在北部六郡170万人,属大不列颠及北爱尔兰联合王国,即英国。而南部410万人,属独立的爱尔兰共和国。全岛除了都柏林等少数港口城市,可称地广人稀。何以至此?究其原因,就要说到一个半世纪以前发生的土豆大饥荒。

土豆学名马铃薯,原产南美,人类种植土豆的历史可追溯到大约一万年前。南美印第安人已经知道为了避免病虫害,要在同一片田地中种植不同种类的土豆。但欧洲人占领南美以后,只引进产量最高的品种。殊不知一旦遭遇病虫害蔓延,土豆就会大面积绝收。

早在17世纪,引进的土豆已经成为爱尔兰岛的首选农作物。到1841年,爱尔兰人口达到800万,其中三分之二是以农业为生的佃农,主要农作物就是土豆。爱尔兰俗语说:世界上只有两种东西开不得玩笑,一是婚姻,二是土豆。

1844年,一种导致晚疫病的卵菌扩散到欧洲。蔓延速度很快,1845年夏登陆爱尔兰岛,使得爱尔兰全岛土豆减产1/3,第二年减产3/4,灾荒一直持续到1852年,长达7年之久。在此期间,穷苦农民为了取得救命的粮食,被迫将田地贱卖,爱尔兰土地被迅速兼并。

从1801年起,爱尔兰全岛便合并为英国的一部分。最初,伦敦方面对爱尔兰可能发生的饥荒无动于衷。直到1845年秋,英国首相罗伯特·皮尔从美洲购买了价值10万英镑的玉米和麦片，于次年2月运抵爱尔兰。然而，这些粮食并非免费救济灾民，而是按照1便士1磅销售，饥饿的灾民根本买不起。土耳其苏丹阿卜杜拉·迈吉德一世宣布，给予爱尔兰灾民10 000英镑援助，但维多利亚女王却要求迈吉德一世减少到1 000英镑，因为她只给灾区捐助了2 000英镑。迈吉德一世答应了维多利亚女王的请求，暗地里却派3艘装满食物的船只前往爱尔兰，土耳其水手不顾英国王室的阻挠，将3艘船的食物运达爱尔兰的港口城市都柏林。

爱尔兰大量饥民坐以待毙，地主则趁机大规模驱逐佃农。从1849年到1854年，有25万爱尔兰人被正式驱逐。面对饥荒，大量穷人也只好到异国他乡求生，在饥荒最严重的几年间，每年平均有25万爱尔兰人移居美国、加拿大、澳大利亚等地。逃生之路艰苦异常，九死一生。1847年移民加拿大的10万爱尔兰人中，就有1/5死于疾病和营养不良。

学界一般认为，这场史无前例的大饥荒使爱尔兰人口锐减了20%到25%，其中约100万人饿死和病死，约100万人因灾荒而移居海外。灾后爱尔兰人口锐减至400万左右。如今，美国有4 000万人是爱尔兰人的后裔，连克林顿、奥巴马等美国总统的先辈，也是爱尔兰大饥荒中出逃的灾民。

爱尔兰和英格兰由此结怨。1848年7月29日，主张停止出口食物和关闭港口的"青年爱尔兰"运动在蒂珀雷里郡发动起义，很快被英国警方镇压，却开启了爱尔兰争取独立的序幕。1948年12月，爱尔兰脱离英联邦，次年宣布完全独立，形成了现在爱尔兰岛分属两国的版图。

大饥荒对爱尔兰的社会文化产生了深远的影响，许多史学家对爱尔兰历史分期，就以饥荒前、饥荒后划分。

最近我在爱尔兰旅行五日，处处感受到爱尔兰人对大饥荒刻骨铭心的记忆。都柏林街头可以看到大型纪念性雕塑，一组饥民的群像栩栩如生，仿佛发出悲天怆地的呼号。不远处的利菲河上，停泊着"邓布鲁蒂号"帆船。原船1845年建造于魁北克，爱尔兰大饥荒时曾运送大量饥民至新大陆。当时饥民没有钱，不能取得好的交通条件，他们乘坐的船只条件普遍恶劣，航程中死亡率高达50%，被称为"棺材船"。唯有"邓布鲁蒂号"在两位船长的指挥下，数十次安全地把饥民运送到北美，在船上甚至还有一个新生儿降生。此船成为饥民逃生的救星。

2001年，由肯尼迪基金会出资，按照19世纪的原貌，复制了该船。在2005年，该船完成了远洋航行，有60名客人乘船体验了这段惊心动魄的历史。目前，该船大部分时间停泊在港内供游人参观，以怀念船长当年的善举。

在罗斯康芒郡的一所庄园里，还设有大饥荒博物馆，在那里可以看到关于爱尔兰大饥荒最完整的收藏。160多年来，大饥荒是爱尔兰史学家和文学艺术家反复研究和表现的主题，相关作品不胜枚举。

在人类历史上，类似的天灾人祸曾经多次重演。1932年到1933年，乌克兰也发生过饿死至少250万人的严重事件，史称"乌克兰大饥荒"。2002年初，乌克兰政府解密了1 000多份有关饥荒的秘密文件。总统库奇马签署法令，将每年11月22日定为"饥荒纪念日"。各城市下半旗，并在国旗上缠上黑丝带，向大饥荒的死难者致哀，电台和电视台停止播放娱乐节目。

我以为，一个民族只有正视自身经历的苦难，才能汲取教训，铸就尊严，走向辉煌。

血腥的星期六
——一张影响中国抗战进程的照片

刘植荣

照片《血腥的星期六》记录的是一个在日军轰炸后的废墟上哭泣的婴儿，摄于淞沪会战期间的1937年8月28日，地点是上海南站，由世界知名摄影师王小亭（又名"王海升"，1900—1981）拍摄。

1937年10月4日，美国《生活》杂志在刊登这张照片时，详细报道了拍摄过程。王小亭在上海拥有一间摄影工作室，为美国赫斯特新闻社拍摄照片和新闻纪录片。当时，中国在黄浦江上修了一条大坝用于军队调动，有外国记者得到情报，说日本准备在8月28日（星期六）下午2点轰炸这个大坝。记者们便聚集在上海的英国太古集团大厦顶层，等着抓拍轰炸照片。但到下午3点仍未见日军飞机，其他记者以为情报不准，就都散去，唯有王小亭自己留在楼顶。

下午4点左右，16架日军飞机飞来，在空中盘旋了一会儿，没有轰炸大坝，而是轰炸了上海南站，当时南站挤满了准备南逃杭州的难民。

王小亭立即下楼来到大街上，驾驶自己的汽车飞速赶到上海南站。到达上海南站后，现场情景惨不忍睹，铁轨上、站台上，到处躺着炸死炸伤的人，被炸飞的断肢残体处处皆是。王小亭的鞋子也被鲜血浸透了，记者的职业道德要求他必须尽快把这一切记录下来，他迅速装上胶卷，跨过铁轨，拍摄当时仍在燃烧的天桥。

他见一男子（大概是孩子的父亲）从铁轨上抱起一婴儿放到站台上，又转身去救助另一个受伤的孩子，一个妇女（大概是孩子的母亲）已死在铁轨上。此时，日军的飞机又飞回来了，他迅速对着婴儿拍完最后几英尺胶片，然后想把婴儿带到安全的地方。就在这时，那个男子回来了，自己负责照看婴儿。日军飞机在空中盘旋一圈后飞走了，并没有投下炸弹。

《血腥的星期六》

王小亭不知道照片上的婴儿是男孩还是女孩，也不知道这个孩子是否最终活了下来。

第二天，上海报纸报道这次轰炸事件称，日本轰炸的上海南站当时有1 800名难民在等火车，多数是妇女和儿童，只有300多名幸存者。例如，1937年8月29日，上海《立报》如此报道："站屋、天桥及水塔、车房当场被炸毁，同时在站台候车离沪难民均罹于难，死伤达六七百人。死者倒卧于地，伤者转侧呼号，残肢头颅，触目皆是，血流成渠……景象之惨，无以复加。"

王小亭把胶片冲洗出来后，交给去菲律宾马尼拉的美国军舰人员，然后，胶片在马尼拉搭载泛美航空公司的飞机飞抵纽约。9月中旬起，这段纪录片在美国各影院上映，并迅速传播到世界各地，当时估计至少有5 000万美国人和3 000万其他国家的人看了这段日军轰炸上海南站的影片。

这张婴儿在轰炸后的站台上哭泣的照片，首先由坐落在纽约的赫斯特新闻社印刷了2 500万份，其他报纸也印刷了175万份；随后，其他报纸转载印刷了400万份。通过报纸传播，在美国以外的国家，至少有2 500万人看到了这张照片。

美国《生活》杂志估算，在1937年9月到10月间，世界上至少有1.4亿人看到了这张照片，该照片还上榜《生活》杂志"1937年度最佳

10张照片"。

上海沦陷后，日本海军大将盐沢幸一对《纽约时报》记者说："我看到你们美国报纸给我起了个绰号，叫'杀婴犯'。"

日本当然知道这张照片的分量，拒不承认轰炸平民，辩称照片系王小亭伪造，并悬赏5万美元（购买力相当于2017年的85万美元）要王小亭的人头。

由于王小亭一直在拍摄日本侵华新闻纪录片，日本一直想除掉他，但在英国人、美国人和日本记者同行的保护和救助下，他还是逃脱了日本的魔掌。例如，1937年7月，王小亭赴平津拍摄影片时，在塘沽被日军当作间谍逮捕，在准备枪毙时，因为一日本记者同行说情才死里逃生。1938年2月15日，王小亭遭日本便衣特务诱捕，由美国驻华通讯社出面担保才幸免于难。后来，为躲避日本人追杀，王小亭举家迁往香港。

日本给自己的侵略行径罩上"大东亚共荣圈"的光环，蒙骗了世界不少人，认为日本真的是在帮助周边国家搞建设。照片《血腥的星期六》撕下了日本这块肮脏的遮羞布，让日本军国主义罪行暴露无遗，成为日本侵略军屠杀中国平民的一大铁证，美、英、法等国政府据此向日本轰炸中国不设防的平民给予强烈谴责。

美国参议员乔治·诺里斯（1861—1944）看到这张照片后，一改自己坚持已久的中立观点，痛斥日本"可耻、卑鄙、残暴、野蛮的行径，无法用语言表达"。这在美国政坛具有代表性。长期以来，"门罗主义"支配美国外交政策，专心发展自己，避免涉足外国之间的冲突。该照片在美国广泛流传，成为美国对日华态度的转折点，激起美国人民对日本的憎恨和对中国的同情，促进了美国对中国的抗战援助。

1942年11月至1943年7月，宋美龄在美国、加拿大寻求抗战援助时就用此照片进行宣传，援助物资源源不断运往中国，增强了中国的抗战力量。在运往中国的援助物资中，有相当一部分注明是给难童的。新泽西州东奥伦奇市一美国妇女，给宋美龄寄了一张3美元汇票，所附的剪报就是这张照片。她在信中说，她3个女儿每人凑了1美元，捐赠给照片上那个苦命孩子。芝加哥一个10岁的女孩用节省下来的零花钱以及募捐来的8美元买了一个洋娃娃寄给宋美龄，请她转交给那个在火车站哭泣的婴儿。

《血腥的星期六》被认为是美国1855年至1960年间发表的最优秀的新闻照片之一。1977年，美国知名作家和新闻电影解说员洛厄尔·托马斯（1892—1981）把这张照片列为第二次世界大战期间最具代表性的3张照片之一，另外两张分别是1940年6月拍摄的一个法国人在法国军队撤出法国后悲痛流泪，以及乔·罗森塔尔1945年2月拍摄的《把星条旗插上硫磺岛》。

今天，我们所看到的淞沪会战、徐州会战、广州战役的影像资料大部分出自王小亭之手，只是没有注明拍摄者罢了。鉴于王小亭向世界揭露日本侵华罪行、报道中国抗战所做的贡献，他在2010年被亚美记者协会追授"亚美先驱记者"荣誉称号。

用183公里长的胶片拍摄世界的银行家卡恩

刘植荣

银行家卡恩

黑白图片上的是法国银行家和慈善家阿尔贝·卡恩（1860—1940）在巴黎办公楼前，由法国摄影师乔治·舍瓦利耶（1882—1967）摄于1914年。卡恩在经营银行期间大搞副业"地球档案"项目，用彩色照片记录世界各国风土人情，用掉183公里长的胶卷。由于拍摄如此巨量照片投资过大，他把自己的银行拍破产了，死后身无分文。

阿尔贝·卡恩1860年3月3日出生于法国一个犹太家庭，父亲是家畜交易商，母亲是家庭妇女，他是家里四个孩子中最大的一个。

卡恩16岁到巴黎的银行任职员。他白天上班，晚上到夜校补习高中课程，辅导老师是法国大名鼎鼎的哲学家亨利·柏格森（1859—1941，1927年诺贝尔文学奖得主）。拿到高中文凭后，卡恩进入了巴黎高等师范学校学习。1881年大学毕业后，他很快在知识分子圈子中小有名气，除了哲学家柏格森外，还结识了法国雕塑家奥古斯特·罗丹（1840—1917）、法国画家马蒂兰·梅厄（1882—1958）等众多文艺界知名人士。

在银行业务方面，卡恩精于股票交易，为银行赚了不少钱，也因此很快成为银行的主要合伙人，并于1898年开办了自己的银行。

卡恩在银行业务中攫取了巨额财富后，便在巴黎西部的布洛涅-比扬古购置地产，建了一个世界公园，里面辟有法国、英国、日本等国家风格的园林。卡恩经常在世界公园组织法国乃至欧洲知识分子聚会。

1909年，卡恩在他的司机兼摄影师阿尔弗雷德·迪泰特的陪同下到日本出差，路上拍

"地球档案"摄影师帕塞于1913年5月26日在中国北京拍摄的喇嘛

了很多照片。看着这些照片，卡恩产生了一个想法，到世界各地拍摄照片，建立"地球档案"。于是，他指派法国摄影师让·布吕纳（1869—1930）负责这个项目，先后雇用了斯特凡纳·帕塞（1875—1942）、奥古斯特·莱昂（1857—1942）等11名摄影师，到各大洲拍摄。

法国是从1914年开始拍摄的，但拍摄没几天第一次世界大战就爆发了，他的摄影团队便拍摄了大量战时照片，有战争带来的毁灭，也有战争中的农民继续耕田等场景。

100年前，摄影是一项奢侈的活动，平民百姓是玩不起的，况且卡恩的"地球档案"项目要雇用很多摄影师到世界各地拍摄照片，工资和差旅费支出也相当可观。由于在拍摄"地球档案"上投资巨大，卡恩难以抵挡"大萧条"（1929年至1933年，20世纪最严重的经济危机）的冲击，他的银行破产了，"地球档案"拍摄工作在1931年停了下来。

1909年至1931年的22年期间,卡恩的"地球档案"项目先后雇用了11个摄影师,在50多个国家拍摄了7.2万张彩色照片,用掉了183公里长的胶卷,记录了这些国家的建筑、社会、环境和生活方式等方方面面的情况;另外还拍摄了4 000多张黑白照片。

1936年,他在巴黎的世界公园抵债充公,但他仍可在里面居住。1940年11月14日,阿尔贝·卡恩满怀遗憾地去世了,这个曾经在欧洲有名的富豪,既没留下金钱,也没留下房产,留下的是7万多张照片。

卡恩留下的这些照片的价值无法用金钱衡量,它们把50多个国家的某段历史定格在胶片上,永恒地保存下来。

用文字书写的历史并不可靠,可以把小偷写成绅士,也可以把拯救者写成刽子手;可以把历史真相掩盖起来,也可以无中生有捏造虚假历史,但照片是铁的历史,它是审判篡改、编造历史的人的确凿证据。

1986年,法国政府在卡恩原来的世界公园建立了阿尔贝·卡恩博物馆,里面展出卡恩的"地球档案"照片及胶片,还有4公顷花园。

阿帕拉契亚小径上的盖特伍德奶奶

李冬梅 编译

1955年，美国的一位叫艾玛·罗伊纳·盖特伍德的农妇在《国家地理》杂志上看到了一篇介绍"阿帕拉契亚小径"的文章。阿帕拉契亚小径是美国一条家喻户晓的最长山间步道，沿着阿帕拉契亚山脉，南起乔治亚州的斯普林格山脉，途经14个州、6个国家公园和8个国家森林，向北绵延至缅因州的卡塔丁山，全长3 505公里。文章中称，迄今为止只有5个人一次性地穿越了这条小径，但还没有一位女性成功实践过。

盖特伍德当时已经68岁，是11个孩子的母亲，23个孩子的祖母，30个孩子的曾祖母，但她毅然决定挑战一下这条"小径"，于是她足蹬一双运动鞋就轻装出发了。随身携带的东西只有一条军用毯子、一件雨衣、一块塑料浴帘、一套换洗的衣服、一个小药箱，还有一点儿吃的。她没有地图、没有指南针、没有旅行手册、没有帐篷、没有睡袋，甚至连个背包也没有。带的吃的也只是一点儿牛肉干、奶酪和坚果而已，其他果腹的东西只能靠在旅途中的林子里寻找了。

阿帕拉契亚小径地形复杂，崎岖陡峭，经常突降暴风骤雨，旅行者有遭遇毒蛇和野熊袭击的危险，还有可能会染上一些自然疫源性疾病。但盖特伍德屡经风险，历时142天，终于完成了整个艰苦的行程。这次旅行让她瘦了15公斤，脚大了1号。

5年后，73岁的盖特伍德再次踏上阿帕拉契亚小径。她第三次也是最后一次走过阿帕拉契亚小径时，则已经是75岁高龄。盖特伍德因此赢得了"阿帕拉契亚小径上的盖特伍德奶奶"的美名。

敢于梦想，勇于实践，一切皆有可能。

美国计划生育先驱玛格丽特·桑格

刘植荣

下图是美国计划生育先驱玛格丽特·桑格的肖像照片,由美国国会图书馆收藏,编号LC-USZ62-29808。

美国计划生育先驱桑格

玛格丽特·桑格1879年9月14日出生于纽约州一个贫穷的爱尔兰移民家庭,母亲安妮·希金斯婚后22年里18次怀孕,生下11个存活的婴儿,49岁去世。桑格在存活的11个孩子中排行第六,她小的时候每天要用很多时间照看弟弟妹妹。

1900年,玛格丽特在克拉沃莱克学院毕业后,在怀特普莱恩斯医院当护士,1902年与建筑师威廉·桑格结婚,并在纽约州韦斯切斯特县安家,生了3个孩子。

1911年,玛格丽特全家搬到纽约市居住,仍从事护士工作,并积极参与民权运动,推行现代文明价值观。鉴于她做护士工作,她在纽约市的一家日报《纽约呼唤》(在1908年至1923年期间发行)写关于性教育的专栏。

桑格从自己的护士工作中看到,和她母亲一样,很多妇女因生孩子过多造成自身的痛苦和沉重的家庭经济负担,有的妇女因私自打胎导致身体残疾，甚至受到法律惩罚。为了避免这些不幸，她积极宣传避孕知识。

1914年3月，桑格创办了《叛逆妇女》月刊，并提出了"计划生育"（family planning）和"避孕"（birth control）的概念。从英文构词法可以看出，"计划生育"的本质是一个家庭对要养育多少孩子进行计划。桑格认为，避孕是计划生育的一项措施，通过避孕手段达到计划生育的目的。

1916年10月16日，桑格在纽约市布鲁克林区安博伊大街46号开办了美国第一家计生诊所，为妇女的避孕和生育提供从知识到技术的全方位指导。这个计生诊所开了10天，她就被捕了。这是因为，美国国会1873年3月2日通过的《康斯托克法案》规定，禁止向美国母亲们传授避孕应用知识，并规定避孕药具也属于淫秽品。

用500美元保释出来后，桑格继续在诊所为一些妇女提供咨询服务。1917年1月8日，她和妹妹埃塞尔·伯恩（1883—1955）因"用公共邮政传递关于避孕和堕胎的资料"的罪名，被纽约布鲁克林区法院判劳教30天。劳教结束后，桑格于1917年2月创办了《避孕月刊》。

桑格被捕事件在美国引发了关于计划生育的大讨论。1918年，纽约上诉法院法官弗雷德里克·克莱恩（1869—1947）裁定，医生开避孕处方并不违法。

1921年，桑格创立"美国计划生育联盟"。她还出席了1922年伦敦第一届国际计划生育大会，并组织了1927年日内瓦第

1917年1月8日，桑格（中间低头与公众交谈者）因传播计生资料被法院判劳教30天

一届世界人口大会。

经过桑格坚持不懈的努力，1936年，美国联邦上诉法院裁定，依据医生处方散发、邮寄避孕药具合法。

值得一提的是，美国著名企业家和慈善家小约翰·洛克菲勒（1874—1960）对桑格的计划生育推广事业给予了持续几十年的资助。

桑格在20世纪20年代，出版了不少关于计划生育的书，其中《妇女与新家庭》和《文明运动》销售了近60万册。这期间，她还收到了数千封读者来信，大多是沮丧的妇女咨询如何避孕。1928年，她挑选出500封信结集出版，书名是《被奴役的女性》。

桑格还是位伟大的演说家，她的两篇演讲《儿童时代》和《避孕的道德问题》入选《美国20世纪经典演讲100篇》，在一个世纪里的100篇最重要的演讲中，她独占两篇，她的计生观对社会的影响由此可见一斑。

桑格还指出，生育属于男女之间的私生活，是家庭事务。她说："要想让人种稳定发展下去，就必须让每个女人能够自己决定自己生不生孩子、何时生孩子、生几个孩子。" 她认为，生育健康、聪明的宝宝，必须从生命的源头抓起，从受孕前抓起，这就需要计划生育。计划生育不但尊重生命本身的价值，也能提高人口质量。

桑格提出，计划生育的目的是解放妇女，是保障妇女的权益，而不是限制妇女的权益。桑格认为，妇女的第一种权利就是生育自决权；第二种权利是因爱怀孕；第三种权利就是拥有健康。她强调，只有通过避孕让性爱和生育分离，女人才能从性爱中享受乐趣。她说："妇女只有拥有和掌控了自己的身体，才能称自己为自由人。"

联合国采纳了桑格的计划生育观，联合国《世界人口行动计划》指出："所有夫妻和个人都有自由而负责地决定其子女人数和生育间隔以及获得这种决定所需的信息、教育和方法的基本权利。"

1966年9月6日，玛格丽特·桑格死于心脏衰竭，享年87岁。一年后，美国最高法院裁决，避孕在美国全境合法。

桑格生前31次被提名诺贝尔和平奖。她的雕像入驻美国名人纪念馆。美国不少地方用她的名字命名，如纽约市曼哈顿区的玛格丽特·桑格广场。1993年，美国国家公园管理局决定，将玛格丽特·桑格在纽约市创建的计生诊所列为国家历史文物保护单位。桑格也在美国《时代周刊》"20世纪对世界影响最大的20位名人"榜上有名。

美国摩托车女王

孙开元

1885年，德国人戈特利伯发明出了世界上第一辆摩托车。到了20世纪初，美国也生产出了向大众出售的摩托车，但那时敢骑摩托车的美国人不多，女性就更少了。然而，一位美国黑人女孩不但学会了骑摩托车，而且以出色的驾驶技术闻名于世，她的名字叫贝茜·斯特林菲尔德。

贝茜在哪里出生？贝茜自己对为她写传记的作者说，她于1911年出生于牙买加，后被美国波士顿的一对夫妇领养而来到美国。不过，她的侄女说，贝茜就是美国人，出生在美国。不管怎样，可以确定的是，贝茜是一位黑人女性，生长在一个黑人饱受歧视的时代。

贝茜在16岁那年，嚷嚷着让妈妈给她买了一辆摩托车，家里人虽然都不会骑摩托车，但少年气盛的贝茜无师自通，不但自己学会了骑摩托车，还从此迷上了摩托车。

1930年，19岁的贝茜计划骑摩托车横穿美国。在出发前，她铺开一张美国地图，将一枚硬币扔在地图上，看硬币落在哪里，就准备以哪里作为这次旅行的终点站。

家里人觉得，一个黑人女孩独自出远门不安全，但贝茜向往外面的世界，最后还是出发了。

这次旅行她成功地穿行了美国48个州，成为历史上第一个驾驶摩托车横穿美国本土的非洲裔美国女性。也正因为她是黑人女性，在整个旅行途中，她体验到了被歧视的感觉。

根据当时的法律，路途上大部分汽车旅馆都不允许黑人入住。贝茜回忆说："那时候如果你是黑皮肤，你根本找不到一个能过夜的旅馆。在旅行途中，我要是遇见黑人夫妇，就会去他们的家里借宿。如果遇不到黑人的时候，晚上我就以摩托车

贝茜在车上睡觉

当床，我的两轮摩托车很大，可躺在摩托车上睡觉，这难不倒我。有一次，几个白人混混骑着摩托车在后面紧随想欺负我，而我的摩托车又恰好没油了，口袋里的钱也已经花光。正在危急时刻，一个加油站的白人老板给我免费加了油，我才摆脱了危险。"

旅行回到家后，贝茜为了养活自己，不时在各种狂欢节中表演骑术，挣一些零钱。她表演的骑术常令观众惊叹不已，比如，她可以一只脚站在疾驰的摩托车车座上，另一只脚踩在车把掌握前进方向，双手还同时表演各种动作。

第二次世界大战爆发后，贝茜善骑摩托车的特长派上了大用场。美国陆军一个通信部队招收她为摩托车通信员，她是这个通信部队中唯一的女性，与男兵一起刻苦训练。那时，通信技术落后，而且为了保密，很多文件需要专人派送。贝茜的任务就是在军事基地之间传递文件。她驾驶一辆大哈雷摩托车，4年时间共横穿美国8次，出色地完成了军方的任务。

二战结束后，贝茜对摩托车的热忱仍没变。她先后有过6次婚姻，后来在迈阿密定居，但当时警方不允许黑人女性骑摩托，所以一直不给她发驾照。

一天，贝茜找到当地警察局局长，要求发放驾照。局长是白人，恰巧也是一位摩托车爱好者，两人有了共同话题。结果，局长把贝茜

带到了一座公园，向她请教了一些高难度的摩托车骑行技巧，贝茜也爽快地将自己的经验倾囊相授。

贝茜说："从那天起，我再也没遇到警察找麻烦，也收到了驾照。"人们佩服贝茜和警察斗争的勇气，给了她一个响亮的称号——"迈阿密摩托车女王"。

之后，为了挣钱养家，贝茜每天骑着摩托车出去给别人当佣人。贝茜是个负责任的佣人。一天，女主人忘记了去学校接两个上小学的孩子回家，让贝茜赶紧骑摩托车去学校。贝茜接到孩子后，让两个孩子坐在摩托车后座上，将他们带回家。两个孩子当中的罗伯特·托马斯如今已经70多岁了，他回忆说，他们哥俩当时是第一次坐摩托车，都乐疯了。

后来，贝茜在一所医院当护士，也是每天骑着摩托车上班。她的这一做法影响了众多美国人，特别是黑人孩子，他们都把贝茜当成自己的偶像，因为一个黑人女性骑着摩托车在街上"兜风"，在当时是

贝茜与她的摩托车

绝无仅有的一道风景。一位为贝茜写了一本《公路上的非裔美国黑人女郎》传记的美国作家安·费拉,在写完书后,自己也成了摩托车爱好者。

1993年,贝茜去世,享年82岁。在去世前不久,她还每个星期骑着一辆哈雷摩托车去教堂做礼拜。

贝茜去世后,每年都有数百名美国女性举行一次骑摩托车横穿美国的骑行活动,一直沿至今天,以此来纪念她。

2000年,为了表彰贝茜对摩托车事业的贡献,美国摩托车名人堂设立了"贝茜·斯特林菲尔德奖";2002年,贝茜的名字登上了摩托车名人堂。

江湖棋客

莫小米

他是个野路子棋手,无门无派,无招无式,只身闯荡,一剑封喉。除了象棋之外,在人群中,他单纯、木讷。

我从体育记者同事的笔下认识了他。

大约五六岁,刚刚识得几个字,他见县城路边一大堆人围着,就挤进去,棋子上的"马"啊,"炮"啊,认出来了,"車"不认识。到第三盘的时候,什么样的子,该走什么样的路,就都弄清楚了。第二天他还跑到老地方看,没过几天,就和一帮棋友混熟了。

攒几毛钱买本棋书看,看了就出去练,一年之后,小屁孩打遍县城无对手,就到市里去下彩棋,5元一盘、10元一盘地下,有时输到连吃饭钱、回程车钱都没有,只能饿着走回去。他的棋艺,就是这样逼出来的。

因为下棋,他的少年时期还算风光,拿过县、市、省的冠军。

初中毕业,跑水上运输的父亲让他上船帮忙,他对水上漂的闲散生活很满意,唯一不好的就是没人下棋。当船停在某个码头,父亲跑到岸上去联系运输业务,一去十几天,他也跑到城里的棋友家里下棋,从白天杀到黑夜,心里想,要是父亲一直联系不到业务,该多好啊。

家里兄弟姐妹多,一个姐,四个哥,二哥、四哥曾经也在船上给父亲帮忙,埋怨父亲分钱不均闹翻了,父亲去世后,大哥为房子又和母亲闹翻了。下船后一时找不到工作,他就跑到街上跟人下棋打发时间，年过三十，母亲张罗着给他相亲，很多次，无果。

家里待着没劲，他就离开了，跑到有棋下的地方，租个房子单过。没有比赛的日子，每个月回家一趟，看看母亲。

本来觉得下棋单纯，但这几年，全国各种公开赛、个人赛多了，奖金也多了，乌七八糟的事情也多起来，各种让棋，买棋，默契棋，半公开地做。而他坚持不做，只想专心下棋。有所谓的"国家大师"偷偷跟他商量让棋，他偏把对方赢了。故圈子里很多人都不敢用他，怕他难管，砸场子。

还好江湖之大，此处不留爷，自有留爷处。

他是个独行侠，比照绝大多数人所过的朝九晚五、理财还贷、养家糊口的板结日子，他活得自由、单纯、缥缈，有点儿冷清，有点儿无奈。

无须看人脸色行事，因而无须低头折节、违拗自己；不太需要通人情世故，只需棋盘上刀刃相见，心计与诡术也是要的，不用来对付人，便简单许多。

江湖泱泱，一个人走。江湖棋客，淡漠了人间。

我为什么不背氧气罐登珠峰?

徐立新

1978年,意大利有一名叫霍尔德·梅斯纳尔的登山者登上了珠穆朗玛峰。他是人类历史上第一个不带氧气瓶而登上珠穆朗玛峰的人。

这是人类登山史上的壮举,意大利的媒体自然不会放弃这个重大新闻,纷纷要求采访梅斯纳尔,但遗憾的是梅斯纳尔是一个非常低调的人,竟死活都不愿意面对记者。

无奈之下,记者们只能打擦边球,转而采访梅斯纳尔身边的朋友。"梅斯纳尔究竟是怎么样的一个人,为什么想到要冒这么大的险去登珠峰?"记者们都十分想知道这个问题的答案。

梅斯纳尔的朋友们都这样回答说:"他天生就是一个极喜欢挑战自我和人类极限的人,并且非常勇敢机智,这样做合乎他的本性。"

当媒体大篇幅报道此事后,一时间,梅斯纳尔几乎成为意大利的国家英雄和励志榜样。"无畏果敢"几乎成了梅斯纳尔的身份标签。

两年后,当梅斯纳尔在一个公开活动上出现时,有记者往事重提,问他是否满意媒体两年前对他的报道和赞誉。

"完全是编造,不带氧气瓶登珠峰,不是因为我无畏和果敢,而是因为我没钱!"

面对记者的一脸惊诧,梅斯纳尔这样解释:登上珠峰一直是自己的梦想,但是这需要一大笔的费用,包括准备各种必要的装备,而自己怎么都筹不到这些钱,资金成了自己眼前最大的障碍。

后来,我开始审视每一项必要的登山开支,结果发现其中最大的一笔竟是花在雇用搬运大量氧气瓶的工人身上。

如果不用氧气瓶，那么这笔开支不就可以省下来了吗？不也就能够登山了吗？"于是我便决定这么干了，这也是没有办法的办法！"

梅斯纳尔还称，为了能做到不带氧气瓶登山，自己进行了刻苦的训练，先是搬到空气稀薄的阿尔卑斯山上居住了一年多时间，并且每天进行垂直距离不少于1 000米的训练，最终攻克了在稀薄空气中难以呼吸的障碍，最后才成功登顶珠峰。

人们常喜欢将成功和突破归功于为了实现某个远大理想和抱负，殊不知，很多的成功其实都只是源于当初的某种不得已，甚至是障碍，完全是被迫实现出来的，而并非事先就制订好的目标或抱负。

第一个乘飞机的美国总统

刘植荣

1910年10月11日,西奥多·罗斯福总统(左)乘莱特公司生产的"飞行者"号飞机从密苏里州圣路易斯金洛克机场起飞,旁边是飞行员(右)

1910年10月11日,西奥多·罗斯福总统乘莱特公司生产的"飞行者"号飞机从密苏里州圣路易斯金洛克机场起飞,旁边是飞行员。莱特兄弟1906年才获得飞机发明专利,当时乘飞机绝对是一种冒险。

西奥多一生极富冒险精神,尽管他心脏不好,但他酷爱运动,尤其是拳击,当上总统也常在白宫练拳击,并因此左眼受伤永久失明。西奥多知识渊博,精通哲学、地质、历史、生物、法文、德文,对数学、希腊语和拉丁语也颇有研究,他一生出版了《1812年海战史》《征服西部》等18部著作。

西奥多1901年9月14日就任总统时年仅42岁,是美国历史上最年轻的总统。他因成功调停了日俄战争而获得1906年诺贝尔和平奖,成为第一个获得此奖的美国人。西奥多执政期间大刀阔斧地进行改革,重塑美国政治制度,并首次在国家层面上提出环境保护政策。

西奥多1909年3月4日卸任总统一职后,常年在世界各地从事野外探险、动植物考察。

1912年10月14日,他在一次演讲时被人开枪击中胸部,但他坚持演讲完才到医院治枪伤,由于取出子弹会危及生命,这颗子弹一直留在他体内。

西奥多1919年1月6日去世后,当时的副总统托马斯·马歇尔评价他说:"只有死亡能让他睡下来,如果他活着,他就一直在战斗。"

在美国总统雕像山上有美国历史上最伟大的4位总统头像,其中一位就是西奥多·罗斯福。

故宫前，请总统下车

夏生荷

故宫是目前世界上最大、保存最完整的宫殿建筑群，也是世界几大最著名的博物馆之一，里面收藏着众多历史悠久的珍宝和文物。

参观故宫，是众多到中国访问的外国领导人的"标配"行程。但是，作为贵宾的外国领导人，都是乘坐"礼宾车"直入故宫，到指定的参观点参观，跟普通游客只能步行进入不一样。

2012年初，单霁翔接任故宫博物院院长后，就多次向上级部门打报告，希望能取消外宾的特权，让他们的车队在故宫门前一律停下来，步行入内，因为这是对故宫文物和历史文化应有的尊重。

上级的回复却是："这是对外国贵宾的特别'礼遇'！"单霁翔反驳说："世界上其他四大博物馆（法国的罗浮宫、英国的大不列颠博物馆、美国的大都会博物馆、俄罗斯的艾尔米塔什博物馆），也从未对任何人有过这样的礼遇呀，任何人进去参观，一律须步行。"但上级并未回应单霁翔的提问。

2013年4月26日，法国总统奥朗德携女友到故宫参观，单霁翔决定不让总统的车队进入宫内。他先是劝说前来警戒的警卫站到午门前，不要在故宫内等待奥朗德，但警卫说这是上级的命令。

眼看着总统的礼宾车队就要开进来，单霁翔急了，他命令故宫的保安立即将午门关了起来，并通知礼宾车队不能碰撞午门，因为这也是珍贵的历史文物。见此情形，礼宾车队只好在午门前停了下来，而单霁翔则在门口亲自迎接总统。

当奥朗德下车看到威武的午门后，脸上顿时露出崇敬的表情，并没有丝毫的生气状。随后，他在单霁翔的引导下，高兴地步行进入故宫。

最终，上级也并未因单霁翔"擅自阻挡"总统车队而责罚他。从这之后，不论是国内官员还是国外贵宾，也不管他们职务有多高，在参观故宫时一律都要步行。

单霁翔说："以前很多到故宫参观的外国领导人，当他们坐在车内已身处宏伟厚重的故宫之中时，往往全然不知，还问故宫怎么还没到？这让我们觉得，故宫悠久的历史没有得到外宾应有的尊重。要知道，故宫是中华民族文化和华夏文物的重要代表，她是有尊严的，不论是谁去拜访她，都必须恭敬！"

一时事与千古事

且 庵

明朝有个李流芳，诗书画印，样样精绝。魏忠贤建生祠，李流芳竟不往拜，与人说："拜，一时事，不拜，千古事。"引得董其昌大加赞叹："其人千古，其艺千古。"是啊，文人文人，要有文，还要有人，文要立得住，人也要立得住。

我最早知道李流芳，是读他的几篇小品文，其笔下文章真是潇洒可爱，如题画的《横塘》："去胥门九里，有村曰横塘，山夷水旷，溪桥映带村落间，颇不乏致。予每过此，觉城市渐远，湖山可亲，意思豁然，风日亦为清朗。即同游者未喻此乐也。"我家书架上的《历代小品大观》《明人小品选》《历代小品文观止》，都收录了他的作品，可见其文字之好也是得到公认的。不过更难得的，还是他的"不拜"。

赫赫威权之下，读书人原来是可以选择的，选择"拜"或"不拜"，选择"一时事"或"千古事"。选择"不拜"的，自然"其人千古"，受人敬重。无奈而"拜"的，亦值得怜悯，想必有一番痛苦挣扎。也一定有甘心投靠而"拜"之唯恐不及的，无耻读书小人，哪朝哪代没有？李流芳称得上是一个真正的读书人，其"威武不能屈"之风骨朗朗，怕真是"同游者未喻此乐也"。

不赴"总统宴"的塞林格

夏生荷

1962年春的一天,美国白宫邀请《麦田里的守望者》的作者塞林格参加一个由总统肯尼迪为美国著名作家举行的宴会,凡是受邀者都可以偕家人前去。

能到白宫参加总统宴,这是一份极大的荣耀,但塞林格并没有当即给出同意前往的答复。

两天后,肯尼迪总统的夫人杰奎琳直接将电话打到塞林格的家里,再次邀请。当时,塞林格的女儿皮基正好坐在电话机旁,当她得知对方是美国第一夫人,代丈夫来邀请塞林格出席宴会时,激动得心都要跳出来了,赶紧把正在房间里写稿子的父亲叫了出来。

让皮基没料到的是,尽管杰奎琳有着传奇般的魅力,是一个无法让人对她说"不"的女人,但父亲塞林格还是谢绝了她。

这让皮基生气不已:"我从没去过白宫,您为何要放弃这个绝好的机会?"

"跟你一样,我也非常想去见肯尼迪,他是让我打心眼里尊重的好总统。"塞林格回应道,"但我不能让自己走进一个'充满自我'的夜晚——他们在那里为我准备好了太多不切实际的赞誉,譬如总统会邀请我发表演讲甚至发给我一个奖章,而这一切都是我想极力避免的事,因为我怕压制不住自己的虚荣心。"

塞林格又说道:"我更怕总统当面邀请我出任公职,因为我天生就是一个不善于当面拒绝人的人,更何况对方是总统,但如果答应了,我将不能安心写作。"

女儿这才明白了父亲不去的真实意图，后来果然证明塞林格的猜测是对的，肯尼迪当晚真的是想任命塞林格为自己的发言稿撰写人。

让塞林格震惊的是，一年多后的1963年11月22日，肯尼迪总统遇刺身亡。葬礼的那天，他和皮基坐在电视机前收看直播，当肯尼迪的棺椁出现时，皮基看见父亲潸然泪下，不住地哭，那是她有生以来看到父亲的唯一一次落泪。

尊敬一个人并不等于就要完全顺从他，不管他的地位有多高。不去追名逐利和不去攀附"高枝"不易，拒绝主动伸来的、唾手可得的地位和荣耀更难。

有个"马云爸爸" 我们会更快乐吗?

岑嵘

很多人喜欢在网上喊马云"爸爸",虽然这是一句玩笑话,但谁不希望有一个像马云一样有钱的老爹。那么假如真有这样一个亿万富翁爸爸,我们会更快乐吗?

答案似乎是显而易见的,生在有钱人的家庭,我们不用为生计担忧,含着金汤匙出生意味着父母为你定制好了锦绣前程,从小把你送到最好的学校接受最好的教育;成年后他们会用自己的人脉和实力为你铺好通往成功的道路。总之,你的人生像是"开了挂"。

不过,我们的大脑可能会给出相反的答案,也就是说,我们并不会因此更感到快乐。我们的大脑是个神奇的东西,它对显而易见,也就是意料之中的事情并不会感到多兴奋。如果你从小就知道要继承亿万家产,真到了这么一天,你并不会有多高兴,而如果你是穷人,意外得到一笔小小的馈赠,那你可要高兴得多。

我们之所以会感到高兴,是因为大脑里产生了多巴胺,而多巴胺只奖励意外。有这样一个实验,实验人员给猴子喝一口果汁,这时猴子大脑的多巴胺上升,但重复了几次以后,多巴胺会趋于平稳。此时,如果在猴子预期只能喝到一口果汁的情况下,给它喝两口果汁,多巴胺会再次上升;如果给它喝三口,多巴胺会进一步上升。但是如果重复给它喝三口果汁,多巴胺含量又会趋于平稳。这也意味着分泌到大脑中的多巴胺并不取决于果汁的绝对量,而在于有多少果汁是意料之外的。

另外,我们的大脑还很在乎自己是否付出了努力。

当我们躺在沙滩椅上，别人把美食送到我们嘴边，或者你什么也没做，父母把亿万家产交到你手上——很多人很羡慕这样的生活，但是我们的大脑却说不，它对此不会产生兴奋。

在我们的大脑中，行为和奖励是紧密相关的，因为采取行动并付出努力才能得到奖励，比如成功地尝试新的打猎技巧，走一条新的小径在树林中发现大片浆果，多巴胺会让我们不断产生尝试这些行动的冲动，甚至是强烈的渴望。

从进化的角度来看，无论是动物还是人类，只有通过自己的努力来获得食物才有意义。动物在寻找食物和水源的过程中，多巴胺会发生作用，不断奖励这种行为。现实生活中，当你付出比常人更多的努力获得成功时，你会格外高兴；如果你的父母或亲戚把大把的钱扔给你说，拿去花吧，你的快乐要小得多。

多巴胺还爱奖励冒险，而不奖励金钱本身。金钱带给我们的快乐，很大程度是获得过程的快乐，而不是金钱本身。很多企业家很享受创业的过程，但对金钱本身并没有太大欲望，他们拿大把的钱去做慈善事业。

那些设计着可回收火箭和梦想移民火星的创业家，对他们来说最快乐的就是冒险而不是赚钱，这也是我们的大脑机制导致的。我们的大脑鼓励我们去冒险，当我们在做某件以前没有尝试过的全新事件时，它能带来出乎意料的奖励，此时的多巴胺含量最高。

我们的大脑鼓励我们打破常规，去尝试全新的捕猎技巧和觅食模式，去接受更大的风险，也正因为如此，人类的祖先才得以走出非洲，带着冒险精神翻山越岭、漂洋过海，把后代散播到世界各地。

所以，我们的大脑并没有准备奖励那些不劳而获的人，如果有个富豪爸爸什么都不用做就获得万贯家财，这并不会让我们感到多快乐。要想快乐就必须自己付出努力，去承担风险，这才是写入我们基因的幸福原则。

非洲水牛群与狮子相遇

赵盛基

非洲水牛是群居动物,它们脾气暴躁,攻击性强,是非洲草原最危险的动物之一,就连草原之王的狮子都惧怕它们三分。但是,它们却常常成为狮子的猎物。

黄昏,一群非洲水牛一边吃草一边悠闲地前移,不知不觉进入了狮子的领地。

见到有美味送到嘴边,4只饥肠辘辘的狮子一阵惊喜。然而,面对100多头庞大的水牛,它们不敢轻举妄动,力量对比太悬殊了。

毕竟美味诱人,狮子舍不得放弃,虎视眈眈地注视着水牛。水牛则自恃强大,也不退却,瞪大牛眼盯着狮子。水牛和狮子谁都不后退,谁也不敢贸然进攻,站在原地对峙着、僵持着。

过了很长时间,终于,有一头水牛胆怯了,回头跑了。这下,就像决了堤的洪水一样,所有水牛都转身逃窜起来。

这正中狮子的下怀。与强悍的水牛面对面,它们无计可施,害怕水牛用尖利的角戳穿它们的肚皮。但是,对于逃跑的水牛,它们就无所畏惧了,凭着速度优势,很快就能追上水牛,只要爬上牛背,将其放倒,卡住喉咙,就能将其置于死地。

非洲水牛群虽然壮观,但逃跑却是各顾各的,结果,跑在最后的一头老牛被狮子追上放倒了。4只狮子齐心合力,很快就将这头水牛开膛破肚,当作晚餐了。

可悲的水牛,不知它们是否明白这个道理:逃跑就会成为猎物。

村人谈死如同谈生

陆勇强

后山一大片山林被城里的一个大老板承包了,推土机开进了山,轰隆隆作业。

也就几天,半片山被挖了个遍。推土机挖到半山腰,停下来了,前面是一个空墓穴,坟头上整理得清清爽爽的。

司机知道这个墓有主人,不敢往前作业。在农村要是挖了人家的墓穴,那可了不得了。

一个老头一直坐在远处,他走过来,说:"这墓是我的,你们挖吧。"

司机看看老头,不敢挖。

老头再说:"挖吧,这墓穴是我的。"

司机这才信了。

农村是有活人墓穴的。我小时候经常看到有人自己亲手建筑自己的墓,筑墓那一天,仪式非常肃穆,需请山神地煞,行跪礼,邀请风水先生和法师前来堪舆和行法。

墓建好了,便是一个人有了归宿。

我爷爷是老式知识分子,在旧政府里管过教育,写一手好字,作一手好文章,他通透《易经》,说是晚年他上山看到"好地方",便会高兴地躺到地上,说以后死了要这样筑墓、这样安放。

现在来说生生死死的问题,大家会觉得不吉利。而在我的"乡愁"记忆中,村人谈死,如同谈生。

曾祖母30岁就做好了棺材,当时并不是每个女人都有做棺材的钱，曾祖母的娘家人都说她有福气。

棺材没地方放，就放在堂屋里，旁边放着八仙桌，一家人在棺材前用餐。不知过了多少年，那口棺材移到了楼梯下，我小时候就在曾祖母的棺材边玩耍，从上面翻到下面。

每年过年，曾祖母会用干布擦净上面的灰尘，露出斑驳的桐油红。那口棺材放了60多年，直到93岁才用上，曾祖母无疾而终，临终前她交代我母亲，寿衣在哪、嘴里含的铜钱在哪……全都准备好了，这些细碎的"死亡程序"，曾祖母也许在脑海中保存多年了。

曾祖母的葬礼是按她生前的遗愿办的，葬礼过程中，我没有感到伤心。当八大王抬着曾祖母的棺木上山，黄土掩埋了那口熟悉的棺材，我才突然醒悟过来，这个世界上我失去了一个亲人。

我开始哭，哭得一塌糊涂。

那年我刚刚20岁出头，高考不中，人生迷茫。

我的整个童年和少年没有给我留下多少快乐的事情，给我最深刻的记忆就是死亡，因为在各式各样的老屋里，总摆放着大大小小的棺材，这具是李大伯的，那具是王大婶的。有时候村道上遇上他们，我就会想，他们有一天会死的，会躺在棺木里，然后由村里的年轻人抬着上山。

那时的死，过早地被透支了，是挂在嘴边的，大家都习以为常。

一个亲人的离去，葬礼程序的意义远远超过了悲痛的意义，我极少看到有村人因为失去亲人而一蹶不振，往往在出殡后的第二天，他们劳作的身影就会出现在田地里，仍旧挥汗如雨。

是死亡的透支让"失去"变得麻木，或者说是死亡的耳濡目染让人看淡了死亡。

这是我20多年农村生活给我的"底气"。

死都不怕，生又有何惧。

我经常这样来想，无论人性惨淡时刻，还是得意忘形之际，总是想起我的曾祖母，她拿着一把旧蒲扇，背靠着自己的棺木，给我讲乡野里的离奇故事，那些故事我听了很多遍，仍然百听不厌，那蒲扇的风柔柔的，在蛙声一片中，我沉沉地睡去。

老布什葬礼悲痛中也有微笑

艾菲尔

2018年11月30日，94岁的美国第41任总统乔治·赫伯特·沃克·布什（老布什）在休斯敦家中平静辞世。12月5日，在华盛顿国家大教堂举行的老布什葬礼上，他的长子、美国第43任总统乔治·沃克·布什（小布什）及3位生前好友致悼词时，插科打诨，把参加葬礼的人笑得前仰后合，那场面就像中国的单口相声大会。

老布什1924年6月12日出生在马萨诸塞州。1944年9月22日，他驾机轰炸日军时被击落，跳伞后在海上漂浮了4个小时，被美国"长须鲸"号潜艇救起。1945年1月6日与芭芭拉结婚，育有6个孩子。1963年开始从政，1981年至1989年任美国第40任总统罗纳德·里根的副总统。1989年至1993年任美国第41任总统。

小布什悼念父亲，不谈他的"丰功伟绩"，却大书特书那些让人忍俊不禁的生活趣事，一开口就逗得大家哄堂大笑："人最好趁着年轻死去。当然，越晚越好。"（意思是"至死要保持年轻的心态"）

他提到，老布什90岁时从一架飞机上跳伞，降落在缅因州祖母结婚的教堂附近，芭芭拉说，老布什故意选择在这里降落，是怕万一降落伞打不开。

讲到老布什宽厚待人，他举例说，老布什婚后搬到得克萨斯州的一栋简陋公寓楼住，让几位女士共用他的浴室，这几位女士还从事特殊职业。

他拿老爸开涮说，老布什喜欢通过电子邮件与朋友们分享笑话，他可是个段子高手，但大都是些荤段子。

他继续爆料，老布什高尔夫球打得不怎么好，舞跳也不咋的，最糟糕的是不吃蔬菜，尤其是西兰花，而且把这些缺陷基因都遗传给了他们。

他最后说:"在悲痛中,让我们微笑,因为我们知道,父亲正抱着罗宾,也再次拉着母亲的手。"

罗宾是老布什的长女,3岁因血癌夭折。老布什73年的发妻芭芭拉2018年4月17日去世,享年93岁。罗宾和芭芭拉均葬于得克萨斯州老布什总统图书馆地界内的私人墓地。

在芭芭拉的葬礼上,老布什的次子、佛罗里达州前州长杰布的悼词同样充满幽默笑语,把在亡妻灵柩前坐在轮椅上的老布什逗得咧着大嘴笑个不停。

不只是布什家庭的葬礼带来这么多欢乐,有基督文化传统的民族大都如此。笔者在国外也参加过葬礼,讣告上没有"医治无效"字样,也没有号啕大哭、悲痛欲绝的情景。

死亡和出生一样,是人生的必然过程,是不可抗拒的自然法则。试想,如果人长生不老,那地球早就被挤爆了。寿终正寝是一种福分,得了不治之症还在医院遭受折磨,器官衰竭还靠药物维持生命,这对肉体和灵魂都是一种摧残。

人生一世,做些有价值的事情,不管是照顾家庭,还是服务社会,那他就死而无憾,是不畏惧死亡的。老布什在生命的最后几天讲:"当仁慈的上帝来叩门的时候,要满怀对天堂期盼的喜悦,勇敢地去迎接死亡。"只有那些虚度光阴、浑浑噩噩、枉活一世的人才恐惧死亡,因为他们人生的唯一目的就是活着。死亡无法征服伟大的灵魂,懦夫在死亡到来之前灵魂就已经死了。

古希腊哲学家苏格拉底受死刑时,像喝茶一样喝下一杯毒药,还安慰悲泣的弟子:"你们怎么可以这样呢?我为了避免这种场面才打发走家人的。"他的遗言就是,让好友克里同买只鸡祭奠阿斯克勒庇俄斯(希腊神话中的药神),他不能白喝这杯毒药。

逝者长已矣,生者当如斯。一个有道德责任的人,绝不会想自己死后亲朋过度悲伤;活着的人对已故亲人的最好悼念,就是鼓足生活的勇气,奔向更美好的未来,不给先人丢人。葬礼上装出悲伤的样子,憋着不说不笑，装模作样地保持肃穆，这对逝者、对生者都是一种欺骗。

　　当前，传统的丧葬陋习在一些地区死灰复燃，借用两千年前古罗马哲学家塞涅卡的话就是，丧葬礼俗比死亡本身更可怕，亲友的悲号，让人毛骨悚然的殡葬器具，鬼神礼仪，把死亡装扮得异常恐怖。

　　有人花上数万元买棺椁，花上数十万元造墓，以示对死者的尊重。殊不知，棺材再厚重早晚要烂掉，躺在里面的尸体也不能复活；坟墓再气派，陪葬品再多，死者也不能享用。一些帝王的陵寝豪华得像宫殿，如今每日受嘈杂游客的侵扰，落个九泉之下难以瞑目。

　　让死者尽早化作泥土，得到永久安息，这才是对死者的最大尊敬。人从泥土来，终归泥土去。万物皆如此，周而复始，老的死去，给新的腾出发展空间。

　　笔者曾在1998年5月25日的《人民日报》（海外版）发文倡议"树葬"或叫"长青葬"，人死了，深埋地下，不留坟头，在上面栽棵树，福荫后代。清明扫墓，就给树施肥浇水，这要比在坟头烧纸文明得多。

第九章 质朴从容

丰子恺儿子眼中的逃难

陆勇强

多年前,我有一辆旧桑塔纳,车子发动起来的时候,"轰轰"作响。我家小儿一点也不怕,一有空就往车里钻,俨然把这车子当成了一个大玩具。

一日,带他去兜风,车子停在路边,不料飞来一辆电瓶车,"砰"一声,撞在了前轮上。倒了电瓶车,摔了女子,撒了橘子……女子先说对不起,说她刚才接了个电话,没看清楚前面有车。我下车看了前轮,轮眉瘪了,轮胎破了,损失不小。许多路人围上来看,叽叽喳喳,好生热闹。

我那小儿索性站在座椅上,半个身子探出车窗,饶有兴趣地看着,这火热的场面,他肯定见得不多。

我让那女子赔点钱,女子死活不肯,有人报了警。很快一辆警车闪着灯呼啸而至,下来三个警察。我那小儿竟然拍着小手,大喊:"爸爸,这是警察叔叔。"

我心急火燎,似乎在火里,而小儿却似乎在水里,这事对他来说,真的毫不关己。不少路人也笑,说这孩子真有趣。

小孩子的视角很有趣,在他们心里,没有什么忧愁的事情。在孩子眼里,这不是一起交通事故,而像是一个游戏:一个马大哈阿姨,好像故意碰了车子,然后和爸爸热烈地讨论了一番,接着很多叔叔阿姨都过来参与这个游戏,最后连警察叔叔也来做游戏了……最后,警察叔叔还为这场游戏合了影。

过了几天,我载着小儿去幼儿园。他长长地叹了一口气,说:"爸爸,什么时候你再把警察叔叔叫来做个拍照游戏啊?"

我哭笑不得。

丰子恺有不少写家庭琐事的随笔,其中有一篇写"逃难"的文章。当时丰子恺住在上海,军阀混战,战事不断。一日,丰子恺突然听到枪炮声,大家惊慌失措。丰子恺于是和邻居一起,扶老携幼出逃,大家叫了汽车,然后到了江边,躲到了避难所里。这段"逃难"经历让丰子恺不堪回首,那种惊慌、忧虑和奔波,会让他从噩梦中惊醒。

但有一天,丰子恺和小儿嬉闹,问小儿"最喜欢什么事?"小儿坦然而答:"逃难。"丰子恺问,你知道什么是逃难?小儿说:"逃难就是爸爸、妈妈、弟弟……还有娘姨一起,大家坐汽车去看大轮船。"

在孩子眼里,逃难竟然是十分有趣的事情。平时少有机会坐汽车,逃难的时候坐了;平时很少去江边看大轮船,逃难的时候看到了。那仿佛是一场全家人一起的出游,是人生中的一大快事。以至于这孩子逃难回家之后,经常拿着笔画汽车、画轮船,逃难留给他的不是恐惧,而是一次难忘的欢乐旅行。

童眼看世界,这大自然中的一切,全然没有利与害。车来车往,那是游戏;争争吵吵,那是游戏……人活于世,不妨学点孩子的童眼看世界,站在远处看看自己,看看别人,或许还真的会是另外一番光景。

生活有时真像一出戏,有时你要入戏,倾情出演;但有时也要懂得出戏,抽身而退,站在远处,像个孩子一样,静静地看戏。

国家"发达"的突出特征

石毓智

一个国家从不发达到发达,如同一个生命体一样,到了发达阶段,各方面就会稳定下来,就会表现出方方面面的"淡定"。

"发达"不仅仅是一些抽象的数字,诸如经济的增长速度、人均收入,更主要的是人们的主观感受,人们常说的"幸福指数"就是一种感受。现在,让我们撇开那些抽象的、枯燥的数据,从主观感受上来看看什么是"发达"。其实,"发达"最突出的特征就是"淡定",表现在以下八个方面。

一曰"心态淡定"。发达国家的民众看上去很闲适,温和有礼,从容淡定,很难见到他们争吵打斗,这是他们心理淡定的表现。因为有完善的社会保障制度,不用担心生老病死没有保障;因为制度较为公平合理,大家都按规矩办事,凭能力、凭劳动吃饭,挣多挣少心理平衡。相关的另外一个现象是,社会上各种各样的志愿者很多,乐于助人蔚然成风。

二曰"城市建设淡定"。发达国家城市的面貌包括建筑、街道都很少发生变化,既没有大量的拆迁,也没有大片的新建。从洛杉矶到纽约、到芝加哥、到巴黎、到伦敦,少见繁忙的建筑工地,少见高高的吊车、轰鸣的机械,因为他们的城市建设已经"定"下来了,所以变化也就"淡"下来了。

三曰"经济收入淡定"。在一些发达国家,民众的收入不一定很高,也不一定有多少存款,手头或许仅有一套自己可以居住的房子,但是他们不心急火燎地想着发什么财,也不忙着炒房子什么的。他们心里很静，生活简单，个人保持诚信，做事保证质量，不会挖空心思、不择手段地赚钱。

四曰"新闻淡定"。发达国家的新闻报道不会几天一个"大霹雳"，不会今天这里大桥塌了，明天那里大楼倒了。国家的发达也表现在良好的社会治安环境上，少有重大事故发生，人们普遍具有安全感。

五曰"空气水质淡定"。那里的空气是"淡"的，没有味道、没有灰尘，所以透明度好，只要不下雨，就是蓝天白云。那里的水质是"定"的，不会因为发展经济而污染河流，也不会看到顺流而下的动物尸体。

六曰"物价淡定"。我1999年离开旧金山湾区，10年后又回去，感到商品的价格几乎没有什么变化。房租是涨了一些，然而电器产品比10年前还便宜。最重要的是，日常生活用品的价格基本没有什么变化。物价不稳定不仅影响人们的生活质量，而且会给人以不安全感，这就使得民众的心态无法保持淡定，只能为未来拼命攒钱。

七曰"教育淡定"。在美国，学校的招生规模10年前与10年后基本没有变化，是"定"的，学校的名称是"定"的，学校的数量也是"定"的，学校的质量也是"定"的，10年前是世界一流，10年后依然如此。老师和学生的心情是"淡"的，很单纯，只关心两件事情——教育和科研，没人忙着创收，没人忙着"下海"，也没人忙着跑这学位或跑那课题。

八曰"晚上做梦淡定"。每个人都有这种体验，生活稳定幸福的时候，心态也好，睡眠质量也高，梦中还在品味平凡的生活。

遵从本性（外一则）

子沫

不知从何时起，很多东西成了概念，比如"慢生活"。自从慢生活被提出来后，它一度成为时尚名词。很多人急迫地消费着慢生活，刻意地停、刻意地慢，但节奏被打乱后更急迫、更焦虑。

这倒让我想起一位友人的先生。友人提起先生，说他的研究工作繁忙，但节奏从来不乱，不谈慢也不谈快，只按自己的节奏行事：孩子住院，他陪床时带着红酒，每天喝一小杯，该干什么就干什么，不急不乱；开车去外地，到了午睡时间，他找个服务区停下，小睡一会儿再走，也不急着赶路。友人说以前先生在大学教书，他们一家人都习惯午睡，周末有时一觉醒来，发现天都黑了。每每想起她说的场景，总让人乐不可支。

按自己的节奏过日子，这倒真比刻意强调慢生活强多了，只是跟随自己的节奏，任何时候都不乱，这样往往更有效率。而当一些节奏成为日常时，便没有了慢生活这一说。慢生活往往只是个概念，是概念便容易附着些什么，真成了概念，也就离无趣不远了。刻意强调慢生活，还不如该干什么就干什么，保持自己的节奏。

再比如"断舍离"，这好像也成了概念。这个概念有时到了一个偏颇的地步。比如有个电视剧叫《我的家里空无一物》，但是想想，真要空无一物，这种生活有意思吗？真正的断舍离不是说什么都不要，而是有选择、有放弃，惜物而已。我理解的"断舍离"，是买一件东西是因为真心喜爱，自己真的需要，而不是因为虚荣心或是认为别人拥有了自己也得拥有。

一位作家这样描述他的家："我很少去想什么理想的样子，我很爱我窄小狼狈、破破烂烂的家，我爱我的家人。"断舍离其实与物质不相干，还是在心。如果内心密不透风，空无一物也没有用；如果内心清简，美物未尝不是一种锦上添花，使人乐在其中。

"养生"也是个近些年特别火的概念化名词。其实，它无非是指吃什么，走多少步，快步还是慢步。曾有人说，散步没有用，要快步走才能锻炼。可是，对于我这个很享受散步乐趣的人来说，连这点乐趣都要牺牲，那有什么意思？各人的体质不一样，养生的方法对有些人有用，对有些人也许无用。

我又想起一位很有活力的友人说："忙就是养生。"她能干，喜欢做事情，过得很充实，对于她来说，忙才是养生。她说她的有些亲戚今天听别人说绿豆健康，就吃绿豆；明天听有人说红豆好，就改吃红豆……她觉得他们才是活得最不健康的，整天这么紧张地活着，再健康又有什么意义，一个人的精气神才更重要。正如另一位友人主张心情好就是最好的养生。

还有"家教"。此教育非彼教育，这是被概念化的教育。很多焦虑的家长把教育当成一个生硬的名词，认为去外面培训就是教育。我觉得，良好的家庭氛围才是最好的家教，一个和谐安宁、懂交流的家庭，教育出来的孩子不可能差到哪儿去。

前两天，一位友人写了一些关于失眠的文字，看得我直乐。她说自己是容易失眠的人，失眠就吃安眠药吧，至于副作用，比起睡一个好觉或是内心纠结，都不值一提。人到中年，得学会携带问题前行，与不那么如意的事情同生共长，尽量让自己步态正常，少去纠结——真是可爱的人生态度，懂的人都会会心一笑吧。

很多概念只是概念，却容易扰乱人的耳目。万事还是要依性情而往，遵从本性：如果你是外冲型的性格，尽管冲吧，因为这样会让你更快乐；如果你是内敛型的，那么就守住内心，往深处走，因为这样才能让你心生愉悦。

被拍摄者的表情

一位摄影师提到被拍摄者的表情。他说他喜欢会动的表情。他认为意大利纺织工厂的男人们的面孔好看,因为工作这件事本身让他们充满活力。职业没有贵贱之分,他们没有自卑感、屈辱感,活得自在。下班去小酒馆,一口干掉一小杯葡萄酒,再投入后面的事。这种对每天的生活都很满足的人,表情总是不错。让"表情不错"的不是相貌而是活力。年岁越长,越领悟到活力的重要性,没有活力,精气神就散了,人的面部不可能好看。

他谈到一个观点,谈到在"不良性"消失殆尽的社会,人们被约束得过头、控制得过头,过分文明化,男人就像被消除了肾上腺素的温驯羔羊,容易表情呆滞。这个观点挺有意思,活力是有多重含义的。

说到女人,他的观点是,女人不要成为彻底的母亲,不要忘记女人的本质,要有"媚"的表情才好看。无论喜欢的是人还是物,那份真心就可以令你绽放光芒,旁人就感觉得出来。还是应了那句话:"深爱生和气,和气生愉色,愉色生婉容。"

溥仪的本领（外二则）

且 庵

20世纪50年代，一位文人雅士花大价钱购得一块古玉，当宝贝似的，到处显摆。有人对他说去请溥仪看看真假吧。文人雅士捧着古玉找上门，溥仪只往他手上看了一眼，就给了答案：假的。文人雅士弄不懂，这位"万岁爷"哪来的这等本领，看一眼就能看出真伪。溥仪笑答，从前在宫里，各式各样的古玉不知看了多少，真的看多了，假的一到面前，还用看第二眼吗？

溥仪说的是老实话，不论什么东西，看得多了，自然就能看出门道来，看出真假好坏来。我们平常看人，也是一样的，三教九流，张三李四，看得多了，自然就成了火眼金睛，随你怎么装，小人装君子，草包装大师，都能看出你的原形来，装得越像，越显其丑。

偏喜欢曹操

史书上也好，戏台上也好，曹操大概从来没让人喜欢过。乱世奸雄，歹毒之徒，叫人喜欢不起来。

我偏喜欢曹操。"宁我负人，毋人负我"，这话的确混账透顶，但我喜欢的，偏是说这话的曹操，这厮若不敢说这话，我还真不会喜欢他。我没糊涂，也不是故作奇谈怪论。你想想，从古及今，行"宁我负人，毋人负我"之事者何其多也，滔滔不绝，满目皆是，可曾有一个人肯承认，肯说出来的？没有。而且还一个个口口声声"宁人负我，我不负人"，说的比唱的还好听。唯独曹瞒小儿，一片天真，怎么做，便怎么说，不遮不掩，从里坏到外，讨喜。

有句话说得好："伪君子的可恶之处，不在于他不是个好东西，而在于他不是个好东西偏偏还装成个好东西。"曹操不是好东西，但他不把自己装成好东西，别人都装，独独他不装，单这一点，就让人喜欢，别的不谈。

大姑娘走进青纱帐

东北民歌里有两句："大姑娘美来大姑娘浪，大姑娘走进青纱帐。"朴素的玉米地，一下子竟变得浪漫起来。大姑娘浪，浪得钻进青纱帐。这在正人君子们的眼里，一定不堪入目，成何体统。但在我心中，这一个浪字，便是个纯朴天然、混沌初开，便是个真性情、真意思、真女子。时光倒回去三十年，我也要跟着去钻一钻青纱帐的。

我喜欢刘备

王国华

历史上的人物（准确地说，是演义故事中的人物），我比较喜欢刘备。论文才谋略，他比不过诸葛亮和庞统；论武艺战术，他比不过关羽、张飞、赵云、马超等。但上述人物都愿意跟着他干，说明他有独到的人格魅力，有包容心。是的，关羽、张飞跟他桃园三结义，拜过把子。但历史上的把兄弟反目成仇的多了去了，瓦岗寨上那么多豪杰一起磕头结拜，最后还不是分崩离析？李世民为了帝位，连亲兄弟都敢射杀。刘备却能自始至终把这些人归拢到麾下，实乃人心所向。上述人物都不傻，纷纷"用脚投票"，证明了刘备的人品。

民间有句话，叫作"刘备摔孩子——收买人心"。我对此话深不以为然。子非鱼焉知鱼之乐，你非刘备，焉知刘备不是真心？因为你不会为了一个战友摔孩子，别人这样做了，你就觉得假。以己度人，视角狭隘。站在彼时彼地打量一下：孩子还小，出生后就随着老妈颠沛流离，跟刘备几乎没什么交集，纵亲生父子也没多少情义；跟赵云则出生入死天天在一起，情义显然更深一些。即使从功利角度讲，那时候不讲计划生育，刘备正当壮年，没了儿子随时可以再生一个；千军易得，一将难求，赵云没了，身边就会少了抓手。两相比较，情感的天平倒向赵云一边亦在情理中。或曰，骨肉相连，连自己的孩子都不爱，还会爱别人？其实这是个伪命题，刘备摔孩子，不是在以孩子的命换朋友的命，只是情急之下的瞬间反应。摔一下，如同打一下屁股（只是尺度过大），表明一下态度，而不是要把他活活摔死。对孩子，并非无情；对朋友，尊重道义。

还有一事可佐证。关羽败走麦城，被东吴所杀。不久，张飞也因此事而亡。刘备痛彻心骨，集中全部兵力跟东吴决斗。以诸葛亮为首的一班理性军事家均劝他隐忍，刘备坚持己见，一意孤行。一个成熟的、处处算计的政治家能做出这样的事儿吗？只能说他被愤怒冲昏了头脑。最终结果也正如诸葛亮判断的那样，刘备被陆逊设计火烧连营，几乎全军覆没，最后在白帝城抑郁而死。他因为重义而聚集了一帮共同打天下的人，也因为重义而意气用事导致失败。后世一些所谓专家绞尽脑汁分析刘备伐吴的真正动机，处处都充满了世俗者的算计。如果真是这样，一向对诸葛亮言听计从的刘备就应该听从诸葛亮的建议；如果真是这样，他就该打碎牙齿咽到肚子里，联吴抗魏，以待他日。而他没有这样做。其实正是他的不计后果，他的冲动，他的失败成就了他完美的一生。在一个胜者王侯败者贼的集体无意识传统语境下，失败了的刘备留下了难得的好名声。

如果抛开各种动机论，刘备的现实表现堪称标杆。三顾茅庐邀约诸葛亮时对人才的尊重，对庞统等怪才的包容，怒摔亲子对朋友的关爱，孤注一掷为兄弟复仇的义气，都是俗人难以做到的。起码到现在，他还是有正面导向作用的。

幸福的均衡器

岑嵘

当我们升职后，往往会感到很满足，但这些满足感没多久就会消失；当我们买了豪宅，也会以为自己很幸福，但是这些想象中的幸福感并没有来，即使来了，也不过转了一圈随即离去，这究竟是怎么回事呢？

美国社会心理学家菲利普·布里克曼曾提出一个匪夷所思的问题，买彩票中得100万美元巨奖的幸运儿，他们的幸福感一定比因事故致残的患者高很多吗？那当然了，对这个答案，几乎没有人会质疑。然而，布里克曼还是对此进行了细致研究。

布里克曼选取了一家康复机构里的29名因事故导致截瘫的患者或者四肢伤残者，另外他还从伊利诺伊州彩票中心的中奖名单中选取了22名中奖者，其中7位的中奖金额为100万美元，最少的也有5万美元。

布里克曼采用打分的方法，对这两组人的幸福感进行综合评分，总分为5分，在评估总体幸福感的时候，中大奖组平均为4分，而事故受害组仅低了1分左右，为2.96分。其中，当预测未来的总体幸福感时，中奖组为4.20分，事故组为4.32分。在评估日常快乐时，中奖组为3.33分，事故组为3.48分。可见两组的差距并不是人们想象的这么大，甚至在对待日常快乐和未来生活时，事故组的受害人幸福感还超过中奖者。

之所以会产生这种现象，是两种关键机制在起作用。

一种被称为"对比机制"，即在短时间内，大的幸福事件发生，会导致一些小事件失去驱动幸福的作用，而重大不幸事件的发生，同样导致以往给自己带来苦恼的小事件失去对幸福感的消极影响。

那些因事故给自己带来了巨大不幸的人,以往小的不幸事件便无足轻重,而以往不引人注意的小幸福事件却会给他们带来更大的幸福感,反过来降低了他们的总体不幸感。

中大奖的彩民因中奖给自己带来巨大的幸福,但很快会觉得以往一些小的导致幸福的事件不再有特别意义,反过来降低了自己的总体快乐和幸福。

另一种我们称为"习惯化机制",是针对长时间而言的,随着重大幸福事件或不幸事件的远去,中大奖后的激动心情或因事故致残的剧烈痛苦和不幸会逐渐消失。

随着时间的推移,中大奖者会把中奖给自己带来的快乐看得习以为常,这些快乐渐渐不再强烈,对他们的日常快乐水平不再有很大影响;因事故致残者也会渐渐把自己的不幸和痛苦看淡,这些不幸和痛苦不再强烈,对他们的日常不幸和痛苦水平不再有很大的影响。

当我们住进海滨别墅,每天对着大海看日出日落,这的确很幸福,但这些东西很快会让我们习以为常,接踵而来的是我们不能习惯海风的潮湿和侵蚀,抱怨地段偏僻带来购物和看病的不方便。

当我们在职场受到排挤跌落谷底,你会发现以前觉得害怕的事情也不过如此,并且还有新的喜悦发生,你会看清了谁是势利眼和谁真正对你好,同事的一声亲切问候,也会让你心中充满感激。

对比机制和习惯化机制就像人生的幸福均衡器,使得这个世界更加公平,那些生活的宠儿,他们无法体会微小的幸福,而那些人们认为的不幸者,却对生活中每一个微小的幸福都能深深感受到。

"幸福是要自己去寻找的,无论你在空间的哪一个角落,在时间的哪一个时刻,你都可以享受幸福,哪怕是你现在正在经历着一场大的浩劫,你也应该幸福。"坐在轮椅上说这话的作家史铁生,一定比普通人更深知什么是幸福。

选择在外面(外一则)

且 庵

我喜欢周梦蝶的那一首《我选择》:"我选择紫色。/我选择早睡早起早出早归。/我选择冷粥,破砚,晴窗;忙人之所闲而闲人之所忙……"几十行诗从头到尾全是"我选择"。人生当然要有所选择,人各有志,人各有选择。观其所选择,可以知其人。

我也有选择,我选择在外面,在潮流的外面,在时好的外面,在圈子的外面,在种种潜规则明规则的外面。既然格格不入,索性待在外面,反而舒服,反而体面。里面外面,各有得失。选择在外面,寂寂寞寞的,优哉游哉的,蛮好。外面空气好,外面风光好。

我忽然来了雅兴,想去请人刻一枚闲章玩玩,印面就刻两个字:外面。字刻得拙拙的,一定好看。闲章虽闲,可以遣怀,可以明志,可以安心。

天且如此

2018年扬州下了一场暴雪。一位摄影者拍了许多瘦西湖雪景,上传到网上成了很红的帖子。摄影者说,听说第二天有大雪,他头天晚上就兴奋得睡不着觉。但也就是这场大雪,压坏了2 000多亩蔬菜大棚,菜农们欲哭无泪。

传说,一日乾隆爷与纪晓岚君臣闲话,乾隆爷说:"朝中之人,说你好的有,说你坏的有。"纪晓岚道:"春雨如油,农夫喜其润泽,行人恶其泥泞;明月皎洁,佳人喜其玩赏,盗贼恶其光明。天且不能尽如人意,而况臣乎?"

纪晓岚真不是耍嘴皮子,我辈凡夫俗子,但能行其心之所安,人家背后说好说歹,还用得着在意吗?天且如此。

第九章 质朴从容

质 朴

查一路

余光中先生曾经跟友人说过一段话，他说，《乡愁》原本表达的是淡淡的哀愁，但看到有些演员朗诵《乡愁》，总是激动，甚至凄厉，有样板戏的风味，令他很难为情。

我想起了质朴年代的表情达意方式。我小时候，家住乡村小学，春夏之际果蔬上市，附近的乡亲们肩扛锄头，手里顺便提溜一只南瓜、几个辣椒和茄子，送给我母亲。我母亲在乡下教了一辈子书，在一个人口不到百人的小山村教出了几位博士后，村民们心存敬意。那些果蔬上还粘着泥土和露珠，他们就一句话："尝尝鲜！"放下就走。质朴的方式，新鲜的味道，给人感觉简而美，至今唇齿间留着回味和感念。

这些年，我们对于物的装饰，已到了无以复加的地步。文艺作品亦如此，那些动辄耗资数亿的电影，除了场面华丽，给人留不下太多印象，导演被人戏称为"装修工"。种种活动，首先都被花里胡哨的策划、华而不实的形式，搞得似是而非。

一些不纯洁的想法，将事物的本质层层遮蔽，使人误以为云遮雾罩方可包罗万象，人为地把一切都弄得很复杂。

按照本来的状态来描摹事物，现在看来，会更简洁而直抵内核。

美国前总统小布什，在大英博物馆参观时，一群英国小孩问他："白宫什么样子？"布什回答："白宫是白色的。"引起哄堂大笑。布什固然有点幽默，但我觉得，他说话很有艺术，删繁就简，他抓住了白宫最基本的特质。我曾在一幅图片上，看到小布什举把铲子，他把自己退休后的生活用一句直白的话加以概括："我，布什，美国前总统,现正在拿着铲子铲狗屎。"还要花言巧语干什么?

有些人,想方设法包装自己;有些人则对自己很随意,像把一块金玉随便扔进土堆里。最近读到一本书,有个章节写陈寅恪去给学生上课:

满满的礼堂,众人引颈而待。传说中的陈寅恪来了,布衣,布鞋,布袜,腋下夹一布包裹,打开布包裹,里面几本线装书,一点风景都没有。有人就纳闷了,这位号称教授中的教授,怎么没有一点派头,连个装书的皮包都没有?

可他一开讲,语惊四座,连走廊里都挤满了慕名而来的教授。

古茶园拒客（外八则）

子沫

日本西大寺的古茶园是一个小园林，有一日，有客人要求参观，却被拒绝，理由居然是：今天没下雨。这个理由可能是雨天的茶园才会有湿润润的灵气吧，要把最好的一面呈现出来。

意境

7月的一天，我在一家路边小书店淘到一册小书，车停在数米之外，突遇暴风雨铺天盖地而来，站在门廊候雨半小时。

晚上回家，看到书中的一小段话："云南大理的一家古民宅。陈老先生客居在此。冬天，院子的另一端住着一位绅士模样的老外，天气阴冷，老外坐在壁炉边，冲一杯咖啡，看一本厚厚的书；陈先生则泡上一杯陈年普洱，一卷线装书在握，捧一个暖炉在手，一连几日相互默不作声。忽一日，狂风大作，阴风怒吼，那阵势似要将苍山的雪掀翻，搅动得院中的古树枝丫上的雪花飞扬，这就是大理最有名的景观'风花雪月'。陈先生和那个外国人不约而同地立在院中默默观赏这一美景，完毕后互相一合掌，又各自回屋看自己的书。"抬眼看窗外，满城风雨。

多看看树

奥黛丽·赫本在人生的后二十年，几乎都隐居在瑞士一个小镇上，她说："物质越多的时候，我想要的却越少，许多人想登陆月球，我却想多看看树。"她甚至不戴手表，但是从来不会迟到，她说："我不想自己慌张匆忙。"

电影《罗马假日》中，只是一件简单的白衬衣就可以了，她真的有一种公主的高贵。到老年，她的眼神依然那么清澈……

请客看日出

有个有意思的事。一位朋友说起她的先生，一个老外。有一天清晨，天还未亮，她先生开始打电话给几个朋友，大意是让他们来家里，说是要请客之类的。她大感不解，这一大早的，请的哪门子客啊。先生但笑不语。半小时，几个朋友带着家眷齐刷刷地都来了，先生带着他们去了屋后面的一大块空地上，静静地等待日出。原来，请客是看日出啊。的确有点意思。按中国人的想法，请客就是吃饭啊聚餐什么的。

这个关于请客的思路真是好，清新又有创意，光是吃吃喝喝真没啥意思。

背影可真酷啊

朋友一家人去大西北青海湖和敦煌一带旅行，回来跟我讲述了这么一件事。中间有一段路他们租车而行，开车的司机是个大西北的汉子，黑黝黝的，除了他们问话，从不主动搭话。车停住，他们拍照休息时，他就蹲在一边抽烟，悠然望天。朋友说，远远看着他的背影，远处的群山和湖泊，烟雾袅袅，他的背影可真酷啊。

享受自己的好，怡然自得，也不必急着讨好谁，急着推销自己，给人的感觉完全不同。他们的生活也许并不富裕，但是怎么会给人一种高贵的感觉？因为他们根本不受别人的影响，只把自己当作背景就好。

朋友说，他们一路上虽然没多少对话，但感觉气氛特好。朋友反复说的一句话是，他可真酷啊。那个不起眼的西北汉子，姿态一流。沉默，有时是最好的姿态。

与世界无关的江湖

看到这么一个片断:一位海归食品学博士,有空会看书养花,业余爱写武侠小说,被人问:"写有什么好处?"他这样回答:"得了个和版税无关的江湖。"说得真好。每个人都该有一个跟别人、跟这个世界无关的江湖。这个江湖只有自己看得到的深山幽谷,风起云涌,此起彼伏,妙趣横生,并无目的。那里的绮丽曼妙只属于自己。那是你与自己最深的联结,也是和这个世界最深的和解。

会涂口红的女人

一位电台的朋友,曾采访过铁凝,注意到一个细节,铁凝涂口红前和涂口红后,判若两人,她这样总结:她是会涂口红的女人。这话我也深以为然,我见过铁凝的很多张照片,第一眼就注意到她的嘴巴,真是很奇怪的事,她很有画龙点睛的本领,精气神通过口红传递开来,非常之好。

大学刚毕业时,参加一次培训,在郊区,跟我住同一间房的一位女孩来自于另一单位,她也是会涂口红的女人,一涂上口红,立马精神四溢,整个脸瞬间亮起来了。她说,她不涂口红绝不出门,不然像是没睡醒的。果然是如此,哪怕是晚饭后外出散步,她也会涂口红,她说,女人随时随地总要显得有精气神。有时候,只需一点点,一点点就好,脸上有一个亮点就够了。

从面相到身段都柔软一些

前几年,上瑜伽课时,对很多的动作技术我倒没有太大兴趣,体会最深的倒是身体的柔软度,这个感觉怎么说呢,就是坐在地上时,弯腰可以贴腿,无限拉伸的感觉,背部特别舒展;站立时,肩膀打开,肩头放松再放松,放松整个面部;而瑜伽休息时,老师会说,学会经常对自己说,放松面部表情,眉毛放松,眼球放松,面部肌肉放松,嘴唇放松,牙齿放松……

记得刚练时，我的腰根本贴不到腿，是僵硬的，后来，老师讲的还是放松，放松，这个真只能意会……慢慢体会到了，就可以了。这个细细体会，真的不是空穴来风，有些人体会瑜伽，觉得是一门技术、减肥、修身或是什么灵玄之类的东西，我的感觉却是要学会柔软，如水般流淌。腰软了，身体就会软下来，灵活度都会提高，走路也会摇曳生风。尽量让自己柔软一些吧，从面相到身段。

热闹的萧红，寂寞的《呼兰河传》

傍晚天光最是好，躺沙发上看书是我最放松的时刻。《呼兰河传》我几年前就买了，当时没觉得怎么样，整理书时翻出来重看，却觉得好。有静气，缓缓流淌，沉得住气，非常之稳，现在倒是很少有这样的作品。人与书相遇总需要恰当的时间，识得一份好需要的是时间沉淀。这两年热闹的是萧红，寂寞的是《呼兰河传》。

为什么偏偏是你得病

邓 笛 编译

2000年，英国著名网球运动员弗吉尼亚·韦德不幸患上了癌症。她的许多粉丝得知消息后纷纷写信给她表示关心。有一个粉丝，在信中伤心地说："为什么偏偏是你（患上癌症）？"

弗吉尼亚·韦德这样回答道："全世界喜欢看网球赛的孩子有5 000万人，但是能学会打网球的只有500万人，而最终成为职业网球运动员的人只有5万人，能参加国际巡回赛的只有5 000人，能问鼎大满贯的只有500人，能参加温布尔登的只有50人，能进入半决赛的只有4人，能进入决赛的只有2人……当我在1977年获得温布尔登女子单打冠军时，我没有问自己'为什么偏偏是我'；当在我之后的整整33年都没有任何英国人再拿到过大满贯单打头衔时，我也没有问自己'为什么偏偏是我'。所以，我现在患上了癌症，我也不会问自己'为什么偏偏是我'。"

有灵气的动物

王国华

古书中的动物大都是有灵气的，且不说变化成美女来和书生们幽会的狐仙，也不说刺猬精、蛇精、老鼠精，其实无须与人沟通，单就是在它们自己的世界里，也有着无数的悲欢离合。《朝野佥载》中说，老虎中了箭以后，知道吃清泥来疗伤；野猪受伤以后，则吃一种叫作甜桔梗的药草；雏鸟被老鹰咬了，赶紧找地黄叶来贴在伤口上。在疗伤的时候，它们也许会暗暗流泪。有人说，做人太累了，做个动物多好，无忧无虑的，什么也不用想。这话听来十分欠揍，动物们经常挨饿受冻，生离死别，比起人类来，它们经历的生活风霜和心灵的苦痛，只会更多，而不是更少。

《北梦琐言》中记载，张文蔚家的山坡上有一个黄鼠狼洞，住着一对年轻的黄鼠狼夫妇和它们的四个孩子。一天，来了一条蛇，偷偷钻进洞中，吞噬了四只小黄鼠狼。黄鼠狼夫妇回到家中，见此变故，急得嗷嗷直叫。本想钻进洞中同蛇搏斗，但洞里空间有限，根本容不下它们打斗。于是，这对黄鼠狼夫妇急三火四地扒了许多土，堆在洞口，使洞口变得十分狭小。人们在旁边看着，不明白它俩到底在搞什么名堂。过了一会儿，蛇探出头来，一点一点往外爬，由于洞口太小，它根本转不过身来，公黄鼠狼见状，凶猛地扑上去，拦腰咬断了大蛇！母黄鼠狼则迅速劈开蛇腹，叼出自己的四个孩子，由于被吞下去的时间不长，四个孩子虽奄奄一息，但尚未死掉。黄鼠狼夫妇把孩子平摊在洞外，衔来豆叶，嚼碎了，敷在孩子们的身上。几天以后，孩子们的伤彻底好了，它们又高高兴兴地出现在了山坡上。这场惊心动魄的战争以皆大欢喜而圆满收场。

到了今天，已经没有如此奢侈的环境供动物们发生战争了，它们的世界被破坏得七零八落。相应地，我们也只能在史书中见证动物们的灵气。

今天有幸活下来的动物，大多成了蠢笨臃肿的宠物，脖子上拴着绳子，亦步亦趋地跟在主人身后，肆无忌惮地在小区的草地上拉屎。

农家汉子认错

孙香我

屋还可以抬吗？放心，我不敢瞎说的。20世纪60年代末，我们全家被下放到苏北东台农村，"接受贫下中农再教育"。当地皆是茅草房，且房子低矮，都是在朝南的山墙上开门，俗称"顶头府"。一个生产队，农户的房子都是散落分布，这里几家，那里几家，后来公家划了农庄线，让各家把房子都搬到农庄线上，这样看起来整齐划一，就有了社会主义农村的新面貌。

要把旧房全拆了到新地方重建，代价太大，于是就单单把四面墙拆了，反正墙不值什么钱，不是篱笆墙便是土垒墙，剩下房子的木头框架和茅草屋顶，然后用许多木棍穿过框架，请来全生产队的几十名大劳力，把屋抬到新地基上，四面再围起新墙来，搬家就大功告成了。

每每哪一家抬屋，这一天就如过节般热闹，全生产队的人都会出动，男人们不用说，就靠他们的一副肩膀抬呢，女人或是帮忙做一些下手，或是叽叽喳喳地围观，最疯的是我们一群小孩子，在抬屋的路线上跑前跑后大喊大叫，也就常常因为碍事被大人呵斥。看着一座房屋在田地上慢慢移动，伴着几十条汉子的齐声号子，那场景真是壮观啊，好看得不得了。如今农村也都是楼房瓦屋，抬屋从此就再也看不到了，不过几十年光阴，今天回忆起来，抬屋真像是原始时代的事了。

又想起一件与抬屋有点关系的往事。有一家农户要抬屋，这家只有父子两人，便来请我妈妈去帮他家做饭，招待来抬屋的人，妈妈一大早就去忙，一个人做了几十人吃喝的饭菜，而且妈妈不在他家吃一口，还是回到家里来吃饭。

后来过了一段时间，爸爸参加什么工作组外出，家里的自留地要浇水，妈妈便去请这一家汉子帮忙，哪知这汉子回说他忙呢。妈妈没想到他会这样，很是难过，便说了几句难听的话，说他忘恩负义什么的。汉子被说得脸红耳赤，一句话没得回，妈妈气得回来了。过了一会儿，妈妈再到外面一看，见那汉子已不声不响挑了水在我们家自留地浇上了。

此事我印象很深，如今回想起来，颇生感慨，农民到底质朴，他知道自己错了，就一声不吭地改正，这要放在所谓知识分子身上，明摆着是他错了，为了他的一个面子一个架子，不但不肯认错改正，还一定要狡辩，一定要强词夺理。有些什么学者啊，什么文人啊，什么著名这个家那个家啊，叫人看不起的，往往就在这些地方。

屋是靠人抬起来的，人在世上混，亦要靠人抬的，人抬人高，若你叫人家尊重不起来，叫人家看你不起，谁还抬你呀，自己抬自己，你抬不起来的吧。

假如人生可以一次享尽

孙道荣

人的一辈子，做的很多事情，都是单调重复的，诸如吃喝拉撒睡，周而复始，没完没了，毫无新意。有段时间，尤其嫌吃饭很乏味，很耗时，每日还要吃三餐，真是麻烦之至。于是忽生奇想，要是能把一辈子吃的饭，一次性吃完，从此之后，再也不用愁吃饭，再也不为一日三餐所累，专心致志去做自己想做的事情，中间没有间隔，不被打断，那该多轻松，多美？

上帝笑着说，可以啊，我满足你。

真是太好了。

那就从最令人头疼的吃饭开始吧。

上帝说，若设你每餐平均耗时30分钟，一天之中，用于吃饭的时间，就是一个半小时，以寿长80岁计，则你一辈子用于吃饭的时间总计43 800小时。

真是不算不知道，一算吓一跳，单单填饱个肚子，我们一辈子就要花费43 800个小时，折算成天数的话，就是1 825天，多么触目惊心啊。

上帝笑着说，扣除你已经吃过的这些年的饭，你还需要吃16 425个小时，你可以一次性将这些饭都吃完了，吃完之后，你就再也不用吃饭了，永远不会饿，也不会因为不再吃饭而营养不良什么的。

多说无益，开吃。各种菜，各种汤，各种酒水饮料，没想到，我一辈子消耗了这么多。一碗，接着一碗；一杯，接着一杯。一个小时过去了，一天过去了，一周过去了，一个月过去了，我连续不停地吃啊，吃啊。可是，要一次性将一辈子吃的饭都吃完，真是没完没了。

我终于吃不下去了，难道我要这样不停歇地吃684天，差不多两年，而什么其他事也不做吗？那我这两年岂不是白活了，连头猪都不如吗？

我对上帝说，算了，这样连续吃两年的饭，真是无趣至极。换一样吧，比如睡觉？每天都要睡觉，也是一件让人感到麻烦的事情。如果把这个问题一次性解决了，我再也不困，再也不需要睡眠，时刻精神抖擞，人生肯定轻松很多。

上帝点点头，也可以。不过，在你倒头睡下去之前，我还是得给你算笔账。你一辈子用在睡觉上的时间，以每天8小时计，累计起来是233 600个小时。如果你想一次性睡完的话，扣除你已经睡过的觉，从此刻算起，大约仍需要13年。也就是说，你现在就睡着的话，得13年后的今天，才能醒来。当然，从你醒来之后，你就再也不用为睡觉这件事心烦了，因为你这辈子的觉，都睡完了。

乖乖，幸亏我还没有睡着，这一睡，就得睡13年，要到2030年我才能醒来？太恐怖了。我还是别一次性睡完了，像个僵尸一样。

我还是找找别的耗时不多又烦心的事情吧，比如如厕。

上帝乐了，也可以。我就不跟你详细算账了，你现在开始坐在马桶上，一刻不能离开，一直蹲38天，你这辈子剩下来的时间，就再也不用如厕了，怎么样？

我彻底崩溃了。

我对上帝说，算了，我还是老老实实，每天该吃的时候吃，该睡的时候睡，该打拼的时候打拼，该享乐的时候享乐，不得不痛苦的时候，就安之若素地痛苦吧。

上帝笑着说，这就对了，吃喝拉撒，喜怒哀乐，这就是我们人生的常态，你无法逃脱，也无法跳跃，更不可能一次享尽，那就安享人生每一个时段，安享每一个看似烦琐又重复的过程吧。

漂亮女生的一封信

姜钦峰

台湾作家林清玄去成都演讲，一个漂亮的女生拦住他，塞给他一封粉红色的信。他若无其事地把信揣进兜里，心里却怦然直跳，暗想，这应该是一封情书吧。演讲结束，回到酒店，他迫不及待地打开信。信中写道："林老师，我从小就拜读您的文章，非常崇拜您。没想到今天见到您，发现您很像周星驰电影里的火云邪神，真是相见不如怀念啊！"小女生的失望完全可以理解，林清玄文章写得很美，跟他本人的长相的确形成了巨大反差。

日本推理作家东野圭吾，年轻时在一家汽车零件供应公司上班，边工作边写小说。偷偷摸摸写了几年，总算出人头地，他凭借校园推理小说《放学后》获得江户川乱步奖，这是日本推理小说的最高荣誉奖。获奖后，他举办了有生以来的首次签售会。

会场设在一家有名的大书店。到了会场一看，发现等待签名的读者已经排成了长龙，他又惊又喜："太壮观了，原来我这么有名！"然后，他就发现队伍里全是熟人。公司的同事几乎全体出动，亲朋好友都来了，连妻子也在排队。签售会取得圆满成功，有的人还排了两次队，盛况空前。他第一次给这么多人签名，明知是熟人捧场，依然心花怒放。书卖出去不少，店老板乐不可支，趁热打铁提议道："东野先生，明天去另一家分店再办一场签售会如何？"他想也没想，答了三个字："没问题。"

第二天是星期日，天公作美，风和日丽。分店门口早早摆好了桌子，旁边挂起了醒目的海报："东野圭吾签售会"。他和书店老板都铆足了劲，摩拳擦掌，一个等着签名，一个等着卖书。进进出出的读者不少，可是等了半个上午，一个找他签名的都没有。清理会场时，终于有一个小学生走过来，好奇地问道："你是在签名吗？"东野圭吾仿佛遇到贵人，满含感激说道："是啊。"然后，小学生摸出一张夹在报纸里的小广告："那你就签在这里吧。"他在小广告上签了名，还和小学生握了手。第二场签售会就这么结束了。

这是东野圭吾写作生涯中仅有的两次签售会，即便他日后成为公认的畅销小说天王，也再没办签售会。他在小广告上签下名字的那一刻起，就下定决心，今后无论书有多么畅销，再也不办签售会了，太伤人！

第一个笑话，是林清玄自己说出来的。第二个笑话，被东野圭吾写进了自传里。这两个都是非常成功的作家，为何都喜欢自曝糗事，还津津乐道？恐怕不只是自嘲那么简单，我想，更深层的动机，是发自内心的谦卑。他们用这种方式时刻警醒自己：你没那么重要，老老实实把自己的活儿干好，不然笑话就等着你。

《管锥编》序言里的说明

尚九华

1960年7月,从北京大学中文系毕业的王水照,被分配到中国社科院文学研究所当研究生,所里给他指派了一名导师,此人便是学贯中西的钱锺书。

尽管钱锺书平日里非常繁忙,但他对王水照的辅导丝毫没有懈怠,王水照的很多篇论文和稿子,都得到了他的精心指导,审读意见和修改建议写得极为详细。一些重要论文,钱锺书会密密麻麻地写上五六页纸的意见,有时文字长达两三千字,然后还要约王水照来面谈,认真负责的态度,令王水照感动不已。

按理说,钱锺书是名副其实的导师,可他却不愿把自己当成王水照的老师,而看成平等的学人关系,称王水照为贤弟、贤友、吾友、吾弟,并说对方是"吾友明通之识,缜密之学,如孙悟空所谓自家会的,老夫何与焉(与他这个老夫无关)"。其自谦心胸令人折服。

《管锥编》是钱锺书用了10年时间写成的古文笔记体著作,全书约130万字,是中国学术史上难得的好书,获得过首届国家图书奖,影响深远。

后来,这套书增订了好几版,每次增订,钱锺书都会写上一篇序言,注明和感谢谁谁谁建议和帮他增补及勘误了内容。例如,他在《管锥编》1982年6月再版序言中写道:"国内外学人眼明心热,往往为一二字惠书订谬;其纠绳较多者,则有施其南、张观教、陆文虎三君;而范旭仑君尤刻意爬梳,是正一百余处。洵拙著之大幸已!"

在1989年10月的增版中,钱锺书也在序言中专门写道:"此书于一九八六年再版，海内外读者仍赐函是正讹文脱字，少者二三事，多则如王君依民校雠至百十事。察毫指瑕，都感嘉惠。因仍乞马蓉女士逐处勘改，尉行数墨，亦既劳止！"最后他还写道："固所愿也，非敢望也，谨志忻谢。"

《管锥编》里的那些增订的注释，很多都是学生一辈帮他找出来的，钱锺书认为适合的，就予以采纳。本来，尊重后辈的劳动，通过口头上的感谢也就可以了，可钱锺书却在如此出名和重要的著作的序言而非后记里，将他们的名字和付出说得清清楚楚，这在当时是不多见的，放在今天就更为罕见了。

老了，就该优雅了

易水寒

路遇一个老头晨练归来，头发稀疏，表情呆滞，穿着短裤，仅挡住关键部位，光着膀子，皮松肉垮，抽冷子抡一下枯枝一样的手臂，看着恶心死人。皮松肉垮是自然现象，谁都有这么一天，但你好歹遮着点啊。我猜想老头的心理活动：装了一辈子，现在老了，要活回我自己。我想怎样就怎样，你能把我怎么样？

又看到一个老太太闯红灯。眼瞅着对面的红灯，大摇大摆走过去，所有汽车停下来向她行注目礼。不要讲身体不好精神不好之类的借口，初步目测，其身板儿硬朗着呢，走路呼呼带风，似乎还带着画外音：有本事你撞我，我讹不死你！那股狠劲儿，非一般人能学得来。

我想，人是要逐渐长大的，有一个从"不是人"慢慢变得"像个人"的过程。年轻时说点狠话，做出不懂礼貌的事，穿戴打扮另类扎眼，玩点出格的花活儿，倒还可以原谅，期待你长大就好了。年轻时张狂，老了更不要脸，这哪里符合人类的成长规律？

好的榜样唾手可得。看作家梁实秋的晚年照片，八十多岁的人，头发梳得笔直，西装笔挺，整整齐齐，干干净净，坐在那里尽力挺直自己微驼的腰杆。简直就是大写加粗的两个字："优雅"。

犹记当年老婆怀孕期间，我们乘坐投币公交车，因为没带零钱，司机不让上车。后来我们说投五元，不要求找零，司机仍不同意。车上一个老大爷看不过去，替我们投了零钱，并提醒司机不要刁难孕妇。老人优雅的神态让我们感怀至今。

还在街头见过两伙人吵架。剑拔弩张之际，一位围观的老人颤颤巍巍走出来制止。经历就是能力，定力就是威慑力。他毫不畏惧地站在中间，目不转睛地盯着领头者，寥寥几语，不容置疑。双方很快停止了争吵。那时候，你看到的不是一个老人，而是一根定海神针。

　　老人的优雅，有各种各样的表现方式。这不是装，不是倚老卖老，而是经过多年风雨，气质发生变化，由外而内，由内而外，自然而然修炼成的。有人用一生修炼出自尊与优雅，有人用一生发现自尊一文不值，岂不悲哉。

里约奥运开幕式：强调创意而非奢侈

刘植荣

2016年8月5日，第31届夏季奥运会在巴西里约马拉卡纳体育场开幕。开幕式看似简约，但并不简单，巴西人凭着自己的想象力与智慧，把它打造成巴西独有的色彩斑斓的文化盛宴，成为奥林匹克史上让人震撼的一届开幕式。

众多媒体对本届奥运会开幕式给予极高评价。路透社称，里约奥运会开幕式把各种危机抛到一边，四个小时的简约、低科技的开幕式完美无缺。CNN则评论道，里约奥运会开幕式创造了历史，呈现给观众一场丰盛的巴西文化盛宴，令人叹为观止。如果世界上有哪个国家懂得舞蹈的话，那它一定是巴西！

国际奥委会主席托马斯·巴赫也由衷地感叹道："巴西在该国历史上如此困难的时期完成了这个壮举，这更让我们感到对巴西人民的由衷钦佩。"

本届奥运会最大的困难就是差钱。近几年，巴西经济不景气，政府财政吃紧，奥运会预算一减再减。俗话讲"巧妇难为无米之炊"，有钱好办事，高成本制作道具，大量使用高科技，请大腕演员，搞人海战术烘托辉煌气氛。缺钱，靠灵感和情愫弥补，正如开幕式负责人莱昂纳多·卡埃塔诺所说，我们强调创意而非奢侈，让创造力、节奏和情怀互补。

开幕式程序单上有个葡萄牙语单词"Gambiarra"，就是"废物利用，变废为宝"的意思，是在几乎不可能中做出一番创举的智慧。本届开幕式只花了2012年伦敦奥运会开幕式的十分之一的钱，但却向世界展现了奥运史上最欢乐、最轻松、最接地气的开幕式。没有列队人群整齐划一的动作，有的是活泼、自由、热情、奔放和真诚，在对里约承办本届奥运会能力的怀疑中，这座神奇的城市给世界回应了一个惊喜。

开幕式上道具很少，主要通过投影来营造各种景象，烘托气氛，给人美轮美奂的感觉。

奏国歌，没有军乐队，更没有合唱团，而是流行乐歌手弹着木吉他用心灵来唱："凭着我们坚强的双手/谋求平等/把自由紧紧拥抱/用我们勇敢的胸膛/去战胜死亡。"升国旗这一殊荣则归属于一个环保警察，凸显巴西人对环境的重视。

巴西人不怕家丑外扬，开幕式上用大量篇幅检视本国历史上犯下的错误，如葡萄牙殖民者的入侵对土著居民权益的侵犯，对奴隶的残酷摧残，对"贫民窟"的冷漠。反思是进步的起点，只有认识到了不足，才能纠正错误，朝正确的方向迈进。

开幕式给人留下最深刻印象的当属对全球气候变暖的反思。地球是人类唯一的家园，对环境的破坏和无节制地消耗能源会让地球温度持续上升，如果各国不采取有效的减排行动，21世纪温度很可能上升4 ℃，那时，全球热浪滚滚，一些地区发生严重干旱，而另一些地区则发生严重洪涝，任何国家任何人都难于幸免。而地球生态遭到严重破坏，还会令海平面上升50～100厘米，沿海低洼地区将被淹没。

开幕式上一个小男孩捧着一株树苗，这就是解决全球气候变暖的一个方案——种树，因为树在进行光合作用时吸收二氧化碳并释放氧气，而产生温室效应的主要气体就是二氧化碳。巴西人决心，让本届奥运会留给里约的不是破败的体育场馆和废弃的体育器材，也不是雾霾，而是让11 000名运动员每人播下一颗树种，形成一片奥运森林。

巴西要把本届奥运会办成"绿色、环保、节能"的奥运会，奥林匹克的五环标志由绿色树苗组成。207个代表队的引导员骑着的三轮车上载着五颜六色的植物，另一名引导员则手捧一株绿色的树苗。为节省能源，减少碳排放，本届奥运会主火炬的火焰是奥运史上最小的，但靠机械装置和精湛的工艺，让圣火台看上去璀璨夺目，令世界惊艳。

关注弱者，关注失败者，也是本届奥运会开幕式的一个主题。当由10人组成的难民代表队入场时，全场爆发出雷鸣般的掌声和欢呼声。难民是非常不幸的人，他们逃离灾难和迫害到异国他乡谋求生存，这种勇气和毅力理应受到尊重，他们的各项人权包括参加奥运会的权利理应得到保障。

任何社会都是一个共生体，只有人人平等，人人得到社会的关爱，人人有尊严地活着，才能人人幸福；否则，社会就会充满猜疑、暴力和各种冲突，任何人都有可能成为这种不和谐的牺牲品，就像美国前总统肯尼迪所讲的那样："如果一个自由社会不能帮助众多穷人，那它也就不能保全少数富人。"

里约曾五次申办夏季奥运会，但前四次都失败了。巴西人没有灰心，没有气馁，一直坚持申办，最后终于成功。巴西人的这种锲而不舍的精神在本届奥运会的一首主题歌中表达了出来："不要退缩/不要担心/不要害怕/你知道/胜利就在你血液里流淌/此时已没有退路/只有战斗/只有拼搏/重塑自我。"

美国人的钱都花在哪?

常青

美国人的生活虽然不铺张,但他们普遍没有攒钱的习惯,不会为养老、为孩子的将来或结婚而存钱,有钱后基本都是吃光花净。那么,美国人的钱都花在哪里了?

美国的中产,一般月收入在4 000美元以上;就算中低收入者,每月挣3 000美元以上也不困难。在物质消费方面,美国人很容易就达到目标。

以月薪3 000美元为例来看一下。如果自己做饭,一个月每人只需要花120美元就可以养活自己,而且可以保证顿顿有肉、蛋、菜、水果。买一辆中低档新车,在两万美元左右,只需攒两年的钱就能买到。买一栋三口之家住的单独房子,在大部分地区价格一般为15万美元左右,只需攒五六年就够了。另外,美国中小学全部是免费教育(大学虽然不是免费的,但许多美国人通过申请无息贷款的形式,让孩子自己将来还债),医疗可以买保险,养老也有养老金或政府资助养老。

考察之下,发现美国人的收入主要消费在旅游、文化、休闲等精神方面。

"千金难买心头好",开心就行

我在密苏里州居住时,我的邻居夫妇俩的生活就很潇洒。他们有一个儿子,已经工作了,儿子完全独立,不用花父母一分钱。于是,夫妇俩的钱全都花在了自己的生活上。他们具体的花销,我当然不可能知道,但从表面观察,也能略知一二。

他们夫妇俩有一辆房车,专门为外出旅行用。这种房车内部有一个小型的卧室与厨房,还能看电视,可以开到任何一个露营地待几天。只要有空,他们就会请自己的母亲代为看管一下家,然后两人就开着房车出去。

一天,女主人告诉我,他们刚刚从科罗拉多州看赛车回来。要知道,从我们的居住地开车去科罗拉多州,要横跨两个州。为了看一场赛车,就千里迢迢专门跑一趟,美国人生活的随性由此可见。

女主人还告诉我,他们有两匹马,在郊区的一个马场里养着,一有空他们就去马场看望自己的马和骑马玩。但你想想看,养这两匹马一要租马厩二要雇请人,花费一定不菲。

美国人还经常拖家带口外出就餐、旅行、参观、看电影、看演出等,这种活动的花费很不便宜。举几个例子。我现在工作的单位是一个博物馆,曾经赞助过一次达拉斯当代舞蹈表演。因此,舞剧院就给博物馆送了一些免费票,座位是VIP,我分得一张,就与馆长及几个同事去看。我对西方的当代舞蹈并不感兴趣,去看纯属为了了解美国文化。

中场休息时,我看了看坐在我旁边的一位女士手里的票,上面印着的价钱吓了我一跳,是200美元。当时,场内座无虚席。VIP座200美元,其他座位的票价应该在100美元左右。这样的价格,对于普通美国人来说,已属不便宜,在华人看来,更会觉得贵。一般的华人,也包括我,无论如何是不会自己掏200美元到现场观赏的。平时,华人自己组织的演出,如果是售票的话,价格就在20~60美元之间。

还有一次,我居住的城市的亚洲商会,参与资助了一个室内足球比赛,我是这个商会的理事,因此得到了5张免费门票,就带着全家及朋友一家前去观看。比赛在一个室内体育场举行,由两家公司派出的足球队对阵,出场队伍没有什么名气,整场比赛谈不上精彩。只是赛间休息有啦啦队以及乐队表演,还算颇有娱乐性。

我一边看比赛,一边不时瞅一下观众席,发现许多人带着孩子来观看。那天是星期五，正是全家娱乐的好时候。我们的座位是在贵宾席，那是一个包间，里面可以容纳10人左右。在中场休息时，我特意打听了一下那天的票价。原来，普通席的成人票50美元，儿童票减半。于是，我便对坐在我旁边的朋友说："如果不是免费的，我绝不会花50美元来观看这个比赛。"我的意思是票价太贵了，不值得为这种比赛花这个钱，但美国人就愿意花，而且是带着全家来观看的。

美国人还特别喜欢养宠物，为自己的猫猫狗狗美容，他们不惜花大价钱。美国各地都有大型宠物超市，我经常带着孩子去那里看宠物，算是一个免费的小型动物园了。在这些宠物超市，我见到不少美国人带着自己的狗狗，前去那里的动物美容所剪毛，有的人还请那里的专业人员来培训狗狗的生活技能。不要忘了，这些都不是免费的。如果宠物病了，他们还会带着它们去宠物医院。

只要物有所值，不在乎花钱多少

一个偶然的机会，我结识了一位杂货铺老板，他是位中年白人男子。

一次，我们全家去达拉斯郊外的一个湖边露营地休闲。在那个露营地，最便宜的选项是租一顶普通帐篷，租金一天30美元，有自来水、烧烤架等提供，但不提供电源。如果选择提供电源，适合开房车来的人的选项，租金就要贵一点。我们租用了一顶帐篷，买了食材、饮料、一包炭和烧烤用的煤油等，花了100美元左右。就这样，我们全家在那个露营地玩了两个白天，住了一晚，并享受自己动手烧烤的乐趣。

听说我们去了那个露营地之后，杂货铺的老板说自己一家子也要去一次。等他去了回来之后，我问他总共花了多少钱？他说花了差不多2 000美元。我着实吃了一惊，问他钱都花在哪里了？他说，他们也是一家三口开车去的。在那里游玩了美丽的湖畔，到了吃饭的时候，他们不想自己烧烤了，觉得费事，就把车开了出去，在外面下馆子。到了晚上，由于天气太热，他们感觉在帐篷里肯定睡不好（我们也是，但我们忍到了天亮），也没有什么娱乐可言，于是，就开着车在附近找了一家酒店住，还开了不止一个房间。当他听我说全家总共花了不到200美元时，很惊讶地望着我，感到很不可思议。

说实在的，与杂货铺老板相比，我们的露营质量就低多了。露营地晚上没有什么娱乐活动，四围漆黑一片，只有蝉鸣声。帐篷里只能用手电筒照明，我用手提电脑播放一部电影，但电影还没有看完，电脑的电池就没电了。一家子百无聊赖，只能早早睡觉，却又睡不着，天气太热，便睁着双眼看天上的星星。所以，杂货铺老板花的钱虽多了点，但钱花出去了，物有所值。

不想为省钱而花时间货比三家

我们中国人购物都喜欢货比三家省些钱，但对于大多数美国人来说，一般不会这样做，他们认为，这样做虽然节省了金钱，但花费了时间，划不来。

一次，我去访问一个因某种原因而出售家里所有物品的家庭，见里边有一棵待售的塑料圣诞树，虽然是二手货，但像新的一样。记得那位杂货铺老板曾说过想买一棵，让我帮忙打听一下，因为他知道我能找到便宜货。

他接到我的电话后，就立即赶了过来。一听只要10美元，二话不说就买了。其实，如果砍价，5美元就可成交。但对他来说，10美元已经是不可思议的便宜了，他原本是打算花50美元以上买一棵新的圣诞树的。

记得2000年左右，我在华盛顿居住时，离家几十步远的地方有一家食品店，到那里购物很便利。然而，我很快就发现这家食品店里的东西，比几英里之外的一家食品超市里的东西，要贵一倍以上。于是，我就选择了每周一次，乘公交车去那家超市买食材回家煮饭。这样做虽然省钱，但明显要多花时间且麻烦。不过，我还是坚持了一年多。有时候做饭时，发现缺少一两样配料，就只好去旁边的食品店购买。每次，我总发现有许多住在那个街区的居民在这家食品店采购。我想，他们难道不知道几英里之外，有更便宜的食品卖吗？美国人就是这样不知也不想货比三家地购物。

靠领救济金过活的老妇人却喜爱买花

那么，美国的底层打工族和弱势群体，是否会更习惯于攒钱呢？也不是的。

我在密苏里州居住时，雇请了一位中年黑人男子来装修房子。他的开价很低，但活做得一般。他有一个特点，就是工作没有计划性，三天打鱼两天晒网。在装修期间，他经常让我结算当天的工钱，一旦拿到钱，第二天他往往就不来干活或姗姗来迟。为什么呢？原来他一拿到工钱，当晚就会去酒吧泡一个晚上，喝得烂醉如泥。他就是这样过着"一人吃饱全家不饿"的生活。装修好房子后，他还可怜兮兮地希望我以后再找他干活，还让我把他介绍给我的朋友。其实，不少美国下层的打工族，都过着与这位黑人男子相同的生活轨迹：打工—挣钱—花光—打工。

我在佛罗里达居住时，认识了一位离异的退休女士，她当时生活困难，靠领政府的救济金生活。她养了一只猫，还种了很多花。

一次，我去看望她，她请我开车搭她去附近一家宠物店，她要给猫买猫粮。她在那里买了一小袋猫粮，花了5美元多。她也许不知道，在沃尔玛，8美元就能买一大袋子，数量相当于她买的5倍之多。于是，在后来有一次看望她时，我便从沃尔玛买了一大袋猫粮送给她，她十分高兴地接受了。那次，她又请我开车搭她去一个花店，说是要买一些花来观赏。

总之，美国人很注意自己应该在世上享受什么，虽然时时弄得囊中空空，往往买房时连首付都给不出，但他们却很少忧虑什么，总乐呵呵地过日子。我想，这不仅源于他们的金钱观，更出于他们对生活的看法。

欧洲人为何如此淡定？

杨佩昌

在捷克首都布拉格坐马车游览，看到马车阻挡汽车通行，内心非常着急。马车行驶的速度很慢，而街道很窄，汽车根本不能超车。我担心汽车司机会鸣笛或拉开车门破口大骂，但这样的情况一直没有发生，汽车紧随着马车缓缓而行，长达一公里多。

在德国，时间对人们而言堪比黄金珍贵，但就是视时间为黄金的德国人，却在排队的时候很耐心。购物结账的时候大都需要排队，尤其是在阿尔迪这样只有一个或两个收银台的商店；去银行需要排队，去火车站买票需要排队，甚至去邮局寄信的时候也要排队。

一次，我去邮局购买明信片，由于初到德国，不知道排队等候的规矩。看到十几个人在排队，而几个柜台前都分别只有一个顾客。我以为这十几个排队的人在办同一个业务，只能在其中一个柜台办理，于是走到旁边的柜台前，询问是否可以购买明信片。也许邮局工作人员看出我是初到德国，马上走出柜台，带我到货架前，耐心帮忙挑选。后来才知道，排着长龙等待的德国人，他们其实也要分别轮流到各个柜台办理业务。尽管当时排队的德国人没有一个出来抱怨，但现在回想起来我依然羞愧不已。

2001年，我坐高铁从莱比锡去法兰克福赶飞机，中途突然停车，据说是前面路段发生事故。刚开始以为停一会儿就走，没想到一个小时过去了，火车还停留在原地。我在车里那叫一个着急啊，因为晚点太多就赶不上飞机了，于是不停地询问列车员，故障何时才能解决？列车员不紧不慢地回答：耐心等待，前面有人在紧急处理。坐在旁边的几个德国人也是去赶飞机的，但他们都安静地坐在座位上闭目养神或静静地看书，有的则打开电脑写东西。我问一个德国人："火车晚点这么多，你难道就不着急吗？"他回答："着急了，火车就会开吗？"

根据德国铁路公司的规定，火车如果晚点一个小时，乘客可以获得票价25%的退款。晚点两个小时以上的，最多可以获得票价一半的退款即相当于买了半票，除此以外没有任何其他的补偿，乘客因火车晚点造成的各种损失完全由个人承担。

小事如此，遇到大事德国人也不慌乱。2002年，易北河发生了百年一遇的洪灾，位于易北河畔的马格德堡市受到严重威胁，附近河段水位上升到7.41米，比安全水位高出两米多，并且还在继续上涨。

从电视画面中看，撒勒河与易北河交汇处的一处河堤崩溃，马格德堡地区的一些森林仅露出树尖，高压线杆几乎没顶，一些桥梁被淹没，不少居民区完全进水，但居民们临危不惧，听从指挥，在政府有关部门和志愿人员的引导下，均撤离到安全地区。而马格德堡市内的2 900名老弱人员，也井然有序地疏散了。

在大灾面前，马格德堡市的公共秩序依然有条不紊。虽然部分公交车停运，但政府部门迅速调整公交线路，并通过互联网、公共告示、广播电视等多种媒介，向公众告知线路调整情况，时时更新有关洪水的最新信息。

尽管这次大灾给马格德堡人的工作和生活带来诸多不便，但人们的精神面貌依然饱满，表现出德国人一贯的淡定。而淡定的背后，是信息的公开透明以及政府救援的到位与强有力的保障。

德国的富豪到底有多低调？

钱 杰

全世界有很多这样的富豪，人们对他们的名字可谓耳熟能详，甚至如雷贯耳，如美国的微软创始人比尔·盖茨、脸书 CEO 扎克伯格、股神巴菲特、货币投机者索罗斯；日本松下电器的缔造者松下幸之助、软银总裁孙正义；法国欧莱雅的当家人贝当古；海峡两岸暨香港、澳门的富豪，我们就更熟悉了。甚至连俄罗斯、印度、墨西哥，我们也听到过响当当的富豪，如俄罗斯富豪阿利舍尔·乌斯马诺夫、印度太阳药业老板桑哈维、墨西哥电信大亨卡洛斯·斯利姆·埃卢等。

许多国家的富豪，不只是本国民众，甚至全世界的人，都可以通过媒体了解到他们的长相以及生活，如乘坐什么型号的私人飞机、驾驶什么牌子的汽车、住在什么模样的宅第里等。

由于这些富豪们经常出席各种活动，被媒体大量曝光，成为社会关注的焦点。有些富豪还喜欢当导师，不断进行演说，介绍自己的成功经验，他们的有些言论甚至成为商业经典，被世界上的年轻人喜爱和追逐，享受到了娱乐明星的"待遇"。

但是，却有那样一个国家：经济高度发达、制造业处于世界最先进水平、隐形冠军傲视群雄，奇怪的是，很少有人知道这个国家的富豪姓甚名谁。这就是德国。

难道这个国家没有富豪吗？当然有，而且不少，但他们的人生态度与世界上许多国家的富豪有很大差异：避免参与各种公众活动，甚至拒绝参加生活在不同层次的老同学聚会，也不对外展示自己的生活方式，尽量低调再低调。那么，德国的富豪到底有多低调呢？

过着"隐身"的日子

前几年过世的德国最大零售商阿尔迪兄弟,是德国首富家族,他们的共同财富超过 400 亿欧元,但是他们的生活完全隐蔽,从来不接受采访,回避任何公众活动,留给世界的只有不多的几张照片,让人感到他们似乎只生活在商业传奇之中。

德国首富阿尔迪兄弟,他们平日极为低调,绝少在媒体曝光,此照是德媒认同的唯一兄弟照

德国第二富豪、零售店利德的创始人之一迪特·施瓦茨拥有大约 170 亿欧元的财富,人们至今只闻其名不见其人,仿佛这个世界没有他的存在一样。网上只有他比较年轻时的一张照片,也不知真假。所以,即便他在大街上散步,人们也不知道这就是一位顶级富豪。

目前他住在德国南部一个小镇,当地居民和媒体也不知道他到底住在哪栋别墅。他不仅从来不接受采访,甚至还拒收政府发的各种奖章和荣誉证书,平时开一辆普通的汽车,穿着极其普通,喜欢和太太去参加音乐会,但从来没被人认出过。

赫伯特·匡特让宝马成为豪车巨人,其女儿苏珊娜·克拉滕拥有宝马公司 12.5% 的股份。加上她在其他生意上的收益,她成为世上排名第 44 位的最富的人。但她打工时用的是假名,直到订下婚约,她所嫁的男人才知道她的真实身份。

这样的例子比比皆是。笔者曾为一位生活在慕尼黑的富豪的住宅提供勘察设计服务,之前我和许多人一样,根本没想到这位富豪就住在普通的街区里。这些街区不设围墙,也没有门卫保安,每栋别墅的前后车道、人行道都是公用的，路人就在富豪的别墅大门前行走。

虽然富豪的别墅占地面积颇大，但外观设计与其他别墅相比并不显眼，一般人并不会去留意别墅主人的身份。在别墅大门口的门铃旁，写着五排姓名，让人感觉到在这栋大型别墅里住着五家

德国女首富、宝马传承人，她曾隐身在宝马工作，竟无人知晓

人。其实，整栋别墅就住着富豪一家。而且，五排姓名都是化名，恰恰没有富豪自己的名字，这个秘密只有当地邮局的投递员明白。

如果不走进别墅和它的后花园，只从街道凭外观看别墅，是无法想象它内部，特别是后花园是怎样的壮观，它里面包括有天然式游泳池、烧烤场、灌木丛、玫瑰园、小型体育场、大面积草坪和一排竹林等。

别墅的保安当然是有的，除了严密的电子防盗系统外，无人知晓的是别墅两侧，还有五名荷枪实弹的保镖全天候轮班保护。

别墅内的地下车库，收藏着五辆价值不菲的古董老爷车。但外出时富豪总是自己或让保镖开着不显眼的汽车，而且上下车都在别墅内的车库完成，外人是无法看到的。所以，多年来，周围居民并不知道"富豪就在他们身边"。在为他的别墅进行勘察设计之前，我就与他签订了隐私保密协议，内容包括不得公开他全家人的姓名、地址和他提供的一切资料等，长达两页纸。

再举一个例子。有一位德国顶级富豪在他的别墅里举办生日庆祝活动，邀请了二十多位来自全国各地的圈内富豪到家里聚会，尽管这位富豪别墅外的街道亦是开放式的，可是行人见不到来聚会的富豪们泊在门口的豪车。原来，富豪们大多是由自己的司机驾车送来，司机

将他们送入别墅后，就驾车离开，在别处等待。待活动结束后，司机再分别前来接他们离开。所以，尽管别墅内有二十多位德国大富豪正在品尝名酒、高谈阔论，但行人在别墅门前却看不到一辆豪车。

财富报告靠猜测、分析

富豪们对自己拥有多少财富从不主动对外公布，外界并不知晓他们的真实财富情况。当然，对于那些上市的公司，财富调查机构可以通过股权分配等数据来猜测他们的财富情况，但德国"隐形冠军"企业占了世界的一半以上，而且多是家族企业，代代传承，并不上市，虽然这些企业的拥有者身家非凡，但他们往往拒绝一切媒体和调查机构的采访，对自己的财富情况不透露一星半点。

曾经有机构联系了 400 个百万富翁，想对他们进行采访，结果，愿意接受采访的不到 1%。而那些顶级富豪，就更不愿意接受采访了。所以，德国富豪的财富调查报告，大多是建立在媒体猜测及相关机构的分析之上，没有一个是权威的。

而用常规的"富人生活方式"来识别富豪们的财富，也行不通，因为他们大多并不热衷于劳斯莱斯、法拉利或大型游艇等外露之物。虽然他们也在享受生活、日子过得相当奢华，但他们就这样悄无声息、低调地生活着。然而，他们却非常看重家庭生活的和谐，十分重视对子女的教育。这就是德国富豪们的气质：低调不张扬，奢华有内涵。到底是什么原因让德国富豪如此行事呢？

气质是这样炼成的

其一，这和社会的整体价值观有关。在经过经济奇迹和拥有深厚文化底蕴的德国，富豪们知道，想得到社会和别人的尊重，凭有钱是不行的，还要靠自身的文化素质和社会责任感。炫富，只会被社会和民众视为低俗和缺乏教养之举，受人鄙视。所以，不仅是富豪，就是那些高收入群体，如企业高管等，也不炫富。普通的德国人，更不会在同事之间、朋友圈内去炫耀什么。

德国富豪的低调，与他们绝大多数是靠稳扎稳打发家致富有关，一夜暴富的极少，故不容易出现"有钱就任性"的心理。而德国的富二代、富三代甚至富四代们，也深深懂得自己财富的背后凝聚着家族几代人的打拼和努力，自己并没有炫富的资格。

此外，德国的富豪极少著书立说传播什么"经典谋略""管理法则"及成功学。因为他们明白，自己的经营理念和成功法则都有与众不同之处，往往难以复制，更难以生搬到其他行业。

德国富豪对于世界上那些通过著书立说来显摆自己的经营智慧和能力的富豪，往往嗤之以鼻。

其实，富豪们和他们的后代，也在不断学习，像德国女首富、宝马家族传承人苏珊娜就是从公司的最基层干起，后来靠自己的经营能力和努力，让宝马走出了困境，并创造了产值和利润连创历史新高的佳绩，成为德国工业的一颗明珠。

其二，德国社会安稳，福利制度健全，物价稳定，人人可以享受平等的教育和医疗，有效地保障了国民生活的质量。因此，人们不会对财富表现出特别的兴趣，更不会以财富的多少来衡量人生价值和幸福感。对于炫富者，人们绝对不会给予掌声和欢呼。"金钱不是万能的""金钱不代表幸福"的口号，确实成了德国民众的共识。所以，人们并不盲目崇拜富豪，更没有人会放弃尊严去巴结有钱人。

其三，德国富豪大多具有强烈的社会责任感，他们积极参与公益事业，喜欢进行"不留名"捐赠。受捐机构经常会收到隐身富豪的巨额捐款。每当收到这样的捐款，受捐机构往往会委托银行倒汇一欧分给捐款人，以传达这样的信息：感谢捐款，希望捐款人提供地址和电话，以便开出发票（捐款人可以去报税）。如果捐款人不回复，他们就视作匿名捐款。

几年前，美国富豪盖茨和巴菲特发起的富豪捐赠财产行动，在美国获得广泛称赞，然而，德国富豪对此却有质疑和批评，并拒绝跟随他们的步伐捐出财产。他们认为，盖茨和巴菲特的"捐赠誓言"等实在太招摇了，"真正的捐款应不作声张""高额捐款不如按时交税"。

乔布斯的家什么样子？

石毓智

过去几个月我利用学术休假又回到美国访学。在刚刚过去的这个感恩节，一大早驱车来到乔布斯生前住的小镇，寻访他的家。乔布斯于20世纪90年代中搬到此处居住，一直住到去世，现在他的太太和孩子还住在这里。在此居住的10多年间，是乔布斯事业最辉煌的时期。

我一直认为，要了解一个人，特别是了解他的人生观和价值观，最好的办法之一就是了解他的生活空间。

乔布斯令世人如醉如痴，因为他不仅改变了人类的生活方式，也改变了人们认识世界的眼光，而且还重新定义了当今世界的众多行业。

很多国人都只以为乔布斯就是一个成功的商人，或者说是一个了不起的企业家，会赚钱而已，这是非常片面的认识。其实，乔布斯是人类历史上少有的几个最伟大发明家之一。下面简单列举几项与乔布斯有关的发明，就知道这个人是如何影响世界的了。

人类第一台个人电脑是Apple Ⅱ，它就是乔布斯和沃兹·尼亚克这两个当时才20多岁的年轻人在乔布斯家的车库里捣鼓出来的。这款电脑被列入人类历史上最伟大的100个发明之一。要知道，中华文明上下五千年才仅有两项入选，一是指南针，二是造纸术。由此便知乔布斯是一个改变了世界的人物。

在键盘上打个"A"，屏幕上马上显示一个"A"。现在人们可能觉得这是再普通不过的事情了，根本不值一提，然而这却是人类书写史上的一次最具深远意义的革命。这项技术也是乔布斯和沃兹·尼亚克俩人于1977年做出来的。

现在人们每天甚至每时每刻都离不开的触摸屏技术、鼠标、视窗技术等，它们要么是在乔布斯的理念指导之下研发出来的，要么是他慧眼独具，首先发现这些发明的价值，对它们进行完善改进，最早应用于电子产品上。更不用说那一连串今天人们都离不开的苹果产品了，诸如iPhone、iPad等，它们都是在乔布斯领导下研发出来的。

我对乔布斯的真正理解是在写《为什么中国出不了乔布斯》（北京大学出版社，2014年）这本书之后。20世纪90年代后期，我在斯坦福大学读书时，我们研究生的宿舍与乔布斯家所在的小镇只有一条马路之隔，那时我经常到这个小镇去散步、购物或者带孩子玩耍，可是我当时并不太知道乔布斯这个人，自然也对他没有什么好奇心。

然而到了毕业10年之后，就是2010年，我又回到斯坦福访学，这时候乔布斯的名字已如雷贯耳，我就比较关注乔布斯了。虽然在访学这一年中去了几次这个小镇，可是始终也没有搞清楚到底哪栋房子是乔布斯的家。那时候就知道乔布斯的身体不太好，但是还没有今天缅怀一个过世的伟人的心情，所以也没有刻意去找，这始终是我心头的一件憾事。

乔布斯生前就是世界上最富有的人之一，他去世之后留给太太劳伦的资产达221.2亿美元，相当于1 400亿元左右的人民币。这次，我是怀着一颗崇敬之心，专门寻访乔布斯的家，看他到底是如何生活的。

乔布斯家的正面大门，墙和地面都是用普通砖头砌成的。大概是因为像我这种不速之客会时常光顾，主人家为了隐私，就在门口摆了几盆常青树遮挡，这跟建一堵冰冷的高墙相比，显得美观而有礼貌。门口也没有"谢绝参观"那样生硬刺眼的牌子。

乔布斯的家的屋顶是蓝色的，而街对面红色房顶的建筑似乎比乔布斯家更阔气。

紧挨乔布斯家的邻居，是个深宅大院，树木花草修葺整齐美观，连砌墙铺路的砖都比乔布斯家的周正。在这个镇上，乔布斯家是相当普通的那种，但也最有特征，因为乔布斯家的花园里，种的都是苹果树。我到的时候，还见到树上稀稀疏疏挂着几个果子。我在美国生活七八年，也见过有人家在花园里种苹果树，但一个园子都种苹果树的，仅乔布斯这家，这其中的奥妙不用说大家也知道。

乔布斯家主卧房的外墙，是用从别处拆下来的砖砌成的，所以显得破碎不整齐，有一种年月久远的沧桑感。单看这堵墙，会觉得来到中国的某个农村，但乔布斯却非常赞赏建设这栋房屋的建筑师的艺术品位。

乔布斯家主卧房的窗户极其简单朴素，没有任何多余的装饰，窗帘是白色调的，看不出任何华贵之处。

早晨六点多，乔布斯家门前摆放着两辆车，一辆是吉普，一辆是奥迪，就是一般人家的普通用车。乔布斯现时的家人就开这两部车。

乔布斯家的侧门，门板是用普通原木做的，墙壁用碎砖头砌成，甬道也是用不整齐的碎砖铺的，让人很难想象这里住着世界上最富有的人。《乔布斯传》中记载了这么一件事：比尔·盖茨来乔布斯家造访，非常吃惊乔布斯竟住在这样简朴的房子里，而且也没有门卫把守。

乔布斯家的后门，则可以用"低矮老旧"来形容。

乔布斯家的院子里，有一个形状特别的铁结构物件，应该是寓意着东西方文明的融合：两根垂直的铁棍构成一个十字架，这象征着西方的基督教文明，而铁柱子上镶嵌的圆滑的三角形状，也许是代表着佛塔的层级。乔布斯认为，只有将东西方文明相互结合、取长补短才能激发创造力。

临走时，我突然注意到乔布斯家的烟囱既不高也不大，形状很一般，用材更普通。此时此景，就是对"低调"二字最好的诠释。

乔布斯的家，园子里种满了苹果树

日本美女主持为何很少嫁企业老板？

徐静波

前不久，上海电视台外语频道的《中日新视界》日语节目对我做了一个专访，采访我的是节目的女主持人小森步。小森步是一位日本人，我和她相识也已经快有十年。那天开玩笑，问她结婚了没有？她说，早就结了。那嫁给谁了？她说：嫁了一位做寿司的男人。我有点惊讶，小森步完全有条件嫁一个富豪，她为何会选择这么一名普通的日本男人？

许多中国网友认识小森步，称她为"小森老师"，因为她曾经在电视台上教授过《新版中日交流标准日本语》，声音清脆，笑容可爱，赢得了不少粉丝。2004年，小森步辞去了在日本的电视节目主持人的工作，只身一人来到上海，进入东华大学学习中文。

2007年，我组织策划了日本歌手长山洋子在海外的首场演唱会，演出地点就在上海。演出结束后，大家举行庆功会，小森步也来了，她十分靓丽，与长山洋子有得一拼。我们一起喝酒聊天，那时知道小森步在中国经常主持一些与日本有关的活动，还在电视台上开日语讲座。从那以后，偶尔有几次参加她主持的上海电视台的日语节目，一直没有问她的私生活。

2014年，她突然告诉我她做妈妈了，生了一个可爱的女儿。但是，我一直没有问她孩子的爸爸是谁，是中国人，还是日本人。

这一次的《中日新视界》的采访，特地借了上海一座五星级酒店的总统套房，因此有机会在录制前一起聊天。于是我问她：你到底嫁给了谁？小森笑着说：你猜一猜？我说猜不出来。她告诉我，老公是做寿司的，在上海的古北开了一家小小的寿司店。

小森步是属于人见人爱的美女，中文也说得很棒，按照我们中国人的概念，颜值很高，职业的价值也很高，完全可以嫁一个富豪或更为成功的人士，让自己的生活更加富裕安逸。

她开玩笑说，没人追我啊。我想，她说出这句话，会让许多男人痛苦落泪。

不过，我还是很好奇地问了她一个问题：你为什么会嫁给一个做寿司的男人？

她说，我选择丈夫，并不是刻意地要选择厨师或者是蛋糕师，而是感觉到他和自己一样，是在艰苦的环境中奋斗出来，然后才拥有了这样的工作，我们之间有许多的共同点，因此他很值得尊敬。

小森步的回答，让我想起了我的另外一位在日本电视台当主持人的朋友上宫菜菜子。

上宫是朝日电视台的当红主持人，她出生在东京，因为父亲的工作关系，小时候在美国生活了6年，英语讲得非常棒。回日本后，她在东京外国语大学学了西班牙语。结果西班牙语没有用上，却成了朝日电视台体育节目的主持人。

上宫的老公在东京的一家小公司里上班，只是一名普通的公司职员。两人在一个同学的聚会上相遇，便开始了恋爱，恋爱长跑整整6年，最后发现自己马上要奔三十了，所以就结了婚。一切都是那么自然。

我发现在日本社会，不管是漂亮的女影星、名歌手，还是电视台的主持人，很少有嫁企业老板的，因为大多数人认为，企业老板多少有些"铜臭气"，不属于她们的"同路人"。在她们的眼里，找丈夫志同道合最重要，有没有钱是次要的。

在泡沫经济时代，日本女性选择丈夫时往往把"高收入、高学历、高身材"这"三高"作为基本标准。但是，20世纪90年代初泡沫经济崩溃后，日本社会一颗浮躁的心开始沉静下来，人们不再考虑为了面子活给别人看，而是去寻找适合自己的生活方式，对待婚姻也一样。

现在的日本女性的"三高"标准，已经换成了"有共同的价值观、性格相符、有稳定收入"这三点，也就是说，要求更踏实，更接地气。

日本生命保险公司对25岁至34岁未婚女子做过一次调查，问她们找丈夫的标准。结果显示，排在第一位的是"要求价值观相同"，第二位是"对于金钱要有同样的感觉"，第三位是"有稳定的工作"。而以前所追求的"三高"条件中，"高收入"已经退居第9位，"高学历"退居第19位，"高身材"退居到第20位。

这一调查中，还有一组数据也是很有趣的。对于男性的年收入，日本女性的平均要求为550万日元，相当于30万元人民币。30万元人民币的年收入，在日本是属于普通的收入，因为日本国税厅公布的日本男性公司职员平均年收入就是533万日元。也有女性提出，如果真的相爱的话，对方哪怕只有一半的收入，也不在乎，只要能过生活就行。

在物欲横流的社会里，日本女性能够回归爱情与婚姻的纯真本性，只要求与自己喜爱的人在一起，而不是趁机把自己卖一个好价钱，这是难能可贵的。

上宫菜菜子说，她的新居是租来的房子，结婚后还会工作，等有了钱，再考虑买房子。我知道，上宫的父亲是日本一家跨国公司的部长，公司算起来也应该是位于世界500强之列，不缺钱。但是，上宫这次结婚，显然没有要父亲一分钱。她在读大学时，就已经开始自己打工挣学费了。

小森步此时在上海还没有拥有自己的房子，她说自己的老公是"一根筋"的男人，除了做寿司，啥都不会。但是，他对于自己的职业很执着，一定要把最好的材料从日本直接运来，给客人提供最好的寿司，所以老是做亏本生意，但是，他是一位"寿司工匠"，是一个很值得尊敬的男人。她说，钱可以慢慢挣，但是拥有一份自己喜爱的事业，这才是一个人最有价值的地方。

芭芭拉的项链

刘植荣

2018年4月17日,93岁的芭芭拉·布什与世长辞,而老布什从妻子闭上眼睛那刻开始,就一直握着她的手。她是美国唯一一位见证了自己的丈夫和一个儿子当总统、另一个儿子当州长的女人。提起芭芭拉,人们印象最深的就是她戴的那条项链,这条项链曾引领美国时尚潮流。

1989年1月20日,在丈夫的总统就职典礼上,芭芭拉戴的一条三股珍珠项链格外引人注目。不少人猜测这条项链一定价格不菲,因为老布什从政前是石油大亨,早就是百万富翁了,况且作为世界超级大国的第一夫人,在总统就职典礼这么重要的场合,宾客云集,并且向全世界电视直播,无论如何也要把压箱底的首饰拿出来展示一番。

芭芭拉·布什

快言快语的芭芭拉很快向世人说出真相:这是一条塑料项链,戴这条项链就是为了遮盖脖子上的皱纹。朴实、坦诚拉近了芭芭拉与民众的距离,亲民形象让美国人民由衷地喜欢她、赞美她。

芭芭拉的项链出自美国首饰设计师肯尼思·杰·莱恩之手,并非定做,就是大路货。笔者在亚马逊网上查了一下,这条项链售价145美元(免邮费),在得克萨斯州农工大学乔治·布什总统图书馆中也有售，125美元一条。125美元大致是美国低收入者一天的工资，用中国的收入水平衡量，芭芭拉的项链相当于100元人民币，因为100元大致是中国低收入者一天的工资。

让芭芭拉意想不到的是，她因戴这条塑料项链竟成了时尚偶像，数百万美国妇女抢购这种项链。在老布什总统的就职典礼两个月后，莱恩接受《芝加哥论坛报》采访时说："芭芭拉的项链需求量如此之大，好似世界上刚发明了珍珠一般。我制造仿珍珠项链许多年了，是芭芭拉让我设计的这种项链销量不断蹿升。"莱恩还给这种项链起了个绰号"芭芭拉·布什项链"。

从此，芭芭拉在公开场合几乎总戴着这条项链，人们还赋予这种项链特定的含义，三股分别代表：品位、高雅和文明。

芭芭拉因一条假珍珠项链成为时尚偶像、女性楷模，受到世人赞美；可法国作家莫泊桑《项链》里的主人公玛蒂尔德因一条假钻石项链葬送了自己的青春，受到人们的鄙视。

有种舆论，把穿戴与个人形象画等号，似乎穿戴价格昂贵的名牌就懂得审美，就有品位。殊不知，美是有内涵的，内心空虚、灵魂丑陋、脑壳空空的人怎么打扮也不会给人美感的，就像英国思想家、哲学家培根所写："应该把美的形貌与美的德行结合起来，这样，美才会放射出灿烂的光辉。"

形象美不是用金钱贴出来的，只要服装、饰品适合自己，着装整洁，就是美。自然的美是最真实、持久的美，涂脂抹粉、矫揉造作弄出来的是虚假的美。芭芭拉婚后不久因长女夭折悲伤过度，头发很快全白了，但她从未染发"装嫩"，一直保持"美国祖母"形象。一头自然白发的芭芭拉难道不美吗？

芭芭拉喜欢游泳、打网球和骑自行车等运动，但阅读是伴她一生的最大兴趣。1945年与老布什结婚后，她不但勉励丈夫坚持读书，也督导孩子们读书。1989年成为第一夫人后，她创建了"芭芭拉·布什家庭阅读基金会"，致力于帮助有阅读障碍的人。芭芭拉1990年出版的《米莉的故事》税后稿酬110万美元，全数捐给了该基金会。

芭芭拉还是位演讲家。她于1990年6月1日在韦尔斯利女子学院毕业典礼上的演讲在《美国20世纪经典演讲100篇》中排名第45位。她提出，美国的成功，不是取决于白宫里发生了什么，而是取决于家庭里发生了什么。正因为芭芭拉非常看重家庭价值，在她身边走出了两位总统和一位州长，还有企业家、作家、慈善家。

她在家庭中就是一位老师，自己处处是家庭成员的楷模。她对孩子们的管教非常严厉，不管是儿女辈，还是孙子、曾孙辈，去老布什家都有些发怵，因为"慈善的独裁者"（芭芭拉对孩子们这样称谓自己）规矩太多了：按时作息，保持室内整洁，读书，甚至墙上还有警示牌，俨然像个新兵训练营，但全家人从内心里爱着芭芭拉。

芭芭拉坦然地面对死亡，选择放弃无效的治疗回到家里接受家人的临终关怀。次子杰布·布什问妈妈是否对死有所准备，并为此感到悲伤。她毫不犹豫地答道："我相信耶稣，我不想离开你父亲，但我知道我会去一个美丽的地方。"

第十章

东张西望

从卡梅伦搬家说到首相府

刘植荣

近日,一篇《英国首相搬家记》的文章在网上疯传,该文图文并茂地记叙了英国前首相卡梅伦离开首相府的全过程:搬家公司的厢式货车在门口等候,首相全家在首相府前告别,卡梅伦抱着大纸箱装车,恰似打工仔在挪窝。不过,经笔者核实,卡梅伦抱着大纸箱的照片并非是此次搬家的,而是他几年前的搬家照片。

2016年6月23日,英国举行了"脱欧"公投,次日公布的公投结果显示,"脱欧"选民占52%,"留欧"选民占48%。时任英国首相卡梅伦在公投结果公布后发表演讲,称英国不只是议会民主,在一些问题上还应直接问问人民。卡梅伦认为本次公投是英国"有史以来伟大的、也许是最伟大的民主实践",既然英国人民选择脱离欧盟,"人民意志必须得到尊重"。作为铁杆"留欧派"的卡梅伦由于自己未能与多数选民站在一起,他宣布辞去首相职务。

卡梅伦原计划9月办理离职手续,可万万没想到,此次保守党党魁竞争并不激烈,到7月11日仅剩下内政大臣特雷莎·梅一名候选人,没人竞争了,她理所当然地成了保守党的新领袖,接替卡梅伦,7月13日就要成为唐宁街10号的主人。

这让卡梅伦措手不及,毕竟在唐宁街10号住了6年,添置了不少家当,要在一两天之内把房子给新首相腾空也不是件容易的事情。幸亏英国搬家公司很给力,能提供包括装箱打包在内的全程搬家服务。

搬到哪儿去住呢?卡梅伦在伦敦北肯辛顿区有套房子,可为了赚点外快补贴家用给租出去了;他在牛津郡的农场也有套房子,可距伦敦市区110多公里，卡梅伦的3个孩子都在伦敦市区上学且尚未放假，显然不能搬到农场住。

英国政府也太不讲情面，官不在位，各种福利待遇全没，职务结束立马卷铺盖走人，在首相府多住几天或给一处临时周转的房子都不肯，这就逼着卡梅伦夫妇急着在伦敦租房。还算幸运，卡梅伦妻子萨曼莎的朋友帮忙租到一套房子，这个曾经的第一家庭总算在伦敦有了个安身的地方。

这让人看了有点心酸，拖家带口为国家服务了6年的首相，离职后竟为一个栖身的地方犯难。不过又一想，百姓不也是这样吗？百姓因为工作等原因搬家，政府也不会给提供周转房子，一切都要靠自己。美国总统奥巴马也是如此，由于女儿在华盛顿读书，他于2017年1月20日卸任总统职务后，也要自己在首都租房住。

辞去首相职务的卡梅伦住什么地方，干什么，恐怕再也没有多少中国读者对此感兴趣，我们还是说一下迎接新首相的官邸唐宁街10号的今昔吧。

你去伦敦旅游一定会参观白金汉宫，从白金汉宫向东穿过圣詹姆士公园，见有几个警察在门口溜达，那就是唐宁街10号。这个所谓的首相府，外观就像一所普通私人宅邸，黑色的大门，同一时间只能容一个人进出。砖墙、地砖都很破旧，如果不知道这是首相府，恐怕连小偷都不肯光顾。

唐宁街10号起初是皇室的私产。乔治二世国王要把它赠送给第一财政大臣罗伯特·沃波尔，但沃波尔拒绝接受这份厚礼，建议国王把它作为第一财政大臣的固定官邸。国王接受了这个建议。沃波尔于1735年9月22日住进了唐宁街10号。从此，这里就成了英国的权力中心和政府的象征。

需要说明一下，英国过去由第一财政大臣领导内阁，并没有"首相"这一官职。今天，唐宁街10号大门正中的信箱上仍写着"第一财政大臣"的头衔。1905年，爱德华七世国王任命第一财政大臣亨利·坎贝尔-班纳文时首次用"首相"这一官职，从此，就用"首相"

称呼英国的一把手。

由于首相府实在破旧、简陋，竟有几任首相不想住进来，而是住在自己家里。丘吉尔首相称唐宁街10号"是建筑商偷工减料建起来的摇摇晃晃的建筑"。

对这幢具有几百年历史的老建筑，英国政府很少拨款维护修缮，逼得一些首相自己掏腰包装修。本杰明·迪斯雷利首相向政府请求刷新首相府，结果政府只给拨款刷新门厅和公共会议室，首相私人生活区的刷新由自己解决，不准他把纳税人的钱用于私人生活。

老房子加上不能及时修缮，老鼠自然就成了首相府的"常客"，首相府便养了一只猫专司抓老鼠之职，还给它封了个官衔"首席捕鼠官"。

1735年以来唐宁街10号换了约70位主人，如前首相撒切尔夫人所写："作为唐宁街10号的房客和管理人，他们一直对这份全国最珍贵的珠宝加以看管。"他们虽曾权倾天下，但也不过是历史上的匆匆过客。"首席捕鼠官"目睹人去楼空，是不是也有"节同时异，物是人非"之感？

村山富市退休之后……

徐静波

在日本要搞到正宗的中国月饼不容易,我拿到两盒,便想着送人。

第一个想到的,便是前首相村山富市。

老先生前不久忙于反安保法案,后来去北京参加抗战70周年纪念活动,下了飞机就病倒了,阅兵式没看成,回到日本,又住进了医院。91岁的老人,有点折腾不起了。

来到老先生的家,问起他的身体,他说:"还行,上次去北京,惊扰大家,很对不起。"我告诉他,很多中国的网友都牵挂着他,托我带来祝福与问候。

那么,日本的退休首相是怎么生活的呢?2012年8月,我曾访问过村山富市先生,做了较深入的了解,现记述如下——

电话打过去,是村山先生亲自接的,一听说我去看他,很是高兴,约好第二天上午在他家见面。

村山富市是1994年当选为日本第81代内阁总理大臣(首相)的,随后发表了著名的"村山谈话",首次代表政府承认日本对中国的侵略战争。村山先生卸任日本首相后,不久就回到了自己的家乡——大分县大分市,日本九州地区一个滨海的城市,过起了退休生活。

第二天一早,我开车从九重町出发,车开到村山先生的家门口,没有想到,刚好遇到老先生骑着自行车从家里出来。还是我手脚麻利,掏出相机连拍数张,记录了一位日本前首相骑自行车外出的罕见镜头。

老先生见我们到来,忙下车。我问他骑车去哪里,他说:"家内（妻子）一直腰疼，我去超市买点菜。"

喔，您是日本前首相啊，况且已经88岁了，还亲自骑着自行车跑超市啊！

老先生请我们进屋。屋子与两年前我第一次来看望他时没有什么变化。门口依然整洁，屋内依然狭小。村山先生说，这房子是明治时代的建筑，已经有130年了。1945年时，美军轰炸大分市，这一带的房子都被毁了，就剩下这一栋房子还在。"这是一栋幸运的房子，于是就把它买下来了。"村山先生说。

村山富市骑单车去买菜

进了屋，村山夫人在家，曾经的"日本第一夫人"，是一个很典型很慈善的老太太，又是端茶，又是拿出豆馅饼，弓着背，腰显然很疼，看了直想流眼泪。

我给村山前首相带去了一盒茶叶，是我的中国老家——浙江舟山市出产的"普陀山佛茶"。是舟山市市长周国辉先生访日时，给我带来的礼品，我是借茶献佛。老两口特别高兴，忙打开盒子看，说"佛茶就是仙茶"。

前首相的家，没有一般人想象的前呼后拥。村山先生的家里，居然没有警卫，没有秘书，也没有佣人，只有这对年近90岁的老夫妻，平静得和一般的城市平民没有什么两样。

老先生早上5时起床，一个人健步快走到附近的一处公园，和一些市民老伙伴们做体操，聊天。每天坚持两小时，以此成为他健康的源泉。

我突然想起一个问题："日本首相退休后，都享受什么待遇？"

村山先生听了直摇头："什么都没有！"

美国总统退休后，政府还拨一笔钱给建个图书馆。日本首相退休后，政府既没有特别的补助金，也没有什么安家费，连书报费和交通费都没有。生病就是一般的国民健康保险，自己承担三分之一，当然没有前国家领导人的"高干待遇"。所有的生活，就靠几十万日元的议员养老金。

我到访之前，村山先生因为白内障，去医院动手术。医生问他"是要选择看远的，还是看近的？"村山先生想想，平时还要骑车上超市买菜，就选择看远的吧。医生又告诉他："还有一种手术，既可以看近，又可以看远，但是需要100万日元，而且不在医疗保险范围。"村山先生听了直摇头，他不舍得那100万日元。

临近中午时分，村山夫人张罗着要做饭，我是一定要请他们去外面吃饭。最后村山先生自己打电话到一家经常去的寿司店，订好了座位，还叫了出租车。

出租车到家门口时，我问司机："认不认识这位老先生？"司机说："大分县的人都认识他，他是大分县的宝贝。"

走进寿司店，最里面的一间，是村山前首相最常坐的地方。很小的空间，坐下我们四个人，就已经很挤。老板娘说，村山先生从当议员时代开始，就来店里吃饭。他不用说，我们都知道他想吃什么。怪不得村山先生外出不需要保镖，与市民与邻居之间的鱼水之情，就是对他最好的保护。

分别时，村山先生跟我说了一句话："还让你付了寿司钱，家内说我了。真是对不住！"说得我眼泪直打滚。老先生，多保重！

荷兰首相骑车觐见国王

孙开元

2017年10月14日,荷兰一家通信公司的常务董事罗伯特·加尔在"推特网"发布了一段文字和一幅照片,众多网民一下子被其吸引了,因为文字的标题是《荷兰首相马克·吕特骑车觐见国王》。在照片中,一位中年男子手扶着一辆半旧自行车,正在给车上锁,背景是荷兰国王的办公地点努尔登堡宫。原来,正在给自行车上锁的竟然是荷兰首相马克·吕特!

2017年3月,马克·吕特赢得新一轮的首相大选,经过208天的艰苦努力,最终组建了新一届政府内阁。他这次骑着自行车去努尔登堡宫,就是要将组建完成内阁的好消息告诉国王。平日,吕特首相每周都要面见一次国王,和国王商讨政务。

在王宫内给自行车上锁的荷兰首相马克·吕特

也就是在当天稍后的时间，荷兰驻联合国大使卡雷尔·凡·欧斯特罗姆在"推特网"上，发布了吕特首相会见国王以及他骑车"打道回府"的情景。

荷兰素有"自行车王国"的美称，政府鼓励民众使用自行车以减少空气污染，平均每个荷兰人拥有1.3辆自行车，不论是政要还是普通百姓，都喜欢以自行车代步。吕特首相不仅经常骑自行车上班，也常常一人骑上自行车去王宫面见国王（首相办公地点离努尔登堡宫不太远）。其实，就是国王和王后，也是经常骑车送女儿上学的。

吕特首相骑车去见国王的照片发上"推特网"后，被英国"自行车周报网""印度新闻网""YouTube"视频网和世界不少网站转载，有网民看到后惊呼："吕特首相还在给他的自行车上锁，真不可思议！"

吕特骑着车轻松地离开王宫

美国副总统拜登的家底*

刘植荣

2016年1月,一则题为《美国副总统曾欲卖房救儿,奥巴马:我给你钱》的报道被多家媒体转载。报道称:"美国副总统乔·拜登11日接受采访时说,他去年病逝的儿子博·拜登接受癌症治疗期间,总统贝拉克·奥巴马表示愿意帮忙给点钱。拜登回忆说,那天吃午饭时,他说正考虑卖房筹钱,给儿子治病。"

该报道除了转载率高外,还引起热议。有的认为,美国医疗制度太糟糕,连副总统的儿子都看不起病,老百姓"看病难、看病贵"情景可想而知。也有的认为,副总统的家人看不起病,说明拜登为政廉洁。还有的认为,拜登纯属作秀,作为国家二把手,一人之下万人之上,再穷也不至于穷得不如我们的乡长。

只有知道真相,才能判断价值。要想正确认识该新闻事件,首先要弄清事实真相。

笔者找出2016年1月12日发布的对拜登副总统的专访视频。拜登讲,一次,他与奥巴马午餐时,随口说起他患脑瘤的儿子博·拜登,说博如果病情严重到不得不辞职,就没有工资了,担心儿子一家的生活会遇到困难。奥巴马当即提出愿意提供经济援助。拜登回应奥巴马,他已想出了解决问题的办法,那就是卖掉他与妻子在特拉华州威尔明顿的那所房子,用卖房款资助儿子。奥巴马站起来动情地对拜登说:"不要卖那所房子,向我保证不要卖那所房子!我给你钱,你需要多少给你多少。"

---

*本文发表于2016年1月22日,其时奥巴马任美国总统,拜登任副总统。

专访中,拜登根本就没提到儿子没钱看病!更没提到卖房是给儿子看病!拜登说这话,是证明他与奥巴马深厚的私人友谊。

拜登家庭很不幸。1972年12月18日,因为车祸,拜登失去了第一任妻子和一个女儿,自己亲手把3岁和4岁的两个儿子带大。大儿子博和父亲一样,从雪城大学法学院获得法学博士学位,毕业后从政,是民主党的政治明星。他任满两届州检察长后宣布竞选州长,可惜,46岁的他于2015年5月30日因脑癌英年早逝。拜登称博是他的灵魂,并在儿子去世后宣布放弃2016年总统竞选。

美国是发达市场经济国家中少有的没有实现全民免费医疗或全民医保的国家,医疗支出高得惊人。2012年,美国医疗总支出为26 000亿美元,平均每个家庭医疗支出两万多美元,但医疗效率大大低于实行全民免费医疗的欧洲国家,欧洲国家的医疗成本比美国的低,但居民寿命反而比美国的长。

在美国,不管是富人、穷人还是中产阶层,都有解决医疗费用的渠道,就像美国医疗卡上写的那样:"无论你是什么种族,有没有钱,什么身份,你都有权在这里得到治疗。"富人不差钱,当然没必要考虑医疗费用问题。弱势群体的医疗由政府兜底,也不用担心医疗费用,如联邦政府有针对儿童、老年人和穷人的免费医疗项目,有的地方医疗按家庭收入收费,收入高医疗费就高,收入低医疗费就低。最操心医疗费用的是中产阶层,因为他们要自己购买医疗保险,医疗费上涨保险费也会水涨船高。博作为州检察长,也是州的司法部长,属于高级公务员序列,肯定是要买医疗保险的,由保险公司支付医疗费用,用不着卖房看病。

读到这里,也许有读者会问,作为世界上唯一超级大国的美国,第二家庭的家底究竟有多厚?回答这个问题并不难,因为美国有公务员财产公示制度,只要上互联网,就能查到拜登的家底。

拜登夫妇2014年毛收入388 844美元(含拜登副总统年薪230 700美元),交联邦个税90 506美元,向特拉华州交个税13 661美元,拜登妻子以个人名义向弗吉尼亚州交个税3 777美元,拜登家共交了107 944美元的个税。另外,拜登夫妇还向慈善组织捐了7 380美元(向慈善组织捐款免税），也就是说，拜登全家纯收入273 520美元，个税税率为28.3%，每收入100美元要拿出28.3美元交个税。

拜登副总统公示的2014年财产显示，他要卖的那所房子是他和妻子的唯一房产，估值在10万～25万美元之间，2014年这所房子租出去了，租金在1.5万～5万美元之间。

拜登全家共开了5个银行账户，其中的1个账户余额不足1 000美元，4个账户余额在1 000～15 000美元之间。拜登夫妇还有5笔债务，其中两笔在1.5万～5万美元之间，两笔在2.5万～50万美元之间，1笔在50万～100万美元之间。拜登一家2014年所有单笔开支均未超过5 000美元。

根据美国积极政策研究中心的估算，拜登全家的净资产在39万～80万美元之间，这就是世界唯一超级大国第二家庭的家底。

2014年1月23日，拜登在白宫举行的工薪族峰会上表示，他非常理解有孩子的工薪族父母的艰辛，因为他自己是"国会里最穷的人"，他说："我没有股票和任何债券，也没有储蓄账户，但我有不错的养老金和工资。我还是很幸运的。"其实，拜登并不是美国最穷的高官，2012年，美国联邦议员财产中位数是44.2万美元，有近50名议员负债超过50万美元。可见，拜登在美国高级公务员序列里属于"中产"。

拜登的家产对中国人来说是个什么概念？我们给拜登的家产取个平均值，即60万美元，美国2014年人均GDP为5.6万美元，拜登家产是人均GDP的10.7倍。中国2014年人均GDP为4.68万人民币，拜登的家产在中国相当于50万元人民币。这一对比就知道，拜登还真没中国的一些乡长富。

美国法律规定公务员工资不得高于私营企业职工工资，公务员工资受国会严格控制，谁在任上提出涨工资，则不给谁涨工资，要从他的下任开始加薪，以防公务员利用职权谋取私利。美国还有公务员财产公示制度，让全社会监督公职人员的收入支出情况，这是最有效的反腐制度。所以，在美国当官是发不了财的，人们竞选公职，除了将其作为一种职业外，还是为了实现自己的政治抱负，提升自己的公众认知度，实现自己的社会价值。

两份晚清重臣的遗嘱

游宇明

1909年,晚清重臣张之洞的生命即将油尽灯熄,临终前,他给子孙留下遗嘱:"人总有一死,你们无须悲痛,我生平学术治术,所行者不过十之四五,所幸心术则大中至正。为官四十多年,勤奋做事,不谋私利,到死房不增一间,地不加一亩,可以无愧祖宗。望你们无忘国恩,勿坠家风,必明君子小人之辨,勿争财产,勿入下流。" 8年前的1901年某日,李鸿章自知不起,给慈禧和光绪皇帝上了最后一道奏折,这实际上也是他的遗嘱。奏折里,李鸿章在叮嘱最高统治者要"举行新政,力图自强"的同时,也表白了自己的心迹,说自己"服官四十年,未尝因病请假"。

张之洞与李鸿章在遗嘱中都提到了自己的勤政,这一点不是自吹,有他们一生的行事为证。张之洞与李鸿章有许多共同之处。比如两人都是少负才名,聪颖过人。张之洞与李鸿章同是晚清洋务运动的中流砥柱。但张之洞有一点跟李鸿章截然不同,那就是他的个人操守远在李鸿章之上。

张之洞为官清廉,从不索贿受贿,因为家中人口多,日子过得很艰难。有时年关实在挺不过去了,他就派人典当衣服之类的东西。当年,武昌"维新"等大当铺有一规矩:凡是总督衙门拿皮箱来当,每口箱子都给200两银子,并不开箱验看,只照箱数付给银两。开春后张之洞手头松动一点,必会派人用银两赎回箱子。张之洞的弟子傅岳(民国时任北京师大教授)曾回忆过张之洞身后的情形:"张去世后,谥文襄,无遗产,家境不裕。他的门人僚属都知道这种情况,所以致送赙仪都比较厚重,总计亦不过银万余两而不足二万之数。张家所办丧事也就全赖这笔钱,治丧下来所剩无几。"正因为官做得"清洁卫生",所以他敢在遗嘱中说:"不谋私利,到死房不增一间,地不加一亩,可以无愧祖宗。"

李鸿章则是一个典型的贪官。据沙皇冬宫档案记载:1896年李鸿章签订"中俄铁路条约"后,即从道胜银行获得沙俄给予的回扣300万卢布,时值50万两白银。他从办洋务、办海军中得到过多少好处,只有他自己知道了。李鸿章初入仕时,他家只是中产,李府最盛时居然有田100多万亩,难怪当时有人讽刺他"宰相合肥天下瘦"。也许因为心里有鬼吧,李鸿章写给慈禧和光绪的遗嘱只敢说"服官四十年,未尝因病请假",而不敢像张之洞一样声明自己"不谋私利"。而后世诟病李鸿章的种种不是中,贪财也是很重要的一点。

两份遗嘱表面上大致相近,深究起来却迥然相异。

心灵驿站

奥巴马自费与写信给他的民众聚餐

小　路

2014年7月下旬的一天，白宫新闻发言人乔希·厄尼斯特从白宫的办公室打电话给密苏里州堪萨斯城4位曾经写信给奥巴马的民众，告知他们总统希望与他们共进晚餐，给了这4位市民一个惊喜。7月29日晚，奥巴马飞抵堪萨斯城按约定与这4名市民一起享受了晚餐，并与他们愉快交谈。第二天，奥巴马在堪萨斯城就经济形势发表了演讲。

白宫在其网站上，公布了白宫新闻发言人厄尼斯特与这4位市民中的一位妇女贝基·福雷斯特的通话录音，从录音中可以听到厄尼斯特与贝基的简短谈话内容：厄尼斯特先是告诉贝基自己是白宫新闻发言人，并说自己也是堪萨斯人，然后问贝基是否有时间在周二晚上与总统一起进晚餐并谈谈她写的信。贝基立马说："好啊。"厄尼斯特接着说："你知道吗，总统在读了你的信以后表示，'我想见见这位女士，我想与她共进晚餐'。"听到这里，电话那头的贝基可能才意识到厄尼斯特没有跟她开玩笑。厄尼斯特告诉贝基，不但他本人，而且总统也认为她的信写得很好，所以想与她见面。

需要指出的是，奥巴马邀请写信者与他共进晚餐，政府是不会报销餐费的，参与者都是各自付费，包括总统本人，因此多选在普通餐馆，有点类似麦当劳这种买好食品及饮料后自己找桌子坐下吃一类的，这样就免得点菜付小费之类的麻烦。

这4位写信给奥巴马的堪萨斯市民，包括两名男士两名女士，其中一位向奥巴马表示感谢，因为他得到了学生贷款的帮助，一位单身母亲在信中谈到自己独自抚养孩子和做生意所面临的挑战，还有一位是教师，以及上面提到的贝基，她是一位社区活跃人士。

7月29日周二晚7时左右，奥巴马乘坐空军一号到达堪萨斯城，并立刻坐车从机场直接前往市内一家名叫亚瑟科比的餐厅与4名写信者会面。

进入餐厅前后，奥巴马与周围的民众握手致意。奥巴马到来前，4位写信者已经在餐厅内就座，每人都买好了各自的食物等候总统。奥巴马与大家打招呼后就去付钱买食物，然后来到餐桌与大家一起就餐交谈。

奥巴马总统每天都会收到大量民众来信，白宫有一个专门的班子处理这些来信，他们会挑选出其中的一些信件交给奥巴马，奥巴马每天大概要阅读十来封这样的信，从这些来信中了解民众所思所想；除了回信外，他也会在各地旅行时与写信人见面，而类似与堪萨斯城写信者集中见面、晚餐交谈的做法，则是白宫最新系列行动中的一部分。奥巴马总统在此之前，已经在科罗拉多州的丹佛、德克萨斯州的奥斯汀、明尼苏达州的明尼阿波利斯等地与多名写信者聚餐交谈。

跪着办案的日本警察

徐静波

照片描述的是一位日本警察在办案时，跪在地上向一名女性询问情况。这是我的一位在日本的中国人朋友发给我的，他在东京的医院里看到了这一幕，把它拍了下来。

日本警察跪着办案，并不是第一次看到。不久前，我见一名交通警察在盘问一辆轿车时，也是跪在地上。

那么，日本警察为什么会跪着办案呢？今天与东京警视厅一位老警官聚会时，问了他这一个问题。他回答我说，原因很简单，因为对方是坐着的，因此为了保持与对方平等的视线，避免居高临下的威势，所以要跪在地方与对方"平等对话"，以显示尊重。

不过他强调说，这一种情况大多是在处理交通案件，或者向刑事案件的非当事人了解情况时才会这么做，对于刑事犯罪者则不会这么客气。

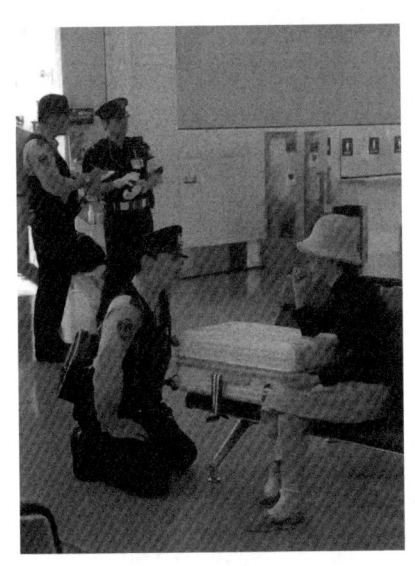

跪着办案的日本警察

这位老警官说，警察是社会秩序的维护者和国民生命与财产的保护者，但是又是一名公务员，工资来自于国民缴纳的税金，因此在办案时必须依法办事，同时尽可能地尊重涉案人员。即使发生绑架案，也是要尽最大的耐心去说服犯罪者放弃犯罪行为，到了迫不得已的情况下，才会采取最后措施。

摔一跤获赔750万美元

芬 享

美国洛杉矶一名华裔男子姚威廉在市内自行车专用道上骑车时，因车轮撞上路面凸出物而摔成瘫痪。经过3年的法律诉讼，洛杉矶市政府近日同意赔偿750万美元了结官司，这是该市数起因市内路面不平导致骑车人受伤而引发的数百万美元赔偿的最新一例。上个月市政府刚刚同意赔偿650万美元给一位脑部受伤者，之前还赔偿了450万美元给一位骑车摔倒而死亡者的家属。

3年前的一天，姚威廉骑车经过木樨大道的自行车专用车道时，前轮撞上被地下树根顶起4英寸的凸出处，他从自行车上摔到地上，严重受伤。姚威廉的律师罗克表示，当时姚威廉虽然戴着头盔，但最终却四肢瘫痪，需要有人护理。律师罗克在赔偿案了结后发表的书面声明中表示，姚威廉的瘫痪不但让他备尝痛苦，也给他的太太带来巨大打击，钱买不回姚威廉的康复。罗克还表示，姚家原本可以要求更高的赔偿，但他们选择接受市政府的赔偿额，是考虑到继续打官司的不确定性以及姚家需要这笔钱来照看姚威廉。

根据《洛杉矶时报》的报道，洛杉矶道路服务局早就接到不少市民有关木樨大道自行车专用车道路面凸出的抱怨，也派人查看过，认为需要整修，但却认为不紧急；而这个自行车道当初建立时，整个路面并没有按照市政府规定的自行车车道标准重新修整，只是简单地在地面上划上标志，此类情形在洛杉矶市内不少。由于洛杉矶市内的许多街道的道路年久失修，容易造成交通事故，因此，每年市政府接到的诉讼案有许多。

洛杉矶市政府目前已经采取措施，加大力度整修道路并复查专用自行车道的路面质量，规定路面没有达到A级标准的不能成为自行车专用车道。

心灵驿站

国务卿没铲门前雪被罚款

小 丹

2015年1月底，美国东岸遭受暴风雪侵袭，除了人们关注的各地天气、交通和灾情外，一则有关国务卿克里因为没有自铲门前雪而被开罚单的新闻也广受媒体报道和公众议论。

事情的经过大致是这样的：1月28日（星期三）有人在波士顿市政府网站为市民专设的网页"市民连线"上传了一张照片，指出路易斯堡广场19号（即克里在波士顿住宅的地址）旁边人行道上的积雪没有铲除。

第二天（星期四）早上9：45，波士顿市政府向克里发出一张50美元的罚单；同一天下午，克里的发言人格伦·约翰逊向媒体表示，积雪在上午稍晚的时候已经清除干净，而国务卿将很乐意支付罚金，因为国务卿跟我们平常人一样。

国务卿克里公开的行程显示，克里在星期二与总统奥巴马在沙特阿拉伯参加沙特已故国王的葬礼，星期三返美后在弗吉尼亚出席国防部长哈格尔卸任的告别仪式。

当一些人士和媒体在为波士顿市政府的举动拍手叫好时，他们忽略了其中一个细节：克里住宅前被市民投诉没有铲雪的路段，有一条黄色的胶带。这原是用来警示路过的行人，小心从屋顶可能掉下的积雪和冰块，然而，这条警戒线却被铲雪的公司误以为是警察放置的，因此只清除了房子周围其他部分的积雪，唯独留下这一黄色胶带内的积雪。星期四上午，当铲雪工人得知可以进入后，稍晚的时候就完成了这段人行道的积雪清除工作。

克里住宅所在社区的家庭业主协会如同美国很多地方一样，向区内每一住户定期收取管理费，为业主提供维护公共区域的清洁、绿化、收垃圾、铲雪等服务，这些服务通常又以合同的方式雇佣商业公司提供给区内住户。

显然，此次事件是铲雪公司的疏忽。克里本可以推诿，或将责任推给铲雪公司，或将罚单丢给业主协会，但作为一个有责任维护市区公共安全和保持公共清洁的市民，他没有这样推三推四，也没有对50美元的罚单不屑一顾，而是第一时间担起一个市民应有的责任，尊重地方法规及地方政府的管理权威，迅速督促完成积雪的清除，欣然缴纳罚款，其中折射的态度值得思考。

克里住宅前的黄色胶带

都是临时工（外一则）

且庵

捷克总统泽曼到中国访问，在捷克驻华大使馆接受记者采访。一见记者，泽曼先做自我介绍："我是捷克总统，临时的。"记者们都笑了，气氛也轻松起来。

总统先生的诙谐，其实倒是大实话，天下做官的，有哪一个不是临时的？别说做官，连我们做人也都是临时的呢——就这一辈子，做完就走人。看有人做官做得那么狠，看有人做人那么用尽心机，就好像他们做官做人都有一万年好做似的。说穿了怕要扫人兴，在这世上，我们个个都是临时工呢。

官滋味

郑板桥有《宦况》一词："十年盖破黄绸被，尽历遍、官滋味。雨过槐厅天似水，正宜泼茗，正宜开酿，又是文书累。坐曹一片吆呼碎，笱子催人妆傀儡，束吏平情然也未？酒阑烛跋，漏寒风起，多少雄心退！"

古代小老百姓总以为，当官的快活得不得了，威风得不得了，其实当官也不容易呢，只有得没有失，天下哪有这样的便宜事。你听听板桥这一番感慨，"文书累""妆傀儡"的"官滋味"，好受吗？看着威风，其实可怜。老百姓固然吃不到那葡萄，那葡萄也可能真的又酸又涩吧。"不吃葡萄倒吐葡萄皮"，其实是看人挑担不吃力，人家当官的怕就是"吃葡萄不吐葡萄皮"，酸涩一起吞。

所以板桥做了十年县令，终于"乌纱掷去不为官"，吃不消了。

第十一章　人与自然

保护荒凉才是生态文明的要害

冯永锋

生态文明绝不是栽花种草

"大力推进生态文明建设"已成为我国的重大治国理念,但许多人对生态文明的理解还停留在栽花种草的浅表层面上,其实那些打着生态幌子搞开发的人真在搞生态建设吗?

据媒体报道,广西某地的海岸线过去风景优美,水产丰富,生长着中国面积最大的红树林。十年间,多个石场的开采导致海岸线遍布巨坑,大量红树林毁坏。如今,曾美丽如画的县城满目疮痍,粉尘肆虐,居民苦不堪言。

面对新闻图片,我久久不能平静。对此,有人劝我不必故作惊诧,这在当前中国,是一件极普遍的事。事实也如此,但那种对自然界的痛苦持漠视态度的事件不时在各地重现,还是一次又一次地触动了我的神经。

当前我们正在倡导生态文明,各地也在传播"绿色化"的重大治国理念,但何为生态文明和绿色化?真是公说公有理,婆说婆有道。要修大楼的人,会说自己是在盖生态小区;要建工厂的人,会说自己在建绿色企业;那些把自然湿地改造成湿地公园的人,会说自己在提升城市的文明水平;那些砍去了天然林种上人工林的人,会说自己在"恢复生态"……

反正,只要你给自己做的任何事,贴上生态文明的标签,就容易拿到批复。而实际上，这些企业，仍旧是污染企业；这些小区，仍旧是高耗能小区；这些湿地公园，其实破坏了鸟类的栖息地；而种下的桉树、杉树越多，当地的水源越会面临危机，生物多样性越下降。

也许我们都得从头学起，先明确究竟什么是真正意义上的生态文明。

所谓的生态，其实可以理解为"地球上所有生命共同组合成的形态"。一棵树是生命，一粒沙子是生命，阳光、雨露、空气、石头，也有其哲学意义上的"生命"。对人类有益的猪牛马狗是生命，对人类造成威胁的蚊虫蝼蚁也是生命。正在消失的蜜蜂是生命，正在增加的蟑螂当然也是生命。那些尚未被人类起上名字的动物植物微生物，也都是生命。

现实生活中，对生命的尊重，或者说对生态的正常理解水平，应体现在对"荒凉"的理解水平和保护能力上。其实，生态文明的要害在于保护荒凉。

城市化并不是去土壤化、去湿地化、去自然化

大约十年前，一家名牌大学要对湖边的一些小山小湖进行清理，理由是"太荒凉"。当时我颇为愤怒，写下一文提醒校方。一个学校，学生学习和生活在其中，固然需要教室、图书馆、食堂、宿舍的滋养，但对学生们的品德和性情的培养，还需要自然界有意无意的"荒凉感"的滋润。不然，除了大楼，就是大楼，学生的生命得不到一点点一丝丝自然的滋润，学生的生态含量会一低再低，对自然的敬畏又从何而来呢？

一所大学需要荒凉感，一个城市也需要荒凉感。如果一个城市，大楼之外的公园，道路之外的空地，只有那么几棵树，只有那么一片草，只有那么一条硬化的河道，那么，这个城市，可以说是没有生态含量的。生活在这个城市里的人，没有一点的荒凉感，怎能感受到一点的自然野趣？在城市里，为自然生态系统留出一点点空间，让其天性得到良好而充分的表达，其实是很有必要的。

所谓的城市化,并不是去土壤化、去湿地化、去自然化。如果所有的地面都是水泥,鸟类到哪里去求活?别光顾着种树,护树更重要;别光顾着种草,让野花野草自由生长更有意义。

农村也同样需要荒凉感。有人认为,如今许多村庄在消失,村民被合并同类项到城镇,因此,农村有望越来越荒凉。真实情况未必如此。中国的农村,如果你上山,并不难发现鸟网、兽夹和毒药。每一条蛇都可能随时被人捕捉卖到饭店,每一只龟鳖都可能会被拎起卖到饭店。

天上飞的猛禽,即使不被枪打死,不被网粘住,也可能在其繁殖时,其后代被整窝掏走,卖到富贵人家当宠物。在森林里,稍微值钱一点的兰花、野果、蘑菇、五味子、松子,都有人在采。

水里的青蛙、田螺、泥鳅、黄鳝、甲鱼踪影已越来越难寻,甚至连过去根本没有人在意的龙虱和水生野菜,也被人盯上了。

对于濒临灭绝的动植物,越是有危机的,越有人要搞到手。丹顶鹤的蛋有人偷;熊猫皮有人买卖;红豆杉、崖柏、流苏树、五小叶槭、小叶黄杨,每天都在被人偷挖盗砍。

由于缺少生态文明的要害在于保护荒凉的认知,有的人以为海岸是"荒凉"的,湿地是"荒凉"的,天然林是"荒凉"的,就随意开挖、填平和烧山开荒;就算是湿地公园,也建起大量亭台楼阁,胡乱种树,以让其不显寂寞。

不管你是好心的设计,还是无意的漠视,或者是故意的折腾,中国的荒凉,就这样被一天天地褫夺,一天天地减少。于是,承载在这荒凉之上的生物多样性、生态系统的丰富性、生命系统的复杂性,就这样快速地弱化、无情地摊薄、难以遏止地崩溃。

人类失去了生态系统的庇护将很悲惨

如果人类失去了生态系统无私而宽广的庇护,究竟会怎么样?可能没有几个人真正去想。许多人认为,燕子去了,蝴蝶会来;蜜蜂去了,蚂蚁会来;阳光去了,雨水会来。但实际上,当所有的鸟类都被人类夺走了觅食繁殖之地、休养生息之所，当所有的森林都只剩下桉树等经济林，当所有的城市只有阳台上豢养着几盆鲜花，人类的命运可想而知。

毁灭了荒凉，就是在毁坏我们自己的生活水平。只有足够荒凉的山，才可能生产出足够甜美的水。只有足够荒凉的森林，才可能生产出足够鲜美的空气。只有足够荒凉的草原，才可能生产出足够的土地。保存了中国的荒凉，我们才可能得到最优质的空气，最活性的水，最健康的土壤，我们才可能看得到真正的星空和真正的月亮。

研究红树林的专家知道，红树林是诸多海洋生物尤其是鱼类、龟类、虾蟹非常重要的产卵场和增殖地，同时是一种毁坏容易恢复极艰的树种。如果红树林消失，那么，海洋的鱼类产量将大量下降。红树林还是大海与海岸最好的"缓冲海绵"，如果红树林消失，热带风暴的肆虐度将提升好几级烈度。

环保组织最近做了一次调查，中国渤海、黄海沿岸的"泥质滩涂"，也就是很多人认为最荒凉的地方，由于保护不力和人们对泥滩生态的重要性理解不足，最近二三十年间，已经有至少70%被开发。但研究鸟类的人们知道，这些荒凉之地，恰恰是鸟类迁徙最重要的食堂和驿站。如果没有这些荒凉之地的供养和补给，秋天从北方长途迁徙而来的鸟类，将会因为饥饿和疲惫而大量死亡。

研究海岸风景、研究海岸生态系统的专家更知道，泥滩、沙滩、石崖、土坡，每一处都是大海赠送给大陆最绝色的风景和生态系统。大海与大陆的交汇之处，本该是最美的地方。这里不仅仅有日出、沙滩、海风、椰林，这里更有丰富的生物多样性。如果这些海岸被持续糟蹋和毁坏下去，中国的生态文明将丧失最重要的证据和基石。

建议国家相关部门出台最严厉的措施，严禁对海岸的滩涂、山地、红树林进行超过5%的开发。

杭州西湖告诉世人的"常理"

陆 地

本来,杭州西湖只不过是杭州城外的一面广阔的水洼,经年受上溯海潮的困扰,洼内水质,或咸或淡。

数千年后,当年与它一起出现在江南土地上的"泽国",随着海平面的下降,都慢慢湮灭在岁月的长河中,只留下一个个带有"水"的地名,譬如湘湖、西溪、良渚……

据说杭州城外这片广阔的水洼,第一次经人工处理,是筑钱塘,是为阻止海水进来,不然这水洼四周的百姓无水灌溉,也无水可用。水洼一经人工,便为"湖",世间称"湖"者,大概如此。

这面湖,当初真的非常普通。

即便是在唐朝,它也只不过是杭州城区百姓眼中的一口"大井"。时任杭州刺史的李泌,在城区挖渠,让湖水引入城内,解决了杭州人的喝水问题。

是的,这就是名闻天下的西湖。

时至今日,这面湖早已失去了实用功能,而仅以审美而存在,它成为一座城市的魂,一个在全世界都可以排得上名的旅游目的地。这一切又是怎样发生的?

地理学家们一直在"惊异"于这样一个事实:地球上所有湖泊,无论是天然的,还是人工的,都因为地壳运动,或者人类活动,而不断萎缩,水质变差,最终走向生命的终点。但西湖非常奇怪,这千百年来,它的水域面积并没有缩小,而是在不断扩大……一个从南宋开始,湖边就有"参差十万人家"的湖泊,水质并没有变差,而是一年比一年清。

没有千百年来对这面湖水的"呵护",是万万不能办到的。

白堤、苏堤……周旁的名胜古迹,历朝历代在为这面湖水添加文化、添加人文、添加美景,直至人间极致。

这天下有哪一面湖水,能自始至终得到政客、文人墨客、市井百姓的万千宠爱,容不得别人沾污它、填埋它……

几年前途经安徽巢湖,见到的周边工厂污水直排,我说这巢湖怎么受得了;几年前在太湖泛舟,桨橹之上附着一层薄薄的"青苔",船老大说水质大不如他们小时候了;几年前雨中游昆明滇池,水质也不尽如人意……

我总是认为,西湖是人与自然和谐相处的结果。所有到过杭州的人都会提出一个问题,假如杭州没有了西湖,那杭州将会怎样?这是个问题,也是个答案:古往今来,杭州人从来就认为,他们不能缺少西湖。

别说山水无情,其实山水最有情意。你对它倾情,它就会一直"铭记在心"。杭州,终因湖而名,城内近千万百姓,受益无穷。

西湖告诉世人的,也许就是一个人与自然和谐相处的"常理"。

你受得了听取蛙声一片?

流 沙

杭州有个小区,一到晚上,蛙声一片。业主投诉这些青蛙扰人清梦,要求保安履行职责进行驱赶。这可苦了保安,青蛙在暗处,保安在明处,这黑灯瞎火的要把青蛙赶跑,哪有那么容易。

"稻花香里说丰年,听取蛙声一片",曾是古诗里一种令人怡然自得的意境,但现在却成了被人投诉的噪声。不是现在的青蛙发音量大了,而是我们的心态发生问题了。中国道家讲究的是"天人合一",其中一层意思是人类要与自然和谐相处,不要试图去改变自然规律。

可是,"安静"并不是大自然的特质,真正的大自然往往是"吵闹"的。人们择水而居,水终年流淌,或叮叮咚咚,或奔腾咆哮;人们喜与绿树为伴,树欲静而风不止,树或轰鸣发声,或浅吟低唱;人们还喜欢居在山间,山间万籁并非无声,而像数万个乐队,在暗处演奏。早晨鸟儿啼鸣、夏天中午有蝉长鸣、晚上又有虫儿的啁啾……这就是大自然最原始的"生态"。一个生活在"自然"中的人,绝对不可能为几只青蛙的鸣声而失眠,除非他已经离开"自然"好久好久了。

的确,城市把人们与自然割裂了。在城市的生活小区里,有隔音隔热的洋房,地上铺的是坚硬的花岗石,裸露不多的泥土种上了草皮和树木,园林工人每隔一段时间会来给这些植物修剪和打药,城里鲜见小动物,也极少听到小动物的声音。最终,人们以为"安静"才是最自然的,也是最宜居的。

久居上海的亲戚去浙江天目山疗养,准备小住半个月,谁知住了三天,就打道回上海了。他告诉我,晚上山风吹过,宾馆外面万亩松林发出的声音似有千军万马,实在无法入眠。

有朋友告诉我,他家就在小区的水景边,人造小溪流水淙淙,声音单调而枯燥,已与物业交涉多次,要求停止放水。

还有北京的一位编辑朋友到杭州来旅游,住在西湖边,却忍受不了知了的鸣叫,要求旅行社换房,最好住到没有树木的市中心……其实,我也像他们一样,进城二十年,是一个被城市"戕害"已久而且已经丧失"什么是真正的自然"的判断的人。平时我们总是吵着嚷着要回归自然,但是真正进了"自然",我们发现自己竟然适应不了它,而那个人工建造出来、与自然背道而驰的城市,才是自己的"最爱"。我们睡在用钢筋混凝土建造起来的房子里,关上双层玻璃的窗户,打开低分贝的空调,如果外面有噪声,就会向物业和城管投诉。我们只有在一个没有噪声的环境里,才有可能拥有一份好睡眠。

但是我的童年、少年却不是这样的:屋前是小溪,终年水长流,声音轰轰然;屋后又有涌泉,水从泥壁下冲上,声音咕咕然;屋前屋后有竹林、有松树,风吹过,会演变出雄浑的旋律;满山遍野有小虫儿鸣唱,只有三九严寒才会消停;雨会落在瓦上,沙沙沙。还有雨滴索性会从瓦缝里溜进来,掉在你的脸上。

这就是当年的大自然,我从来没有为此失过眠。

现在,当我为午后的一只知了的聒噪感到心烦意躁时,我愕然发现,自己离开童年真的已经太远,走进这片钢筋水泥的建筑森林太久太深了。

因有屎壳郎才有天堂

赵盛基

东部非洲的塞伦盖蒂草原,方圆31 080平方公里,这个神奇的地方是野生动物的天堂,仅角马就多达150万头。虽然每年都会上演世界上最壮观的角马大迁徙奇观,但它们只离开两个月,之后又回到这个地方。也就是说,角马每年有10个月的时间生活在这里。

如此罕见的群体,它们排出的粪便应该是个惊人的数量吧?好奇心驱使我查阅了一下资料,不查不知道,一查吓一跳。庞大的角马队伍每天排泄的粪便超过450吨,可以装满16个集装箱。这仅仅是一天,那么一个月、一年呢?长此以往,整个草原不就被粪便埋没了吗?可是,草原上并没见到粪便啊!它们都去了哪里?难道草原上也有清洁工?没错,的确有"大自然的清洁工",它们的名字叫蜣螂。

蜣螂,俗称屎壳郎,以动物粪便为食。它习惯将粪便制成球状,滚动到可靠的地方藏起来,然后慢慢吃掉。别看它体长只有5~30毫米,却能滚动远远大于其体重的粪便,每天吃掉的粪便也都超过自身的体重,塞伦盖蒂草原四分之三的动物粪便是被它们吃掉的。

真是难以置信,毫不起眼的屎壳郎竟然如此"给力"。可事实就是如此,哪里有屎壳郎,哪里的粪便就被清理得干干净净。

当然,一只屎壳郎是做不到的,而是不计其数。

曾经对屎壳郎极度厌恶,现在却真得感谢它们。如果没有它们,塞伦盖蒂将会被堆积如山的粪便埋没,青草将会因缺氧而不复存在,那这里就不再是野生动物的天堂,而是它们的坟墓。

生物链环环相扣,缺一不可。因有屎壳郎,才有天堂。

野性英国

[英]陈雁茵

到英国留学前,我与中山大学外语学院一位曾多次赴英国访问的教授闲聊,我问他对英国的印象如何。"英国?乡下地方!"教授调侃道。

到了英国后,我才觉得教授的话似乎有道理。在英国大城市的繁华商业中心,有矗立于古建筑群中的各色现代化建筑物,可是一走出这些地段,大多数房屋都是简朴得无法再简朴的砖瓦房。无论是那些经过几百年岁月侵蚀的老屋,还是锃亮的新建房,风格都很相近,大都是素面朝天,未经修饰。

英国人对花园情有独钟。除了市中心那些楼房里的公寓,一般的英国房子都带有或大或小的花园。经热衷于园艺的英国人精心打理,园子便成了一道道优美的街景。

英国人似乎还觉得野趣未足,很多家庭都会放置鸟食器,盛满干果之类,挂在园子的树上供野鸟享用。鸟浴池也是英国人花园中的常见之物。

由于英国人善待野生动物,广场上遍布鸽子,河上的水鸟林林总总,鸭子、大雁和天鹅在河边大摇大摆地踱着步。松鼠、刺猬、野兔、獾和狐狸经常出没于人们的园子。寒鸦、知更鸟、喜鹊、乌鸦、蓝山雀、麻雀、金翅雀、黑雀、燕子和木鸽等各色野鸟也随处可见。

英国的自然公园和自然保护区星罗棋布,但最让我感到奇怪的是,在马路上和居民区的绿化带里,野生植物竟与人工栽培的花草争奇斗艳。英国的许多公共草坪上,布满野生蒲公英和野菊花;野黑莓会不时地从人工种植的矮树丛中探出头，野荨麻还会冷不防"蜇"行人一下。

英国的"野性"与英国人较强的生态意识直接相关。英国人从小就对孩子灌输生态知识。我女儿就读的小学称为生态学校，把学生培养成有责任感的地球公民，是学校最重要的教育目标之一。

我的丈夫就是在这种教育理念下长大的英国人。他经常对我和孩子说："野花不能随意采，有些花是濒危品种，需要保护。你和孩子见到不认识的花，千万别乱采。"丈夫不但保护濒危野生植物，还到处寻找一些出售濒危植物种子的地方，买来种子进行栽培，以帮助这些濒危品种繁殖。

我们家的花园中有一口古井，井的手动抽水泵失修多年，丈夫想把它修好，利用井水灌溉自家的菜园。平日丈夫工作繁忙，一直抽不出时间来修理。一天，他终于抽出时间去修理水泵，谁知一掀开水泵木箱的顶盖，发现一窝刚出生的小鸟在"叽叽"直叫。

他走回屋里，满嘴牢骚："唉，要等那群小鸟长大飞走了才能修。可能要等上个把月吧。这修水泵的事又得拖了！"牢骚归牢骚，他宁愿自己不方便，也不愿惊动那窝小鸟。

英国有不少人爱好野外觅食，其中以明星大厨为首。这些明星大厨影响力很大，十分推崇到大自然中去取食材。他们经常在媒体中传授野外觅食的方法和烹饪技巧，但总不忘教育人们对大自然之物要取之有度。

英国历届政府都很重视保护英国生物的多样化，制定了数不胜数的保护生态环境的政策和法规，而且细化得让人惊叹。例如，蝙蝠、蜜蜂、獾、睡鼠等都有自己专属的保护法规。

英国的《野生动植物和乡村法案》规定，不经土地拥有者的同意拔除野生植物，就属违法行为。在受保护的地区，即使是土地拥有者，也必须经相关部门的同意，才能除去生长在其土地上的野生植物。

大树哪去了？

陆勇强

前几天，开车路过一条村道，被一辆装载着挖掘机的大卡车堵住了，因为场地狭小，一群人手忙脚乱地张罗着如何把挖掘机从车上开下来。

我进退两难，索性停车休息。其中有个老板模样的，见堵了我的车，过来递烟，让我稍等。我便与他聊上了，原来他是个树贩子，就是从农村低价购进大树，然后运到城里去，从中赚取差价。他指指山头的一棵银杏，他说出了五千元。我问他运到城里可以卖多少，他笑而不语。

此时有村人在旁边围观。有个胖大婶，说话咋咋呼呼的，说她家也有一棵银杏，但长在屋前，挖掘机开不进，即便挖了也抬不出去。看到山头的那棵银杏可以卖五千元，露出十分羡慕的神情。

不知从什么时候开始，农村里的一些珍贵的树可以出售了，经常有骑着摩托的陌生人来打听，价格也是连年上涨。前几年我还听说过这样一件事，有个村庄的外围有一排松树，长得婀娜多姿，但在一夜之间这些树消失了，只剩下几个大坑，显然是挖掘机干的，村人报了警，但最后不了了之。

在城里，我经常看到道路边、小区里、公园里会出现硕大的树，我就会猜想这些树也许是树贩子从哪个村、哪个山头挖掘来的，或是买的，或是盗来的。

我有一个亲戚为树贩子做苦力许多年了，每天工资200元，任务就是挖掘机器无法上山挖掘的树，人工挖一棵大树，然后从山上抬下来，四五个人也往往需要一周左右的时间。

经常在公路边看到形形色色的苗木基地，里面总有一些大树，这大致都是这样从农村收集来的，已然形成了一种庞大的产业链，也是不少人的生财之道。

我总觉得这样做不对，但目前还未见过哪个地方禁止这样做。也许会有一天，农村里的孩子会问，村里的大树去哪了，我们不知怎样回答他们。

人鸟传奇

陈凤兰

电视上有一个《人与自然》的栏目，有一次看到这样一组镜头：两位用布裹着上身的非洲马赛少年，在荒凉的草原上走走停停，他们一路撅着嘴不时发出"叽咕叽咕"的声音，一边上上下下地寻找。

不一会儿，他们似乎听到了什么动静，站住侧耳细听，然后向一棵树冠如盖的大树急奔过去。一抬头，一只褐黄色的小鸟正在上下蹦跳，"叽咕叽咕"地回应他们的叫声。

见到来人，小鸟从树上疾冲下来，落在两人前面的草地上。两少年赶紧跟上几步，小鸟又"嗖"地朝前飞了几米。就这样，鸟飞人追，鸟鸣人应，似乎在玩一种人鸟游戏。

终于，他们一同在一棵大树下停下，只见树木高大苍虬，裂纹粗粝。一条几寸宽的裂缝从根部蜿蜒而上，活像有人用刀从上部直劈下来。小鸟的叫声由刚才的"叽咕叽咕"，忽而变成了"喳喳喳喳"。

两位少年站在树下，仰头观察树冠。一会儿，他们用布将头裹起来以防被蜂蜇着，然后点燃一根木棒，顿时烟雾袅起。一人手脚并用，三两下爬上树腰。随着镜头推近，我这才看清，原来裂缝中暗藏着一个巨大的蜂巢。非洲蜂密密麻麻地趴在巢穴上，翅膀颤动，整个草原上似乎都听见一阵嗡嗡蜂鸣。

那男孩将点燃的木棒伸进了裂缝中。在烟雾的熏烤下，蜂儿扑腾翅膀快速逃离。那男孩伸出手臂，探进裂缝深处。不一会儿，一块黄澄澄亮晶晶的蜂巢被取了出来。

树下，两男孩掰开了蜂巢，油亮亮的蜂蜜流淌出来。我知道，两个孩子该大快朵颐了。然而,他们先掰开了一大块放在旁边的岩石上,刚才还在树上"叽咕叽咕"的小鸟,像得到指令似的,从上面俯冲下来,一头埋进了美食里。俩男孩会心地笑了,这才把美食一块一块掰进嘴里,脸上满是笑意与享受,可以想见,蜂巢该是多么的香甜与甘醇呀。

第一次看到人与鸟之间有这样的合作。这真是一个美丽的传奇故事。

后来我查找了一下资料,弄清楚了这鸟的名字,叫"向蜜鸟",这名字真形象生动。原来,它有一种嗅到蜜源的天赋和本能,但只有与人合作,才能得到丰厚的回馈。我很好奇,它跟人的合作是怎样形成的呢?

巴甫洛夫说,任何一种条件反射都需要无数次的刺激反应,并且在形成反射通路之后,还要强化巩固。那么,一种鸟是怎么与人类形成合作模式的呢?它肯定不是某一只向蜜鸟的独创,而应该是向蜜鸟的群体与人类长期合作共赢的结果。那么,这种相互依存的共生关系需要多少年,需要多少代才能形成呢?这一切都不得而知。

那些马赛土著人,是怎样维系与鸟儿的互信关系的呢?从鸟儿满足的啄食中,从鸟儿欢快的鸣叫中,我们就能够感知到享受美食的快乐,获取劳动报酬的欢愉。这种情感,土著人懂,鸟儿也懂。信任是心与心的交换,信任是情与情的交融。当地人都知道,如果在取得蜂巢后,你不留一块给鸟儿,下一次,它会领你去狮子窝。

人鸟传奇,实际上是一场有规则的游戏。如果人鸟都遵循这个规则,那么合作关系就能长期维系。如果人不遵循这个规则,鸟儿失去的仅仅是一块美食,而人却有可能失去性命。

我们需要人鸟的传奇,但我们更需要人与人的传奇,人与人的互信,人与人的和谐。只有这样,我们才有比蜜甜的生活。

羊上树

武宝生

小时候，爹让我喂牛。

我觉得，喂牛很容易。我把草料筐放在地上，将铡好的草倒入筐内。可是，牛只吃了几口筐内的草，便挑三拣四，不好好吃了。并且，不时地用嘴将草拱到筐外，用前蹄胡乱地刨着，将好端端的草料给糟蹋了。

爹对我说："你得想想法儿让牛正经吃草啊！"

我说："要不就加点饲料吧。"

爹说："加上饲料牛就更不会吃草了！"

"那怎么办？"我有点为难了。

这时，远处有一只山羊正在上树。

爹指了指正在上树的山羊，问我："看到了吗？"

我顺口回答："嗯，羊上树！"

在我们老家吕梁山上，山羊是会上树的。但此时我还不明白爹让我看羊上树有何用意。

爹说："虽然在树下也可以很轻易地吃到树叶，但山羊却要爬上树去，而且尽量上得高高的，伸长脖子，翘起蹄子，去吃树枝远处的叶子。这是为甚？就是因为它觉得经过最大努力得到的树叶才更加好吃！"

看着上树的羊，听着爹的话，我突然心里一亮，说："好了，把草料筐挂起来！让牛也伸长脖子，翘起蹄子！"

爹点点头。

于是，我把草料筐挂在了墙上，而且挂于让牛经过努力才能勉强够得着的高度。

奇迹出现了。筐子还是那个筐子，草还是原来的草。可是，牛对挂于墙上筐中的草突然发生了兴趣。只见它仰起头，伸长脖子，翘起前蹄，兴致勃勃地去探找，津津有味地吞食好不容易用舌头卷到口中的草……

羊上树是为了寻找它自己的追求和所爱。

把草料筐子挂起来，就会使牛产生一种征服的欲念。

纽约最后一场马戏表演

郭垄鹏

1994年，美国檀香山曾有一头叫泰克的大象，因长期被虐待，在一场表演中，它终于不堪折磨，杀死了一名训练员并导致13人受伤。警察围捕时向它开了近100枪，直至它大量出血痛苦倒地——大象泰克用这样一种悲壮的方式结束了自己的最后一场表演……

过了23年，在全球不少城市禁止野生动物表演后，又一个美国城市加入了这个行列。2017年6月21日，在一场以43票赞成、6票反对的投票中，纽约市议会立法禁止任何马戏团把野生动物带进纽约。

就在市议会投票之前的5月21日，有146年历史的玲玲马戏团已在长岛举行了谢幕演出，这成为纽约市最后一场野生动物表演。

美国玲玲马戏团与加拿大太阳马戏团、美国大苹果马戏团并称为世界三大马戏团。那么，作为世界三大马戏团之一、号称"地球上最会表演"的玲玲马戏团，究竟为什么会走到今天这一步呢？

要回答这个问题，我们不妨先把目光投向一个名叫山姆·哈德克的驯象员。

1976年，20岁的哈德克在玲玲马戏团开始了他的职业生涯——驯象员。大约两年后，他被诊断患有活动性结核病。他相信是被大象感染了这种疾病的，因为当时他训练的那些大象患有结核病正被治疗。

1997年，哈德克调到玲玲马戏团的"大象保护中心"工作。按马戏团的说法，"大象保护中心"是退休大象安度晚年的地方。实际上，这是大象繁殖与训练中心。哈德克在这里担任驯象员，主要负责小象的训练。为训练小象，小象会被长时间拴在铁链上，以致脚下的水泥地出现了凹槽。

2005年,哈德克的妻子因糖尿病并发症而病危,为了照顾妻子,他选择离开了马戏团。

一直以来,他的妻子都不忍见大象在马戏团中的遭遇,尤其是小象要面对的一切,也不喜欢丈夫身涉其中。

哈德克自己后来也内疚地说:"在我的职业生涯即将结束之际,有人问我之前做什么工作,我说自己是玲玲马戏团的驯象员,而对方要问的第一个问题是'你们让大象表演是不是都要打它们?'为此我感到羞愧。后来,我已不愿意告诉人们我曾经的工作。"

2008年2月,哈德克的妻子去世。在临终前,妻子曾督促他"去做正确的事"。

2009年8月,为了减轻内心的愧疚,哈德克向美国善待动物组织(PETA U.S.)提供了数十张从未公开过的照片,并向工作人员描述了小象在暴力训练中尖叫和挣扎的情形。

哈德克说,当小象长到18~22个月大时,工作人员会用绳子套住它们的脖子,强行把它们从母亲身边带走,将其拴在另一头大象身上。小象的母亲虽然近在咫尺,但四条腿被人用链子拴在墙上,只能眼睁睁地看着无助的孩子在挣扎。

断绝母子的情感联结,是大象训练的第一步。同时也意味着小象生命中最后的一点自由也到此结束。

第二步,他们会让小象从肉体和精神上垮掉。小象的四条腿被绳子绑住,唯一能做的就是站在水泥地上,不能躺下,不能伸展四肢,甚至不能转身,每天长达23个小时,而整个阶段长达6个月。而野外的小象,在这个年纪会每天跟随家人步行长达40多公里。

基础训练过后,驯象员便利用绳索和象钩,强迫小象或躺在地上,或做"致敬"等一系列动作。

在照片曝光前,这些普遍存在于动物娱乐产业中的训练方法一直都是业内的秘密。当美国农业部官员前来调查时,训练员会用泥巴抹在大象腿上,以掩盖绳子造成的伤痕。

哈德克特别讲述了一头名叫里卡多的小象的不幸遭遇。这头小象8个月大时被人放在高台上训练，却不幸从高台摔下，前腿撞到地面，后腿也撞到台座。在四肢已经摇晃不定的情况下，它仍然被迫步行90多米。在走进自己的围栏后，里卡多倒在地上，再也没有起来过。当天下午，里卡多被送到医院，在那里，它永远离开了这个世界。

还有一头3岁大的小象肯尼，在直肠流血、几乎无法站立的情况下，仍被强迫上台，几小时后就去世了。

哈德克还披露说，在野生动物流动表演中，有时大象会被装在厢式货车内连续运输100个小时。而老虎等猛兽，除了表演外，其余时间通常会被关在狭小的笼子里……

2009年11月，哈德克因突发疾病去世。一个月后，他向美国善待动物组织提供的照片被刊登在全球各大媒体的版面上，全世界的人们第一次看到小象在马戏团遭遇的残忍虐待，一向标榜为观众带来"欢乐"的玲玲马戏团被狠狠打脸。

2016年10月，在"禁止野生动物流动演出提案"的听证会上，纽约议会成员科里·约翰逊和包括玲玲马戏团代表在内的众多马戏界代表，展开了激烈的辩论。最终，玲玲马戏团的代表被辩驳得哑口无言，并承认曾有一头叫莎拉的大象，在被装进车厢的过程中猝死，最后他们花费了27万美元，才避免被起诉。同时，玲玲马戏团的代表也承认了多起斑马逃脱事件，包括一起逃脱后的死亡案例，但他们表示无法保证类似事件不会再度发生。在听证会上，玲玲马戏团的老虎训练员不光说漏了嘴，将象钩（大象皮肤比较厚，象钩是很锋利的东西，用来戳刺大象的敏感部位如耳朵等，造成疼痛，从身心上让它们屈服和服从命令）称作武器；此外还公然对棍子、刺杆、鞭子的实际用途撒谎，最后却又自打嘴巴承认刺杆是用来戳老虎的。

2017年1月，菲尔德娱乐公司对外表示，随着观众人数持续减少、运营成本高昂，他们决定结束旗下玲玲马戏团的巡演项目。事实上，人们都知道，他们做出这个决定的根本原因，是野生动物表演受到越来越多的批评。

为了促使马戏团结束野生动物表演项目，社会各界进行了多年的努力。

美国善待动物组织抵制玲玲马戏团的历史，前后已有36年。就马戏团问题，他们走访了美国农业部无数次，并向农业部提出了超过130次指控。

还有，当2006年纽约市"禁止马戏团使用野生动物表演法案"被提出后，许多市民就不断给议员打电话或者发邮件，敦促他们通过这个法案。而志愿者还长年坚持在马戏团外，高举反对野生动物表演的标语进行抗议。众多的名人也加入了反对野生动物表演的行列……

总之，越来越多的人在觉醒。到后来，玲玲马戏团所到之处，几乎都会有民众抗议，连一些小朋友都知道玲玲马戏团在虐待动物。

目前，洛杉矶市也在考虑实施和纽约相似的禁令。对于依然在虐待动物的马戏团而言，这个信号再清楚不过了，娱乐业的未来属于不利用动物的那一方。

为什么到东南亚旅游不该骑大象？

郭垄鹏

大象分为非洲象和亚洲象。目前，全球亚洲象大约只剩下45 000头，除了部分还生存在野外，有3 000~4 000头被豢养在泰国，其他则被豢养在东南亚其他国家。这些被豢养的大象，一部分用于伐木业，另一部分用于旅游娱乐业。

我们到东南亚如泰国、越南、老挝、缅甸、柬埔寨等国去旅游，往往会碰到付费骑大象的项目，许多游客为能骑上一头巨大威武的大象而喜不自胜，殊不知自己正在做一件伤害大象的事。

有人会问，马、骆驼、牛能骑，为何大象不能骑呢？要知道，马等动物是被人类驯化过的动物，而大象并没有。同时，大象的生理结构也决定了它们并不适合做牛和马。大象的脊柱结构天生不适合在背部负重，重压很容易对它们的脊柱和四肢造成伤害。另外，金属座椅也容易对其背部皮肤造成损伤。

那些用于经营的大象，通常一次会有2~4名游客坐在它的身上，加上象夫，最多达到5人，不算座椅，重量起码在165公斤到275公斤，远超大象的负载能力。

另外，大象的生理工作时间一天最多为4小时，但实际上，用于经营的大象一天的工作时间远不止4小时。这些有违大象天性的行为，自然会给大象造成很大的伤害和痛苦。

还有一点游客可能不清楚的是，训练大象是一个很残忍的过程。不论大象是豢养的还是从野外偷猎来的，要让人骑到它的背上，就必须摧残这头大象的感情和意志。

要将大象训练成驯服的工具，必须要从小象开始。驯象员会使用一种叫"phajaan"的训练方法来摧残小象，"phajaan"字面意思就是"破坏两者之间的爱"，在这里就是指小象和母亲之间的爱，小象尚在哺乳期就会被人从母亲身边拽走，将它关在一个非常小的笼子里，使它无法自由活动。之后，每天对它进行训练。

训练从清晨开始，小象的腿被粗重的绳子和铁链绑着，在训练期间这些绳子和铁链是不会松开的。其间，驯象员还通过剥夺睡眠、挨饿挨渴以及殴打等方式，给小象以肉体和精神的双重创伤，最终让它成为驯服工具，按人的指令去完成任务。一些小象往往因无法经受煎熬而死去。

当这些大象被驯服后，他们的身上便被绑上笨重的套具，让游客骑乘。它们常常在没有充足的食物和水的情况下，被迫在高温下载客，经常工作到筋疲力尽，很多还患有压力性溃疡，他们敏感的脚，也因过度的工作而伴随着疼痛。

任何时候，大象只要稍为发泄不满，都会在驯象员的斥责声中被象钩戳刺或被铁链鞭打。

因此，骑大象不仅是对大象的摧残，对人也是相当危险的。当大象长期被剥夺一切，还面临象钩随时戳刺的威胁而不得不违背自身意愿屈服于指令时，它们的精神是极为沮丧的。这种日复一日的折磨会让它们陷入暴怒，一旦受到某种刺激而爆发，那些骑在它背上的游客和驯象员很容易就会被踩在脚下。

2016年9月23日，柬埔寨某景区的大象在被驯象师激怒后，将其踩死。2017年7月27日，津巴布韦维多利亚瀑布国家公园一头大象将驯象师踩死，最终被园方开枪射杀。

这些悲剧的发生并不出人意料，英语有句谚语叫"大象永远不会忘记"，在人类和大象相处的历史中，我们早已了解到大象非常聪明且记忆力惊人。残忍的训练虽然都发生在大象年幼时期，但即使过了几十年它们也不会忘记曾经遭受过的虐待以及母子分离的痛苦。当受到的虐待到了无法忍受的地步时，它们就会不顾一切地报复人类。

另外，肺结核存在于豢养的亚洲象中，而这种疾病是可以在动物与人之间传染的，一些骑过大象的游客回去后，感染上了肺结核。

在2017年的世界大象日，演员杜淳在一部公益短片里揭露了豢养大象充满孤独、被殴打和禁锢的生活，呼吁观众拒绝骑大象。他说："大象本应和家人在野外长距离漫步，然而囚禁中的大象往往被铁链紧紧束缚着，和家人、朋友、伴侣分离，赋予它们生活意义的一切都被无情剥夺了。"

美国大学的节水教育这样做

石毓智

我见过各种宣传节约用水的文字，诸如"水是生命之源""节约用水，从我做起"等。还有很多彩色的宣传图片，比如干涸的土地上长着一株小苗。虽然这给人的印象也很深，但是这让生活在大城市里的人们觉得，干旱离他们很遥远，是老天爷因一时疏忽而造成的，而且他们所节约的水似乎对远方的干旱也没有什么作用，所以很难让人付诸行动。还有一些表达节约用水理念的宣传画，为了让画面看起来漂亮，用蓝色的大海或者湖泊做背景，这让人们感到疑惑：既然水资源这么丰富，我们还节约什么呢？

2015年11月下旬的一天，我驱车来到美国的加州理工学院，他们对节约用水的教育方式，让我感到震撼。

这是我第二次来到这所大学。加州理工学院校园里的景色十分优美，大大小小的建筑充满了艺术气息，校园里的花草树木郁郁葱葱，各种独具匠心的雕塑随处可见，还有众多设计精美的小水池点缀其中，闪闪发亮的水波和流动的水，让校园显得更为生机勃勃。然而，这一次我发现，所有小水池里的水源都已经被切断，干涸的水池中央均竖着一块牌子，上面写着：我们这是在节约用水。这个地区常年干旱，为了响应当地政府的节水倡议，他们切断了水池的水源。从2008年起，学校的整体用水量已经下降了37%。

加州理工学院是世界知名大学，学校十分富有，而且这些小水池里的水完全可以循环使用，用不了多少水。然而学校却让这些小水池干着，并不觉得这会丢面子，这样做无非是出于教育学生的一片苦心。

学校这种以身作则的节约用水的教育方法，对于我这位不速之客来说，就是"震撼教育"！可以想象，这对那些天天在校园里走动的师生会有怎样的教育效果呢？

一次以身作则，胜过千言万语的说教，好过铺天盖地的口号。

第十二章 经营之道

德国决策模式低效吗？

杨佩昌

有人批评德国、日本的决策缺乏效率："提出一个议案需要讨论150天，黄花菜都凉了。哪像我们中国，决策就是高效率！"

与中国相对比，德国的决策简直是低效到了极点：由于20世纪80年代反核运动及绿党的崛起，哈瑙核工厂经过5年的建设完工后，连一根燃料棒也没有生产过。当时的德国外长菲舍尔初次参政就是在黑森州任环境保护部长，这家工厂以及原有的一个老核材料加工厂正好归他管辖。经过无穷无尽的争论、繁复的安全审查程序，原有的老加工厂最终被停了工。而这家新的加工厂尽管设计安全程度达到了抗地震、抗飞机坠毁的地步，但由于绿党的坚决反对，终于在经营者抗争、等待了两年之后被放弃了。当时黑森州的绿党认为把哈瑙的核工业搞垮是该党"最大的政治成就"之一。

最让人觉得德国人冥顽不化的是，这个核工厂竟然也不肯卖去国外，其原因是绿党认为，既然核能要不得，就不能把它出口到其他国家去。

但是，在事关人命的事情上德国政府的决策并不含糊，也不低效。据国际在线消息，鉴于日本发生核泄漏事件，2011年3月12日，德国斯图加特民众举行示威游行，抗议政府计划延长某些核电站使用时间。媒体报道，在民众的抗议下，德国政府做出决定：将在3个月内关闭7座1980年以前投入运行的核电站，此举是为了检查核电站能否继续运行的安全性。

决策关乎未来，也许今后能够证明德国民众的看法失之偏颇，但德国决策者知道，他们是为民众管理国家，因此决策必须慎之又慎，同时还须倾听不同的声音。这正如市场上发生了鸡蛋被污染的事情。主人说："从现在起不再吃鸡蛋了，因为我害怕。"德国管家（决策者）只好说："好吧，现在就暂时不再给你买鸡蛋了，我们观察一段时间再决定是否购买。"

德国发明的"磁悬浮"列车经过十余年的试运营后，证明了技术的可靠性，但无法证明商业上的可行。尽管很多地方都希望上马这一工程，但直至今天都无法通过审批。当年上海磁悬浮列车建成后，德国的电视台纷纷播放这一消息。有的人叹气，有的人失望，但更多的人很理智："没有办法，因为我们德国没有太多的钱来上这么大的项目。"

德国巴登-符腾堡州政府决定投资20多亿欧元改建斯图加特火车站，该州州长为了扩大政绩，决定将投资额追加到40多亿欧元。这下惹恼了斯图加特的市民，民众纷纷上街游行表示反对，其原因是不能用纳税人的钱财来为自己的政绩贴金。在民众的反对之下，追加投资的计划只好搁浅。

由此看来，领导者在德国做决策不容易：只要议会不干、只要商业上不可行、只要老百姓不同意，任何一项工程要上马都没门。他们的反对也只是出于环保和浪费的原因，如果是贪污，那就不是反对的事情了：这个决策者得立马滚蛋并将受到司法的严厉制裁！

虽然德国决策看似低效，但德国经济发展成就有目共睹：战后德国经济从1951年开始恢复，经济持续增长了15年时间，国民平均收入就迈上了一万马克大关。由此看来，德国决策的低效并非真正的低效，反而是慎重和真正的高效。

国家决策如此，企业决策也并不例外。德国企业决策的慢半拍是众所周知的。与其说德国企业领导者决策效率低下，还不如说德国人的思维程序严谨。德国卓越领导者在思考问题时都具备相应的思维程序，如同电脑软件一样，当你在大脑之中按照相应的程序软件行事，做事就有根据，思考就有条理。

日本企业家为何不喜欢去银行贷款？

徐静波

前一段时间，我在北京采访，遇到了一些搞企业的人士，他们问我一个问题，那就是："听说日本百年以上的企业有3万多家，日本人到底是如何做企业的？"我跟他们说，日本企业之所以能做长久，除了自身的谨慎经营之外，政府的支持也是十分重要的因素。内外因的有机结合，才使得日本企业能够成为常青树。

日本有一家负责企业调查的公司，叫作"东京商工调查株式会社"。他们对5 000家企业做过一个问卷调查，调查结果显示，有65%的企业表示根本不需要银行贷款，只有15%的企业会考虑向银行申请贷款。这一调查结果告诉我们一个事实，那就是，大部分日本企业不存在资金短缺问题。

日本商业银行的企业贷款年利率，最高的达3.5%，最低的只有0.9%，一般是2%。为什么利率有这么大的跨度？因为银行是根据企业的经营状况和盈利状况来做决定的。相比别的国家，这一贷款利率是偏低的。

既然利率那么低，企业为何还没有贷款积极性？我想这里面有两大原因：一个原因，是企业本身有足够的流动资金可以应对自己的经营，也就是说"不缺钱"；还有一个原因，是日本企业，尤其是中小企业不会去追求"高大上"，不会盲目去扩大产业规模，也不会盲目去从事跨行业的投资，因此几乎没有资金需求。

日本企业的这一种经营模式，有一个专用的名词，叫"安全驾驶"。他们把企业看作是一辆汽车，以安全驾驶为第一目标，不求高速不求超越，只求平稳发展。所以，日本社会出现了一种奇怪的现象，那就是银行求企业贷款。

有一次，日本新潟县的一家地方银行邀请我去做关于中国经济的演讲，这家银行邀请了当地100家左右的企业老板来听讲。这一个活动的主办方是银行，所有活动经费也是银行出的，讲演结束时，100多号人的晚餐费，也是银行掏的。

我当时很纳闷，在我的印象中，应该是企业请银行吃饭，而不是银行拍企业马屁，但这家银行的行长跟我说，像我们这一类地方银行，企业就是我们的父母，如果企业不贷我们的款，或者不把钱存到我们银行的话，那我们的银行就无法生存下去，银行和企业就是一个生命共同体。

听了这位行长的话，我就很理解银行为何要拍企业的马屁，这么多的企业表示不需要贷款，银行的日子就显得十分难过。

日本企业不需要银行贷款，这里面存在着一个很大的经营理念的问题，也就是说，日本人做企业，没钱是不做的。日本企业对于资金，有一个基本的概念，那就是企业必须准备半年以上的流动资金，也就是说，企业在半年内接不到一份订单，也能扛过去。所以，"半年准则"是日本人经营企业的一个基本的原则。正因为有这一个原则，日本企业才会做到信步而走，不急不火。

也正因为有这么一些理念，日本企业，尤其是家族型企业是拒绝风投基金的靠近的，更不会轻易接纳风投基金的参股。

在我们看来，日本企业这种缺乏闯劲的做法会失去许多的机会，但是日本不少企业认为，做企业不是放烟火，不求一时的灿烂，但求长久拥有。

70平方定律

陆 地

餐饮业里的从业者喜欢讲"70平方定律",意思是一家餐饮店的经营面积以70平方米为佳,若低于或高于这个面积,它的利润率往往会直线下降。

这个定律几乎可以随处实证。

70平方米的面积,除去一个10平方米左右的厨房,其余五六十平方米的面积可以摆放五六张小方桌,容纳近20人同时就餐。一家餐饮店在这个规模,一般店员在三至五人。这三至五人应该是夫妻两人,外加一位小工,而且小工一般是自己的亲戚。

这样的规模,房租不会太高,人工工资支出也不会太多。如果高于这个规模,那几乎就是一个小饭店了,那就需要聘请大厨、更多的帮手,还要交纳更多的房租,稍为不慎,营业收入将赶不上支出。也就是说,70平方米的经营面积是小餐饮业的最佳利润平衡点。

这个定律还可以用到商品房购买中,70平方米面积刚刚可以配置上客厅、厨房、卫生间、卧室、小书房、阳台,满足生活起居的需要。如果低于这个面积,客厅或小书房就会缩水,使用起来捉襟见肘;如果高于这个面积,可以增加一个卧室,但按一线城市的价格,就得多支出一大笔钱。

在管理学中,也有一个"70人定律",一个单位保持在70人左右,管理是最顺畅的。一般来说,每7人一个组,共有10组,单位一般可设3个领导,每人管3~4位中层干部。

"70平方定律"不是哪位管理学家提出来的,而是一种普通流行的草根智慧。这种智慧就是穷尽了一个道理,无论是房子还是经营,并不是越大越好,小有小的乐惠,小有小的妙处。

吼叫式与安静式"欢迎光临"

唐辛子

有位日本友人在社交媒体上说,他去餐厅也好,去咖啡店也好,都听到店员说"欢迎光临""谢谢",但有好几次,他注意到店员们在说这几句话时,眼睛是看着别处的。这样真不好!

看到这条,我内心也深有同感。的确,去日本的某些超市或是餐厅咖啡店,你会听到很热情的"欢迎光临"声,但那些忙碌着的店员们在边大声喊出这些话时,在边打扫餐桌或者正边低头忙着收银。

生意太忙了,令他们没有空闲来抬头看一眼客人们。那样的"欢迎光临"和"谢谢光临"也变得机械和职业。而作为顾客,在听多了这样的"欢迎光临"之后,如同听到电子音乐一般,内心也不会有丝毫感动,甚至说这些声音是"服务噪声"也毫不过分。

当然,也有另一种很安静的"欢迎光临"的表达方式。例如你去一些家族式的传统咖啡馆,或是一些专卖自己制作的特色手工艺品的小店,就会感受到这样的服务。

这样的店铺通常是小小的,一般只有店老板或是店老板娘一个人守着,看到有客人进去,这些店老板或店老板娘绝不会大声吆喝"欢迎光临",而只是抬起头来,温和地看你一眼,然后继续低头忙自己的事。

你在店铺里喝完咖啡,又或者是购买到自己喜欢的东西,付钱准备离开时,他们也绝不会大声冲你准备转身离去的背影吆喝一声"谢谢光临",他们只会轻声地看着你说声"谢谢",然后安静地目视你离开，仿佛在用目光对你说"欢迎再来"。而你呢，则"悄悄地我来了，悄悄地我又走了，不带走一丝云彩"。

我总觉得，这样的服务才称得上是上乘，因为宛若春雨一般"润物细无声"，于无声处似有声。虽然不言不语地安静，但空气中有余香，内心里有温馨。这也是那些地处僻静的小店，通常会经营成百年老店，一代接一代地总有老主顾的缘故。因为它在自己的空间内提供给顾客一种叫"自由"的服务。人，只有在拥有"自由"之后，才会感觉到"自在"，自由又自在了，才能真正"宾至如归"——这才是提供上乘品质服务的精髓。

因此，按我个人的价值标准来衡量，大凡那些大声吆喝"欢迎光临"的餐厅店铺，都只能算是快餐服务的水准。如果是在快餐店或是超市，这样的大声吆喝还可以原谅，但如果是一家打点得典雅精致的店铺也提供如此快餐超市类服务的话，就不得不令人在心中大打折扣了。

例如两年前我去大连度假，临回日本前，因为要购买些礼物，于是去了大连的一家茶叶店。店里的女店员们一色旗袍，容貌姣好可爱。但是刚一进门，我就被吓了一跳——几位女店员看到有客人进来，突然异口同声地一齐朝我吼道："欢迎光临！"然后，在我转了一圈准备离开时，几位女店员又异口同声冲我的背影再吼："谢谢光临！"

显然，这些女店员是经过严格的服务培训的，所以在高喊"欢迎光临"和"谢谢光临"时，如同受过军训一样整齐划一。但作为顾客，这种几近吼声的"热情服务"并没有令我感到美好，反而感觉很糟。茶是宁静含蓄之物，这么大声，将茶空间应有的气质，全破坏掉了。这种超市的吆喝声，怎么可以出现在雅致的茶店里呢？

女店员们"热烈的怒吼声"不仅赶跑了我的购物欲望，也让我对摆放在柜台里的各式茶叶变得犹豫不决：谁知道那些精美的包装下面是否真有好茶叶呢？

戴上眼罩，万众瞩目

赵盛基

大卫·奥格威被称为现代广告教父，他因一只眼罩而声名鹊起。

1951年，也就是他创办奥美广告公司的第三年，一家小制衣厂的老板登门寻求帮助，请他策划制作该制衣厂的衬衫广告。

这家叫海撒威的制衣厂坐落于美国缅因州的一个小镇，虽然已有116年的历史，但一直默默无闻。由于资金有限，请不起知名的大广告公司，所以，就找到了创业两年多还籍籍无名的奥美广告公司，也只能付3万美金的广告费。

尽管酬金不多，奥格威还是痛快地接下了这单生意，并立即着手策划。他一口气设计了18个方案，然后进行筛选，最后选择了其中之一。

广告拍摄这天清晨，下了一场小雨。雨停后，奥格威踩着阴湿的小路向摄影棚走去。他一边走还一边琢磨已经确定的方案，效果图不断在他脑海中浮现，他总感觉太平常，没有什么亮点。

走到一个药店，鬼使神差似地，他自己都不知为什么走了进去，而且下意识地花1.5美元买了一个黑色眼罩。

奥格威来到摄影棚之后，拍摄正式开始。只见模特身着海撒威衬衫，摆出了左手攥拳撑腰的造型。

奥格威默默地注视着模特，突然，他走上前去，顺手从兜里掏出眼罩给模特戴上。瞬间，一个戴黑色眼罩的男人跃然而出，现场人员一阵惊呼："哇！棒极了！"摄影师立即按下了快门。

照片制作完后，以《穿海撒威衬衫的男人》为题，刊登在《纽约客》杂志上。照片上这个戴眼罩的绅士表现出的男人气概，充满了神秘感，激发了人们对狂野的想象力，短短几个月内风靡了全美国，海撒威衬衫开始流行。

区区一只眼罩，发挥了与众不同、独具特色的广告效应，使海撒威制衣厂一夜走红，而且连续25年魅力不减，畅销不衰。同样，也让奥格威一举成名，名扬全球。

一只眼罩，罩住了自己的眼，却吸引了别人的眼；罩住了一只眼，却让万众瞩目。这就是奥格威的独到之处，成功之处。

放弃外来游客的徂徕山

张珠容

素有"泰山姊妹山"之称的徂徕山,位于泰山东南20公里处,拥有大小峰峦97座,游览景点100余处,属国家AAAA级旅游景区。

徂徕山历史悠久,古迹众多,《诗经》《史记》对此山就有多处记载,据说唐朝大诗人李白曾隐居于此多年。不过,奇怪的是,虽然此山质素上佳,但景点门票却卖得不理想,反倒是徂徕山下的一座"泰山温泉城"生意火爆,因为来的游客都喜欢去那里。

为了招徕游客,徂徕山景区的管理者经常派人到泰山给游客散发介绍徂徕山景点的宣传单张。可是,宣传单张发出了一叠又一叠,结果还是一样——来的游客基本都跑去了温泉城。无奈之下,徂徕山景区的管理者只好请来当地的一家广告公司,让他们为景区做营销策划。

这家广告公司的负责人叫冉智义。他的建议很简单:不要再去泰山派发宣传单张了,将宣传推广的重点放在泰安市区及周边县镇。徂徕山景区的负责人说:"这岂不是让我们彻底放弃外地游客这块大'肥肉'吗?"

冉智义说:"是的,徂徕山必须要放弃外地游客!"

负责人不解地问:"泰山这棵'大树'吸引来了大量外地游客,如果徂徕山不依靠它,还有什么出路?你看温泉城,它不就是在泰山这棵'大树'下乘凉才生意火爆吗?"

冉智义说:"泰山的确是棵'大树',但能躲在这棵'大树底下乘凉'的只有温泉城。因为对外地游客而言,他们来泰安,目标一定是泰山,谁会爬完泰山再爬徂徕山呢?而爬完泰山的人,必定很累,此时来温泉城泡一泡,对解乏除疲大有好处,所以温泉城就能经营得红红火火。也就是说,游客来泰安,不爬泰山一定会感觉失去什么,而不爬徂徕山,他们不会太在意。所以,徂徕山必须放弃那些专为登泰山而来的外地游客,而把争夺的重点放在本地游客上。"

听冉智义这么一分析,负责人觉得很有道理,随后便将宣传推广徂徕山的重点改放在泰安市区和周边县镇。不久,徂徕山就迎来了一批又一批真正属于它的游客。

对此,冉智义解释说:"对当地游客而言,泰山是再熟悉不过的旅游景点,而徂徕山则还相当陌生,富于新鲜感,加之近在眼前,看到宣传推广后,便会勾起游兴。"

放下身架的社长夫人

徐竞草

从20世纪20年代初开始,日本松下电器的产品开始在市场上走俏,越来越多的经销商、个体客户来到松下电器位于大阪的公司总部考察和洽谈业务,其中不少人都是历经长途跋涉,从遥远的神户以及日本东北部地区赶过来的。

松下幸之助的妻子梅野在得知这种情况后,主动找丈夫商议:"我们还是把他们请到家里住吧,在外面的旅社里住,总是不太方便,吃饭、洗澡都是一个问题。"

刚开始,松下幸之助有些不太赞同,他怕梅野因此受劳累,但在妻子反复要求下,最终点头同意了。

此后,凡是来松下公司总部的客户,都会被梅野热情地邀请到家里来住。每次,梅野都会亲自站在家门口前迎接他们,并帮他们放好洗澡的热水,体贴地说:"你们远道而来,实在是太辛苦了,请先洗一个热水澡吧!"

这样的安排完全出乎客户们的意料,让他们感动不已。接下来,梅野会亲自下厨为他们做饭,并尽量和丈夫一起陪着他们吃饭,无论吃住多少天,都绝不收取一分钱的费用。

晚上,客户会被梅野安排到一个非常安静、干净和舒适的房间里休息。更让客户难以想象的是,第二天早上,当他们从温暖的床上起来后,会发现房门口的篮子里整齐地放着自己换下的外套、内衣、袜子、鞋垫、手套……它们都被洗得干干净净,熨得一点皱褶都没有,一些开裂的地方还被缝补好了。

由于路途遥远，长途跋涉中，许多客户的衣服都汗迹斑斑，气味也非常不好闻，而不顾这些替他们清洗的人不是别人，正是社长的妻子梅野！

本来，住进社长家里，吃主人家的饭，已经是非常荣幸的了，没想到社长夫人还亲自帮自己洗又脏又不好闻的衣服，这让客户非常感动，他们都把这份恩情深藏在心里。

10年后，爆发的世界金融危机也波及日本，松下电器因此遭到了重创，产品大量滞销。好在，松下的不少客户没有放弃松下，而是艰难地坚持与松下合作，最终，松下熬过了困难期。对此，客户动情地说："我们这样做，只为对得起社长夫人给予我们的那份恩情！"

这个世上，没有铁石心肠的人，知恩不图报的人也不多，真诚替别人着想的人，别人也会同样替你着想。

让工程师坐进儿童推车

张珠容

有一次，世界知名的FCB博达大桥广告公司的首席创意官托德·蒂尔福德，受一家美国婴儿用品公司的委托，对其原来的儿童推车设计进行改造。

在画设计图之前，蒂尔福德找来他团队里的十几位工程师，让他们按照大人的尺寸，将儿童推车进行"放大"，然后，让厂家生产出放大版的推车，并叫工程师们坐进去，让人推着他们到处走来走去。当然，推车的人也按"放大"的尺寸，套上相应大小的纸制人模型。

很快，工程师们就抱怨开了。这个说："换作我是孩子也不坐这样的推车。我坐在那么低的地方，看到的全是脚，连张人脸儿都看不到！"那个说："后面的'妈妈'推着我使劲往前走，可我根本看不到她！"

蒂尔福德根据工程师们的反馈，得到两条结论：推车座位设计过低，让孩子视野太窄；推车位置在前，孩子看不到母亲，没有安全感。

他根据这两条结论，做出了针对性修改意见：把推车的座位升高，上边坐孩子，下边用来放东西；把座位变成可以旋转180°的活动座位，让孩子需要时可以面对着母亲。这样一来，问题迎刃而解。

托德·蒂尔福德后来在欧洲做的一次演讲时说："很多时候，创新就来自于你对客户的深入观察。怎么观察呢？你要换位思考，站在客户的角度去发现问题。让工程师坐进儿童推车，那样他们才能知道客户到底哪里不舒服。而一旦找出了客户痛在哪、痒在哪，剩下的问题就都好解决了。"

檀木箱子里的瓷器

李良旭

中国瓷器古朴、典雅和精致，一直受到欧洲人的欢迎。从19世纪开始，随着海上运输的不断发达，中国瓷器就开始大量出口到欧洲，成为当时最大的出口贸易之一。

但是，由于瓷器是易碎品，海上船运遇到风浪颠簸，极易损坏。为了将这些薄如蝉翼、极易破碎的瓷器安全运到欧洲，中国商人巧妙地利用船舶运输的特点，采取"一拖三""一拖四""一拖五"的方法，不仅使瓷器安全运到欧洲，还增加了瓷器出口的"附加值"，一次瓷器运输，还带动了其他产品的出口，而且还免去了许多关税。

所谓"一拖三""一拖四"，就是瓷器出口时，首先将瓷器装入精雕细刻的小檀木箱里，周围填塞上茶叶；然后，把小檀木箱装入造型精美的大檀木箱里，也填塞满茶叶；最后，把大檀木箱装入钉在船舱地板上的大木箱里，也塞上茶叶。由于内外几层茶叶填充得非常紧密，木箱做得又结实，即使在海上遇到狂风大浪，最里面的瓷器也不会有丝毫的损坏。

货船到岸后，中国商人先把茶叶进行筛选分包，然后卖给早已等候在码头的茶商。中国的茶叶，一直是欧洲上流社会最受欢迎的饮品之一。

那些大的檀木箱子，则卖给了欧洲人当家具，小的檀木箱当成首饰盒，卖给等在码头上的古玩商。最后卖的才是埋在茶叶里面的瓷器。这些瓷器由于包装防护得当，没有丝毫损坏，个个卖了个好价钱。而那些茶叶和大小檀木箱的利润，比瓷器卖得的价钱更高，中国商人赚了个盆满钵满，灿烂的笑容在脸上绽放。

郭台铭买早餐

张珠容

富士康集团总裁郭台铭早年曾有一段时间，经常和儿子郭守正在路边摊吃早餐，每人基本都是一碗豆浆、一个煮鸡蛋外加两根油条。郭守正觉得这几样东西弄在一起不好拿，于是，每次都先把鸡蛋剥了壳放进装豆浆的空碗里，然后再加豆浆。这样，他就可以一手端豆浆、一手将油条放到桌子上。

郭台铭却不这么做。他总是先买一碗豆浆、两根油条，拿到桌子上，然后再去买一个鸡蛋。次数多了，郭守正就感到好奇。他问父亲："您为什么不像我一样一次性拿齐早餐，而要那么费事儿呢？"

郭台铭回答道："因为这样的买法，可以让我多喝一个鸡蛋体积的豆浆。"

郭守正说："不就多喝那么一口半口吗？您也太小气了吧！"

郭台铭只是笑笑，没有解释什么。

多年之后，当郭守正正式接手富士康在台湾的一部分事业，在了解公司的实际运营情况时，突然领悟到父亲当年买早餐时，为何非要多喝那一个鸡蛋体积的豆浆。

郭守正说："对于早餐摊主而言，如果所有顾客都以我这样的方式买鸡蛋和豆浆，那么他每天起码可以节省下两大桶豆浆。父亲作为企业家，看问题总是以小见大，总是与企业的经营成本与销售技巧相连。从这件事，我明白了，在企业经营中，一个小小的节约，或许就能为企业创造巨额的利润！"

和所罗门王较劲的经济学家

岑嵘

所罗门是个智慧的国王,《圣经·列王纪》就记载着所罗门王判案的故事。

有两个妇人同住在一间屋子里,其中一个生了孩子,三天以后,另一个也生了孩子。有天夜里,一个妇人翻身时不小心把自己的孩子压死了,于是她不动声色,悄悄把自己的死婴换成了另一个婴儿。而另一个母亲到了喂奶时,才发现孩子死了。她仔细观察,发现这个婴儿并不是自己的,而自己的孩子却在另一个妇人的怀中。

两个母亲都说活着的孩子是自己的,可是当时屋里没有第三个人,谁也说不清,两人争执不下,便来到了所罗门王这里。

接下来的故事大家都知道,所罗门王说,拿刀来,把孩子劈成两半,一人一半。真正的母亲大哭道:我不要自己的孩子了,让她拿去好了。于是,所罗门王断定她才是孩子真正的母亲。

所罗门王所运用的当然不是什么神的智慧,而是经济学里博弈论中称为"分离均衡"的方法,运用人性(无私的母爱)来设置一种机制,从而达到区分真假母亲的目的。

经济学家对这个判决很感兴趣,因为里面包含了经济学常识。于是,那些爱较劲的经济学家提出一个新的问题:如果那个假母亲识破了所罗门王的意图,也哭哭啼啼说不要这个孩子,那么有什么好的办法来辨别真假。

经济学家摩尔设计了一种拍卖机制,让两个母亲轮流出价,同时每一轮出价还附带一笔罚金。在两人经济条件差不多的情况下,真母亲会不顾一切倾其所有去竞拍，而当假母亲意识到这点时，就会放弃无谓的竞价。

不过这个设计中还是存在问题，比如恰好假母亲非常有钱，她能够出更高的价格拍下这个孩子，那该如何是好？

因此，要区分真假母亲，还必须设计一个要付出更昂贵代价的方案。

经济学家帕尔弗雷和斯利瓦斯塔瓦在美国《计量经济学》杂志上提出一个新的判决机制：让两个母亲互相隔离，在不了解对方答案的情况下，回答一个问题——谁是孩子的母亲？如果两个人的回答一致，那么孩子就归两人一致认为的那个真正母亲，而一旦两人的回答有矛盾，都声称自己是孩子的母亲，那么对不起，两个人全部砍头。

在这种情况下，假母亲有两个选择方案：要么放弃不属于自己的孩子，要么一起掉脑袋，但假母亲明白真母亲的强大决心，所以她无论如何也不会冒险声称自己是孩子的母亲，因为说假话的代价就是掉脑袋。

在日本当老板为何这么轻松？

徐静波

这几天接待来自中国国内的一个企业考察团，团员大多是企业老板。

带着考察团访问了东京一家大型购物中心之后，在与中心的管理人员座谈时，来自广东的孙总很认真地问了一个问题："像你们搞购物中心的，谁管你们？"

我把这句话翻译成日文告诉对方时，购物中心的管理人员左右瞧瞧，愣是没听懂。我怕我理解错孙总的意思，马上向他确认："你说的管，是指上级单位吗？"孙总点点头。再把这话翻译成日文告诉对方，这些人又左右瞧瞧，最后眼光齐齐地集中在他们的社长身上，说："他管我们。"

孙总没听懂，我听懂了：日本公司除了老板自己管企业，没有上级主管单位，想要人管也没人管你。

向孙总解释了半天，他还是不理解。他又提出了几个问题：第一，你们要扩建，发改委不管你们吗？第二，你们搞经营，工商局不管你们吗？第三，你们每天收钱，税务局不查你们吗？

购物中心的人面对三个问题，只听懂了一个税务局，其他的都摇头，说："日本没有发改委，也没有工商局，只有税务署。"

孙总见对方没能理解他的意思，把自己的问题具体化，举例说，譬如你们要在别的城市里去建购物中心，项目是谁批准你们建的？社长回答说，没人要求我们报批。我们只要从市政府的城建档案中，了解清楚哪些地块可以开发商业设施，只要从地主手中购买到这些地，或者从不动产拥有者手里租到这些房产，就可以建购物中心。当然，我们要将建设图纸和方案报市政府建设课备案，但不是申请批准。

　　在具体经营中，那完全就是由企业在法律和自己申报的经营范围的框架之内自个儿去折腾，没有工商局来管你。如果说，日本政府哪一个部门具备我们工商局那样功能的话，可能就是"法务局"擦一点边。因为法务局是管企业登记的，公司成立时，要向法务局申报核准。但是一旦核准，法务局似乎就跟企业割断了关系，除非你需要公司的注册资料时，那得跑到法务局，花上几百日元去打印一份。法务局对企业没有年检，没有定期指导，没有各种培训班。在日本，与企业关系最为密切的，要数税务署。但是，企业一般与税务署发生关系，也就一年一次。因为日本的所有发票，都不是税务局印制的，所以你只要跑到文具店，就可以随便买到各种发票。日本企业一年一度要缴纳的税金，是实行企业自我申报的。日本企业要上交的税，主要有五种：一是法人税（根据企业的经营决算报告，盈利的部分需要缴纳的税。如果决算时是赤字的话，不需要缴纳）。二是法人住民税（作为企业向所在城市政府缴纳的法人人头税。税额基本上根据公司的注册资金多少来框定税额，注册资金越大，要缴纳的法人税也越多。所以，日本公司的资本金一般都比较少）。三是消费税（税务署根据你的营业额多少来匡算你要缴纳的税金）。四是事业税（企业在开展事业过程中使用道路、公共设施，享受各种公共服务需要承担的社会共同责任，交给各地政府）。五是资产税（企业拥有自己工厂、仓库和办公楼的，都要根据规模大小缴纳资产税）。

　　上述税金，都是由企业自己，或者委托代理机构一年申报一次。至于企业申报得准确不准确，税务署都有备案，对于可疑企业实施抽查。如果是故意偷税漏税，那么企业老板就要遭到逮捕，而不是补交税款就能轻易过关。日本对偷漏税的处罚是相当严厉的。

　　其实，日本企业所有的账目进出都是通过银行（除了零售等服务业之外），每一笔钱款的进账与付出的单位、时间、金额都在银行的账单上记录得十分清楚，因此，企业在决算时，主要就依靠银行的存折来做账。

而企业向日本的银行求贷款,如果年度决算出现连续两年赤字,要获得贷款会很难,除非你有资产做担保。因此,有些人觉得,为了躲避或少缴法人税,我叫会计师把企业的利润做得低一些,或者干脆做成赤字,其结果就是使企业的金融与社会信誉和价值受损。当然,一旦被税务署查出,那会计师就会被剥夺资格,无法再从业。

所以,市场经济中的日本企业,只要认真交税,没人会卡你。当一个企业老板,不需要过多应酬,谁也不敢收你的钱和礼,一旦败露,他们丢官。所以当老板的,下了班后就回家吃饭,看电视想问题,除非自己想出去泡吧。

智去"手杖"

夏生荷

20世纪60年代初,大卫·舒普将军出任美国海军陆战队司令官。当时,海军陆战队的军官都有一个习惯,那便是平日都喜欢手持一根轻便的手杖,这是美国独立后,英军留下的殖民地传统文化,在相当长一段时间内,也成为美国军队的习惯。

随着时代的发展,这个传统已经在美国的陆军和空军中不怎么流行了,只有海军还在依然秉承着这个传统,这其中,又以海军陆战队最为"顽固"。舒普的前任曾试着劝说下属们放弃手杖,但收效甚微。因为仍有许多军官固执地认为,只有拿着手杖才能显出军人的绅士风度。

舒普上任后的第一件事便是要淘汰这种陈旧的做法。事实上,作为海军陆战队的最高长官,他根本无须多费口舌,只要下道废除携带轻便手杖的硬性命令就行了,因为没有人敢拒绝执行。但舒普没有这样做,而是发出这样的一条指令:"如确有必要,军官有权携带轻便手杖,以便随时支撑他们不过硬的身体!"

结果,命令发布的第二天,再也没有一个军官带手杖了,因为他们都不想让别人觉得自己的身体"不够强健"。一个棘手的问题,就这样轻松地被化解了,既没有伤和气,又保住了彼此的面子。

作为一个管理人员,总有比用高压指令和责骂吼叫更好的管理办法,只要你有足够的智慧。

为何被冰雹砸伤的苹果卖得好?

杨佩昌

下面我们来讲两个故事——

第一个故事。一群孩子在一位老人家门前嬉闹,拿石头砸墙,每天都听到"砰、砰"的声音。这位身体并不太好的老人非常难以忍受,不胜其烦。于是,他出来给了每个孩子25芬尼,对他们说:"你们在这儿扔石头很热闹,我觉得自己年轻了不少,这点钱表示谢意。"

孩子们很高兴,第二天仍然来了,一如既往地扔石头。老人再出来,给了每个孩子15芬尼。他解释说,自己没有收入,只能少给一些。15芬尼也还可以吧,孩子仍然愉快地走了。

第三天,老人只给了每个孩子5芬尼。孩子们勃然大怒:"一天才5芬尼,知不知道我们多辛苦!"他们向老人发誓,再也不会为他而玩了!

在这个故事中,老人不知不觉将孩子们的内部动机"为自己快乐而玩"变成了外部动机"为得到金钱而玩",而他操纵着金钱这个外部因素,所以也操纵了孩子们的行为。这位智慧的老人使用的就是意义重构法,即将孩子们原来"快乐"的意义换为"挣钱"的意义,从而巧妙地让孩子停止了"砸墙"这个行为。

把人的内部动机变为外部动机,或把外部动机变为内部动机,根据不同的情况将两者进行适当的转换,这是改变行为的有效做法。

第二个故事。一场突降的冰雹,将名叫扬格的果园主果园里的苹果打得伤痕累累。就在大家都唉声叹气时,扬格突然来了灵感,马上按合同原价将苹果运往全国各地。与往日不同的是,每个苹果箱里都多放了一张小纸片,上面写了一段既幽默又亲切的文字:"亲爱的买主,这些苹果不幸受伤,但请看好,它们是冰雹留下的杰作,这正是高原地区苹果特有的标志,品尝后你们就会知道其特别清香的味道。"买主将信将疑地品尝后,真切地感受到了高原地区苹果特有的风味。结果,扬格这年的苹果比以往任何一年都卖得好。

扬格为被高原冰雹打伤的苹果赋予了另外的意义:苹果被冰雹打伤后留下了伤痕,正是这种被冰雹打伤的高原苹果具有特别清香的味道。即苹果上带有冰雹伤痕意味着其具有高原苹果的清香,这就是意义重构法。

所谓意义重构,不是改变情景框架,而是在原来意义的基础上加入另外的意义。这种技巧对日常沟通有很大作用。通过意义重构来改变一个人的想法,从而改变那些对人产生限制性的信念和观点。

通缉一条"金鲤鱼"

孙开元

澳大利亚悉尼市有一条横贯市区的帕拉玛塔河,全长大约13.7公里,直通悉尼港,是悉尼的母亲河。

一直以来,帕拉玛塔河的水质并不理想,除了河两岸的工厂较多外,还有一个原因:外来物种鲤鱼的入侵将河水搅浑浊了。

鲤鱼并不是澳大利亚的本土物种。当年,有好事者从万里之遥的欧洲,用船将鲤鱼偷运到了澳大利亚。鲤鱼在欧洲、亚洲等很多地方都被视为吉祥的象征,但这种生存能力很强的鱼类闯入帕拉玛塔河后,很快就大量繁殖起来,成为河中的强势鱼种,不仅与本土鱼抢食物,破坏了水生物原有的平衡,而且它是一种在水域下层觅食的鱼种,如同挖土机一样,不断搅起河底的污泥。

为了解决帕拉玛塔河生态失衡问题,悉尼市政府想出了许多治理办法,例如,用鱼笼诱捕鲤鱼、围养本土鱼以利其繁殖等,每年为此支出的费用达360万澳元。虽然如此,但收效甚微,鲤鱼依然泛滥成灾。情急之下,有人建议采用毒杀、电击、爆破的办法来剿灭鲤鱼。不过,那样做又会伤及受保护的本土鱼,所以不大可行。

2015年8月,帕拉玛塔河地区的议员加勒德提出了一条治"鲤"建议:将一小块芯片植入一条普通的鲤鱼体内,然后放回帕拉玛塔河里。之后,号召人们来帕拉玛塔河垂钓,有幸钓到这条鲤鱼者,政府将奖励100万澳元。当然,规定只能钓鲤鱼,钓到其他鱼要放回河里。

对于加勒德的建议,悉尼市政府感到这是一个既省钱省力又富有成效的好主意,便欣然采纳了。

"通缉金鲤鱼"的悬赏行动向社会公布后，得到众多垂钓爱好者的热烈响应，他们带着各式渔具，从全国各地来到帕拉玛塔河碰运气。

　　很快，垂钓者们便钓起了成桶成船的鲤鱼，不少还是几十公斤的大鲤甚至是100多公斤的"鲤鱼精"。于是，帕拉玛塔河的鲤鱼迅速减少，成效极为显著。

　　对此，悉尼商会主席大卫·博格评价说，这是一个理想的措施，它不仅有效地解决了鲤鱼危害，还促进了悉尼的旅游事业，一举两得。

　　到目前为止，那条身价百万的"金鲤鱼"还没能被人钓起，帕拉玛塔河两岸，不断可见垂钓者的身影。

　　澳大利亚的其他地区受到悉尼市政府做法的启发，也开始了类似的行动。澳大利亚北领地的河流里，也有一种叫尖吻鲈的鱼种在泛滥。北领地的政府将75条植入了芯片的尖吻鲈放入河中，号召人们去垂钓，每钓到一条植入芯片的尖吻鲈，奖励一万澳元。

　　曾经耗费了大量人力财力又效果不佳的生态治理工程，因为采用了四两拨千斤的妙招，就轻松地解决了。聪明的施政，是多么的重要啊！